【臺灣現當代作家
研究資料彙編】09

紀　弦

國立台灣文學館
出版

主委序

　　臺灣文學發展至今，已蓄積可觀且沛然的能量，尤於現當代文學領域，作家們的精彩創作與文學表現，成績更是有目共睹。對應日益豐饒的文學樣貌，全面梳理研究資源、提昇資料查考與使用的便利性，也就格外重要。

　　本會所屬國立台灣文學館自成立以來，即著力於臺灣文學史料之研究、整理及數位化，迄今已積累相當成果，民眾幾乎可在彈指之間，獲取相關訊息及寶貴知識；為豐富臺灣文學研究基礎，繼 99 年出版收錄 310 位現當代作家評論資料的《臺灣現當代作家評論資料目錄》後，今（100）年進一步延伸建置「臺灣現當代作家研究資料庫」，將現當代文學作家及系列作品建構起多向查考、運用的整合機制，不僅得以逐步完善 310 位現當代作家評論資料的確切性及新穎度，研究者亦能更加便捷地掌握研究概況、動態，進而開闢不同的研究路徑及視野。

　　為深化既有成果，也同步推動「臺灣現當代作家研究資料彙編計畫」，預計分年完成自臺灣新文學之父賴和以降，50 位現當代重要作家研究資料彙編，系統性纂輯、呈現作家手稿、影像、文學年表、研究綜述、評論文章及目錄、歷史定位與影響等。目前已完成第一階段賴和等 15 位重要作家研究資料彙編工作，此為國內現行唯一全方位的臺灣現當代文學工具書，也是研究臺灣作家、文學發展的重要讀本依據，乃極具代表性意義的起點，搭配前述資料庫，相信能為臺灣文學研究奠定益加厚實的根基；亦祈各方不吝指正，以匯聚更多參與及持續前行的能量。

行政院文化建設委員會主任委員

館長序

　　近幾年，臺灣現當代文學的研究，朝著跨領域整合的方向在發展，但不管趨勢如何，對於作家及其作品的理解與詮釋，恆是最基本且是最重要的工作。因此，作家到底是一個什麼樣的人？他的出身、學經歷究竟如何？他在哪些主客觀條件下從事寫作？又怎麼會寫出那樣的一些作品？這些都有助於增加理解；進一步說，前人究竟如何解讀作家的為人和他之所作？如何評述其文學風格及成就？這些相關文獻提供了我們重新展開深入探索的基礎，了解前修有所未密，後出才能轉精。

　　當臺灣文學在 1980 年代獲得正名，在 1990 年代正式進入學院體制，「學科化」就彷彿是一場學術運動，迄今所累積的研究成果已極可觀，如果把前此多年在文學相關傳媒所發表的評論資料納入，則可稱之為臺灣文學的「研究資料」，以作家之評論而言，根據國立台灣文學館委託台灣文學發展基金會所蒐羅的作家評論資料（310 位作家，收錄時間下限是 2009 年 8 月），總計近九萬筆。這龐大的資料，已於去年編印成八巨冊的《臺灣現當代作家評論目錄》；在這樣的基礎上，以個別作家為考量的「研究資料彙編」計畫，其第一階段的成果即將出版（15 冊），如果順利，二、三年內將會累積到50 冊。

　　「臺灣」是我們生存的空間，「現當代」約指新文學發生以降迄今，「作家」特指執筆為文且成家者。臺灣現當代作家之所以值得研

究，乃是因為他們以其智慧和經驗創造了許多珍貴的文學作品，反映並批判社會，饒富現當代意義，如果能夠把他們的研究資料集中，對於正在學習或有文學興趣的讀者，應該會有莫大的助益。

賴和被尊稱為臺灣新文學之父，他出生於甲午戰爭那一年（1894），爾後出生的作家，含在臺灣土生土長，以及從中國大陸來臺者，人數非常多，如何挑選重要作家，且研究資料相對比較豐富者，是一件不容易的事，這就需要專家的參與；基本上，選人要客觀，選文要妥適，編選者要能宏觀，且能微視，才能提出有說服力的見解。

毫無疑問，這是一個重大的人文基礎建設，由政府公部門（國立台灣文學館）出資，委託深具執行力的社會非營利組織（台灣文學發展基金會），動員諸多學術菁英（顧問群、編選者）來共同完成，有效的運作模式開創一種完美的三合一典範，對於臺灣文學，必能發揮其學科深化的作用，且將有助於臺灣文學的永續發展。

國立台灣文學館館長　李瑞騰

編序

◎封德屏

緣起

1995 年 10 月 25 日，在臺灣師範大學教育大樓的 201 室，一場以「面對臺灣文學」爲題的座談會，在座諸位學者分別就臺灣文學的定義、發展、研究，以及文學史的寫法等，提出宏文高論，而時任國家圖書館編纂張錦郎的「臺灣文學需要什麼樣的工具書」，輕鬆幽默的言詞，鞭辟入裡的思維，更贏得在座者的共鳴。

張先生以一個圖書館工作人員自謙，認真專業地爲臺灣這幾十年來究竟出版了多少有關臺灣文學的工具書，做地毯式的調查和多方面的訪問。同時條理分明地針對研究者、學生，列出了十項工具書的類型，哪些是現在亟需的，哪些是現在就可以做的，哪些是未來一步一步累積可以達成的，分別做了專業的建議及討論。

當時的文建會二處科長游淑靜，參與了整個座談會，會後她劍及履及的開始了文學工具書的委託工作，從 1996 年的《臺灣文學年鑑》起始，一年一本的編下去，一直到現在，保存延續了臺灣文學發展的基本樣貌。接著是《中華民國作家作品目錄》的新編，《臺灣文壇大事紀要》的續編，補助國家圖書館「當代文學史料影像全文系統」的建置，這些工具書、資料庫的接續完成，至少在當時對臺灣文學的研究，做到一些輔助的功能。

2003 年 10 月，籌備多年的「台灣文學館」正式開幕運轉。同年五月《文訊》改隸「財團法人台灣文學發展基金會」，爲了發揮更大的動能，開始更積極、更有效率地將過去累積至今持續在做的文學史料整理出來，讓

豐厚的文藝資源與更多人共享。

於是再次的請教張錦郎先生，張先生認為文學書目、作家作品目錄、文學年鑑、文學辭典皆已完成或正在進行，現在重點應該放在有關「臺灣現當代作家評論資料目錄」的編輯工作上。

很幸運的，這個計畫的發想得到當時臺灣文學館林瑞明館長的支持，於是緊鑼密鼓的展開一切準備工作：籌組編輯團隊、召開顧問會議、擬定工作手冊、撰寫計畫書等等。

張錦郎老師花了許多時間編訂工作手冊，每一位作家的評論資料目錄分為：

（一）生平資料：可分作者自述，旁人論述及訪談，文學獎的紀錄。

（二）作品評論資料：可分作品綜論，單行本作品評論，其他作品（包括單篇作品）評論，與其他作家比較等。

此外，對重要評論加以摘要解說，譬如專書、專輯、學術會議論文集或學位論文等，凡臺灣以外地區之報刊及出版社，於書名或報刊後加註，如中國大陸、香港、新加坡等。此外，資料蒐集範圍除臺灣外，也兼及中國大陸、香港、新加坡、日本、韓國及歐美等地資料，除利用國內蒐集管道外，同時委託當地學者或研究者，擔任資料蒐集工作。

清楚記得，時任顧問的學者專家們，都十分高興這個專案的啟動，但確定收錄哪些作家名單時，也有不同的思考及看法。經過充分的討論後，終於取得基本的共識：除以一般的「文學成就」為觀察及考量作家的標準外，並以研究的迫切性與資料獲得之難易度為綜合考量。譬如說，在第一階段時，作家的選擇除文學成就外，先考量迫切性及研究性，迫切性是指已故又是日治時期臺籍作家為優先，研究性是指作品已出土或已譯成中文為優先。若是作品不少而評論少，或作品評論皆少，可暫時不考慮。此外，還要稍微顧及文類的均衡等等。基本的共識達成後，顧問群共同挑選出 310 位作家，從鄭坤五、賴和、陳虛谷以降，一直到吳錦發、陳黎、蘇偉貞，共分三個階段進行。

　　張錦郎教授修訂的編輯體例，從事學術研究的顧問們，一方面讚嘆「此目錄必然能成為類似文獻工作的範例」，但又深恐「費力耗時，恐拖延了結案時間」，要如何克服「有限時間，高度理想」的編輯方式，對工作團隊確實是一大挑戰。於是顧問們群策群力，除了每人依研究領域、研究專長認領部分作家外（可交叉認領），每個顧問亦推薦或召集研究生襄助，以期能在教學研究工作外，為此目錄盡一份心力。

　　「臺灣現當代作家評論資料目錄」專案計畫，自 2004 年 4 月開始，至 2009 年 10 月結束，分三個階段歷時五年六個月，共發現、搜尋、記錄了十餘萬筆作家評論資料。共經歷了三位專職研究助理，近三十位兼任研究助理。這些研究助理從開始熟悉體例，到學習如何尋找資料，是一條漫長卻實用的學習過程。

接續

　　本來以為五年的專案工作可以暫時告一段落，但面對豐盛的研究成果，無論是參與這個計畫的顧問或是擔任審查工作的專家學者，都希望臺灣文學館能在這樣的基礎下挖深織廣，嘉惠更多的文學研究者。

　　「臺灣現當代作家評論資料目錄」的專案完成，當代重要作家的研究，更可以在這個基礎上，開出亮麗的花朵。於是就有了「臺灣現當代作家研究資料彙編暨資料庫建置計畫」的誕生。為了便於查詢與應用，資料庫的完成勢在必行，而除了資料庫的建置外，這個計畫再從 310 位作家中精選 50 位，每人彙編一本研究資料，內容有作家圖片集，包括生平重要影像、文學活動照片、手稿及文物，小傳、作品目錄及提要、文學年表。另外每本書分別聘請一位最適當的學者或研究者負責編選，除了負責撰寫五千至一萬字的作家研究綜述外，再從龐雜的評論資料中挑選具有代表性的評論文章，全文刊載，平均 12～14 萬字，最後再附該作家的評論資料目錄，以期完整呈現該作家的生平、創作、研究概況，其歷史地位與影響。

　　由於經費及時間因素，除了資料庫的建置，資料彙編方面，50 位作家

分三個階段完成。第一階段挑選了 15 位作家，體例訂出來，負責編選的學者專家名單也出爐了，於是展開繁瑣綿密的編輯過程。一旦工作流程上手，才知比原本預估的難度要高上許多。

　　首先，必須掌握 15 位編選者的進度這件事，就是極大的挑戰。於是編輯小組在等待編選者閱讀選文的同時，開始蒐集整理作家生平照片、手稿，重編作家年表，重寫作家小傳，尋找作家出版品的正確版本、版次，重新撰寫提要。這是一個極其複雜的工程。要將編輯準則及要素傳達給毫無編輯經驗的助理，對我來說，就是一個極大的考驗。於是，邊做邊教，還好有認真負責的專任助理宇霈，以及編輯老手秀卿下海幫忙，將我的要求視為使命必達，讓整個專案在「高壓政策」下，維持了不錯的品質及進度。

　　當然，內部的「高壓政策」，可以用身教、言教的方法執行，但要八位初出茅廬的助理，分別盯牢 15 位編選的學者專家，無疑是一件「非常人」可以勝任的工作。學者專家個個都忙，如何在他們專職的教學及行政工作之外，把這件有意義的編選工作如期完工，另外還得加上一篇完整的評論綜述，這可是要大智慧、大勇氣的編輯經驗了。

　　有些編輯經驗可以意會，不可言傳，這是多年血淚交織的經驗與心得，短時間要他們全然領會實在有些困難。但迫在眉睫的工作總得完成，於是土法煉鋼也好，揠苗助長也罷，一股腦全使上了。在智慧權威、老練成熟的學者專家面前，這些初生之犢的年輕助理展現了大無畏的精神，施展了編輯教戰手冊中的第一招——緊迫盯人。看他們如此生吞活剝地貫徹我所傳授的編輯要法，心裡確實七上八下，但礙於工作繁雜，實在無法事必躬親，也只好讓他們各顯身手了。

　　縱使這些新手使出了全部力氣，無奈工作的難度指數偏高，進度遇到瓶頸，大夥有些喪氣，這時就得靠意志力及精神鼓舞了。我曉以大義的說，他們正在光榮地參與一個重要的文學工程，絕對不可輕言放棄。

成果

　　雖然過程是如此艱辛，可是終究看到豐美的成果。每位編選者雖然忙碌，但面對自己負責的作家資料彙編，卻是一貫地認真堅持。他們每人必須面對上千或數百筆作家評論資料，挑選重要或關鍵性的評論文章，全面閱讀，然後依照編選原則，挑選評論文章。助理們此時不僅提供老師們所需要的支援，統計字數，最重要的是得找到各篇選文作者，取得同意轉載的授權。在進度流程初估時，我們錯估了此項工作的難度，因為許多評論文章，發表至今已有數十年的光景，部分作者行蹤難查，還得輾轉透過出版社、學校、服務單位，尋得蛛絲馬跡，再鍥而不捨地追蹤。

　　除了挑選評論文章煞費苦心外，每個作家生平重要照片，我們也是採高標準的方式去蒐集，過世作家家屬、友人、研究者或是當初出版著作的出版社，都是我們徵詢的對象。認真誠懇而禮貌的態度，讓我們獲得許多從未出土的資料及照片，也贏得了許多珍貴的友誼。例如楊逵的兒子楊建、孫女楊翠，龍瑛宗的兒子劉知甫，張文環的女兒張玉園，楊熾昌的兒子楊皓文，鍾理和的兒子鍾鐵民、孫女鍾怡彥及鍾舜文，梁實秋的女兒梁文薔，呂赫若的兒子呂芳卿、呂芳雄等，我們和他們一起回憶他們的父祖輩可敬可愛的文學人生。

　　閱讀諸篇評論文章，對先民所處的時代有更多的同情與瞭解。從日本研究臺灣文學的學者尾崎秀樹〈臺灣文學備忘錄——臺灣作家的三部作品〉一文中，可以清楚瞭解臺灣人作家對日本殖民統治的意識，乃由抵抗而放棄以至屈服的傾斜過程。向陽認為，其中也能發現少數因主流思潮的覆蓋而晦暗不明的作家，例如不為時潮所動，堅持以超現實主義書寫的楊熾昌。然而經過時間的考驗，曾經孤獨的創作者，終究確立了他在臺灣文學史上的地位。

　　在閱讀中，許多熟悉的名字不斷出現。1962 年，張良澤以一個成大中文系學生的身分，拜訪了鍾理和遺孀，且立下了今後整理臺灣文學史料的

志業。1977 年 9 月，張良澤主編的《吳濁流作品集》，堂堂六冊由遠行出版。1979 年 7 月，鍾肇政、葉石濤、張恆豪、林梵、羊子喬等人編纂《光復前臺灣文學全集》，由遠景出版，這些作家、學者、出版家，都為早期臺灣文學的研究貢獻了心力。

1987 年 7 月臺灣解嚴，臺灣文學研究的風潮日漸蓬勃。1990 年 4 月 23 日，《民眾日報》策劃「呂赫若專輯」，標題為〈呂赫若復出〉；1991 年前衛出版社林文欽出版「臺灣作家全集‧短篇小說卷‧日據時代」；1997 年自真理大學開始，臺灣文學系所紛紛成立，臺灣文學體制化的脈動，鼓舞了學院師生積極從事日治時期臺灣文學史料的蒐集。這股風潮正如陳萬益所言，不只是文獻的出土，也是一種心態的解嚴，許多日治時期作家及其家屬，終於從長期禁錮的氛圍中解放。許俊雅認為，再加上當初以日文創作的作家作品，也在 1990 年代後被逐漸翻譯出來，讀者、研究者在一個開放的空間，又免除語文的障礙，而使臺灣文學研究開始呈現多元的風貌。

1990 年開始，各地縣市文化中心（文化局），對在地作家作品集的整理出版，以及臺灣文學館成立後對日治時期作家以迄當代重要作家全集的編纂，對臺灣文學之作家研究，也有了很好的促進作用。《鍾理和全集》、《鍾肇政全集》、《楊逵全集》、《張文環全集》、《呂赫若日記》、《葉石濤全集》、《龍瑛宗全集》，如雨後春筍般持續展開。「臺灣意識」的興起，使本土文學傳統快速的納入出版與研究行列。

每位編選者除了概述作家的研究面向外，均有獨到的觀察與建議。陳建忠細論賴和及其文學接受史的演變歷程後，建議未來研究者回歸到賴和文學本體與專業研究方向；張恆豪除抽絲剝繭細述「吳濁流學」的接受及演變歷程外，並建議幾個有關吳濁流及《亞細亞的孤兒》尚待關注及努力的議題；須文蔚建議未來的研究者，可從紀弦 1950～1960 年跨區域文學傳播角度出發，彙整紀弦對上海、香港、臺灣及東南亞華文地區詩歌的影響；或從紀弦主編過的《火山》詩刊、《新詩》月刊等著手，從文學社會學

或文學傳播的角度出發。柳書琴、張文薰為顧及張文環多元面向，除一般期刊論文外，亦選譯尚未譯介的論文，希望展示海內外不同世代之路徑與成果；應鳳凰以深入 50 年代文本的研究基礎，將鍾理和的研究收納得更為寬廣。彭瑞金則分別對葉石濤及鍾肇政進行深入細膩的研究，以及熟稔精密的剖析，他認為葉石濤文學是長期累積的成果，他所選錄的 20 篇葉石濤相關評論文章，代表各種背景的評論者、評介者閱讀葉石濤文學的方法；而鍾肇政上千筆的研究資料，呈現的多是鍾肇政文學的外圍研究，較少從文學的角度去探求解析。清理分析成果後，才可以作為續航前進的動力。

　　然而在近二十年本土文學興盛的臺灣文學研究中，是不是也有遺漏與偏失？陳信元的〈兩岸梁實秋研究述評比較〉，也足以讓我們思考。陳義芝除肯定覃子豪詩藝的深度與厚度，以及對後繼青年的影響外，如果從文獻蒐集、詮釋的角度來看，他認為覃子豪研究仍有尚未開發的議題。

　　學者兼作家的周芬伶，對琦君的剖析與論述細微而生動，她細膩的文字觀察，清楚道出琦君研究的未到之處；張瑞芬則以明快的文字，將林海音一生的創作、出版與編輯完整帶出，也比較了評論者對林海音小說、散文表現的不同看法，相同的則是林海音編輯生涯中對作家的提攜與貢獻。

期待

　　感謝臺灣文學館持續支持推動這兩個專案的進行。「臺灣現當代作家評論資料目錄」的完成，呈現的是臺灣文學研究的總體成果；「臺灣現當代作家研究資料彙編」套書的出版，則是呈現成果中最精華最優質的一面，同時對未來的研究面向與路徑，做最好的建議。我們可以很清楚的體會，這是一條綿長優美的臺灣文學接力賽，我們十分榮幸能參與其中，我們更珍惜在傳承接力的過程，與我們相遇的每一個人，每一件讓我們真心感動的事。我們更期待這個接力賽，能有更多人加入。誠如張恆豪所說「從高音獨唱到多元交響」，這是每一個人所期待的。

編輯體例

一、本書編選之目的,為呈現紀弦生平、著作及研究成果,以作為臺灣文學相關研究、教學之參考資料。

二、全書共五輯,各輯內容及體例說明如下:

輯一:圖片集。選刊作家各個時期的生活或參與文學活動的照片、著作書影、手稿(包括創作、日記、書信)、文物。

輯二:生平及作品,包括三部分:

1. 小傳:主要內容包括作家本名、重要筆名,生卒年月日,籍貫,及創作風格、文學成就等。

2. 作品目錄及提要:依照作品文類(論述、詩、散文、小說、劇本、報導文學、傳記、日記、書信、兒童文學、合集)及出版順序,並撰寫提要。不收錄作家翻譯或編選之作品。

3. 文學年表:考訂作家生平所進行的文學創作、文學活動相關之記要,依年月順序繫之。

輯三:研究綜述。綜論作家作品研究的概況,並展現研究成果與價值的論文。

輯四:重要文章選刊。選收國內外具代表性的相關研究論文及報導。

輯五:研究評論資料目錄。收錄至 2010 年 10 月底止,有關研究、論述臺灣現當代作家生平和作品評論文獻。語文以中文為主,兼及日文和英文資料。所收文獻資料,以臺灣出版為主,酌收中國大陸、香港、日本和歐美國家的出版品。內容包含三部分:

1. 「作家生平、作品評論專書與學位論文」下分為專書與學位論文。

2. 「作家生平資料篇目」下分為「自述」、「他述」、「訪談」、「年表」、「其他」。

3. 「作品評論篇目」下分為「綜論」、「分論」、「作品評論目錄、索引」、「其他」。

目次

輯一◎圖片集

影像◎手稿◎文物

1913年，五個月的紀弦（中）與父母合影於上海，時值父親路孝忱追隨孫中山進行第二次革命。（聯合文學出版社提供，以下同）

1917年，四歲的紀弦（右）與母親堂兄（右二）、母親（右三）與抱著二弟路邁的父親（左）合影於北京。

紀弦與妻子胡明合影於1930年代。（文史哲出版社提供）

1929年，16歲的紀弦於就讀武昌美專期間攝於「顯真樓」照相館。

1935年，紀弦與杜衡、番草（鐘鼎文）、耶草、萍草正式組成「星火文藝社」，出有《星火》半月刊。（楊佳嫻提供）

1936年7月，紀弦（中）與《小雅》詩雙月刊的兩位主編吳奔星（右）、李章伯合影於北平前門火車站。（吳心海提供）

1936年9月，紀弦與常白、韓北屏、沈洛合作，創辦《菜花詩刊》，緣自菜花為四瓣，屬十字花科，用以象徵「鎮揚四賢」（紀弦、韓北屏、常白、沈洛），後被文友認為太過閨秀氣，出版一期後更名為《詩誌》（1936年9月～1937年8月）。（吳心海提供）

1936年，紀弦（左）與詩人李華飛攝於東京，因當時左頰生有疗瘡，故以右頰示人。

1936年，自東京歸國的紀弦攝於揚州門雞廠書齋，後方的畫作為其作品，時年23歲。

1938年，紀弦與妻胡明、三弟媳鄭青與三弟路造（由左至右）攝於香港公園。

1945年，紀弦於上海與董純瑜、田尾（紀弦二弟路邁）、南星、葉帆等七人組成「詩領土社」，創辦詩刊《詩領土》（1944年3月～1944年12月），共出版5期。（楊佳嫻提供）

1951年4月5日，紀弦與妻胡明於校外教學時攝於臺北圓山公園，時值紀弦擔任成功中學教師。

1952年,紀弦油畫自畫像,自稱為「四十歲的狂徒」。

1953年,紀弦創辦《現代詩》,至1964年8月停刊止,共45期。(文訊資料室)

1957年,紀弦與兩位韓國訪臺詩人趙炳華、金容浩和覃子豪、鍾雷(由右至左)攝於松山機場。

1958年12月,紀弦(中)與辛鬱(左)、吳永生攝於金門。

1968年，紀弦（左）與瘂弦合影，謂之「二弦」，攝影者為林海音。

辛鬱、羅門、紀弦、瘂弦（由左至右）與余光中（右一）合影，攝影時間、地點不詳。（文史哲出版社提供）

1969年5月17日，紀弦（右二）攝於成功中學校慶，因服務滿20年接受表揚。

1969年8月25日，紀弦（中）與鍾鼎文（右）、陳敏華攝於馬尼拉機場，預備出席「第一屆世界詩人大會」。

1971年，紀弦（前左）攝於楊牧回國省親酒會。右為接受紀弦斟酒的楊牧，後為要與紀弦乾杯的洛夫。

1977年，移居美國的紀弦攝於舊金山西海岸。

1980年，紀弦（中）與外孫女小珊（右）、外孫小泉攝於自宅後院。

1980年，紀弦與妻胡明、女兒珊珊、外孫女小珊、外孫小泉、女婿李發泉與暱稱小胖的長孫路光耀（由左至右）攝於洛杉磯迪士尼樂園。

1982年10月，紀弦乘渡輪前往北
岸觀光，有一美籍攝影家要求拍
攝照片，這是作品之一。

1985年1月，韓國詩人許世旭與
徐遲、紀弦夫婦（由左至右）合
影於舊金山華人街。（文訊資料
室）

1989年，紀弦（右後）與外孫、妻子、
女兒、外孫女、女婿（由右至左）攝於
夏威夷飯店。

1990年1月23日，紀弦與妻結褵滿60年，
謂之「鑽石婚」，於慶祝宴上為妻子戴
上鑽戒。

1991年8月，紀弦應邀至美國女詩人瑪莉・納
恩家中朗誦詩作，二人合影於納恩家前。

1992年，紀弦（右）與忘年之交吳慶學
合影於自宅後院。

紀弦與妻子胡明、外孫女李小珊、女兒路珊珊
（由左至右）、女婿李發泉（後）合影於金
山國父紀念館・紀弦詩展，約攝於1990年代。
（文史哲出版社提供）

1993年，紀弦攝於80歲壽宴。右起：壽星
紀弦，夫人胡明，散文作家于民，畫家
陳碧霞，于民夫人周翠蘭。

1996年，白靈、向明、紀弦、朵思、彭邦楨、
尹玲（由右至左）合影於紀弦第二次返臺。
（文訊資料室）

師生合影

一九九八年六月五日，与得意
門生蘇明祥學生八人連同他他
在左及其他親人二行三十餘
人，前往加州 Santa Cruz 一帶
暢遊竟日，十分愉快。大家都拍
了不少照片。這一張就是我和
蘇明祥在右有名的 Mystery Spot
玩遊了之後的合影。紀弦時年
八十五歲，其遊興之濃，猶不減
當年，大家都這樣說。

1998年6月5日，85歲的紀弦與學生蘇明祥
攝於加州。（下載自東華大學數位文化
中心網站「詩路」）

2000年，紀弦與胡明攝於結婚70周年「月岩婚」慶祝宴上。

2000年，紀弦與妻胡明「月岩婚」邀請卡，正面有紀弦親筆書寫之〈戀人之目〉。（張默提供）

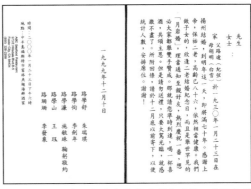

2000年，紀弦與妻胡明「月岩婚」邀請卡反面，由路家子女聯合署名邀請。（張默提供）

2002年，紀弦接受廖玉蕙訪問，手持作品《宇宙詩抄》攝於聖‧馬太奧老人公寓。（廖玉蕙提供）

2010年，紀弦（前中）與作家吳玲瑤（右四）和加州區文友攝於自宅。（吳玲瑤提供）

2010年，97歲的詩人紀弦可以不戴眼鏡閱讀
《世界日報》。（吳玲瑤提供）

晚年近照。（紀弦提供）

紀弦〈戀人之目（1937）〉手稿。（下載自東
華大學數位文化中心網站「詩路」）

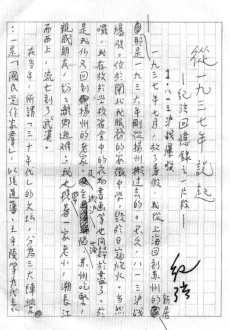

紀弦從1937年說起——紀弦回憶錄之一片段手稿。
（文訊資料室）

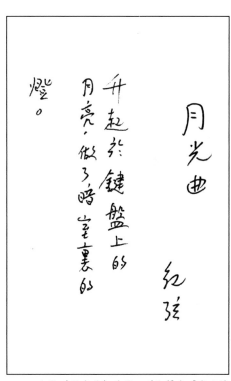

紀弦〈不再唱的歌〉手稿。（翻攝自《紀弦自選集》，黎明文化出版公司）

紀弦〈月光曲〉手稿。（翻攝自《宇宙詩抄》，書林出版公司）

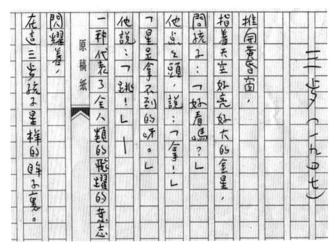

紀弦〈三歲（1947）〉手稿。
（下載自東華大學數位文化中
心網站「詩路」）

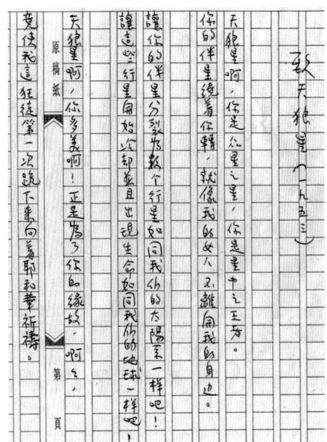

紀弦〈致天狼星（1953）〉手
稿。（下載自東華大學數位文
化中心網站「詩路」）

紀弦〈蒼蠅與茉莉（1961）〉手稿。（下載自東華大學數位文化中心網站「詩路」）

紀弦隨筆：「居然活得這麼老了。原來我是為詩而活著的。」（國家圖書館提供）

月岩婚進行曲

紀弦作於 99年10月

結婚滿六十年，
此之謂鑽石婚。
但是超過鑽石，
還沒有新名稱，
已經滿七十年，
我倆今天結婚。
我早就想到了，
這叫做月岩婚。
這是我的專利，
發明了新名稱，
如果又能發明，
還算什麼詩人？

日後滿八十年，
就叫火星石婚。
如果滿九十年，
土星的光環婚。
如果滿一百年，
可以叫太陽婚。

回想當初年少，
路胡兩家聯姻，
轟動了揚州城。
如今白頭偕老，
欣逢二○○○，
成為灣區新聞。
各位至親好友：
非常感謝你們：
請為我倆舉杯，
祝福一對新人！

我和老伴於一九三○年一月
二十三日在揚州結婚，到二
○○○年這一天，滿七十年，
但我無法弄到一塊月岩，
做成一付耳環送給愛妻。
於是作飛一首，以先紀
念。

1999年10月，紀弦〈月岩婚進行曲〉手稿影印。（吳慶學提供）

輯二◎生平及作品

小傳◎作品◎年表

小傳

紀弦（1913～）

　　紀弦，男，本名路逾，字越公，另有筆名青空律、路易士、章容、葦西等。籍貫陝西秦縣，1913 年 4 月 27 日生於河北清苑，1948 年來臺。

　　蘇州美術專科學校畢業。曾任安徽中學、聖芳濟中學教員。1937 年擔任《國民日報》「新壘」副刊編輯，在中國期間曾創辦過《火山》、《今代》、《新詩》、《菉花》、《詩誌》、《詩領土》、《異端》等文藝雜誌，並曾組織過星火文藝社、菉花詩社。來臺後，歷任《平言日報》「熱風」副刊編輯、成功中學教師，1952 年主編潘壘所主持的「暴風雨社」《詩誌》，僅出版一期即停刊。1953 年獨資創辦《現代詩》季刊，1956 年發起成立「現代派」，以「領導新詩的再革命，推行新詩的現代化」爲宗旨。1973 年因病退休，1976 年底赴美定居迄今。曾獲第一屆中國現代詩特別獎、中國文藝協會文藝獎章、吳望堯中國現代詩獎、中華文藝獎金委員會五四獎金等獎項，並獲世界藝術文化學院（World Academy of Arts and Culture）贈予榮譽文學博士學位。

　　紀弦創作文類以詩爲主，兼及散文。1933 年底自費出版第一本詩作《易士詩集》，1934 年受到戴望舒自由詩的音樂性與李金髮詩風影響，開始投稿詩作於上海《現代》雜誌，自 1929 年開始寫詩，紀弦創作逾七十二年，至今已完成約一千多首詩作，被譽爲詩壇常青樹。

　　紀弦詩作可分爲三期：大陸時期，爲藝術而藝術的色彩較濃，有戴望

舒風格的感傷與頹廢，各種西方新興詩派的影響也較顯著；臺灣時期，作品為人生而藝術的色彩加強，西方新興詩派的影響逐漸消褪，原來主張「情緒之放逐」後修正為「主知與抒情並重」；美西時期，以寫實的表現手法，處理各種現實的題材。詩作有不少描寫理想在現實社會中失落的挫敗，書寫對於現實不滿的情緒，而在藝術上表現出嘲諷、詼諧的特色，《中國當代十大詩人選集》編者之一的張默曾對其詩有如下的評語：「紀弦的詩，題材廣泛，表現手法獨特，有個性，風格富變化，在意象上時呈飛躍之姿，在語法上則常揭示一種喜劇的諧趣。他曾組織『現代派』，倡導詩的現代化，對中國現代詩運之推廣，影響至為深遠。」在「現代派」成立之後，紀弦發表了「六大信條」文藝綱領，主張「新詩是橫的移植，而非縱的繼承」，對臺灣現代詩發展起了推波助瀾的作用，並引起詩壇廣泛討論。

作品目錄及提要

【論述】

紀弦詩論

臺北：現代詩社
1956 年 3 月，32 開，80 頁
現代詩叢

本書收錄解讀現代詩的短篇論述，收有〈袖珍詩論抄〉、〈我之
詩律〉、〈論新詩〉等 17 篇文章。

新詩論集

高雄：大業書店
1956 年 10 月，18 公分，126 頁
今日文叢 3

本書著重區分「韻文與散文」、「詩與歌」、「內容與形式」等淺
顯的新詩教程，全書分「新詩之所以新及其他」、「一個宣言和
一個發刊辭」、「關於象徵派」、「關於幾位現代詩人」四輯，收
錄〈新詩之所以新〉、〈偽自由詩之放逐〉、〈楊喚的遺著：《風
景》〉等 25 篇文章。正文後有〈祭詩人楊喚文〉。

紀弦論現代詩

臺中：藍燈出版社
1970 年 1 月，40 開，210 頁
藍燈叢書 11

本書試圖建立現代詩秩序，定義現代詩，區別「新現代主義」
與「後期現代主義」的特色，強調「排斥情趣」、力求「主
知」，展現詩人對「現代詩精神」與「現代主義」要點的掌握。
全書分「關於新詩的再革命」、「關於現代主義論戰」、「現代詩

諸問題」、「尿素之喻及其他」四輯，收錄〈關於古典化運動之展開〉、〈現代詩之定義〉、〈現代詩之詩觀〉、〈現代詩之精神〉等 32 篇文章。正文後有〈校對後記〉。

【詩】

易士詩集
上海：自印
1934 年 3 月，64 開，79 頁

本書為詩人第一本詩集，收錄 1929～1933 年作品，內容多為格律詩，顯現此時期的詩人受到新月派影響。初涉寫作與愛情的紀弦，詩作呈現陷於初戀的唯美中，帶有濃厚浪漫而感傷的色彩，直至 1931 年九一八事變後，開始領悟現實而使詩風出現轉變。全書收有〈初戀〉、〈五言詩〉、〈短四句〉、〈姑娘再來一個〉、〈夜〉等 65 首作品。正文前有〈自序〉、紀弦蘇州美專同學王綠堡〈綠堡的序〉。

行過之生命
上海：未名書屋
1935 年 12 月，50 開，364 頁
未名文苑第二種

本書依創作年代做為排列根據，由於詩人曾染瘧疾，病痛纏身，因此詩集中呈現「完全是一種近乎於或者趨於悲觀的厭世主義或者出世思想」。全書分為：「開始習作～1933 年」、「1934 年 3 月～年終」、「1935 年 1～8 月」三部分，收錄〈踏海〉、〈畫〉、〈南風歌〉、〈四行小唱〉、〈太陽病的患者〉等 162 首作品。正文前有杜衡〈序〉，正文後有施蟄存〈跋〉與〈後記〉。

火災的城
上海：詩人社
1937 年 7 月
新詩社叢書之四

本書收錄詩人 1936～1937 上半年間之作品，已可看出詩人獨特的風格，創作手法不拘一格，遊走在寫實、象徵、超現實之間。全書計有〈傷風〉、〈航海去吧〉、〈二月之窗〉、〈初到舞場〉、〈窗下吟〉等 57 首作品。

愛雲的奇人

上海：詩人社
1939 年 4 月，17.3 公分

本書僅印行 200 冊，計有〈如今的世界〉、〈十一月的詩〉、〈如果你問我〉、〈競走的低能兒〉、〈憂鬱病患者〉等 53 首作品。正文後有〈後記〉。

煩哀的日子

上海：詩人社
1939 年 10 月，18 公分，74 頁

本書計有〈傷風吟〉、〈航海去吧〉、〈二月之窗〉、〈三月之病〉等 37 首作品，正文後有〈後記〉。

不朽的肖像

上海：詩人社
1939 年 12 月，17 公分，74 頁

本書收錄〈獨行者〉、〈黑色讚美〉、〈寒夜〉、〈在地球上散步〉等 34 首作品。正文後有〈後記〉。

出發

上海：太平書局
1944 年 5 月，32 開，120 頁
袖珍詩叢第一種

本書收錄 1943 年 6 月～1944 年 4 月間創作之作品，計有〈城的臉譜〉、〈無題十七行〉、〈我活著〉、〈致董純瑜〉等 38 首。正文前有〈自序〉，正文後有〈校對後記〉。

夏天

上海：詩領土社
1945 年 2 月，40 開
袖珍詩叢第一種

本書收錄 1944 年 5 月至年底創作之作品，全書分「夏天」、「海盜」二輯，收錄〈孔雀與狗〉、〈七行之夜〉、〈遠方有七個海笑著〉、〈不唱的歌〉等 66 首。正文後附有〈後記〉。

三十前集

上海：詩領土社
1945 年 4 月，36 開，29 頁
詩領土社叢書第一種

本書收錄 1931 年～1943 年 4 月間創作之作品，依創作年代排列。受到西洋象徵詩派影響，呈現出頹廢、虛無的感情。計有〈六行詩 No.1〉、〈心臟病的患者〉、〈八行小唱〉、〈脫襪吟〉、〈什麼奸細老跟在我後面〉等 213 首作品。正文前有〈自序〉，正文後有〈三十自述〉。

在飛揚的時代

臺北：寶島文藝出版社
1951 年 4 月，32 開，41 頁
寶島文藝叢書 2

本書為詩人至臺灣後首次以「紀弦」為筆名出版的單行本，除〈寒流下〉寫於 1948 年，其餘皆創作於 1950～1951 年間，發表於報章雜誌，計有〈寒流下〉、〈春天春天好一個戰鬥的時候〉等九首。正文前有〈前記〉。

紀弦詩甲集

臺北：暴風雨社
1952 年 5 月，32 開，60 頁

本書收錄 1931～1934 年間創作之作品，為 1945 年出版的《三十前集》重新更名，並分集編排出版。計有〈八行小唱〉、〈藍色之衣〉、〈無音的憂鬱〉、〈如果你問我〉、〈沒有詩的日子〉等 52 首。正文前有〈前記〉。

紀弦詩乙集

臺北：暴風雨社
1952 年 7 月，32 開

本書收錄 1931～1934 年間創作之作品，為 1945 年出版的《三十前集》重新更名，並分集編排出版。計有〈理想〉、〈夜歸〉、〈五月風〉、〈北國之行〉、〈我願意上天做月亮〉等 52 首。正文前有〈前記〉。

摘星的少年

臺北：現代詩社
1954 年 5 月，32 開，111 頁
現代詩叢

1963 年 4 月，32 開，222 頁
現代詩叢・紀弦自選詩集卷 1

本書收錄 1929～1948 年間創作之作品，包含大陸時期作品《行
過之生命》、《火災的城》重印，依創作年代排列。此時期因結
識戴望舒，受其影響頗深，作品呈現法國象徵主義色彩與濃厚
的「自述性」。計有〈心臟病的患者〉、〈秋思〉、〈如果你問
我〉、〈我的愛情除以三〉等 182 首詩。正文前有〈自序〉。

無人島

臺北：現代詩社
1956 年 5 月，32 開，43 頁

本書收錄紀弦 1943 年間創作之作品，共 15 首。

飲者詩抄

臺北：現代詩社
1963 年 10 月，32 開，262 頁
現代詩叢・紀弦自選詩集卷 2

本書收錄 1943～1948 年居住上海期間，發表在《現代詩》「三
三詩抄」、「第六詩集」、「飲者」、「寒流下」等專欄作品與《無
人島》詩作。與《摘星的少年》並列為大陸時期作品代表作，
為耙梳其寫作發展脈絡的重要一環。全書計有〈我・宇宙〉、
〈三人之溜冰者〉、〈流星與窗〉、〈在航線上〉、〈飲者不朽〉等
162 首。正文前有〈自序〉。

紀弦詩選

臺中：光啟出版社
1965 年 11 月，40 開，179 頁
光啟新詩集之三

本書收錄 1949～1963 年間居住於臺灣時期創作的作品，由光啟
出版社負責人顧保鵠神父整理摘選，計有〈命運交響曲〉、〈雕
刻家〉、〈檳榔樹：我的同類〉、〈光明的同類〉、〈十一月的新抒
情主義〉等 71 首。正文前有〈自序〉。

檳榔樹甲集

臺北：現代詩社
1967 年 6 月，32 開，159 頁
現代詩叢・紀弦自選詩集卷 3

本書收錄 1949～1953 年間創作之作品，計有〈一女侍〉、〈命運
交響樂〉、〈致群葩〉、〈我發出聲音〉、〈被謀殺了的詩心〉等 92
首。

檳榔樹乙集

臺北：現代詩社
1967 年 8 月，32 開，157 頁
現代詩叢・紀弦自選詩集卷 4

本書收錄 1954～1958 年間之作品，詩行之間充分展現愛國情
操，計有〈飲酒詩〉、〈一片槐樹葉〉、〈四度空間的投影〉、〈中
國的守護神〉、〈氫彈試爆〉等 71 首。正文前有〈自序〉。

檳榔樹丙集

臺北：現代詩社
1967 年 10 月，32 開，144 頁
現代詩叢・紀弦自選詩集卷 5

本書收錄 1959～1963 年間創作之作品，補遺甲、乙兩集未收錄
之詩作〈聘書期滿〉、〈飲者之歌〉、〈新栽的樹〉、〈榕樹〉、〈蘇
花公路〉、〈詩人節〉、〈陳帥的笑〉七首，及新作〈柏油路的文
明〉、〈無感不覺〉、〈番石榴的秩序〉等 70 首詩。正文前有〈自
序〉。

檳榔樹丁集

臺北：現代詩社
1969 年 4 月，32 開，159 頁
現代詩叢・紀弦自選詩集卷 6

本書收錄 1964～1968 年間之作品，收有〈四月的陽明山〉、〈大
無畏的象徵〉、〈月光曲〉、〈上帝造人人造酒〉、〈布拉格的怒
吼〉等 66 首。正文前有自序。

向邪惡宣戰

臺北：自印
1969 年，25 開，159 頁

本書由中山學術文化基金董事會補助出版。收錄 1964～1968 年間之作品，計有〈春日〉、〈四月的陽明山〉、〈旗一般的微笑〉、〈大樹之歌〉、〈歷史永不止步〉等 66 首。

五八詩草

臺北：自印
1971 年 7 月，32 開，48 頁

本書收錄 1969 年間創作之作品，大部分雖為「散文的音樂」之抒情自由詩，然而寫實、批評傾向的風格愈益鮮明。除部分詩作為《檳榔樹》甲～丁集落選初稿外，其餘皆為新作。計有〈一種蒼白〉、〈二月的東歐〉、〈黑貓〉等 23 首。正文前有〈自序〉。

飛躍與超越

臺北：現代詩獎委員會
1974 年 6 月，25 開，106 頁

本書為第一屆中國現代詩獎紀念專輯，內容為特別獎得主紀弦與創作獎得主羅青的作品。收錄紀弦詩作〈一片槐樹葉〉、〈存在主義〉、〈狼之獨步〉、〈致阿保里奈爾〉等 11 首。正文前有〈第一屆中國現代詩獎評審經過〉、紀弦得獎感言〈四十五年如一日〉、羅青得獎感言〈鍛接的時代〉，正文後有張默〈現代詩壇沉默的聲音──吳望堯訪問記〉。

檳榔樹戊集

臺北：現代詩社
1974 年 6 月，32 開，165 頁
現代詩叢・紀弦自選詩集卷 7

本書收錄 1969～1973 年間之作品，計有〈一元論〉、〈大磁場之瓦解〉、〈元旦開筆〉、〈春天的檢閱式〉、〈致彗星 KOHOUTER〉等 83 首。正文前有〈自序〉。

紀弦自選集

臺北：黎明文化公司
1978 年 12 月，32 開，398 頁
中國新文學叢刊 54

本書自 1929～1973 年出版作品《摘星的少年》、《飲者詩抄》、
《檳榔樹》（甲～戊集）七本詩集中擷選詩作，爲其創作 45 年
間之菁華總成。全書收錄〈生之箭〉、〈八行小唱〉、〈人類與蒼
蠅〉、〈六十自壽〉、〈鳳凰木狂想曲〉等 223 首詩。正文前有作
者素描、生活照片、手跡、〈小傳〉、〈自序〉。

晚景

臺北：爾雅出版社
1985 年 5 月，32 開，220 頁
爾雅叢書 162

本書收錄 1974～1984 年間赴美定居後，跨越「臺灣」、「美西」
兩個時期之作品集結。全書分「晚景之部」（1974～1976）與
「美西之部」（1977～1984）二部分，計有〈藍寶石婚〉、〈告別
臺北〉、〈不再唱的歌〉、〈七十自壽〉、〈相對論〉等 81 首。正文
前有〈自序〉，正文後有〈紀弦書目〉、〈紀弦寫作年表〉。

臺灣三家詩精品

合肥：安徽文藝出版社
1990 年 9 月，32 開，244 頁

本書爲席慕蓉、余光中、紀弦詩作合集，全書分爲：「席慕蓉—
——一朵來自天上的花」、「余光中——藝術的多妻主義者」、「紀
弦———一隻嗥荒原的孤獨的狼」三部分，收錄紀弦詩作〈狼之
獨步〉、〈在地球上散步〉、〈飛的意志〉等 12 首。正文前有
〈序〉。

紀弦詩選／藍棣之編

北京：中國友誼出版公司
1993 年 3 月，20 公分，243 頁
臺灣詩歌名家叢書

本書擷選至臺灣後 1954～1985 年間之《摘星的少年》、《飲者詩
抄》、《檳榔樹甲乙丙丁戊集》、《晚景》等作品。全書收錄〈畫
幅上〉、〈黑色讚美〉、〈說我的壞話〉、〈生命如果是酒〉、〈白色

的小馬〉等 147 首。正文前有主編藍棣之〈《紀弦詩選》序〉，正文後附錄〈紀弦書目〉、〈紀弦年譜〉。

半島之歌：紀弦詩集

臺北：現代詩社
1993 年 8 月，新 25 開，258 頁
現代詩叢書 6

本書收錄 1985～1992 年居住於舊金山半島時期的作品。詩人將對宇宙的熱愛、狂想與對神學的思索化爲詩句，將目光置於宇宙深處，並引領讀者進入詩人的發想。全書收錄〈宇宙論〉、〈春天的腳步聲〉、〈玄孫狂想曲〉、〈星之分類〉、〈空間論〉等 62 首。正文前有〈自序〉。

紀弦精品／莫文征選編

北京：人民文學出版社
1995 年 5 月，25 開，266 頁

本書爲《摘星的少年》、《檳榔樹》、《半島之歌》之合集，依原書次序排列。收錄〈遠方有七個海笑著〉、〈窮人的女兒〉、〈午夜的壁畫〉、〈火葬〉、〈約翰走路〉、〈八十自壽〉等 218 首。正文後附有〈紀弦小傳〉、〈紀弦著作目錄〉。

第十詩集

臺北：九歌出版社
1996 年 8 月，32 開，218 頁
九歌文庫 445

本書爲詩人第十本自選詩集，收錄居住美西時期 1993～1995 年間作品，生活中所見所聞，更結合天文學與神學，創作出具有天人合一境界的宇宙詩。全書收錄〈八十自壽〉、〈晨禱〉、〈物質不滅〉、〈年老的大象〉、〈動詞的相對論〉等 66 首，並補遺 1937 年作品〈遠方謠〉。正文前有作者序〈題材決定手法〉，正文後附錄蕭蕭〈我即宇宙〉、〈紀弦小傳〉及〈紀弦書目〉。

宇宙詩抄

臺北：書林出版公司
2001 年 12 月，32 開，222 頁
書林詩集 33

本書收錄 1996～2000 年間之作品，以宇宙詩爲創作主軸，包含神學、飲酒、諷刺、詠物、寫景、懷人、鄉愁等題材，詩風明朗豪放而自然。計有〈鄉愁五節〉、〈磨劍吟〉、〈黑洞論〉、〈一九九九年春在加州〉、〈田園交響樂〉等 72 首。正文前有〈自序〉，正文後附錄〈紀弦小傳〉、〈紀弦書目〉。

紀弦詩拔萃

臺北：九歌出版社
2002 年 8 月，25 開，238 頁
九歌文庫 639

本書爲 1933～2000 年間創作之詩作精選集結，可略窺其寫作生命中不同階段所展現的詩路歷程與詩風。全書分爲「大陸時期作品（1933～1948）」、「臺灣時期作品（1950～1975）」、「美西時期作品（1977～2000）」三輯，收錄〈在地球上散步〉、〈火與嬰孩〉、〈鄰女之窗〉、〈擊鼓的少女〉、〈玫瑰與甲蟲〉、等 95 首。正文前有自畫像、〈總結我的詩路歷程〉，正文後附錄〈紀弦小傳〉、〈紀弦書目〉。

年方九十

臺北：文史哲出版社
2008 年 6 月，25 開，293 頁
文學叢刊 202

本書收錄 2001～2005 年間創作之作品，計有〈在地球上散步〉、〈重返色彩的世界〉、〈老祖宗的夢〉、〈時間的相對論〉、〈給加洲藍鳥〉等 128 首。正文前有〈《年方九十》自序〉，正文後有〈《年方九十》後記〉、〈答瘂弦問〉、〈27 年前，三毛給紀弦的一封信〉與吳慶學〈我的文學情人〉。

紀弦集／丁旭輝編

臺南：國立臺灣文學館
2008 年 12 月，25 開，140 頁
臺灣詩人選集 3

本書為《紀弦詩甲集》、《摘星的少年》、《半島之歌》、《宇宙詩抄》等現存 13 本詩集中遴選 57 首詩作，由編者略加詮說，架構紀弦詩的初步面貌，並佐以紀弦生平簡介，向讀者呈現紀弦其人其詩的完整圖像。正文前有文建會黃碧端主委、國立臺灣文學館鄭邦鎮館長序、彭瑞金〈「臺灣詩人選集」編序〉、〈臺灣詩人選集編輯體例說明〉、〈紀弦影像〉、〈紀弦小傳〉，正文後有丁旭輝〈解說〉、〈紀弦寫作生平簡表〉、〈閱讀進階指引〉、〈紀弦已出版詩集要目〉。

【散文】

小園小品

臺北：臺灣商務印書館
1967 年 5 月，48 開，182 頁
人人文庫 328 號

本書為詩人第一本散文集。收錄自 1948 年至臺灣後到 1963 年間發表於各報章雜誌的散文作品，內容多為回憶過往人事與記述生活瑣事，全書分七輯，收錄〈小園記〉、〈虎子〉、〈狸奴列傳〉、〈雙十前夜〉等 35 篇文章。

終南山下

臺北：臺灣商務印書館
1969 年 5 月，48 開，196 頁
人人文庫 1062、1063 號

本書大部分為詩人 1964～1968 年間創作的作品。全書分九輯，收錄〈終南山下〉、〈蒲編堂路〉、〈故鄉之月〉、〈揚州瑣憶〉、〈有女萬事足〉等 52 篇文章。正文前有〈自序〉。

園丁之歌

臺北：華欣文化事業中心
1974 年 9 月，32 開，150 頁
華欣文學叢書 22

本書內容包含養花蒔草、豢養寵物、天倫之樂等題，構築出作
者「詩人之外」的另類諧趣；並有回憶過往故人與飲酒題材散
文，顯示作者真摯明快的情感。全書分三輯：收錄〈祖父手
記〉、〈一九三六年四月在北京〉等八篇文章。正文前有〈獨白
篇（代序）〉。

千金之旅──紀弦半島文存

臺北：文史哲出版社
1996 年 12 月，25 開，373 頁
文學叢刊 64

本書以作者的異鄉生活為軸心，追憶回溯近二十餘年的點點滴
滴，內容涵括童年舊事、詩壇故友、提倡詩運的經歷，以及對
詩作的賞析和對詩史的批評。全書分四輯：「關於詩與詩人」、
「千金之旅及其他」、「專題演講‧序跋文‧詩論與詩評」「我的
童年‧少年與青年時代」，收錄〈詩人與松鼠─，談劉荒田的
詩〉、〈千金之旅〉、〈現代詩在臺灣〉、〈小坪頂之春〉、〈三十年
代的路易士〉等 55 篇文章。

【傳記】

紀弦回憶錄：第一部──二分明月下

臺北：聯合文學出版社
2001 年 12 月，25 開，154 頁
聯合文學 274‧聯合文叢 245

本書主要記述詩人於「大陸時期」（1913～1948）在揚州生長與
求學過程，並且對當時大陸文壇狀況有深入描述。全書分為 1.
我乃漢代大儒路溫舒之後；2.定居揚州決定了我一生；3.寫詩是
和初戀同時開始了的；4.蘇州美專時代；5 失怙‧留級‧搬家；
6.開第一次畫展，出第一本詩集等 16 章。正文前有照片、〈自
序〉。

紀弦回憶錄：第二部——在頂點與高潮

臺北：聯合文學出版社
2001 年 12 月，25 開，304 頁
聯合文學 274・聯合文叢 245

本書主要記述詩人於「臺灣時期」（1949～1976）所創辦《現代詩》季刊，對現代詩造成深遠影響的過程；著力釐清作者對現代詩的理念與看法，並說明與覃子豪的「現代詩論戰」如何闡發自己的詩學與詩觀。全書分為 1.初到臺灣；2.開始文藝活動；3.創辦《現代詩》；4.三年有成；5.組織「現代派」；6.現代主義論戰；7.第二個回合和論戰的結果；8.第一次去金門等 23 章。

紀弦回憶錄：第三部——半島春秋

臺北：聯合文學出版社
2001 年 12 月，25 開，314 頁
聯合文學 274・聯合文叢 245

本書主要記述詩人「美西時期」（1977～2000）之恬靜生活。自激越到沉潛，此時期的紀弦在美西半島的閒散氛圍中含飴弄孫，安享天年。全書分為 1.我做了外公；2.第一次回臺北；3.初到洛杉磯；4.第五屆「世界詩人大會」；5.戒菸成功・考上市大；6.詩集《晚景》的出版；7.一次很成功的專題演講；8.「北美中華新文藝學會」成立等 21 章。正文後附錄〈紀弦創作年表〉。

文學年表

1913 年　　4 月　　27 日，生於河北清苑，祖籍陝西秦縣，本名路逾，字越公，爲漢代大儒路溫舒之後。父親路孝忱，爲「同盟會」會員，隨孫中山先生爲革命奔走，故幼時居無定所。

1924 年　　本年　　定居揚州，考入第五師範附屬小學（後改名爲揚州中學實驗小學）。受業於劉樂漁先生、龔麌石先生學習國文，奉行「以樂治心」的音樂老師儲三籟爲影響其一生之恩師。

1928 年　　本年　　畢業於揚州中學實驗小學，考上縣立初中，後就讀震旦大學揚州附中學習法文。於此時開始閱讀中國古典、世界名著、愛因斯坦相對論、天文學著作。

1929 年　　本年　　開始寫詩及學畫，完成第一篇詩作〈初戀〉。
就讀武昌美術專科學校。

1930 年　　1 月　　23 日，與胡家三女蕙珠（後改名爲明）於揚州結婚，婚後轉學蘇州美術專科學校，就讀繪畫系西洋畫組一年級。

1931 年　　春　　長子路學舒出生。

1932 年　　本年　　2 日，父路孝忱因心臟病併發腦溢血過世。

1933 年　　春　　次子路學恂出生。

　　　　　　7 月　　畢業於蘇州美術專科學校，與內兄胡傳鈺（胡金人）、同學王家繩組成「磨風藝社」。

　　　　　　8 月　　於南京秦淮河畔的民眾教育館與胡傳鈺、王家繩聯合舉辦首次畫展。

　　　　　　12 月　　以「路易士」爲筆名，自費出版第一本詩集《易士詩集》。

1934 年	5 月	開始投稿，發表詩作〈給音樂家〉於上海《現代》第 5 卷第 1 期，結識主編戴杜衡。
	7 月	三子路學濂出生。
	8 月	舉辦磨風藝社第二次畫展，失敗，從此未再辦畫展。
	9 月	發表詩作〈時候篇〉於《現代》第 5 卷第 5 期。 任職於江蘇省立大港鄉村教育實驗區安平施教所幹部，因週末返家候妻不至，完成〈藍色之衣〉，自稱為婚後為妻子所寫情詩中最美的一首。
	10 月	因惡性瘧疾而辭去教職。
	11 月	病癒。
	12 月	赴上海，獨資創辦詩刊《火山》（1934 年 12 月～1935 年 1 月），僅出版兩期便停刊。
1935 年	12 月	詩集《行過之生命》由上海未名書屋出版。
	本年	走紅於上海文壇，與杜衡合作，從事「第三種人」文藝自由活動。 南京、武漢兩家報紙副刊先後刊出「路易士專號」。 和杜衡合作，組成「今代文藝社」，創《今代文藝》。
1936 年	4 月	東赴日本留學，因而結識覃子豪、李華飛。
	6 月	歸國。
	9 月	與常白、韓北屏、沈洛合作，創辦《菜花詩刊》，緣自菜花為四瓣，屬十字花科，用以象徵「鎮揚四賢」（紀弦、韓北屏、常白、沈洛），後被文友認為太過閨秀氣，出版一期後更名為《詩誌》。
	10 月	與徐遲、戴望舒合作，於上海組成「新詩社」，創《新詩》月刊（1936 年 10 月～1937 年 7 月，共 10 期）。
	本年	《今代文藝》停刊後，續與杜衡等人正式組成「星火文藝社」，出有《星火》半月刊。紀弦並聯合鎮江、揚州一帶文藝

青年組成「星火文藝社鎮揚分社」，並借用《蘇報》副刊，出
《星火》週刊。

遷居蘇州。

1937 年	寒假	受聘任上海閘北安徽中學美術教員。
	7 月	詩集《火災的城》由上海詩人社出版。
	8 月	八一三淞滬會戰爆發，安徽中學與承印《新詩》之印刷廠皆毀於戰火，《新詩》停刊，文友星散，紀弦遂溯江而上至武漢。
1938 年	本年	流亡香港，與杜衡、戴望舒、徐遲等友人重逢。
1939 年	1 月	詩集《煩哀的日子》、《愛雲的奇人》與《不朽的肖像》分別於該月、4 月、12 月由上海詩人社出版。
		隻身返回上海，整理舊作。
1940 年	本年	至香港，擔任《國民日報》副刊「新壘」編輯。
		後進入陶希聖主持的「國際通訊社」，擔任社外特約譯員，專譯日文。
1941 年	本年	創辦小型日語學校，起迄月份不詳。
1942 年	夏	因香港淪為日本占領區，自香港返回上海。
1943 年	本年	發表詩作〈7 與 6〉。
1944 年	3 月	於上海與董純瑜、田尾（紀弦二弟路邁）、南星、葉帆等七人組成「詩領土社」，創辦詩刊《詩領土》（1944 年 3 月～12 月），共 5 期。
	5 月	詩集《出發》由上海太平書局出版。
	8 月	四子路學山出生，因愛看火，紀弦為此完成詩作〈火與嬰孩〉。
	9 月	應楊之華邀約，與楊樺、南星合編《文藝世紀》創刊號出版。
1945 年	2 月	詩集《夏天》、《三十前集》分別於該月、4 月由上海詩領土社出版。
	8 月	抗戰勝利，開始使用筆名「紀弦」。

1946 年	春	擔任航運公司事務長。
	秋	辭去航運公司職務，進入陶百川主持之大東書局，擔任編譯。
1947 年	本年	與黃紹祖主編《中堅》半月刊。
		任明星香水公司祕書，後因不善撰寫商業宣傳文字而離職。
		暑假後，担任聖芳濟中學文史教員。
		為四子學山完成詩作〈三歲〉。
1948	10 月	1 日，與藍本、仁予、魚貝（路邁）等組成「異端社」，創辦詩刊《異端》（1948 年 10 月～11 月），共 2 期。
	11 月	29 日，與杜衡一家共同抵臺，被創辦《文壇》的穆中南接至桃園農校暫住。
	12 月	擔任《平言日報》「熱風」副刊編輯。
1949 年	3 月	3 日，長女路珊珊出生。
	暑假	《平言日報》停刊。
	9 月	任職臺北成功中學國文教師，詩人羅行、黃荷生、散文家楊允達、政論家金耀基與薛柏谷皆出自其門下。
1950 年	7 月	發表詩作〈歸來吧，大陸呀〉於《中國一周》第 3 期。
		以詩作〈怒吼吧！臺灣〉獲由「中華文藝獎金委員會」舉辦的第一屆「五四獎金」第五獎。
1951 年	5 月	詩集《在飛揚的時代》由臺北寶島文藝出版社出版。
	11 月	與鍾鼎文、葛賢寧假《自立晚報》副刊版面創「新詩」週刊，為戰後臺灣第一個新詩刊物，並擔任第 1～216 期主編。
1952 年	5 月	將詩集《三十前集》重新編排分為甲、乙二冊，上冊《紀弦詩甲集》由臺北暴風雨社出版。
	8 月	主編潘壘所主持的「暴風雨社」《詩誌》，為臺灣第一份以雜誌形式出現的詩刊，出刊一期後停刊。
		以短詩〈鄉愁〉獲第三屆五四獎短詩第二獎。
1953 年	1 月	發表詩作〈祖國萬歲詩萬歲〉於《文藝列車》第 1 卷第 1 期。

2月　1 日，獨資創辦《現代詩》季刊，於創刊號揭示兩個使命：1.
　　　向世界詩壇看齊：學習新的表現手法，急起直追，迎頭趕上使
　　　新詩達到現代化。2.國家興亡，詩人有責：對於竊據大陸的共
　　　匪，橫行神州的俄寇，我們要發揮極大的威力，予以致命的打
　　　擊。

　　　發表詩作〈祭黑貓詩〉於《現代詩》創刊號。

5月　發表詩作「四十一年餘稿」：〈鎖著的門〉、〈二號畫筆〉、〈致金
　　　星〉、〈十一月之歌〉於《創世紀》第 2 期。

7月　詩集《紀弦詩乙集》由臺北暴風雨社出版。

8月　發表詩作〈詩底復活〉、〈銅像〉、〈窗〉、〈流行〉、〈構圖〉、〈致
　　　天狼星〉、〈宇宙〉、〈最後的一根火柴〉於《現代詩》第 3 期。

10月　詩作〈父與子〉收錄於詩集《青春之歌》（與方思、楊念慈、
　　　李莎合著），由臺北虹橋書店出版，並由陳其茂根據詩文創作
　　　木刻版畫。

12月　發表詩作〈戀愛〉、〈喫板煙的精神分析學〉、〈沙漠故事〉、〈標
　　　本復活〉、〈崩潰〉、〈秋蛾〉於《現代詩》第 4 期。

　　　以詩作〈革命革命〉獲第四屆五四獎短詩第三獎。

1954 年　2月　發表詩作「四十二年餘稿」：〈大屯山〉、〈發光體〉、〈花蓮港狂
　　　想曲〉於《現代詩》第 5 期。

3月　因詩人楊喚車禍過世，完成〈祭詩人楊喚文〉。

5月　發表〈蓉子──其人及其作品〉於《現代詩》第 6 期。

春　應《民友報》創辦人林一新邀請，擔任總編輯，19 期後停刊。

7月　《紀弦詩論》由臺北現代詩社出版。

9月　與覃子豪、李莎、方思、葉泥、歸人、力群於楊喚喪禮後組成
　　　編輯委員會，由現代詩社出版楊喚詩集《風景》。

秋　發表詩作〈我要到南部去〉、「卅二年詩抄（一）」：〈我宇宙〉、
　　　〈亂夢〉、〈7 與 6〉、〈我之遭難信號〉於《現代詩》第 7 期。

冬　發表詩作〈爬蟲篇四首〉、「卅二年詩抄（二）」:〈旋律〉、〈向文學告別〉與〈關於波特萊爾及其他〉於《現代詩》第 8 期。
以詩作〈飲酒詩〉獲第五屆五四獎短詩第二獎。

1955 年　1 月　發表〈從廢名的〈街頭〉說到新詩之所以為新詩〉於《中興評論》第 2 卷第 1 期。

春　發表詩作「卅二年詩抄（三）」:〈消息〉、〈無人島〉、〈潮〉、〈散步的魚〉、〈出發〉於《現代詩》第 9 期。

夏　發表〈《無人島》自序〉於《現代詩》第 10 期。

秋　發表詩作「環島詩抄」:〈宜蘭線上〉、〈無題〉、〈蘇花公路〉、〈贈詩人楚卿〉、〈美崙小景〉、〈純粹的旅行〉、〈尾聲〉與〈方思和他的詩（上）〉於《現代詩》第 11 期。

冬　發表詩作〈致詩神七首〉與〈方思和他的詩（下）〉於《現代詩》第 12 期。

本年　當選中國文藝協會第五屆監事，後連任監事至第十屆。

1956 年　1 月　13 日，組成「現代派」，提倡「新現代主義」，領導「新詩的再革命」運動。

2 月　發表〈現代派信條釋義〉於《現代詩》第 13 期，發布現代派的「六大信條」。
與葉泥出遊南部八日，後完成詩作〈二月之旅〉分「彰化篇」、「高雄篇」、「嘉義篇」、「歸途篇」四部分。
發表詩作〈船〉於《幼獅文藝》第 4 卷第 1 期。

3 月　《新詩論集》由高雄大業書店出版。

4 月　發表詩作〈綠三章〉與〈談林亨泰的詩〉於《現代詩》第 14 期。

5 月　詩集《無人島》由臺北現代詩刊社出版。

8 月　發表〈祭朱永鎮先生文〉於《教育與文化》第 12 卷第 12 期。

10 月　發表〈現代詩的特色〉於《現代詩》第 15 期。

1957 年　1 月　開始連載專欄「三三詩抄」，發表詩作〈三人之溜冰者〉、〈嚴
　　　　　　　冬之歌〉、〈某地〉、〈夜行〉、〈預感〉、〈月夜〉、〈窗〉於《現代
　　　　　　　詩》第 16 期。

　　　　　3 月　發表「三三詩抄」：〈三十代〉、〈投影〉、〈七行之夜〉、〈夏
　　　　　　　天〉、〈遠方有七個海笑著〉與〈《中國詩選》評介〉於《現代
　　　　　　　詩》第 17 期。

　　　　　5 月　與覃子豪、鍾鼎文、鍾雷、上官予、左曙萍等人成立「中國詩
　　　　　　　人聯誼會」（簡稱詩聯，後更名爲中國新詩學會）。

　　　　　6 月　發表詩作〈樹及春之舞──外帶一個後記〉、〈詩壇的團結和我
　　　　　　　們的立場〉於《現代詩》第 18 期。

　　　　　8 月　發表回應覃子豪〈新詩向何處去〉的〈從現代主義到新現代主
　　　　　　　義──對覃子豪先生〈新詩向何處去〉一文之答覆（一）〉於
　　　　　　　《現代詩》第 19 期，揭開臺灣戰後第一場現代詩論戰，並於
　　　　　　　同期發表〈詩人盧弋之死〉。後於 12 月發表〈對於所謂六原則
　　　　　　　之批判──對覃子豪先生〈新詩向何處去〉一文之答覆
　　　　　　　（二）〉於《現代詩》第 20 期。

　　　　11 月　發表詩作〈致詩人〉於《文壇》創刊號。

1958 年　3 月　發表回覆覃子豪〈關於新現代主義〉的〈兩個事實〉與回覆黃
　　　　　　　用〈從現代主義到新現代主義〉的〈多餘的困惑與其他〉於
　　　　　　　《現代詩》第 21 期。

　　　　　6 月　1 日，發表回覆覃子豪文章的〈六點答覆〉於《筆匯》第 24
　　　　　　　號。

　　　　11 月　發表詩作〈勞工們的歡呼〉於《中國勞工》第 192 期。

　　　　12 月　14 日，以「中國文藝協會」金門訪問團身分前往金門，完成詩
　　　　　　　作〈陳帥的笑〉。16 日，返臺，攜回辛鬱贈貓一隻，取名爲
　　　　　　　「金門之虎」，並爲其完成同名詩〈金門之虎〉。
　　　　　　　發表詩作〈贈明正〉、回覆余光中文章的〈一個陳腐的問題〉

於《現代詩》第 22 期。

1959 年　3 月　發表「三三詩抄」：〈五月為諸亡友而作〉、〈黃昏〉、〈失去的望遠鏡〉、〈看雲篇〉、〈晚上〉、〈夢回〉、〈不是感言——為本刊六週年紀念而寫〉於《現代詩》第 23 期。

　　　　本年　與覃子豪共同擔任中國文藝協會第九屆詩歌創作研究委員會副主任委員，隔年續任。

1960 年　6 月　發表詩作〈飲酒詩〉、〈小小的檸檬樹〉、〈無感不覺〉與〈向石儒先生進一言〉、〈就教於趙友培、張席珍二先生者〉、〈現代詩的偏差〉、〈現代主義之全貌〉於《現代詩》第 24～26 期合刊。

　　　　8 月　發表〈現代詩的評價〉於《幼獅月刊》第 12 卷第 2 期。

　　　10 月　發表〈佳節酒話〉於《幼獅文藝》第 13 卷第 4 期。

　　　11 月　發表詩作〈給綏靖主義者〉、「三三詩抄」：〈桑園街〉、〈螢〉、〈火柴〉、〈紅茶〉、〈蟬〉、〈七月〉、〈青天〉、〈寫字間〉、〈下午〉、〈大世界前〉、〈真理〉、〈不唱的歌〉、〈鳳仙花〉、〈秋歌〉、〈日子的少女們〉、〈大地海盜〉、〈太陽與詩人〉、〈黃浦江小夜曲〉、〈九點鐘〉、〈岩石之歌〉、〈十一月廿一日 No.1〉、〈十一月廿一日 No.2〉、〈昔日之歌〉、〈火與嬰孩〉、〈太陽〉、〈《三三詩抄》自序〉與〈「朗誦詩」之正名及其他〉於《現代詩》第 27～32 期合刊。

1961 年　1 月　發表詩作〈三歲〉、〈語法〉與〈三方絆腳石〉於《幼獅文藝》第 14 卷第 1 期。

　　　　2 月　發表詩作〈野蠻時代〉與〈寫在第九年的開始〉於《現代詩》第 33 期。

　　　　5 月　發表詩作「《第六詩集》——三十四年之部」：〈流星與窗〉、〈我的聲音和我的存在〉、〈生命如果是酒〉、〈雪夜〉、〈蟄居〉、〈春歌〉、〈黑色的大譜表〉、〈狂想詩〉、〈我不知道〉、

〈貓〉、〈絕望〉、〈陰影〉、〈聲音〉、〈筆觸〉、〈雲霧〉、〈勝利〉、〈門〉、〈中國的雲〉、〈致 S.N〉、〈在失業中〉、〈撈魚苗〉與《第六詩集》自序〉、〈關於抄襲〉於《現代詩》第 34 期。

於詩人節結識韓國留華詩人許世旭，燃起對韓國之興趣，自稱為「韓國熱」。

6 月　發表〈現代詩之精神〉於《幼獅月刊》第 11 卷第 5～6 期。

發表詩作〈偶感〉、〈致 PROXIMA〉與〈我的揚州時代〉於《幼獅文藝》第 14 卷第 6 期。

7 月　15 日，與詩友前往八里海濱遊玩，因而完成詩作〈八里之夜〉。

發表詩作〈零件〉於《詩散文木刻》第 1 期。

8 月　開始發表「飲者」連載：〈飲者不朽〉、〈向太座致敬〉、〈父與子〉、〈給一個暴發戶〉、〈日子的土匪們〉、〈天后宮橋〉、〈雪降著雪融著〉和〈從自由詩的現代化到現代詩的古典化〉於《現代詩》第 35 期。

發表〈宮太傅第〉於《幼獅文藝》第 15 卷第 2 期。

9 月　發表詩作〈與我同高〉於《幼獅文藝》第 15 卷第 3 期。

11 月　發表「《飲者》連載」：喊我們的名字〉、〈在公園〉、〈作品〉、〈虛無主義〉、〈致原野〉、〈奇蹟〉與〈關於古典化運動之展開〉於《現代詩》第 36 期。

12 月　為許世旭主辦之「韓國晚會」完成詩作〈為韓國而歌〉。

1962 年　2 月　發表「飲者」：〈二月〉、〈驚蟄〉、〈飲者〉、〈聲音和距離〉、〈我聽著那些風〉、〈春之一〉、〈春之二〉、〈他拿起聽筒來〉、〈停止吧一切〉與〈工業社會的詩〉於《現代詩》第 37 期。

23～28 日，與文協馬祖訪問團前往馬祖，完成詩作〈馬祖大麴〉。

5 月　發表「飲者」：〈一九七四年在上海〉、〈五月〉、〈在商業的王

國〉、〈歌著歌著的〉、〈回去吧〉、〈詩的滅亡〉、〈致
PROXIMA〉、〈三歲〉、〈記一個酒保〉、〈火焰與音響〉、〈單調
的獨白〉、〈偶感〉、〈鄰人〉、〈語法〉、〈百寶箱、〈上海禮讚〉、
〈狩獵〉、〈雲霞〉、〈鷹隼〉、〈七月〉、〈在密集的都市〉、〈武裝
的筆〉、〈美酒頌〉、〈微醺〉、〈半醉〉、〈問答〉、〈孤獨〉、〈四行
之秋〉、〈酒店萬歲〉、〈初戴眼鏡〉、〈永遠的懷念〉與〈魚目與
真珠不是沒有分別的〉於《現代詩》第 38 期。

7 月　發表翻譯阿保里奈爾詩作〈白雪〉與〈回到自由詩的安全地帶
　　　來吧〉於《葡萄園季刊》第 1 期。

8 月　發表「一九四八詩抄」:〈寒流下〉、〈市長的煙斗〉、〈冬日〉、
　　　〈如果生了翅膀〉、〈我的沉默〉、〈春天大礮〉、〈最後的紀念
　　　塔〉、〈致詩人〉、〈手杖〉、〈異端的旗〉、〈勳章〉、〈絕交的通知
　　　書〉、〈全世界全人類〉、〈速寫〉、〈貧民窟的頌歌〉、〈窮人的女
　　　兒〉、〈大上海的末日〉、〈贈仁予〉、〈題未定〉、〈告別式〉與
　　　〈向詩壇進一言〉於《現代詩》第 39 期。

10 月　發表詩作〈雙木桴詩〉於《幼獅文藝》第 17 卷第 4 期。

11 月　發表詩作〈五月雨〉於《現代詩》第 40 期。

春　因有感「現代詩」運動過激,文壇逐漸走向虛無、晦澀,遂於
　　《現代詩》春季號宣布解散「現代派」。

1963 年　2 月　發表〈論噪音與樂音,醜小鴨與天鵝〉於《現代詩》第 41
　　　期。

4 月　詩集《摘星的少年》由臺北現代詩刊社出版。

5 月　1 日,前往菲律賓馬尼拉,獲邀擔任「菲華文教研習會」文藝
　　　寫作組新詩講座講師,後完成詩作〈旅菲詩草〉一輯四首。發
　　　表詩作〈一片槐樹葉〉與〈《摘星的少年》自序〉於《現代
　　　詩》第 42 期。

8 月　發表詩作〈菲華詩壇散步〉於《現代詩》第 43 期。

10 月　《飲者詩鈔》由臺北現代詩刊社出版，爲《現代詩》「飲者」
　　　　專欄結集。

11 月　發表〈《飲者詩鈔》自序〉與〈田園詩的極致〉於《現代詩》
　　　　第 44 期。

　　　　發表爲追念於 10 月過世的詩人覃子豪而作的詩作〈休止符
　　　　號〉於《文壇》第 41 期，。

　　　　發表〈祭詩人覃子豪文〉於《創世紀》第 19 期。

1964 年　1 月　13 日，發表〈從詩的滅亡到詩的復活〉於《中國一周》第 716
　　　　期。

　　　8 月　24 日，發表詩作〈痤瘰〉於《中國一周》第 748 期。

　　　　發表詩作〈楊喚逝世十週年祭〉與〈論移植之花〉於《現代
　　　　詩》第 45 期。同時因將重心置於出版詩集，《現代詩》於該期
　　　　後停刊。

　　　　左腿因香港腳染上丹毒，險些截肢。

1965 年　4 月　發表詩作〈旗一般的微笑〉於《幼獅文藝》第 22 卷第 4 期。

　　　11 月　詩集《紀弦詩選》由臺中光啓出版社出版。

　　　12 月　發表〈戴杜衡對文藝自由的信念〉於《文星》第 16 卷第 8
　　　　期。

1966 年　8 月　發表〈詩散文——M 之回味〉於《幼獅文藝》第 25 卷第 2
　　　　期。

　　　10 月　發表〈談現代化與反傳統〉於《現代》第 6 期。

1967 年　3 月　發表詩作〈過程〉於《南北笛》創刊號。

　　　5 月　《小園小品》由臺北臺灣商務印書館出版。

　　　6 月　詩集《檳榔樹甲集》由臺北現代詩刊社出版。

　　　　發表〈楊喚論〉於《南北笛》第 2 期。

　　　7 月　發表詩作〈光再從東方來〉於《東方雜誌》第 1 卷第 1 期。

　　　8 月　詩集《檳榔樹乙集》由臺北現代詩刊社出版。

下旬，以「國軍新文藝運動輔導委員會」第四輔導小組組員身分前往嘉南，與軍中作家舉行座談會、專題演講。

9 月　以第四輔導小組組員身分前往金門，後完成詩作〈金門放歌〉一輯四首。

10 月　詩集《檳榔樹丙集》由臺北現代詩刊社出版。

11 月　發表〈紀弦詩話（一）〉於《南北笛》第 3 期。

1968 年　5 月　發表〈紀弦詩話（二）〉於《南北笛》第 4、5 期合刊。

6 月　因酒醉與人爭吵，推擠間滑落樓梯而一度昏迷。

10 月　發表詩作〈戰鬥篇〉於《幼獅文藝》第 29 卷第 4 期。

發表〈中國新詩論〉於《中華文化復興月刊》第 2 卷第 1 期。

1969 年　4 月　詩集《檳榔樹丁集》由臺北現代詩刊社出版。

5 月　《終南山下》，由臺北臺灣商務印書館出版。

發表詩作〈雲和月〉於《中央月刊》第 1 卷第 7 期。

6 月　發表詩作〈作家的臉〉於《幼獅文藝》第 30 卷第 6 期。

7 月　發表〈愛犬「披頭」〉於《中央月刊》第 1 卷第 9 期。

暑假，應瘂弦與季薇之請，擔任於銘傳商專舉行之文藝營詩組與散文組講座講師。

8 月　以副團長身分與團長鍾鼎文，率領中華民國代表團前往菲律賓馬尼拉，出席第一屆「世界詩人大會」，被選為中國傑出詩人，由菲律賓總統馬可仕頒贈金牌。

10 月　獲選擔任「第二屆世界詩人大會」籌備會副主委。

11 月　發表〈九月詩壇一瞥〉於《文壇》第 113 期。

12 月　發表詩作〈濟南路的落日〉於《幼獅文藝》第 31 卷第 6 期。

本年　由中山學術文化基金董事會補助，出版詩集《向邪惡宣戰》。

1970 年　1 月　《紀弦論現代詩》由臺中藍燈文化公司出版。

發表〈貓狗篇〉於《幼獅文藝》第 32 卷第 1 期。

發表詩作〈春天的凱旋式〉於《中央月刊》第 2 卷第 3 期。

3 月　14 日，擔任中國新詩學會常務理事兼會籍組組長，策劃舉辦「中國新詩學會春季朗誦大會活動」，6 月續舉辦「中國新詩學會夏季朗誦大會」。

發表〈七十年代的第一個春天〉於《文壇》第 117 期。

5 月　發表〈苗苗條條的二三月〉於《文壇》119 期。

6 月　發表詩作〈瘦西湖之變奏〉於《中央月刊》第 2 卷第 8 期。

應趙炳華、許世旭邀請，以觀察員身分出席於韓國召開之「第37 屆國際筆會」，引起匿名人士於《大眾日報》發文，以其非筆會會員及其大陸時期詩作疑似歌頌日本轟炸重慶爲由攻訐；後至韓國漢城女子商業高等學校進行專題演講，返臺後於 7 月完成旅韓詩作「韓國初履」一輯六首：〈漢城〉、〈仁川〉、〈白楊〉、〈釜山〉、〈慶州〉、〈OB〉。

9 月　因 6 月份匿名人士發文攻訐事件而完成詩作〈我是無罪的〉。

發表詩作〈韓國初履〉於《中央月刊》第 2 卷第 11 期。

1971 年　7 月　詩集《五八詩草》由臺北現代詩刊社出版。

8 月　發表〈明燈辭〉於《中央月刊》第 3 卷第 10 期。

9 月　發表〈《五八詩草》自序〉，於《文壇》第 135 期。

11 月　顏面神經局部麻痺，醫囑禁酒，創作〈在禁酒的日子〉、〈總有一天〉。

1973 年　4 月　羅行、羊令野等人假「國軍文藝活動中心」三樓音樂廳舉辦酒會爲其慶祝 60 大壽。

7 月　爲妻子花甲之慶創作〈黃金的四行詩〉，並於生日壽宴上朗誦。

9 月　發表詩作〈春天的教室〉於《中央月刊》第 5 卷第 11 期。

秋　　至中國海專代課。

11 月　擔任籌備會副主委的「第二屆世界詩人大會」於臺北中山堂召開，並於會中結識美國女詩人瑪莉・納恩（Dr. Marie L.

Nunn）與魏金蓀（Dr. Rosemary C. Wilkinson）。

於「第二屆世界詩人大會」會議期間與吳望堯（巴雷）等人成立「中國現代詩獎基金會」，由張默負責，紀弦、余光中、林亨泰、洛夫、羊令野、白萩、羅門、商禽、蓉子、辛鬱、張默共 12 人擔任評審委員。

12 月　受邀擔任「中國現代詩獎」評審委員。

1974 年　1 月　發表詩作〈致慧星 Kohoutek〉於《秋水詩刊》創刊號。

2 月　因腦血管循環不良與高血壓自成功高中退休。

寒假　獲聘爲中國海專正式講師。

3 月　發表〈《檳榔樹戊集》自序〉於《文壇》第 165 期。

5 月　因中國海專近觀音山，以兩個月時間創作詩作〈又見觀音〉。

6 月　23 日，獲第一屆「中國現代詩獎」特別獎，詩作〈水晶瓶〉、〈窗〉、〈一片槐樹葉〉、〈存在主義〉、〈春之舞〉、〈跟你們一樣〉、〈未濟之一〉、〈零件〉、〈狼之獨步〉、〈過程〉、〈致阿保里奈爾〉與得獎感言〈四十五年如一日〉收錄於由現代詩獎委員會出版的「第一屆中國現代詩獎」紀念詩輯《飛躍與超越》。

詩集《檳榔樹戊集》，由臺北現代詩刊社出版。

發表因夢見自己遊玩墾丁公園，並撫摸、擁抱當中樹木，而創作的詩作〈夢遊墾丁〉於《秋水詩刊》第 3 期。

8 月　獲邀出席由「中國文藝協會南部分會」、「中國青年寫作協會高雄分會」、「鳳鳴廣播電臺」、「高青文粹社」和「山水詩社」假高雄鳳鳴電臺聯合舉辦的個人朗誦會「檳榔樹之夜」，並於現場朗誦 28 首詩作。

9 月　《園丁之歌》，由臺北華欣文化事業中心出版。

發表詩作〈孔子頌〉於《中央月刊》第 6 卷第 11 期。

1975 年　1 月　發表〈給《秋水》的朋友們〉於《秋水詩刊》第 5 期。

2 月　因彭邦楨赴美結婚定居，完成詩作〈二月之飛〉。

4 月　蔣中正逝世，創作長詩〈北極星沉〉以表追思。

　　　發表詩作〈四四之歌〉於《中央月刊》第 7 卷第 6 期。

5 月　於羊令野主持之「國軍詩歌隊」與「中國青年寫作協會」、「華欣文藝工作者聯誼會」假國軍文藝活動中心聯合舉辦的「追思領袖蔣公全國文武青年縣詩朗誦會」朗誦詩作〈北極星沉〉。

6 月　帶領「成功中學詩歌朗誦隊」於「詩人節紀念大會」（假中山堂舉行）上朗誦〈北極星沉〉。

9 月　發表詩作〈師恩〉於《中央月刊》第 1 卷第 2 期。

10 月　母親因心臟衰竭過世。

1976 年　3 月　發表〈現代派廿週年之感言〉於《創世紀》第 43 期。

　　　發表〈千金之旅〉於《幼獅文藝》第 43 卷第 3 期。

6 月　詩作〈為蜥蜴喝采〉、〈過程〉、〈冬天的詩〉、〈酒德頌〉、〈火焰之歌〉、〈看風景的〉、〈將進酒〉、〈一元論〉收錄於與羊令野、洛夫、瘂弦、大荒、商禽、辛鬱、梅新、羅門、管管、張漢良、張默共同編選之《八十年代詩選》，由臺北濂美出版社出版。

7 月　彭邦楨夫婦返臺度假，於洗塵宴上為彭夫人朗誦〈贈梅茵彭〉。

8 月　發表詩作〈父與子〉於《幼獅文藝》第 44 卷第 2 期。

暑假　前往花蓮太魯閣，而後完成詩作〈太魯閣〉、〈關於貓的相對論〉。

12 月　移民美國加州聖馬太奧（San Mateo），居住三子路學濂處。

1977 年　1 月　1 日，發表詩作〈給古丁的一封公開信〉於《秋水詩刊》第 13 期。

　　　29 日，遷往女兒路珊珊新居。

3 月　遷居舊金山。

7 月　15 日，作品〈脫襪吟〉、〈時間之歌 No.1〉、〈時間之歌 No.2〉、

〈吠月的犬〉、〈五月爲諸亡友而作〉、〈黃昏〉、〈中國的雲〉、〈窗〉、〈飲酒詩〉、〈一片槐樹葉〉、〈存在主義〉、〈春之舞〉、〈阿富羅底之死〉、〈休止符號〉、〈狼之獨步〉、〈過程〉、〈致阿保里奈爾〉、〈濟南路的落日〉、〈四月之月〉收錄於張默、張漢良編選之《中國當代十大詩人選集》，由臺北源成文化出版。

10 月　瘂弦夫婦歸國途經舊金山，與紀弦會晤聚餐，席中得知吳望堯已自越南動亂中平安返回臺北，創作〈迎巴雷〉以慶賀之，後發表於 1978 年 1 月的《幼獅文藝》第 47 卷第 1 期。

1978 年　1 月　8 日，第一次返臺，爲四子路學山籌備婚事。
　　　18～19 日，參加於臺北木柵舉行之「國軍文藝大會」。

12 月　詩集《紀弦自選集》由臺北黎明文化公司出版。

1979 年　12 月　發表詩作〈七家詩展〉於《幼獅文藝》第 50 卷第 6 期。

1980 年　4 月　作品〈摘星的少年〉收錄於文曉村編著《新詩評析一百首》，由臺北布穀出版社出版。

1981 年　7 月　參加第五屆世界詩人大會，獲世界藝術文化學院（World Academy of Arts and Culture）贈予榮譽文學博士學位。

1983 年　2 月　10 日，詩作〈銅像篇〉收錄於李魁賢編選之《1982 臺灣詩選》，由臺北前衛出版社出版。

5 月　考入舊金山市立大學（City College of San Francisco），修習 ESL（English as a second Lauguage）課程。

1984 年　2 月　發表〈從一九七三年說起：紀弦回憶錄片段之一〉於《文訊》第 7、8 期合刊。

本年　應美國女詩人魏金蓀（Rosemary C. Wilkinson）之邀，前往其住宅所在之 Burlingame 一遊，因愛其並木道而寫下〈小城初履〉。
　　　受邀出席於舊金山舉辦之「華美經濟及科技發展協會」中由林海音、瘂弦、張系國、葉維廉主講之文學組討論。

1985 年　5 月　隱地於年初至美國觀光，拜訪紀弦，紀弦將 1974～1984 年間
　　　　　　　詩作集結成第 8 本詩集，名爲「晚景」，交由隱地出版。

　　　　　　　受邀出席於舊金山舉行之「華美經濟及科技發展協會」中由余
　　　　　　　光中、蕭麗紅、鄭愁予、李歐梵主講之文學組討論。

　　　　11 月　完成英文詩處女作〈Foggy San Francisco〉。

1986 年　2 月　發表〈初到臺灣：紀弦回憶錄片段之一〉於《聯合文學》第 2
　　　　　　　卷第 4 期。

　　　　4 月　詩作〈宇宙論〉收錄於李瑞騰主編《七十四年詩選》，由臺北
　　　　　　　爾雅出版社出版。

　　　　8 月　與琦君、王藍、莊因受邀擔任夏祖焯主持之「華美經濟及科技
　　　　　　　發展協會」主講，講題「現代詩在臺灣」。

　　　　本年　加入「世界詩社」（World Poetry Society），開始陸續於期刊
　　　　　　　Poet 發表詩作。

1987 年　4 月　13 日，拜訪女詩人瑪莉・納恩（Dr. Marie L. Nunn），完成詩作
　　　　　　　〈早安公主〉、〈三人行〉。

1988 年　本年　與李芳蘭等人創辦「北美中華新文藝學會」，並任監事長。

1989 年　4 月　2 日，受邀出席由「華僑文教服務中心」於南灣桑尼維爾
　　　　　　　（Sunnyvale）舉辦之「海華文藝季」系列活動：「中國現代文
　　　　　　　學座談」，主講「何謂現代詩」。

　　　　6 月　偕妻子與女兒女婿一家前往夏威夷旅遊，完成詩作〈火奴魯魯
　　　　　　　初履〉。

　　　　　　　北京天安門事件發生，創作〈哀天安門〉，後寄《聯合報》副
　　　　　　　刊發表。

1990　　7 月　5 日，發表〈戴望舒二三事〉於《香港文學》第 67 期。

　　　　9 月　詩集《臺灣三家詩精品》（與席慕蓉、余光中合著）由合肥安
　　　　　　　徽文藝出版社出版。

1992 年　8 月　24 日，因漢城與臺北斷交，氣憤之餘寫下詩作〈八月廿四

日〉，與韓國詩人好友許世旭斷絕聯繫。

11 月　7 日，二弟路邁因病過世，紀弦將其作品交北京徐淦編選出版爲《魚貝短篇小說集》，並撰寫〈我弟魚貝〉作爲序文。

1993 年　3 月　5 日，洛夫夫婦、梅新、張默、管管、向明夫婦來美爲紀弦慶祝八十大壽。

9 日，應「太平洋傳播公司」以八十歲大壽爲由邀請，接受記者楊盛昱訪問及錄影，後於節目《面對面》中播放。

28 日，由詩人陳大哲發起，邀請舊金山文藝界人士於「金寶酒家」爲紀弦慶生，共五十多人出席。

8 月　詩集《半島之歌》由臺北現代詩刊社出版。

1994 年　3 月　擔任美國華文文藝界協會第一屆會長。

1995 年　5 月　詩集《紀弦精品》由北京人民文學出版社出版。

6 月　發表〈梅新的《家鄉的女人》〉於《聯合文學》第 11 卷第 18 期。

8 月　11 日，出席灣區中文學校教師夏令營，演講「新詩之所以新」。

9 月　應召集人張錯之邀，出席美西華人學會文學組「以詩迎月」朗誦會。

1996 年　5 月　4 日，主辦朗誦會，邀請華裔在美詩人秀陶、陳銘華、陳雪丹、劉荒田等登臺朗誦。

30 日，應梅新之邀，第二次返臺。

31 日，頒發「現代詩社」八十四年度詩選獎予汪啓疆。

6 月　2 日，出席於國家圖書館舉行的「百年來中國文學學術研討會」，擔任研討會其中一場之會議主持人。

6 日，返美。

8 月　詩集《第十詩集》由臺北九歌出版社出版。

發表對莫文征作品的評論〈讀《時間的落英》〉於《詩世界》

第 2 期。

發表詩作〈歸來吟〉、〈記一個演員〉、〈失去的靈感〉於《幼獅文藝》第 83 卷第 8 期。

	12 月	《千金之旅——紀弦半島文存》由臺北文史哲出版社出版。

獲中國詩歌藝術學會第一屆詩歌藝術貢獻獎。

1999 年 6 月 3 日，至加拿大旅遊，而後完成〈溫哥華日記〉，發表於《中外論壇》第 54 期。

9 月 詩作〈火葬〉收錄於瘂弦主編《天下詩選：1923～1999 臺灣》，由臺北天下遠見出版公司出版。

10 月 與妻胡明結褵將滿 70 年，以「比之地球上的鑽石，月球上的岩石，不更加珍貴得多了嗎？」為由，發明「月岩婚」以茲紀念，並特地創作詩作〈月岩婚進行曲〉。

12 月 6 日，接受《世界日報》記者藍功中訪問，訪問記錄〈詩人紀弦伉儷千禧慶結褵七十年——婦唱夫隨近四分之三世紀〉後刊登於《世界日報》。

2000 年 1 月 23 日，與妻結褵 70 週年，《聯合報》以「紀弦慶月岩婚，邀臺灣詩友聚首」為題發文慶祝，並於副刊刊登紀弦詩作〈在異邦〉、〈不必加後記的〉與親筆書寫的〈戀人之目〉。

4 月 作品〈三級跳的選手〉、〈雨中吟〉、〈讀舊日友人書〉、〈鳥之變奏〉收錄於陳義芝編選之《爾雅詩選：爾雅創刊二十五年詩菁華》，由臺北爾雅出版社出版。

5 月 發表〈月岩婚記〉於《香港文學》第 186 期。

6 月 1 日，韓國詩人許世旭來美會晤，為紀弦寫下詩作〈八月廿四日〉八年後的第一次會面。

9 月 發表〈談非馬的新書《沒有非結不可的果》〉於《創世紀》第 128 期。

12 月 26 日，發表詩作〈狂妄一點是好的〉於《聯合報》副刊。

詩集《宇宙詩鈔》，由臺北書林出版公司出版。

2001 年　2 月　12 日，發表〈如果有客來自揚州〉於《聯合報》副刊。

發表詩作〈懂得看風景的眼睛——呈詩人柳易冰與許世旭〉於《新大陸》雙月刊第 62 期。

3 月　9 日，發表詩作〈玩芭比的小女孩外一首〉於《聯合報》副刊。

4 月　27 日，發表詩作〈米壽自壽〉於《聯合報》副刊。

詩作〈田園交響曲〉收錄於蕭蕭主編之《八十九年詩選》，由臺北臺灣詩學季刊雜誌社出版。

6 月　27 日，發表詩作〈我與風景〉於《聯合報》副刊。

8 月　詩作〈火災的城〉、〈致或人〉、〈時間之歌 No.2〉、〈我之塔形計畫〉、〈摘星的少年〉、〈吠月的犬〉、〈7 與 6〉、〈窗之構圖〉、〈我的聲音和我的存在〉、〈畫室〉、〈飲者〉、〈喫板煙的精神分析學〉、〈未完成的傑作〉、〈阿富羅底之死〉、〈未濟之一〉、〈B 型之血〉、〈鳥之變奏〉收錄於馬悅然、奚密、向陽主編之《二十世紀臺灣詩選》，由臺北城邦文化公司出版。

9 月　15 日，發表〈八月六日記事〉於《聯合報》副刊。

12 月　發表詩作〈蟑螂見證——牠已經做過一次，希望她別再做了〉於《創世紀》第 129 期。

回憶錄《紀弦回憶錄》（全三部）由臺北聯合文學出版社出版。

2002 年　2 月　5 日，發表詩作〈家書與淚腺〉於《聯合報》副刊。

3 月　7 日，發表詩作〈三月七號，楊喚逝世四十八年祭〉於《聯合報》副刊。

5 月　2 日，發表詩作〈上帝造了撒旦〉於《聯合報》副刊。

8 月　詩集《紀弦詩拔萃》由臺北九歌出版社出版。

詩作〈戀人之目〉、〈黃金的四行詩——為紀弦夫人滿六十歲的

生日而歌〉以手稿形式收錄於侯吉諒主編《情詩手稿》，臺北：未來書城。

詩作〈7 與 6〉、〈阿富羅底之死〉、〈狼之獨步〉收錄於蕭蕭、白靈主編《臺灣現代文學教程：新詩讀本》，由臺北二魚文化出版。

10 月　20 日，發表詩作〈重返地球〉於《聯合報》副刊。

31 日，發表〈年輕宿酒老來醉〉於《聯合報》副刊。

詩作〈山水篇〉、〈蠅屍〉、〈夢終南山〉、〈競走的低能兒〉、〈傍晚的家〉、〈讚美者〉收錄於心笛、秀陶等人編選之《世紀在漂泊》，由臺北漢藝色研文化公司出版。

11 月　28 日，發表詩作〈有緣無緣〉於《聯合報》副刊。

12 月　發表〈關於瘂弦的三首詩〉於《創世紀》第 133 期。

2003 年　2 月　1 日，發表詩作〈畫室裡的故事〉於《聯合報》副刊。

4 月　27 日，發表詩作〈九十自壽〉於《聯合報》副刊。

6 月　5 日，詩作〈火葬〉、〈狼之獨步〉、〈勳章〉、〈過程〉收錄於張默編《現代百家詩選‧新編，一九五二～二〇〇三》，由臺北爾雅出版社出版。

8 月　詩作〈跟你們一樣〉收錄於向明、蘇蘭、顏艾琳編著《讓詩飛揚起來》，由臺北幼獅文化公司出版。

10 月　詩作〈動詞的相對論〉、〈記一個演員〉、〈月光曲〉、〈在異邦〉收錄於余光中主編《中華現代文學大系（貳）‧臺灣一九八九～二〇〇三詩卷》第一冊，由臺北九歌出版社出版。

詩作〈窗之構圖〉、〈B 型之血〉、〈鳥之變奏〉、〈關於貓的相對論（三）〉收錄於陳幸蕙編著《小詩森林：現代小詩選》，由臺北幼獅文化出版公司出版。

11 月　19 日，發表詩作〈揚州上海和臺灣〉於《聯合報》副刊。

2004 年　1 月　12 日，發表詩作〈上帝說光是好的〉於《聯合報》副刊。

8 月　3 日，發表詩作〈年老的大象〉於《聯合報》副刊。

作品〈阿富羅底之死〉收錄於方群、孟樊、須文蔚編《現代新詩讀本》，由臺北揚智文化出版。

2005 年　2 月　詩作〈火葬〉、〈狼之獨步〉、〈去國十餘年〉收錄於林瑞明選編《國民文選・現代詩卷 1》，由臺北玉山社出版公司出版。

詩作〈你的名字〉收錄於尉天驄等選編《是夢也是追尋》，由臺北圓神出版社出版。

6 月　6 日，發表詩作〈致天狼星〉於《聯合報》副刊。

詩作〈狼之獨步〉、〈雕刻家〉收錄於向陽編著《臺灣現代文選新詩卷》，由臺北三民書局出版。

詩作〈狼之獨步〉、〈面具〉、〈飲者〉收錄於宋雅姿主編《作家心影：11 位作家作品精選》，由臺北麥田出版公司出版。

7 月　1 日，發表詩作〈二〇〇五年新作三首：我的詩、圓舞曲、上帝說〉於《香港文學》第 247 期。

20 日，作品〈告別臺北〉、〈七十自壽〉收錄於隱地編《詩集爾雅：爾雅三十年慶詩選》，由臺北爾雅出版社出版。

9 月　中風，因身體與精神狀況不佳，暫時擱筆。

2006 年　1 月　28 日，發表詩作〈與達爾文同浴〉於《聯合報》副刊。

詩作〈人間〉、〈八里之夜〉收錄於陳明台編著《美麗的世界》，由臺北五南出版社出版。

2 月　作品〈狼之長嗥〉收錄於蕭蕭主編《2005 臺灣詩選》，由臺北二魚文化出版。

6 月　29 日，發表詩作〈不哭就沒有詩了〉於《聯合報》第 37 版。

詩作〈雕刻家〉收錄於蕭蕭主編《揮動想像翅膀：一本專為國中生打造的現代詩選》，由臺北聯合文學出版社出版。

詩作〈火災的城〉收錄於陳義芝主編《為了測量愛：現代愛情詩選》，由臺北聯合文學出版社出版。

	7月	28 日，發表詩作〈記一個廣場〉於《聯合報》副刊第 37 版。
2007 年	1 月	詩作〈阿富羅底之死〉收錄於汪文頂主編《現代文學經典 1917—2000（四）》，由北京北京大學出版社出版。
2008 年	6 月	出版《年方九十》，由臺北文史哲出版社出版。
	9 月	再度中風，後獲文史哲出版社發行人彭正雄贈藥，情況好轉。
	12 月	詩作〈鳥之變奏〉收錄於向陽主編《青少年臺灣文庫 II——新詩讀本 1：春天在我血管裡歌唱》，由臺北五南圖書出版公司出版。
		詩作〈火葬〉收錄於李敏勇主編《青少年臺灣文庫 II——新詩讀本 3：天門開的時候》，由臺北五南圖書出版公司出版。
2010 年	9 月	17 日，紀念與妻結褵將滿 80 年，完成詩作〈火星石婚〉。
2011 年	1 月	9 日，妻子胡明逝世，享年 99 歲。

參考資料：

・丁旭輝編，《紀弦集》，臺南：國立臺灣文學館，2008 年 12 月。

・紀弦，《紀弦回憶錄（共三部）》，臺北：聯合文學出版社，2001 年 12 月。

・鄒桂苑，〈紀弦研究資料彙編〉，《文訊》第 114 期，1995 年 4 月。

輯三◎
研究綜述

點火者・狂徒・叛徒？
戰後紀弦研究評述

◎須文蔚

一、前言

　　紀弦，本名路逾，1913 年生，江蘇揚州人。紀弦於 16 歲時開始寫詩，早年以筆名路易士發表作品，另外亦曾使用青空律、章容、路越公、葦西等筆名。紀弦與施蟄存、杜衡、戴望舒、徐遲等時有往來。來臺之前，他已出版過詩集，並主編《火山》詩刊、《新詩》月刊。紀弦來臺後，於 1953 年創辦《現代詩》季刊，掀起新詩界的革命。紀弦在 1954 年《現代詩》第 7 期，發表〈五四以來的新詩〉一文，刻意貶低「新月派」徐志摩、聞一多等人的浪漫主義傾向，尊崇「現代派」戴望舒的詩學與詩藝。[1] 並於 1956 年組成「現代派」，主張以現代主義的藝術手法作詩，影響臺灣戰後詩壇甚為深遠。

　　1977 年移民至美國後，詩人仍創作不輟，而得到「詩壇上的常青樹」之稱。紀弦的創作擁有強烈的個人色彩，和豐沛的情感與生命等特質。這樣的特質使得他的新詩，較多是傾向感性或抒情，展現特殊的個人風格。紀弦的著作以新詩為主，亦有散文、評論等作品，目前已出版的詩集有 17 本，評論集 3 本，散文集 4 本。

　　由於戰後紀弦在 1950 至 1960 年代扮演文壇領袖的角色，引領風潮，相關研究為數眾多，多半環繞在「點火者」、「狂徒」與「文化漢奸」的三

---

[1] 陳芳明，〈橫的移植與現代主義之濫觴：紀弦〉，《聯合文學》第 202 期（2001 年），頁 140～146。

個形象上爭議與闡釋。本文針對較具史料價值以及嚴謹度高的論文與評論加以討論。在綜述上，也就分別從：紀弦做為 1940 年代臺灣現代主義詩學的點火者，亦即紀弦主導現代主義的貢獻與局限；紀弦詩創作的狂放與俳諧風格；以及紀弦是否是文化叛徒等三個議題，檢視紀弦研究的成績，並在結語部分，對未來的紀弦研究給予建議。

二、1950 年代臺灣現代主義詩學的點火者

過去本地文學史的論述上，常稱紀弦為把「現代詩火種」由中國大陸帶來臺灣的第一人，因此稱之為臺灣現代詩的「鼻祖」或「點火人」[2]。雖然最近臺灣文學史的研究不斷推陳出新。不少學者指出，臺灣早在 1930 年代以楊熾昌為中心的現代主義詩學[3]，以及 1940 年代以林亨泰等人籌組「銀鈴會」[4]，延續現代主義詩學論述，都證實了臺灣現代主義詩學有多重的起源。在戰後臺灣肅殺的文學氣氛中，紀弦能夠於 1953 年以一人之力創辦《現代詩》詩刊，復於 1956 年號召組織「現代派」，前後集結超過百名以上詩人[5]，開創臺灣 1950 年代現代主義詩學風潮，確立「現代詩」名稱，在在顯示他在臺灣文學史上具有獨特的地位。

在評論與介紹紀弦與 1950 年代現代主義文學的專文中，一般多圍繞在現代派成立及「六大信條」的意涵討論，現代主義論戰的資料耙梳與評價。近來的論述則開展到以現代主義詩學與文藝運動史的角度，探討紀弦如何整合美術理論與運動的變遷觀念，創造性轉化為文學革新的運動，進

---

[2] 紀弦，《紀弦回憶錄·第一部：二分明月下》（臺北：聯合文學出版社，2001 年），頁 19。
[3] 日據時代水蔭萍籌組風車詩社，創作超現實主義詩作，發表詩論介紹百田宗治以後日本的新詩運動，推崇高橋新吉的達達主義，並引介春山行夫、安西冬衛、西脇順三郎的超現實主義，可謂臺灣現代主義詩學的前鋒，參見呂興昌，〈《水蔭萍作品集》編序〉，收入楊熾昌著；呂興昌編訂，《水蔭萍作品集》（臺南：臺南市立文化中心編印，1995 年），頁 11。另，劉紀蕙、羊子喬、陳明台、葉笛等人有詳盡的研究。
[4] 劉紀蕙，〈現代性的精神形式：有關心的變異〉，《中外文學》第 32 卷第 11 期（2004 年 4 月），頁 164～192。
[5] 「現代派」加盟的作家從 1956 年 2 月第 13 期的 83 人，到第 14 期時增為 102 人，至第 15 期時已累積 115 人。

一步開啓了超現實主義詩學風潮。

（一）現代派成立與現代主義論戰之論述

在現代派成立與現代主義論戰之論述中，以楊牧於 1972 年所撰〈關於紀弦的現代詩社與現代派〉一文，簡要梳理了《現代詩》雜誌創刊至修刊，以及現代派成立前後的各項爭議，最爲簡明與清晰。由於文末附上了詳盡的史料，包括〈現代派消息公報第一號〉、〈現代派詩人群第一批名單〉、〈現代派信條釋義〉、〈戰鬥的第四年、新詩的再革命〉、〈現代派消息公報第 2 號〉、〈對〈所謂「現代派」〉一文之答覆〉以及〈紀弦獨白〉的重要文獻[6]，可供研究者第一手掌握這場論戰的基礎文獻。

蕭蕭的〈紀弦與現代詩運動〉則環繞在現代派成立、現代主義論戰、現代詩古典化與取消「現代詩」等四個階段，從基礎的宣言、論戰與論述加以鋪排編整[7]，比楊牧的論述更周到地照顧到現代主義論戰結束後，紀弦攻擊後續創作者的作品爲「僞現代詩」，具有新形式主義、縱慾以及虛無主義的傾向，他在詩論上朝向「現代詩的古典化」修正，繼而忿忿提出取消「現代詩」之名。蕭蕭的論文中引述較多，評論較少，平實揭顯紀弦在文學運動過程中的具體主張，也不乏情緒性與前後矛盾之處。在功過部分雖然只提及：「紀弦不謀求現代詩應該走向什麼樣的目標，繼續輔導青年詩人踏上正途，反以現代詩播傳者的領導地位，輕言毀棄，徒增現代詩壇困擾。」[8]也屬於較爲負面的評價。

楊牧從《現代詩》雜誌的發行資料觀察，特別點出：原本封面有「現代派詩人群共同雜誌」字樣，但在第 21 期（1958 年 3 月出版）以後消失。其後在第 22、23 期，封面上除了「現代詩」三個大字以外，只有要目三行和「紀弦創刊，黃荷生主編」的字樣，加上內容已和「現代派」無關，可以斷言，以紀弦爲象徵的「現代詩社」和「現代派」已告結束[9]。洛

---

[6]楊牧，〈關於紀弦的現代詩社與現代派〉，《現代文學》第 46 期（1972 年 3 月），頁 86～103。
[7]蕭蕭，〈紀弦與現代詩運動〉，《燈下燈》（臺北：東大圖書公司，1980 年 4 月），頁 65～82。
[8]蕭蕭，同註 7，頁 82。
[9]楊牧，同註 6。

夫則以親身見證現代派成立的身分，力主應以紀弦的意見爲準，亦即紀弦在〈現代派運動廿週年之感言〉（刊於 1976 年 3 月《創世紀》第 43 期）一文中說：「是的，20 年了！『現代派』雖已於 1962 年春解散，《現代詩》也已於 1964 年 2 月 1 日出版了第 45 期之後停刊。」由此足證「現代派」運動是告終於 1962 年而無疑。不過洛夫卻進一步延伸，認爲現代派雖然解散，但現代主義的運動仍然波瀾壯闊，他主張：

> 發展到今天的現代詩，不應再被視爲西方現代主義的支流或附庸，而且在精神上和語言上都已歸宗於我民族文化的主流，其影響也廣被整個詩壇，並遠及海外華語地區。中國現代詩經過 30 年來的摸索，實驗，與修正，它那套自覺性的表現方法，目前已爲詩人普遍運用。[10]

同樣的觀點也見於白萩的訪談錄，他反對林亨泰的觀點，林亨泰認爲現代派運動前三年在「現代詩」，後十年在「創世紀」，就此截止，其實現代派運動仍在「笠」詩社推展中，所以臺灣的現代派運動自 1958 年肇始至今已 35 年仍然繼續存在，並未歇止[11]。

（二）現代主義詩學與文藝運動史之論述

同樣處理紀弦與現代主義運動關係上，陳義芝、劉正忠與楊宗翰的論文援引相當豐富的詩學、美學、比較文學以及文化研究理論，從文藝運動史的角度剖析紀弦在現代主義運動中的貢獻與局限，以新的理論視角重寫現代文學史[12]。

---

[10] 洛夫，〈詩壇春秋三十年──詩壇雜憶與省思──現代派的幾件公案〉，《中外文學》第 10 卷第 12 期（1982 年 5 月），頁 9～10。

[11] 白萩，〈在舊金山與紀弦話詩潮〉，《笠》第 171 期（1992 年 10 月），頁 116。

[12] 爲什麼要「重寫」文學史？彭小妍認爲：「新的歷史觀事實上反映了目前的心態，所有的歷史都是當代史」作爲解釋，或從劉再復的說法：「一部文學史，也只是一個敘述者的一己之見，它注定是有限的，絕不是真的歷史」。換言之，重寫文學史的意涵在於掃除文學史意識形態的框架，回到文學史觀、美學與史學方法的層面，重新寫作文學史。參閱：彭小妍，《歷史很多漏洞──從張我軍到李昂》（臺北：中央研究院文哲所出版，2000 年），頁 67。劉再復，〈「重寫文學史」的思考〉，《放逐諸神──文學提綱和文學史重評》（臺北：東大圖書公司，1995 年），頁 62。

　　陳義芝與劉正忠不約而同從詩學、美學與比較文學的角度治文學史，因此特重在下列三個議題的觀察上：1.從比較文學的角度分析，紀弦所代表的臺灣新現代主義思想之淵源爲何？2.是否受到其他藝術運動跨藝術互文的影響？3.紀弦所認定的現代詩本質爲何？

　　就比較文學的角度觀之，紀弦所代表的臺灣新現代主義思想源有多個來源，一爲象徵主義，一爲戴望舒所引介的法國現代派。陳義芝就認定，紀弦早期熱愛象徵主義，1956 年 1 月紀弦創組現代派之前，他最親近的主義，是象徵主義，《新詩論集》中的第三輯，一整輯都在介紹法國象徵派的特色與波特萊爾、馬拉美、梵樂希、克洛德爾（Paul Claudel, 1868～1955）、保羅‧福爾（Paul Fort, 1872～1960）及阿保里奈爾等象徵主義詩人。[13]另一方面，劉正忠則強調，紀弦詩學的養分來自上海的現代派。在1930 年代，戴望舒就譯介過〈世界大戰以後的法國文學〉[14]，對「立體主義」與「達達主義」的風潮頗多著墨，同時高明撰有〈未來派的詩〉[15]大幅徵引馬利內底等人的詩和理論。作品譯介方面從《現代》到《新詩》，譯介過的法國詩，有波特萊爾（charles Baudelail, 1821～1867）、保羅‧福爾（Paul Fort, 1872～1960）、耶麥（Francis Jamm, 1863～1938）、梵樂希（Paul Valéry, 1871～1945）、阿保里奈爾（Guillan Apollinaire, 1880～1918）……這個名單包含後期象徵派、立體派的到超現實主派的詩人。後來《現代詩》季刊譯介許多法國詩[16]，實際上也以這些詩人爲主[17]。

---

[13]陳義芝，〈紀弦與新現代主義〉，《聲納：臺灣現代主義詩學流變》（臺北：九歌出版社，2006 年 3 月），頁 47。

[14]戴望舒，〈世界大戰以後的法國文學〉《現代》第 1 卷第 4 期（1932 年 8 月），頁 488。

[15]高明，〈未來派的詩〉，《現代》第 5 卷第 3 期（1933 年 7 月），頁 473。

[16]戴望舒等人的譯詩，不僅影響紀弦，甚至直接影響商禽、瘂弦等人，這條脈絡不宜輕忽。商禽曾說：「我自己就是從書、雜誌、大陸上的詩刊看到超現實主義詩作、詩論。大陸大約 1940 年代戴望舒等人已經翻譯了許多西方超現實主義、未來主義的詩……。」瘂弦也說：「超現實主義的詩，像聶魯達、阿拉貢、希伯維爾的詩，戴望舒很早就翻譯了，約是《現代》和《新詩》月刊的時代。」見胡惠禎整理，〈現代主義：本土與國際──現代詩運的回顧與前瞻〉（座談），《現代詩》復刊第 22 期（1994 年 8 月），頁 5。不過，從瘂弦援舉之例來看，所謂「超現實主義的詩」取義甚廣。此外戴望舒並未翻譯過阿拉貢的詩，卻譯過另一位超現實主義健將艾呂亞（Paul Eluard）的多篇作品。無論如何，瘂弦與商禽很早便接觸到這些大陸時期的文學刊物，應該是可以肯定的，至於其管道，則是商禽趁職務之便，得自官邸圖書館。見瘂弦，〈他的詩‧他的人‧

近年來文學史也開始重視跨藝術互文現象，劉紀蕙便主張，中國1930、1940 年代與臺灣 1950 年代視覺藝術的現代化運動影響臺灣詩壇甚深，少數藝術家的現代主義前衛革命，尤其是李仲生，刺激了作家如紀弦的前衛革命。[18]劉正忠就點出，上海現代派對前衛思潮的推介相當豐富，如《現代》便曾介紹「達達主義」與「超現實主義」。並曾引述布列東的話說：「狂人心中的觀念頗能合於我的某種本能的假設。隨口的亂說會造成驚人的效果。我們絕對不接受什麼東西。我們相信我們能夠滅絕理性。」可見紀弦在上海時期，就從畫論與前衛藝術宣言中，接收到現代主義文藝運動的觀念。陳義芝也採取類似看法，20 世紀前期西方不少現代主義流派的激揚，是由文學作家與畫家合力完成的。立體派的畢卡索（Pablo Ruiz Picasso, 1881～1973）、達達主義的阿爾普（Jean Arp, 1887～1966）與杜象（Marcel Duchamp, 1887～1968）、超現實主義的達利（Salvador Dali, 1904～1989），都是創造思潮的畫壇名家，而紀弦本身學習藝術，他的現代詩精神也與學畫有直接關係[19]。透過分析繪畫、翻譯、比較文學與詩學等不同符號系統之間如何互動的討論，將外來的現代主義建構、轉型與流變過程更加立體化，確實可以協助後續的研究者，從文本細讀、翻譯的考究之外，同時從視覺經驗的翻譯或是聽覺經驗的翻譯上，另闢研究的蹊徑。

　　至於詩的本質，紀弦起初認定為「情緒」，也就是一個在音樂狀態的、有想像力的情緒，但後來修正成強調知性。陳義芝的研究指出，紀弦將「情緒」與「知性」放在創作過程的前後兩端。這麼說，不能說錯，但使用「情緒」這個名詞畢竟不穩妥，直到 1946 年他主張克制情緒，1957 年

他的時代——論瘂弦《夢或者黎明》〉，收於陳義芝編，《臺灣文學經典研討會論文集》（臺北：聯經出版公司，1999 年），頁 242。旁證之一是瘂弦早年的〈詩人手札〉與《創世紀》早年刊登的譯詩，有些資料便得自這些期刊。

[17]劉正忠，〈主知‧超現實‧現代派運動〉，收錄於陳大為、鍾怡雯主編，《20 世紀臺灣文學專題Ⅰ：文學思潮與論戰》（臺北：萬卷樓圖書公司，2006 年 9 月），頁 196。

[18]劉紀蕙，〈超現實的視覺翻譯：重探臺灣現代詩「橫的移植」〉，《孤兒‧女神‧負面書寫》（臺北：立緒文化出版公司，2005 年 5 月），頁 260～295。

[19]陳義芝，〈紀弦與新現代主義〉，《聲納：臺灣現代主義詩學流變》（臺北：九歌出版社，2006 年 3 月），頁 41～42。

進而用「詩想」一詞取代「詩情」，說明：「凡以詩情爲詩的本質的，都是
廣義上的抒情主義，屬於浪漫主義的血統；凡以詩想爲詩的要素的，都是
廣義上的理智主義，以徹底反浪漫主義爲其革命的出發點。」[20]他的「知
性」說才算完備，不至於令人起疑[21]。更具體的分析「六大信條」之中，林
亨泰認爲，最重要的乃是第四條：「知性之強調」，這不僅是修正浪漫派的
利器，更是取得現代性的重要手段[22]。劉正忠認爲，紀弦提出了「知性」說
有相當啓蒙的意義，但卻與他的另一個主張「一切新興詩派之精神與要
素」有所扞格[23]。這項難題尤其表現在對「超現實主義」的態度上。他相信
「知性」乃是現代主義的本質，關係重大，不容折扣，但超現實派的「自
動文字」和象徵派是相對立的，而且是兩個極端，兩相權衡之下，只有選
擇理智主義，壓制超現實技法[24]。藉由比較紀弦、林亨泰與洛夫在知性精神
的闡發上的異同，紀弦在超現實主義觀念的深度與方法論的理解，都有所
不足，也細緻地說明了何以詩壇的典律會快速交到《創世紀》詩雜誌，其
來有自。

　　楊宗翰也關心典律的移轉，不過他研究紀弦的角度則是以文化研究的
取徑，藉助葛蘭西的霸權理論，與霍爾的編碼與譯碼類型觀念，討論紀弦
詩論中具有對抗或協商性質之前因後果。楊宗翰發現，紀弦在 1950 年代的
反共文學浪潮中，以「橫的移植」，以及追求「美學現代性」對抗國家論
述，但隨後又以「現代詩的古典化」與霸權論述協商。其核心的想法或許
如楊宗翰的歸納：紀弦設定了一個中西文化交流的「理想模式」：只要「表
現方法」，不要其他；不是西洋某國某派的翻版，而是「今日中國的現代

[20]紀弦，《紀弦論現代詩》（臺中：藍燈出版社，1970 年），頁 16～23。
[21]同註 19，頁 49～50。
[22]林亨泰，〈中國現代詩風格與理論之演變〉，《詩學》（第一輯）（臺北：巨人出版社，1976 年 10
　　月），頁 22～25。
[23]柯慶明就曾指出：作爲移植對象的「一切新興詩派之精神與要素」，「一旦作出『知性之強調』與
　　『追求詩的純粹性』的限制，則所謂『詩的新大陸之探險，詩的處女地之開拓』，新的『內容』、
　　『形式』、『工具』、『手法』等等的追求，事實上都受局限。」柯慶明，〈六十年代現代主義文
　　學〉，收於《四十年來中國文學》（臺北：聯合文學出版社，1995 年 6 月），頁 93～95。
[24]同註 17，頁 204。

派」[25]。但作者不以此為滿足，在結論時提出了另外一條線索，如細細體察 1950 年代至 1960 年代初期臺灣文人的社會處境，以及考察他們心中的自我壓抑，當詩壇領袖紀弦一再遭到「冒進」、「西化」等抨擊時，他趨向協商與保守的真實原因為何？是政治的壓力？或是面對新生代詩人挑戰後的轉向？楊宗翰並未解答，或許有待更多研究者去探究。

三、現代詩壇的狂徒：紀弦詩作與譯作評論

> 我的靈魂善良，而你們的醜惡；
>
> 我的聲音響亮，而你們的喑啞；
>
> 我的生命樹如此之高大，而你們的低矮；
>
> 我是創造了千首詩的抹不掉的存在，
>
> 而你們是過一輩子就完了的。
>
> ——〈四十歲的狂徒〉

　　紀弦是臺灣現代詩發展的墾荒者，如他的自況，也是詩壇的狂徒。紀弦勤於創作與翻譯，在現代派運動之前就已寫下四百多篇詩的作品，如總計 1933 年到 1988 年的 55 年間，發表過約二千首新詩[26]。《中國當代十大詩人選集》中，編者曾對紀弦有這樣的評語：「紀弦的詩，題材廣泛，表現手法獨特，有個性，風格富變化，在意象上時呈飛躍之姿，在語法上則常洩示一種喜劇的諧趣。」[27]《六十年代詩選》則說紀弦是：「中國詩壇上具有極端個性的獨來獨往的詩人。」[28]一言以蔽之，研究者多認為，紀弦的詩風

---

[25]楊宗翰，〈中化「現代」──紀弦、現代詩與現代性〉，《中外文學》第 30 卷第 1 期（2001 年 6 月），頁 81。

[26]徐遲，〈《紀弦詩選》序〉，《香港文學》第 50 期（1989 年 2 月 5 日）。

[27]張漢良、張默編，《中國當代十大詩人選集》（金門：源成文化圖書供應社，1977 年）。

[28]張默、瘂弦主編，《六十年代詩選》（高雄：大業出版社，1961 年）。

明快，善於使用嘲諷、戲謔的字眼[29]，表現獨特的韻味，他雖然主張現代主義的知性，但詩作風格不乏剖析與刻畫自我，相當具有浪漫思想[30]。

多數關於紀弦詩作風格的討論，集中在紀弦來臺以後的現代派時期，向明〈從路易士到紀弦——讀紀老六十七年前的詩集〉，以紀弦 1935 年出版的詩集《行過之生命》為評介對象。《行過之生命》一書由杜衡作序，施蟄存寫「跋」，可以一窺上海現代派的健將實際批評的方法與內容。年少的紀弦筆名為路易士，杜衡和施蟄存都認為路易士的詩有世紀的憂煩和對宇宙的幻滅感，可以發現青年詩人面對醜惡的世界，不免憤世嫉俗，甚至虛無幻滅。在漫漫的詩路上，中年的紀弦顯然就以知性來取代虛無，但還是難捨浪漫與嘲諷的特質。

在發起現代派運動的前後，紀弦的詩在基調上，都是冷嘲的、反諷的；在本質上，都是反俗的、批判的，舉凡《摘星的少年》、《飲者詩抄》《檳榔樹甲集》及《檳榔樹乙集》半本詩集，都有這樣的特色[31]。羅青則更進一步從俳諧的角度，深入紀弦詩作的風格討論。在〈俳諧論紀弦〉一文中，羅青從比較詩學的角度，建構了俳諧的意涵，在東方就是令人深刻會心發笑的文學手法，務求高雅，不可流於輕佻，如劉勰在《文心雕龍》〈諧隱〉中的主張；在西方則從藝術心理學與文學批評的角度定義，將俳諧又分為：嘲人、自嘲以及悲劇的詼諧，最終希望悲喜合一，能以溫柔敦厚為依歸。羅青繼而以相當深厚的細讀功夫，把紀弦具有俳諧性的詩，分成「自嘲」、「嘲人」及「嘲人與自嘲」三大類來討論，從語言、意象與俳諧

---

[29] 羅青，〈俳諧論紀弦（上、下）〉，《書評書目》第 28～29 期（1975 年 8～9 月），頁 20～30、97～106。亦可參見羅青，〈俳諧論紀弦——紀弦論〉，《中國現代作家論》（臺北：聯經出版公司，1979 年 7 月），頁 1～35。

[30] 簡政珍，〈概念化與超現實經驗——五、六〇年代詩的物象觀照〉收錄《臺灣現代詩美學》（臺北：揚智文化，2004 年），頁 54。就引用羅門 1990 年代如此回憶：「紀弦先生本人浪漫情緒相當濃厚」（〈一些往事與感想〉）。楊宗翰更直指，在他詩文中「隱藏作者」（"the implied author"）自身那種難以掩飾的浪漫主義氣質，以及兼帶些許狂傲的各式「宣言」或自我塑像（例如他為數不少的自畫像），在在說明了這一點。向陽，〈狼之獨步〉、〈雕刻家〉賞析，《臺灣現代文選・新詩卷》（臺北：三民書局，2005 年 6 月），頁 19～21

[31] 林亨泰，〈臺灣現代派運動的實質及影響〉，《見者之言》（彰化：彰化縣立文化中心，1993 年 6 月），頁 283。

的方式來分析，發現紀弦這類詩作有些失之過激，有些失之遊戲，但詩人
畢竟能有所節制，多能達到「辭雖傾回，意歸雅正」的境界。羅青指出：

> 他的詩，早期多有向「命運開玩笑」的雅量，有「滑稽玩世」的遁逃，
> 也有「豁達超世」的征服，嘲人時有，嘲己亦不停，時而又兼嘲人嘲己
> 並出，變化十分的豐富。晚期，則漸漸了解了與命運和平共處之道，以
> 風趣的態度欣賞之，既不「遁逃」，亦不「征服」，以「溫柔敦厚」的詩
> 教為依歸，表現了詩與人生渾然一體的境界。[32]

　　羅青開啓了以俳諧主題解讀詩作風格，也使後來的詩評家在界定紀弦
時，幽默、詼諧與嘲諷總會出現在風格介紹中。

　　事實上，詩評家也多對紀弦詩作風格的多樣，甚至理論與創作二元的
現象，頗多著墨。簡政珍就認爲，紀弦的詩具有「知性的抒情」，能以詩行
化解「知性」和「感性抒情」的二元對立。[33]陳義芝則認爲，紀弦創作與理
論具有「雙重性」，也就是理論上傾向現代主義，但創作上卻多爲抒情自由
詩[34]，恐怕更貼近紀弦多數作品的風格特質。在 1950 年代，當現代派詩人
黃用質疑紀弦創作與理論的矛盾，捨不下傳統的抒情主義，使紀弦的辯駁
相當無力，只能說自己「常寫抒情詩以練習練習我的文字、我的筆力。」
即可作爲證明。[35]事實上，創作不可能完全跟從理論，也不可能完全省略抒

---

[32]羅青，〈俳諧論紀弦（下）〉，《書評書目》第 29 期（1975 年 9 月），頁 97～105。

[33]事實上，以 1950～1960 年代臺灣高度言論管制的情境下，詩人自然必須有所節制，使得詩無法
宣述政治，語言更充滿了弔詭。以紀弦〈古池〉：「我是古池；妳是蛙。／我是永不揚波的；／妳
是春風。／／我是多年塵封的／不開的門；／妳是從我的客廳裡，草地上／發出的良夜歌聲。」
一詩爲例，我們習慣上所謂的「知性」和「感性抒情」的二元對立自然得到化解。詩裡有多層隱
喻，是「知性」的行爲，但這種「知性」的發源地是內心的抒情。參見簡政珍，〈概念化與超現
實經驗——五、六〇年代詩的物象觀照〉收錄《臺灣現代詩美學》（臺北：揚智文化，2004 年）
頁 55～56。

[34]陳義芝，〈紀弦與新現代主義〉，《聲納：臺灣現代主義詩學流變》，頁 56～58。

[35]在理論創作二元論的討論上，林亨泰則不贊成「知性」與「抒情」二分，他認爲：「主知」之於
「抒情」，猶如「社會」之於「個人」，都是強調前者的「優位性」，而非拋去後者。顯然引用艾
略特「非個性化」的理念，藉以減緩紀弦提倡「理智」，卻拋不下「情緒」的窘迫。

情，陳義芝的解釋頗能呼應紀弦面對文藝思潮運動下的左右為難：

> 理論可以為了要革命而矯枉過正、而肆意破壞、而無損於理論的存在；
> 作品則不然，作品還是有一些根本的法則，可以溶入新的手法，但不見
> 得能除去其他詩學主張早已採行的技法。極端革命性的創作手法，往往
> 只具有文獻價值而沒有美學價值。紀弦與覃子豪詩觀的歧異是打筆戰打
> 出來的，究其實並無太大出入，他們都是欣賞象徵技法的，對超現實主
> 義「創造不可思議的妙語」，「發掘潛意識，求內在的真」，以及對後世的
> 影響，也都是承認的。[36]

　　顯然前衛的文學運動主張，未必能充分反映在創作上，如果以詩人一
生複雜的文化歷程與美學經驗，似乎也沒有必要苛求紀弦所有的創作必須
拳拳服膺自己的詩學主張。

　　除了創作之外，紀弦也頗好翻譯詩。翻譯的意義絕不僅止於名篇或經
典的引進與分享，更有文化與脈絡的意涵[37]，特別在文學運動的歷程中，主
其事者的翻譯更具有強化論戰內容，援引例證，藉以掌握詮釋權力的意
涵。尤其是紀弦既然主張全面西化與橫的移植，自然有必要呈現出西方現
代派的主要成就，從紀弦的觀點言現代派的巨匠包括阿保里奈爾、考克多
等為中心的法國的現代派，和以 T. S. 艾略特、E. E. 康敏士等為中心的英
美的現代派，形成了今天的現代主義文學之主流。[38]根據莫渝的研究，在臺
灣詩壇上，紀弦是第一位介紹阿保里奈爾的詩，也是 1970 年代以前譯介量
最多的一位。[39]紀弦藉由介紹阿保里奈爾，將立體主義的詩作風格引進。在

---

[36]同註 34，頁 62～63。

[37]單德興，《翻譯與脈絡》（臺北：書林出版公司，2009 年），頁 7。

[38]見紀弦，〈從浪漫主義到現代主義〉，《紀弦論現代詩》，頁 162～163。

[39]除紀弦外，胡品清、施穎洲、程抱一等人所譯均不及十首，另何瑞雄雖譯一冊《動物詩集》30
首，唯偏於某一部分，而紀弦所譯範圍較廣，約有二十幾首。在《現代詩》第 13 期起多次刊登
紀弦譯詩集「阿保里奈爾詩抄」的徵求預約廣告，唯久久不見其出版，見莫渝，〈從立體派到現
代派──紀弦與阿保里奈爾研討二〉，《走在文學邊緣》（上）（臺北：臺灣商務印書館，1981 年 8

繪畫上，立體派的主張是造型的，視覺的意識，著重數學與物理學的法則，將任何物體均以各種幾何圖形組成。而繪畫的理念也影響了文壇，最前衛的實驗莫過於圖象詩，透過此一文藝運動風潮與理論的闡釋，莫渝揭顯紀弦翻譯阿保里奈爾的時代意義，也凸顯出紀弦跨藝術互文的詩學理論建構能力。[40]

四、中華文化界的叛徒？紀弦在現代文學史的評價

紀弦點燃臺灣新現代主義文學的火種，功不可沒，但文學史家更有興趣的是：1930 年紀弦正式開始文壇生涯到他離滬赴臺的經歷，尤其是在左右翼之爭下，紀弦一度遭到指控爲「文化漢奸」的爭論，讓評論界花了不少筆墨考證。[41]

紀弦是否爲文化漢奸一事，起源於臺灣劉心皇系列的著作，率先援引了多份史料，經由「路易士在此時，不但與大漢奸胡蘭成交往密切，還交結了其他的文化漢奸」，推論出他是汪政府「作文藝運動的」[42]。繼而大陸學者陳青生的書較全面地考察了 1930、1940 年代的報刊，指出紀弦所以能夠名聲驟響，得利於積極參與「日僞卵翼的漢奸文學活動」[43]。以上說法爲古遠清採納前述兩家的說法，指控紀弦屬於民族立場歪斜、民族氣節虧敗、正義觀念淪喪的大節有虧的作家[44]。本地文學界肯認上述說法者，如尉天驄以紀弦弟子身分的見證：

在成功中學裡，也有一些老師是同情紀弦的，而且也經常護著他，如祝

月），頁 137。

[40]莫渝，〈從立體派到現代派──紀弦與阿保里奈爾研討二〉，《走在文學邊緣（上）》（臺北：臺灣商務印書館，1981 年 8 月），頁 139〜145。

[41]李瑞騰，〈曠野裡獨來獨往的一匹狼──詩人紀弦的文字自畫像〉，《聯合報》，2002 年 2 月 18 日，30 版。

[42]劉心皇，《抗戰時期淪陷區文學史》（臺北：成文出版社，1980 年），頁 186。

[43]陳青生，《抗戰時期的上海文學》（上海：上海人民出版社，1995 年），頁 378〜382。

[44]古遠清，《臺灣當代新詩史》（臺北：文津出版社， 2008 年 1 月），頁 89。

豐（筆名司徒衛）就是其中的一位。他多年後曾對我說：老路這個人，誰也拿他沒有辦法，他總忘不了他路易士時代的光彩，一興奮，就堵不住嘴巴，不懂政治偏偏陷入了政府的漩渦中，有些事日子一久，不談也就罷了，他偏偏一誇耀當年的詩，就跟著把別的事漏了風。這裡所說的「漏了風」，其實就是他在汪精衛時代的一些政治的活動，特別是他與汪政府宣傳部門副部長胡蘭成的關係。[45]

不過上述說法似乎並未經過嚴格的文史資料考證，他在接受白萩訪談時就指稱，文化漢奸的指控出於文學圈中的捕風捉影，甚至不惜興訟，以證明清譽[46]。

劉正忠則條陳縷析 1930～1940 年代的文學史料，對指控紀弦出席日本召集的「大東亞文化更生會」的問題，為紀弦澄清確實沒有到日本去出席過任何會議。而且控訴紀弦寫過「炸吧，炸吧，把這個古老的中國毀滅吧……」一說，也屬於斷章取義，紀弦原詩此書寫盟軍轟炸機，指控外國勢力傷害中國人民，可解釋為人權或人道著眼的作品，為淪陷區的無辜百姓抱不平，但也不乏站在汪政權的角度，嘲弄重慶政權的觀點。[47]劉正忠從史料的考察中，為紀弦洗刷了一些罪名，證實過去指控紀弦的研究者過於粗疏。

劉正忠同時透過更為詳盡的研究，卻也發現了兩個新的證據，可以證明紀弦並不如訪談稿或回憶錄所說「愛國」：一為，路易士參加了「第三次大東亞文學者大會」（1944 年 11 月 12 日～14 日），並提出「保障作家生活

---

[45]尉天驄，〈獨步的狼──記詩人紀弦〉，《印刻文學生活誌》第 50 期（2007 年 10 月），頁 207～213。

[46]紀弦說：「那是 1970 年臺灣的《大眾日報》搞的鬼，後來這個報停掉了。那份報紙有一個主筆，想參加中國筆會去韓國開會，大概中國筆會不允許，他就假造詩句罵人，我還保存這份報紙，將來要帶到臺灣去控告他們，可是他們停了，假造者是誰，我仍然找不出來。我這樣說，你能明白嗎？」參見白萩訪談。以及《紀弦回憶錄‧第二部：在頂點與高潮》第 16 章〈龍江街時代〉與第 19 章〈韓國初履〉。

[47]劉正忠，〈藝術自主與民族大義：「紀弦為文化漢奸說」新探〉，《政大中文學報》，第 11 期（2009 年 6 月），頁 163～198。

案」[48]。雖然不至於順應日本國策而發言，但憂心淪陷區作家的生計，參與日本人興辦的作家會議，嚴格而論也偏離「文學報國」的口號。二為，細讀〈炸吧，炸吧〉一詩，詩中既然對重慶、盟軍與最後勝利的尖銳嘲弄，但是在回憶錄中卻刻意曲解舊作，表示自己保有愛國之心，不免扭曲了史實[49]。

紀弦是否為文化漢奸一節，從戰爭時期淪陷區文化圈的生態與環境言，要在殖民者的鐵蹄下表現強烈的國族意識，本來就屬不易；加以揭露者所持保守的「民族氣節」觀之，時至今日，似無深究之意義。但是作為文化史研究的主題，劉正忠提出了值得深思的提醒：

> 無論路易士或紀弦，如果能在追求自我實踐的過程中，坦然承認：我虛
> 無而狂妄，我認為個體優先於國族，我不顧公共倫理但我自信於私人倫
> 理，那麼他的敘述就不會顯得那樣空洞而脆弱。[50]

五、結語與展望

綜觀戰後臺灣紀弦研究的專論，紀弦在 1950 年代臺灣艱難的時局中，提倡現代主義文學，其「臺灣現代詩鼻祖『點火人』」的地位，普遍受到肯認。紀弦辛勤論述與創作，以個人魅力經營龐大的文學社群，都已經成為詩史中不容忽視的一頁。

在臺灣文學批評體系尚未學院建制化的 1950 年代，紀弦以博雅知識分子的角色扮演文壇領袖，掀起文學論戰，如果以今日學院的專業文學評論角度檢視之，不免有所不足與矛盾。目前的研究發現可歸納出：

1.紀弦在詩學理論上傾向象徵主義、達達主義與立體主義，「現代派」

---

[48]路易士的出席及提案，參見張泉，〈關於「大東亞文學者大會」〉，《新文學史料》第 2 期（1994 年 2 月），頁 221。
[49]同註 47，2009 年 6 月，頁 163～198。
[50]同上註。

的第一信條雖然宣稱：「我們是有所揚棄並發揚光大地包含了自波特萊爾以降一切新興詩派之精神與要素的現代派之一群。」但紀弦對於「超現實主義」詩學，其餘新銳詩人的現代詩實驗，卻沒有以寬容的態度接受，縮限了他所集結「現代派」的發展空間。

2.紀弦本身是學習藝術出身，對西方當代的繪畫與藝術理論與實踐，有相當敏銳的接受能力，他的詩作也展現出跨藝術互文的前衛觀。但是他在理論的撰述上，以及詩刊的編輯上，並沒有充分發揮此一特長，讓現代主義文藝能夠透過更多視覺或聽覺的方式，影響臺灣的文藝圈。

3.紀弦在 1950 年代的反共文學浪潮中，先以「橫的移植」，以及追求「美學現代性」對抗國家論述，但隨後又以「現代詩的古典化」與霸權論述協商，其論點的反覆或可作爲將現代主義本土化的努力，但亦不乏論者質疑他屈服於文化霸權之下。

4.紀弦在理論上力主知性，但其創作「抒情」成分還不時大過了「主知」，並有不少回應反共文學的愛國作品，其創作與理論的雙重性，或出於時代的壓力，或出於年少審美觀念的影響，但其自嘲或是自畫像類型的詩篇爲數不少，在在流露出難以掩飾的浪漫主義氣質，也是其創作成就較高的類型。

5.紀弦就「文化漢奸」的指摘，雖然竭力辯護，但並沒有充分說明其在淪陷區內的政治活動實況，並曲解其創作對國民政府的諷刺性，顯然過於在意保守的民族國家觀念，無從坦然面對其重視個人利益或人道精神的特質。

總上所述，不難發現，隨著越來越專業與學院的現代主義文學研究不斷推陳出新，臺灣戰後紀弦評述更顯得觀點多樣，內容也更爲紮實。未來研究者或可從華文文學的研究視角，將紀弦置於臺港文學或臺美文學的框架下，觀察紀弦在 1950～1960 年代臺港跨區域文學傳播的影響，或是1980～1990 年代在僑居地創作對華美文學的影響，都是尚待開發的新議題。另一方面，隨著史料陸續出土，無論是路易士在 1930 年代上海現代派

的創作面貌，或是從社團史、文學社會學或文學傳播的路徑，研究紀弦主編過的《火山》詩刊、《新詩》月刊、《現代詩》等，都還有待後續的研究者努力。

輯四◎
重要評論文章選刊

紀弦與現代詩運動

◎蕭蕭*

一、前言

紀弦，中國現代詩史上第一個響亮的名字！

1949 年，政府遷臺，新詩的大陸時期隨即告終，部分詩人東渡海島，開創中國詩另一個新的局面，新的機運。最初三、四年，國事、生活、心境都在風雨飄搖中，新詩創作乏善可陳，形式上仍未脫離格律詩形態，內容則因生存環境的特殊，一部分抒發個己的傷懷思情，一部分高升昂揚的鬥志，為時代而歌，為民族而唱。前者篇幅較小，後者規模稍大，論技巧則同屬平鋪直敘，無甚可觀。當時發表詩作的詩刊，只有《自立晚報》副刊上的「新詩」週刊，由覃子豪、葛賢寧、李莎、鍾鼎文等人主持。

一直到 1952 年 8 月 1 日，第一本獨立出刊的詩雜誌才問世，可惜只出版了一期，刊名「詩誌」，紀弦主編，16 開本，翌年春天，紀弦創辦《現代詩》季刊，此後整整 11 年，《現代詩》季刊出齊了 45 期（從 1953 年 2 月 1 日到 1964 年 2 月 1 日），紀弦播下了《現代詩》的種子，也奠立他在文學史上「現代詩運動」先驅者的地位。

紀弦，本名路逾，字越公，自稱是漢代儒學家路溫舒的後裔[1]，陝西人，1913 年 4 月 27 日生於保定府，蘇州美專畢業。1929 年，還是一個 16 歲少年的紀弦，就開始寫詩了，他說：「詩是我的宗教。我是為詩而活著

*本名蕭水順。發表文章時為臺北市立北一女中國文教師，現為明道大學中國文學系副教授。
[1]參見《紀弦回憶錄‧第一部：二分明月下》（臺北：聯合文學出版社，2001 年）。

的。」²1936 年，23 歲的紀弦，以「路易士」的筆名活躍於上海詩壇，曾與戴望舒、徐遲等人發行《新詩》雜誌；戴望舒爲 1930 年代現代派的主將，引介象徵主義不遺餘力，因此，紀弦之倡導「現代詩」，成立「現代派」，以爲「世界新詩之出發點乃是法國的波特萊爾。象徵派導源於波氏。其後一切新興詩派無不直接間接蒙受象徵派的影響。」³顯然是其來有自。

　　《現代詩》創刊於 1953 年 2 月，次年六月，有覃子豪者商洽《公論報》副刊每週四登載詩作，是爲《藍星週刊》，1954 年雙十節，張默、洛夫、瘂弦三人在左營成立「創世紀」詩社，發行詩誌，現代詩壇頓時顯現蓬勃之生機，煥然有神，這不能不歸功於紀弦刊行《現代詩》引發的觸媒作用。

　　《現代詩》完全由紀弦一人所支撐，社務、編務隻手獨攬，所以，發行人兼社長是路逾，編輯人兼經理是紀弦，名不同實同，早期封面上印製「檳榔樹」一棵是另一證據。檳榔樹的修長、傲骨，頗得紀弦心儀，紀弦自選詩卷之三以後，即以「檳榔樹」甲集、乙集、丙集……爲名，他認爲有下列三個原因促使他這樣做：

　　1.我愛檳榔樹；

　　2.我像檳榔樹；

　　3.我寫檳榔樹。

　　他說：「因爲檳榔樹常給我以創作的靈感，乃是我主要的感興之所在。」⁴實際上，檳榔樹與紀弦在詩中已相合爲一，詩題云：「我：檳榔樹」，「檳榔樹：我的同類」，可以看出紀弦急以檳榔樹自況的心情！

　　〈我：檳榔樹〉

　　在月下，

---

²見紀弦自選詩卷之一《摘星的少年》自序。

³見〈現代派信條釋義〉第一條，原載《現代詩》第 13 期（1956 年 12 月）。

⁴見《檳榔樹甲集》自序。

我站著，

修長的，

像一株檳榔樹。

風來了，

我發出音響：

瑟瑟瑟瑟，

瑟瑟瑟瑟瑟。

　　更重要的，檳榔樹的挺立、崇高、不屈和傲岸，頗能象徵紀弦的人格、個性。紀弦的詩，有一部分很明顯的是自我的畫像，展現獨來獨往、果敢倔強的精神，他自己認爲最滿意的兩首是〈狼之獨步〉與〈過程〉[5]：

〈狼之獨步〉

我乃是曠野裡獨來獨往的一匹狼。

不是先知，沒有半個字的嘆息。

而恆以數聲慘屬已極之長嗥，

搖撼彼空無一物之天地，

使天地戰慄如同發了瘧疾；

並刮起涼風颯颯的，颯颯颯颯的：

這就是一種過癮。

〈過程〉

狼一般細的腿，投瘦瘦、長長的陰影，在龜裂的大地。

荒原上

---

5 《檳榔樹丙集》自序云：「我寫了〈狼之獨步〉與〈過程〉。什麼祭酒，盟主，理監事啦，主席的，我一概不屑，我有所不爲。」按：〈狼之獨步〉與〈過程〉，收在《檳榔樹丁集》，1964 年與1966 年的作品。

不是連幾株仙人掌，幾棵野草也不生的；

但都乾枯得、憔悴得不成其為植物之一種了。

據說、千年前，這兒本是一片沃土；

但久旱。滅絕了人煙。

他徘徊復徘徊，在這古帝國之廢墟，

捧吻一小塊的碎瓦，然後，黯然離去。

他從何處來？

他是何許人？

怕誰也不能給以正確的答案吧？

不過，垂死的仙人掌們和野草們

倒是確實見證了的：

多少年來，

這古怪的傢伙，是唯一的過客；

他揚著手杖，緩緩地走向血紅的落日，

而消失於有暮靄冉冉升起的弧形地平線，

那不再回顧的獨步之姿

是多麼的矜特。

　　紀弦以這種高傲，獨斷的氣魄，領導現代詩運動，其過程好像聲勢浩大，如火如荼，究其實，紀弦仍然是寂寞的，曠野裡獨來獨往的一匹狼而已。這裡，我們將紀弦的現代詩運動分為四大階段加以敘明，他在現代詩史上的評價大半要依此來鑑定：

第一階段：現代派的成立

　　《現代詩》自第 1 期至第 12 期，頗為踏實地刊登早期現代詩壇重要詩

人的作品、厥功至偉。除了方思、鄭愁予、楊喚以外，後來屬於「創世紀詩社」的瘂弦、洛夫、商禽（羅馬）、季紅，屬於「藍星詩社」的蓉子、羅門、周夢蝶，屬於「笠詩社」的吳瀛濤、林亨泰、白萩等人，都在此時期的《現代詩》嶄露頭角，紀弦所謂的「大植物園主義」，至少在這個時候，百花齊放、眾鳥爭鳴的現象是和諧的、兼容並蓄的。其後，詩壇即成為多事之地，裂土自封、擁兵坐大的局面，隨處可見，詩壇要有另一次的結合，大約是 1970 年「詩宗社」成立，然而，那又是另一種殊異的現象了。

　　即使是以紀弦為首的「現代派」宣告成立，也未必是詩人群精神上的結合。

　　《現代詩》第 13 期，於 1956 年 2 月 1 日出版，距第 1 期創刊，剛好整三年，這一期的出刊具有非凡的意義，根據載於封面裡的「現代派消息公報第一號」報導：現代派詩人第一屆年會，於 1956 年元月 16 日下午一時半假臺北市民眾團體活動中心舉行，宣告現代派正式成立，發起人是紀弦，並有九人籌備委員會協助，這九人是葉泥、鄭愁予、羅行、楊允達、林泠、小英、季紅、林亨泰、紀弦。

　　緊接著，《現代詩》第一頁即刊布加盟者名單，共 81 名。元月 5 日發出 120 份通報，元月 16 日統計結果，九人表示不參加，四人表示同情，24 人未回信，83 人加盟，聲勢不可謂不大，茲誌「現代派詩人群第一批名單」如次：

　　丁穎、丁文智、于而、小英、方思、王容、王牌、王璞、王裕槐、史伍、世紀、田湜、白萩、古之紅、田毓祿、沉宇、李冰、沙牧、李莎、巫寧、辛鬱、吳永生、吹黑明、吳慕適、阿予、邱平、青木、林泠、季紅、亞倫、依娜、秀陶、林亨泰、金鈴子、紀弦、思秋、春暉、風遲、胡德根、流沙、秦松、夏秋、唐突、徐礦、孫家駿、唐劍霞、彩羽、張航、曹陽、梅新、麥穗、尉天驄、黃仲琮、張秀亞、張拓蕪、陳奇萍、黃荷生、陳瑞拱、陳錦標、傅越、舒蘭、蜀弓、葉泥、楊允達、蓉子、綠浪、銀喜子、劉布、黎冰、蓮松、德星、魯蛟、魯聰、蔡淇津、鄭愁予、盧弋、靜

予、錦連、戰鴻、謹烱、羅行、羅門、羅馬。

　　第 14 期於同年 4 月 30 日出版。「現代派消息公報第二號」報導：又有 19 人加盟，連前 83 人，共 102 人。這 19 人是：小凡、平沙、余玉書、李漢龍、林野、姑子律、星辰、奎旻、馬郎、涂大成、張為軍、曹繼曾、項傑、楓堤、蔣篤帆、薛志行、薛柏谷、蘆莎、蘇美怡。

　　102 人的結派，當屬詩壇盛事，引人注目，自在意中，雜文作家「寒爵」撰文責難[6]顯示了社會一般人士對現代詩壇的反應，也證明了紀弦轟轟烈烈的結派運動引起廣泛的注意，現代派的宣告成立，是劃時代的創舉，引發詩人相結合、相激盪，奮力寫作的決心，招引社會的注視與關心，這是它在現代詩史上的存在意義。但是，若我們注意它的成員，可以發現兩項缺憾：其一、成員複雜，水準不整齊，品第不相容，這個缺憾，使得現代派詩人群步調無法一致，影響派內團結，洛夫在〈中國現代詩的成長〉[7]中，認為現代派之所以始盛終衰，在尚未發生更深遠之影響前即在無形中解體，其主要因素之一即指此而言，他說：「現代派成立之初雖人多勢眾，風雲一時，但其中除部分詩人外，大多對現代主義的本質與精神無深刻之體認，在氣質和風格上彼此尤不相洽……！似此精神不同，風格互異，又如何求其貫徹現代化的目標。」[8]誠為缺失。當時某些重要詩人，如覃子豪、余光中、瘂弦、洛夫等均未參加，實乃憾事，否則必定如虎添翼，現代詩運動將更臻完善矣！其實，此時詩社之間壁壘分明已經十分顯朗，此後愈演愈烈，更加不可收拾。

　　「現代派」之成立，以「領導新詩的再革命，推行新詩的現代化」為職志，曾發布他們的「六大信條」：

　　第一條：我們是有所揚棄並發揚光大地包容了自波特萊爾以降一切新興詩派之精神與要素的現代派之一群。

---

[6]寒爵，〈所謂現代派〉，原載《反攻》第 153 期（1956 年 7 月）。紀弦「對〈所謂現代派〉一文之答覆」，刊《現代詩》第 14 期（1956 年 5 月）。
[7]見洛夫，〈序〉，《中國現代文學大系・詩》（臺北：巨人出版社出版，1972 年），頁 1～25。
[8]同上註。

第二條：我們認為新詩乃是橫的移植，而非縱的繼承。這是一個總的看法，一個基本的出發點，無論是理論的建立或創作的實踐。

第三條：詩的新大陸之探險，詩的處女地之開拓。新的內容之表現，新的形式之創造，新的工具之發現，新的手法之發明。

第四條：知性之強調。

第五條：追求詩的純粹性。

第六條：愛國。反共。擁護自由與民主。

檢討這六大信條，可分三部分來論列，首先，第一、二條肯定中國現代詩的發展源於橫的移植，標舉波特萊爾為現代派始祖，完全拋除中國古典文學傳承，這是錯誤而大膽的信念。試觀詩經以降的中國詩史，幾次巨大的外來文化的衝撞：北方《詩經》與南方《楚辭》在有漢一代相互激盪，南北朝印度佛教文化輸入，蒙古新腔催生了元曲，清末民初西學勃興，顯然都曾產生了深遠的影響，但我們只能說這是「進步的累積」（"Progressive cumulation"），或「接合的累積」（"Agglutinative cumulation"），如果真要說成「累積演化為取代」（"Cumulation becoming substitution"），也要記得累積是一種歷程，是一種事後的結論，不是事前的預言。再察當時詩壇譯介波特萊爾以降的一切新興詩派之精神與要素者並不多，結盟的 102 人大部分不確切了解他們所執持的是什麼，從創作上來看，更無法證明中國現代詩與現代主義之間的血緣關係，這是現代派自述淵源的不當。

其次，信條的第三、第四、第五，則鼓吹新的表現方法的嘗試，強調知性的抬頭，放逐情緒，追求詩的純粹性，這三點，強而有力地影響現代詩壇至少 15 年。新方法的發掘與啟用，使現代詩展現了各種殊異的面貌，知性的抬頭，則加深了現代詩難以喻解的艱深及晦澀程度，詩的純粹使詩人遠離現實，棄絕大眾，雖然也因此產生許多絕佳的詩篇。

再其次，以「愛國，反共」為現代派信條之一，稍嫌造作，我們認為：對國家民族的文化承繼，創新，改造與維護，是每一個國民的責任，

本來不需特別提舉。也由此可以見出「六大信條」不夠精練，不夠鮮明，因而產生紀弦與覃子豪、黃用、余光中之間的論戰，期使詩理因論而富，因辯而明，乃是必然的趨勢。

第二階段：現代主義論戰

1957 年，《藍星詩選・獅子星座號》登載覃子豪的〈新詩向何處去？〉[9]掀開現代主義論戰的序幕。

〈新詩向何處去？〉這篇文章，是因為有感於現代派的六大信條而發，但不是針對六大信條而寫。覃子豪指出：「詩人們懷疑完全標榜西洋的詩派，是否能和中國特殊的社會生活所契合，是一個問題。」「若全部為橫的移植，自己將植根於何處？」「抒情在詩中，是構成美的主要因素。放逐抒情的論調，是受了西洋詩理性重於情感的主張而產生的偏激心理。」這些言論，顯然是因六大信條而起，但覃子豪還有更積極的「六原則」，這六原則是覃子豪因當時新詩的流弊而提出的六點意見：

1.詩的再認識。以為「詩的意義就在於注視人生本身及人生事象，表達出一嶄新的人生境界。」

2.創作態度應重新考慮。考慮「在作者和讀者兩座懸崖之間，尋得兩者都能望見的焦點，這是作者和讀者溝通心靈的橋樑。」

3.重視實質及表現的完美。

4.尋求詩的思想根源。

5.從準確中求新的表現。

6.風格是自我創造的完成。

覃子豪的六原則引來紀弦的兩篇萬言長論，其一〈從現代主義到新現代主義〉[10]，其二〈對於所謂六原則之批判〉[11]，前一篇文章立論的要點，

---

[9]覃子豪，〈新詩向何處去？〉，《覃子豪全集 II》（臺北：覃子豪全集出版委員會，1968 年）。

[10]紀弦，〈從現代主義到新現代主義〉，《現代詩》第 19 期（1957 年 8 月），頁 1～9。

[11]紀弦，〈對於所謂六原則之批判〉，《現代詩》第 20 期（1957 年 12 月），頁 1～9。

修正爲：新詩橫的移植是由於史實的考察，接受外來影響須經吸收和消化之後變爲自己的新的血液，現代主義是革新了的，揚棄其消極的而取其積極的，可以稱之爲後期現代主義或新現代主義。仍然堅持的則是：「詩的本質不是散文所能表現的詩情，而是散文所不能表現的詩想。」繼續唾棄抒情主義，強調知性。至於後一篇「六原則」之批判，紀弦不表贊同的是第一、第二兩原則，他仍認爲現代派重視技巧，重視詩本身的把握與創造，詩人的任務只在於詩本身的完成。其後的四個原則，紀弦與覃子豪並無顯然的敵對意思存在，意氣之爭而已。

在這兩篇文章發表之間，《藍星詩選》第 2 輯出版，黃用發表〈從現代主義到新現代主義〉，羅門發表〈論詩的理性與抒情〉，紀弦則在 1958 年 3 月出版的《現代詩》第 21 期提出反擊：〈多餘的困惑及其他〉，紀弦否認自己是一個超現實主義者，說現代派要揚棄的是超現實派的自動文字，象徵派的韻律及自由韻文，主張不妨以理性控制超現實精神，以象徵的手法處理潛意識，黃用則認爲主知與抒情，紀弦本身不夠徹底現代化，創作方面捨不得丟棄傳統的抒情主義，同時提出：如何將一切新興詩派的精神、特色加以揉合包容的問題？這是紀弦所最無法自圓其說的。這點，覃子豪在〈關於新現代主義〉[12]文中，結論爲：「現代派所犯的錯誤，就是沒有從象徵派以降的許多新興詩派中去整理出一個新的秩序，把握時代的特質，創造一個更新的法則，作爲前進的道路。」

針對〈關於新現代主義〉一文，紀弦發表了〈兩個事實〉、〈六點答覆〉[13]，仍堅持現代派不以歐美新興詩派中任何一派的理論爲根據，亦不以各派理論之混合爲理論，只是取其長，去其短，但何者爲長，何者爲短，並未指明。在〈六點答覆〉中則贊同爲人生而藝術，但其出發點必須是「無所爲」而爲。

---

[12]覃子豪，〈關於新現代主義〉，原刊於《筆滙》第 21 期，收入《覃子豪全集 II》（臺北：覃子豪全集出版委員會，1968 年）。

[13]〈兩個事實〉刊登於《現代詩》第 21 期（1958 年 3 月），〈六點答覆〉發表於《筆滙》第 24 期（1958 年 6 月）。

現代主義論戰至此告一段落，其後，余光中在《藍星》週刊第 207 期及第 208 期刊登〈兩點矛盾〉，紀弦在《現代詩》第 22 期反駁，題爲〈一個陳腐的問題〉，火氣太大，言語乖張，已失掉論辯的意義。這時是 1958 年年底。

第三階段：現代詩的古典化

新詩的再革命，紀弦將它劃分爲三個階段。

第一階段，即「轟轟烈烈如火如荼的自由詩運動。而其革命的對象則係傳統的格律主義，低級的音樂主義，韻文至上主義，以及『韻文即詩』之詩觀。這乃是以打倒形式主義爲目的的詩形之革命，以散文取代韻文的文字工具之革新。」

第二階段，指「曾經惹起有名的『現代主義論戰』的現代詩運動。」

第三階段，即爲現代詩的古典化。

這三階段的劃分是 1961 年夏秋之際所提出的[14]。早些提到「新詩再革命」的不同階段行動，一次是 1958 年[15]，一次是 1960 年[16]，其時只分爲兩大階段，前期爲自由詩運動，即詩形的革命，後期爲現代詩運動，即詩質的革命。尤其「新現代主義之全貌」是現代主義論戰停火後一年半的作品，可以視爲第二階段「現代詩運動」積極有力的擎天之柱，此文的寫作結構疑係〈現代詩的特色〉[17]擴充而來，是紀弦現代詩論的最重要作品，我們留待第二節中敘明。

至乎「現代詩的古典化」運動，紀弦在「從自由詩的現代化到現代詩的古典化」文中曾提出：僞現代詩有三大毛病，其一是新形式主義，其二

---

[14]紀弦〈從自由詩的現代化到現代詩的古典化〉、〈關於古典化運動之展開〉，分別發表於《現代詩》第 35、36 期。這兩篇文章是現代詩古典化的重要論文。另有〈魚目與真珠不是沒有分別的〉則刊在第 38 期（1962 年 5 月出刊）。

[15]見〈一個陳腐的問題〉，《現代詩》第 22 期（1958 年 12 月），頁 1～3。

[16]見〈新現代主義之全貌〉，《現代詩》第 24、25、26 期合刊（1960 年 6 月），頁 22～32

[17]〈現代詩的特色〉，《現代詩》第 15 期（1956 年 10 月），頁 82～84。

是縱慾的傾向，其三是虛無主義的傾向，似乎對「現代詩」已有所不滿，埋下取消「現代詩」之名的伏筆。

「古典化」具有什麼意義呢？「關於古典化運動之展開」闡明了四點道理：

1.古典化並非「古典主義化」的意思。而是要讓現代詩成為「古典」，即所謂「永久的東西」，而不僅是「一時的流行」而已。

2.現代詩反傳統，是就形式、工具、詩法、詩觀而言；至於前人之真精神，應當繼承下來並發揚而光大之。

3.現代主義者的使命，積極的在於「新傳統」的建立，消極的在於「舊傳統」的揚棄。

4.「古典化」之另一重大意義在嚴肅詩人的人生態度。

以這四點意義來看現代派的六大信條，紀弦執持的理論顯然修正了很多，反傳統的呼聲微弱了些，文學是人生的批評的觀念被推舉起來。這時的紀弦大聲指斥某些自欺欺人的「冒牌的現代詩」，「偽現代詩」的名稱一出現，紀弦的現代詩運動步入終結的階段。

第四階段：取消「現代詩」

從 1961 年開始，紀弦厭惡現代詩的情緒已經逐漸升高，「新形式主義之放逐」（1961 年夏）對於現代詩行的排列早啓不滿情緒，「袖珍詩論拾題」（1961 年秋）第六題即為「現代詩的偏差」（新形式主義，縱慾主義，虛無主義），寫〈工業社會的詩〉時率直指出：「正在流行著的那些騙人的偽現代詩，不是我所能容忍所能承認的。諸如玩世不恭的態度，虛無主義的傾向，縱慾，晦淫，乃至形式主義，文字遊戲等種種偏差，皆非我當日首倡新現代主義之初衷。」[18]到了 1963 年 7 月的〈我的現代詩觀〉，大聲疾呼的，仍然是：「只要它是一首主知的詩，使用噪音，無法朗誦，不給人以

---

[18]紀弦，〈工業社會的詩〉，《現代詩》第 37 期（1962 年 2 月）。

聽覺上的滿足，也還是不失其為現代詩的，何必一定要在詩的外貌上去標新立異呢？」「現代詩是人生的批評，不是現實的游離，它是健康的，不是病態的。豈可虛無？不可虛無！」

紀弦對現代詩的偏差，頗有糾正無力的感覺，即使呼籲詩人「回到自由詩的安全地帶來吧！」似乎再無創立「現代派」那種強盛的勢力。

1965 年 5 月，紀弦在《公論報》副刊發表〈中國新詩之正名〉，1966年 4 月 24 日在《徵信新聞報》(《中國時報》之前身) 與「中國文藝協會」聯合舉辦的座談會上發表談話，揚言取消造成詩壇重大偏差的名稱——「現代詩」三字，目前可看見的資料是紀弦寫給趙天儀的信，編入張默主編的《現代詩人書簡集》(普天出版社，1969 年 12 月出版)。

紀弦長達 9,000 字的信，歷述自己寫詩，提倡現代主義的經過。抨擊「新形式主義」、「新虛無主義」者所寫的現代詩：認為當時詩人所寫的現代詩不是他心目中的現代詩，發誓永遠不再使用這三個字。他認為「自由詩」與「現代詩」同樣使用散文，採取自由詩形，講求新的表現手法，不同的是自由詩的散文多半是節奏的，現代詩則是非節奏的，將以「新自由詩」的名稱取代「現代詩」。

其實，一種文學運動的形成與發展，重要的不在於名稱如何訂定，如：詞，可以稱為「詩餘」，可以稱為「長短句」。紀弦不謀求現代詩應該走向什麼樣的目標，繼續輔導青年詩人踏上正途，反以現代詩播傳者的領導地位，輕言毀棄，徒增現代詩壇困擾。

——選自蕭蕭《燈下燈》
臺北：東大圖書公司，1980 年 4 月

紀弦與新現代主義

◎陳義芝*

一、紀弦的新詩淵源

　　紀弦（1913～），人稱「臺灣現代詩的點火人」[1]，1929 年 16 歲就讀震旦大學揚州附中時開始寫詩。初墜情網，以詩寄情，處女作：「此時夜正深，何處是我魂？魂已遙般去，常隨我愛人。」[2]句型整齊，情懷古典，顯然如五四過渡期初習新詩者最初之嘗試，是欲掙脫束縛而尚未脫去束縛的實驗品。

　　隨後，紀弦赴武漢，就讀武昌美專一學期。除中國古典小說外，這時期還接觸到不少世界名著中譯本及歷史、天文學著作。1930 年回揚州完婚後，轉學蘇州美專繪畫系西洋畫組，才算拉開了現代主義啓蒙的帷幕：

> 在理論上，我是愈來愈堅持：一個畫家，必須藉「客觀對象」而作「主
> 觀我」之表現。否則，他就成了個攝影師。而攝影，絕非繪畫。繪畫是
> 藝術，攝影是科學，這兩者，不可以相提並論的。換句話說，我已走上
> 後期印象派乃至野獸派的路線了。並且，對於未來、立體、構成、超現
> 實等新興畫派，我也頗感興趣。[3]

---

*發表文章時爲《聯合報》副刊主任，現爲臺灣師範大學國文學系副教授。

[1]瘂弦：「有人說，紀弦是臺灣現代詩的『點火人』。」見〈初到臺灣〉，《紀弦回憶錄：第二部──頂點與高潮》（臺北：聯合文學出版社，2001 年），頁 19。

[2]紀弦，〈寫詩和初戀是同時開始了的〉，《紀弦回憶錄・第一部：二分明月下》(臺北：聯合文學出版社，2001 年)，頁 35。

[3]同上註，頁 43。

　　20 世紀前期西方不少現代主義流派的激盪，是由文學作家與畫家合力完成的。立體主義的畢卡索（Pablo Ruiz Picasso, 1881～1973）、達達主義的阿爾普（Jean Arp, 1887～1966）與杜象（Marcel Duchamp, 1887～1986）、超現實主義的達利（Salvador Dali, 1904～1989)，都是創造思潮的畫壇名家。紀弦的現代詩精神也與學畫有直接關係，1949 年前他用的筆名「路易士」，就是在蘇州美專就學時取的。紀弦出版的第一本詩集《易士詩集》（1933 年)，十之八九仍為格律詩，新月派的影響處處可見。晚年回顧，他自認當年最佳的一首是〈八行小唱〉：

> 從前我真傻
> 沒得玩耍，
> 在暗夜裡，
> 期待著火把。
> 如今我明白，
> 不再期待，
> 說一聲幹，
> 劃幾根火柴。[4]

　　仍然是格律詩。但題意飽滿，富於聯想，駕馭文字俐落，迴異於其他少作，最後兩行「說一聲幹，劃幾根火柴」這樣簡短有力的句型以及積極進取的精神，已初露紀弦的創作姿態。

　　《易士詩集》出版後，他開始接觸到把法國象徵主義帶到中國來的李金髮，及以「散文的音樂」寫作自由詩的戴望舒的作品。他說李金髮的詩寫得很新、很怪，口語文言混用，文法也說得通，別有種聲調之美。又說，比起李金髮，戴望舒對他的影響更具決定性。那時紀弦訂閱了上海現

---

[4]同註 2，頁 59～60。

代書局發行的文學刊物《現代》，結交徐遲（1914～1996）等「現代派詩人群」，從 1934 年起，他不再寫整齊押韻的格律詩了，他認爲格律詩只重形式，不如自由詩講究內容；自由詩的音樂性訴諸「心耳」，格律詩的音樂性訴諸「肉耳」，自由詩在聲韻安排上比格律詩更自然活潑。他的作品陸續發表於《現代》，正式成爲中國新詩「現代派」的一員。[5]《紀弦回憶錄》回顧大陸時期[6]他所受的西方詩學影響，包括法國象徵主義、超現實主義和美國意象主義。他舉自己的詩〈致秋空〉：「梧桐樹沉醉於你的歌聲，／不停地搖著她的金色的肩膀；」說就詩形而言，這便是現代派的自由詩。「現代派」輕賦而重比、興，講究含蓄與暗示。表現手法或取象徵主義或取意象主義。[7]帶有超現實派色彩的是〈火災的城〉：「從你的靈魂的窗子望進去，／在那最深邃最黑暗的地方，／我看見了無消防隊的火災的城／和赤裸著的瘋人們的潮。」與〈吠月的犬〉：「載著吠月的犬的列車滑過去消失了。／鐵道歎一口氣。／於是騎在多刺的巨型仙人掌上的全裸的少女們的有個性的歌聲四起了」。[8]〈火災的城〉描寫眼睛深處大火燃燒，火中有赤裸的瘋狂的人潮，那不是寫火災的現實景象，是寫欲望之火燃燒的人心。〈吠月的犬〉所吠者汽笛也，鐵道歎氣，是蒸氣煤煙的擬人化寫法，全裸的少女可聯想成月光，多刺的巨型仙人掌表現荒野之景。「跌下去的列車不再從弧形地平線爬上來了。／但擊打了鍍鎳的月亮的悽厲的犬吠卻又被彈回來，／吞噬了少女們的歌。」最後三行流露人心深處的倉惶、荒涼。兩首詩都富有現代驚悚性。前者寫於 1936 年，後者寫於 1942 年。詞語未見得精美，但超現實詩想的強悍、內視的深刻，確是風格鮮明的現代詩。至於〈致秋空〉中以「金色的肩膀」表現秋天的梧桐樹，是一清新意象，有象徵主義詩人追求的神祕想像邏輯（非概念邏輯），也有意象主義詩人講究的

---

[5]同註 2，頁 62～63。
[6]紀弦將一生分爲三大時期：1913 年～1948 年爲大陸時期，1949 年～1976 年是臺灣時期，1977 年以後爲美西時期。參見《紀弦回憶錄：第一部──二分明月下》自序，頁 15～18。
[7]紀弦，〈獨資創辦詩刊《火山》〉，《紀弦回憶錄：第一部──二分明月下》，頁 73。
[8]同上註，頁 111～124。

不用平庸、冗贅、模糊、詞語的旨趣。紀弦現代化的很早，由此可見。

二、紀弦「新現代主義」的養成

紀弦發起的「現代派」，於 1956 年 1 月 15 日宣告成立，儘管第 1 號〈現代派消息公報〉[9]有「領導新詩的再革命，推行新詩的現代化」的宣言，提出了現代派六信條的主張，但並無「新現代主義」這一名詞揭示。直到第二年 9 月紀弦答覆覃子豪〈新詩向何處去〉，為與覃子豪頗為欣賞的象徵主義、意象主義有所區別，更為強調自己不同於覃子豪不新不舊的折衷主義，也不是只會跟在歐美的主義後而因襲學步，因而在現代主義之前冠上「後期」或「新」的字眼。於是紀弦的現代主義詩學以 1957 年界分，之前為追隨戴望舒（1905～1950）、施蟄存（1905～2003）以上海的《現代》雜誌為陣地的前期現代派，之後為 1957 年現代主義論戰開始以紀弦自己在臺北創辦的《現代詩》為陣地的後期現代派。

1954 年紀弦出版《紀弦詩論》，1956 年出版《新詩論集》，主要的論點仍屬前期現代派所宣揚。例如花很多篇幅分辨「韻文與散文」、「詩與歌」、「內容與形式」，比較像是做新詩教育工作，而不在建樹一套理論，這一時期他強調以口語為表現工具，因為口語是現代的、活的語言。[10]不要只用耳朵聽的音樂性，要追求心靈感覺的新詩的音樂性。肉耳可以聽到的，紀弦稱之為外在的音樂、形式的音樂；心耳領會的，紀弦名之為內在的音樂、內容的音樂。後者他又名為「散文的音樂」，以與「韻文的音樂」相對照。這些見解承襲法國象徵主義，戴望舒曾經論及，但不如紀弦反覆申說而且說得透澈：

> 從「詩形」的音樂性到「詩質」的音樂性，從「文字」的音樂性到「情
> 緒」的音樂性，從滿足「肉耳」的音樂性，到滿足「心耳」的音樂性，

---

[9]見《現代詩》第 13 期（1956 年 2 月）首頁。
[10]紀弦，《新詩論集》（高雄：大業書局，1956 年），頁 8。

從「外在的」音樂性到「內在的」音樂性，從「低級的」音樂性到「高級的」音樂性這就是詩的進化。[11]

談到詩的本質，紀弦說：「詩的本質是一個情緒，一個在於音樂狀態的，有想像的情緒。」[12]接著，他用千變萬化顏色來形容不同的情緒，又說情緒隨各人教養、環境、宗教信仰生活方式而有不同影響。單單是情緒不能成爲文學，還要能將它客觀化，於是有了表現。爲了解說「情緒的客觀化」，紀弦先解說的情緒具有散文的情緒所缺少的狂熱（madness），在靈感的瞬間啓閉時，想像異常靈敏活躍，那就是詩的狂熱；如果不能化主觀爲客觀、化「我」爲對象，空有熱情無從表達。於是，紀弦舉象徵主義詩人馬拉美的話：「靜觀物象，於其喚起之夢幻中，心象自然地飛揚時，歌乃成。」並舉梵樂希（Paul Valéry, 1871～1945）的詩「判然的火住在我的內部，我冷靜地看著」，說明靜觀冥想的創作法。[13]簡言之，紀弦強調熱情，但熱情不得直接噴湧，必須以微妙的象徵、冷靜的暗示來表達。

1951 年 11 月紀弦與鍾鼎文（1914～）、葛賢寧（1908～1961）共同發起、合編「新詩」週刊，1953 年 2 月紀弦獨自創辦《現代詩》，這兩份刊物的發刊辭都由紀弦執筆，作爲「誓師宣言」，可以視爲紀弦前期現代派詩學之總結。〈新詩週刊・發刊辭〉的要點有四：

1.詩貴獨創，講究個性表現。

2.文學雖爲人生而表現，但只有在爲文學而文學的前提下才能完成，故重視技巧。

3.不販賣西洋舊貨，也不用白話寫舊詩詞的詩。

4.不標新立異，對中國詩的傳統審慎地揚棄和繼承。

這一創作美學，承自中國的融舊鑄新的觀念，也類似西方的巴拿斯派（The

---

[11]同上註，頁 34。
[12]同註 10，頁 34。
[13]同註 10，頁 37。

Parnassians）為藝術而藝術（與「為文學而文學」同義）的主張。

　　一年多以後的〈現代詩・宣言〉，小修了為文學而文學的說法，改而強調「時代精神的表現與昂揚」，除藝術性之講究，另需兼顧詩的社會意義。兩個宣言裡都有「站在反共抗俄的大旗下」的聲明，應與當年臺灣的政治情勢有關。至於不要用白話「翻譯」中國古代的詩情、不要販賣西洋古董（例如商籟體）來冒充新的，以及積極學習新的表現手法，都再一次獲得強調，確認。

　　紀弦的詩學發展並非自始至終如一，而是不斷地推翻、修正、產生變化的。他吸收西方主義的薰陶，但具有雜食性格，不只沽一味。他堅決主張移植，「所謂新詩，乃是來自西洋的移植之花，這是不可否認的」，但不是一成不變式的移植；他觀察移植到中國和日本的新詩，「愈更精湛、純粹、堅實、完美，呈其枝繁葉茂之姿」，且各各織入了本國的民族性格、文化傳統，既幾乎趕上了世界的水準，又取得存在的理由，已無懼「舊文學」之反動。[14]

　　援引主義，是為了說明詩的一個原理，嚴格說，紀弦並不信奉主義，如果信奉，也只是信奉那個主義的一部分。例如談想像而借用超現實主義：他舉達利那幅形態扭曲的柔軟的時鐘〈記憶之堅持〉說明時間在畫家筆下被征服了，人類意識最深處確有征服時間的企圖，不過不知如何把它表現出來罷了。超現實主義的現實不像寫實派的現實，寫實派表現肉眼能見的表面，超現實表現心眼所見事物之深層，超現實詩人是運用敏銳的想像力以構成他所欲表現事物之藝術形象。[15]談「現代」，他未標榜哪一個主義，「一切文學尤其是詩，必須是在產生該作品的時代成其為現代的」，紀弦說中國的古典名著《離騷》、西方的古典名著《神曲》，在屈原、但丁的時代，都是空前獨創、完全摩登的，因為在他的時代是「現代的」，因而具有永久性；浪漫主義對拜倫（Lord George Gordon Byron, 1788～1824）、雪

---

[14]紀弦，《紀弦詩論》（臺北：現代詩社，1954 年），頁 9～10。
[15]同上註，頁 54。

萊（Percy Bysshe Shelly, 1792～1822）、雨果是現代的，但已不適用在波特萊爾身上，波特萊爾必須掌握象徵派的朦朧與主觀，才能以全新的姿態進行新的表現。[16]

　　談阿保里奈爾，紀弦也不將焦點放在他使用印刷特異形式表現的詩，不死板地以形式主義的表現將他放進立體主義去探討，反而說阿保里奈爾的詩是想像（fantasy）的產品，「天生是一個象徵的抒情詩人」。[17]1956 年 1 月紀弦創組現代派之前，他最親近的主義，是象徵主義，《新詩論集》中的第三輯，一整輯都在介紹法國象徵派的特色與波特萊爾、馬拉美、梵樂希、克洛德爾（Paul Claudel, 1868～1955）、保羅‧福爾（Paul Fort, 1872～1960）及阿保里奈爾等象徵主義詩人。紀弦說：

原來象徵派對於詩的創造之最主要的意圖，即在於依意象（image）而象徵化思想、感情、情調等。

如他們之所主張的，乃是要在對象形態之解體處再現原來之事物。總之，「象徵」的意義，可解釋為——基於想像的隱喻之連續，或比喻之擴大。

其次，我們應該認識的一點是：象徵派於音響、色彩、形態、情調等現象中發見了共通的、呼應的、調和的特殊類似關係之存在。[18]

作為近世世界詩壇之母胎的法國象徵主義，雖已有了幾分變化，但在現在，它是絕沒有滅亡的。列於現代巨星之林的人們，作為象徵之新的姿態而存在者。那些影響，在新興現代派之蓬勃的浪潮間，是隱約可見的。並且，從某種角度看，如果說現代之新銳詩派，例如立體派和超現派，一切都是經由 Symbolism 的洗禮而發育和成長起來的，也沒有什麼不可以吧。[19]

---

[16]同註 10，頁 16。
[17]同註 10，頁 79。
[18]同註 10，頁 57。
[19]同註 10，頁 59。

在理論觀察上紀弦贊同安德列‧別雷（Andrei Bely，1880～1934）的
說法：象徵派和「完成」的概念相反，即使沒有留下完全的作品也無妨，
它以「難懂的神祕和稍帶宗教色彩的詩的觀念」，為不安的一整個時代的人
提供了許多滋養與滿足的機會。[20]

象徵主義無疑滋養過紀弦，但1957年8月覃子豪與他展開論戰後，紀
弦不僅攻擊覃子豪仍然信奉過時的、陳腐的浪漫主義，連象徵主義、意象
主義，也被他批評成「不新不舊」、「不夠新」、「折衷主義」、「在我們是已
經不大重視的了」。紀弦改以複合西方多種主義，經「吸收和消化」的中國
現代主義作為自己代表的主義。這就是他的「新現代主義」。

紀弦的新現代主義，不可能一朝生成。在「覃、紀新詩論戰」甚至現
代派創組之前，他的重要詩觀已經成形，特別值得引述的有三項：

（一）論「我」

> 詩，連同一切文學，一切藝術，首先必須是「個人的」。唯其是個人的，
> 所以是民族的；唯其是民族的，所以是世界的。唯其是個人的，所以是
> 時代的；唯其是時代的，所以是永久的。因為在每一個詩人，每一個文
> 學家，每一個藝術家的「我」裡，有他所屬的民族之民族性格，有他
> 所屬的時代之時代精神。而這民族性格，時代精神，又必須是藉一個
> 詩人，一個文學家，一個藝術家之「我」的表現而具體化於其作品中，
> 方能成為活的，有生命的和發展的。否則，它們止於是一個抽象的，概
> 念的無生物罷了。所以否定了「我」，否定了「個人」，便沒有詩，沒有
> 文學，沒有藝術。[21]

> 「我」與「對象」的關係是我意識對象而對象被我所意識，我表現我所
> 感興的而我所感興的被我所表現。因此我為主而對象為賓，「喧賓奪主」
> 是不對的。

---

[20]同註10，頁59。
[21]同註14，頁3。

這個「我」，可以說是一切藝術之「出發點」，亦即一切藝術之「到達點」。[22]

文學表現之圭臬無非普世稱道的人文主義，何謂人文主義？曰處理我與自我、我與他人、我與自然、我與超自然之倫理。1950 年代初，在一個強調「我們」的環境氛圍裡，能夠提出「我」這麼有個性的觀點，是相當具有文學真知灼見的。

（二）論「知性」

談到詩的本質，紀弦起初認定為「情緒」——一個在音樂狀態的、有想像力的情緒，「如太陽之七色。色彩有單色、有複色，情緒亦然。」[23]他經常稱揚「抒情」讓人心弦顫動。但後來修正成強調知性，他說，新詩之所以為「新」詩，有一大特色，那便是：理性與知性的產品。

憑感情衝動的是「舊」詩，由理知駕馭的是「新」詩。作為理性與知性的產品的「新」詩，決非情緒文全盤的抹殺，而係情緒之微妙的象徵，它是間接的暗示，而非直接的說明；它是立體化的，形態化的，客觀的描繪與塑造，而非平面化的，抽象化的，主觀的歎息與叫囂。它是冷靜的，凝固的，而非熱狂的，燃燒的。因此，所謂「熱情」，乃是最最靠不住的東西。作為一個詩人，狂熱一點也許是好的。但是「熱情」的本身不是詩，只有把你的「熱情」放到你的理知的冰箱裡去好好地冰它一冰，過了十天八天，個把月，或是一年半載之後，再拿出來看看，這時，你的靈感也許忽然來了，水到渠成，「新詩」出現。[24]

紀弦將「情緒」與「知性」放在創作過程的前後兩端。這麼說，不能

---

[22]同註 14，頁 20。
[23]同註 14，頁 13。
[24]同註 14，頁 37。

說錯，但使用「情緒」這個名詞畢竟不穩妥，直到 1956 年他主張克制情緒，1957 年進而用「詩想」一詞取代「詩情」，說明：「凡以詩情為詩的本質的，都是廣義上的抒情主義，屬於浪漫主義的血統；凡以詩想為詩的要素的，都是廣義上的理智主義，以徹底反浪漫主義為其革命的出發點。」[25]他的「知性」說才算完備，不至於令人起疑。自始至終紀弦沒有分析知性融入詩的方法為何，只在探討梵樂希完全離開文學界 25 年究竟是怎麼一回事時，透露了一點啟發性的訊息：

> 無論如何，我們必須相信一點：梵樂希在這 25 年之間，對於他自己的心的態度，試行了嚴格的再反省。
>
> 透過數學、音樂、言語學等的研究，他探求他自己的方法和體系。他自覺他的才能，他探究應以如何的心的機構方能到達表現。
>
> 他的〈雷奧那獨・達・文西方法論序說〉及〈與泰斯特氏一夕談〉，是論述藝術之內容的方法論的；他以「知性」為藝術創造之原動力，把握一切的可能性，成為完全的一體系，同化一致於其他所有一切的睿智，於是乎，發現了藝術之普遍性與永恆的法則。[26]

顯然，他既看重知性開啟的更寬廣的人生體系，也看重知性（包括邏輯思維及語法）在完成一首詩的普遍性與永恆性上，深具作用。

（三）論內在的「美術性」

紀弦一向主張擺脫格律，否定「低級的音樂主義」，要求以「散文的音樂」替代「韻文的音樂」，以「內容的音樂」替代「形式的音樂」，反對單純的抒情詩平面化表現，而採取繪畫的、雕塑的、建築的立體手法。[27]

講到詩的美術性，紀弦也主張擺脫運用字體大小、鉛字種類造成的視

---

[25]紀弦，《紀弦論現代詩》，頁 16〜23。
[26]同註 10，頁 70。
[27]同註 14，頁 8。

覺效果。他認爲內在的美術性是基於想像而完成的心象：

> 至於「內在的」美術性，卻是心上的繪畫，心上的雕塑，心上的建築，
> 即詩人基於想像作用，意匠活動而構成的一種「現實的變貌」之「心
> 象」，通過了技巧之圓滿的運用，具體化於其詩篇，而在讀者心中喚起一
> 種彷彿如實的印象，使間接地體驗詩人之經驗，從而獲得一種心靈的教
> 育與享受。此則以美國意象派詩人群爲出色的代表。[28]

　　意象派詩人的「意象」及超現實主義詩人的深層想像，都是爲了經營
內在的美術性，使詩的質地更堅實、更多層次。

　　檢討五四以來的新詩，紀弦羨慕革去一切舊詩之命的五四運動，也稱
許作爲格律主義反動的上海「現代派」。然而不旋踵之間，他又說 1930 年
代的「現代派」認識不深刻，技巧較幼稚；「爲了詩本身的革命」，革命家
紀弦終於組成了臺灣的「現代派」[29]。

三、覃、紀新詩論戰評述

　　1956 年 1 月 5 日紀弦發出「現代派的通報第一號」120 份，至 16 日統
計，共有 13 人回信不參加（包括紀弦所謂的「表同情者」），24 人未回
信，加盟者 83 人，包括方思（1925～）、白萩（1937～）、辛鬱（1933
～）、林泠（1938～）、林亨泰（1924～）、梅新（1937～1997）、黃荷生
（1938～）、葉泥（1924～）、蓉子（1928～）、黃仲琮（羊令野，1923～
1994）、鄭愁予（1933～）、羅門（1928～）、錦連（1928～）、羅馬（商
禽，1930～2010）等。於是「現代派的集團宣告正式成立」。這一消息公
報，刊登於《現代詩》第 12 期（1956 年 2 月 1 日出版），封面打印了〈現
代派的信條〉，第四頁有紀弦的〈現代派信條釋義〉，第五頁登出社論〈戰

---

[28] 同註 14，頁 35。
[29] 同註 25，頁 8～24。

鬥的第四年‧新詩的再革命〉。

〈現代派信條釋義〉大意如下：第一條「我們是有所揚棄並發揚光大地包容了自波特萊爾以降一切新興詩派之精神與要素的現代派之一群」。紀弦認為象徵派導源於波特萊爾，其後一切新興詩派無不直接、間接受到象徵派影響，所以法國的波特萊爾是世界新詩的出發點。所謂揚棄、是揚棄病的、世紀末的傾向，而發揚光大其進步的部分。第二條「我們認為新詩乃是橫的移植，而非縱的繼承」。紀弦主張文學藝術無國界，新詩是「移植之花」，不是國粹，不應閉關自守、自我陶醉。第三條「詩的新大陸之探險，詩的處女地之開拓」。所需探險開拓者，包括內容、形式、工具、手法；講究「新」，但不標新立異。第四條「知性之強調」。反浪漫主義，排斥情緒。紀弦說：「一首新詩必須是一座堅實完美的建築物。」詩要冷靜、客觀、深入、運用高度的理智，從事精微的表現。第五條「追求詩的純粹性」。主張排斥一切非詩的雜質，提煉復提煉，「好比把一條大牛熬成一小瓶的牛肉汁」。第六條「愛國。反共。擁護自由與民主」。他自己覺得這一條「用不著解釋了」。

一、二、三條，目的在求新，勇於接受異質的形式與內涵，四、五兩條，是紀弦從「詩情」過渡到「詩想」之後，「新現代主義」的核心主張。第六條是一個幌子，有了這一個幌子因而可以保護個人主義情神之強調，不致遭到民族國家論述之打壓。

紀弦的現代派集團，至 4 月 30 日，增至 102 人。新增的詩人包括馬朗（曾主編香港《文藝新潮》）、楓堤（李魁賢，1937～）、薛柏谷（1935～1995）等。[30]聲勢如日中天時，詩壇另一位領袖人物覃子豪繼創辦《藍星週刊》之後，於 1957 年 8 月 20 日推出《藍星詩選》季刊[31]，以〈新詩向何處去？〉質疑紀弦的現代派主張。紀弦隨即於 11 天之後出版的《現代詩》第

---

[30]1956 年 10 月 20 日出版的《現代詩》第 15 期，〈編輯後記〉說有 13 位「志同道合的新朋友加入」，連前共有 115 人。但最後這一批已不是創作要角，對現代派的發展已無足輕重。
[31]此刊只出了兩期。

19 期發表〈從現代主義到新現代主義〉回應，繼之於 12 月 1 日出版的第
20 期，再發表〈對於所謂六原則之批判〉，作爲回應的下篇。

　　覃、紀兩位的詩觀真有南轅北轍的不同嗎？紀弦十分動肝火地認爲覃
子豪誤解了他的本意，在回應文裡說覃子豪的六原則，「不僅大部分似是而
非，而且瞎罵一陣，有失論者風度」，又說覃子豪「目的並不在討論什麼問
題，無非是用了一種雜文惡劣的語調，來刻意攻擊我們現代派，爲罵街而
罵街」。

　　覃子豪發表於 1958 年 4 月 16 日《筆匯》第 21 期的〈關於「新現代主
義」〉，回擊紀弦的答覆，開篇也指責紀弦的回應文章是咆哮與漫罵，不改
其狂妄、惡劣的語調。但其實，兩人的論述實多呼應處，只不過用詞有異
或表意不清，例如[32]：

（一）自由詩的問題

　　覃子豪說，有少數人誤解自由詩的真義，以爲自由即放縱，不知自由
詩亦有其無形的、不定的法則。紀弦說這和他的看法差不多，和他在多篇
論文裡強調的「初無二致」。但真正不同之點在：紀弦幾乎當它是創作觀一
般在追求；而覃子豪說，這不是創作觀，是一富於變化的表現方式而已。

（二）西方主義的模仿問題

　　覃子豪說不應完全標榜「橫的移論」，必須考慮是否和我們的社會契
合。紀弦回覆說，他所謂的移植不是被動的模仿，不是因襲了的而是革新
了的。覃子豪說，向西洋詩攝取營養，乃爲表現技巧之借鏡，「非抄襲整個
的創作觀，亦非追隨其蹤跡」。紀弦說覃子豪這些話「本來也就是我們的態
度」，跟他的立場並不矛盾。但他仍攻擊覃子豪欣賞的象徵主義、意象主
義，早就被他們吸收消化掉，是他們已經不大重視的了，他們現在「正在
實驗的，乃是現代主義的表現手法」。紀弦提示現代派信條時原不排斥象徵
主義，還說他信奉的波特萊爾就是象徵派的始祖，是世界詩的起點，但在

---

[32] 以下論述要點，出自覃子豪、紀弦前述四篇論戰文章。

這裡為了與「象徵主義傳燈人」[33]覃子豪區隔，因而加以否定。屬於他的現代主義表現手法，究跟他所謂的「不新不舊的象徵主義和意象主義」有何不同，則未觸及。

（三）抒情與知性的問題

覃子豪說知性可提高詩質，但必須藉抒情來烘托，「最理想的詩，是知性和抒情的混合產物」。一個講的是普遍的手法：「抒情」；一個講的是關乎詩的本質的：「抒情主義」。兩人的觀點並非沒有交集。

（四）藝術與人生的問題

覃子豪說，「凡屬永恆性的藝術，必蘊著人生的意義」，「人生的意義作為藝術之潛在表現，更能增強藝術的價值」。紀弦說，「我們早就說過：一切藝術是為人生的；但只有在為藝術而藝術的大前提下，才可能是真實的意味上的為人生的藝術」。

（五）難懂的問題

覃子豪說，詩沒有產生廣大影響，毛病出在難懂，有些詩人誤以為讀者無法理解才具有莫測的深度。他同意「難懂是近代詩的特色」，不反對基於詩中具有深奧特質造成的難懂，但不贊同在外觀上、形式上與讀者築起藩籬。紀弦說，不能為了怕讀者不懂就瞻前顧後，「徒然犧牲了藝術」，所謂難懂只是程度上的問題，沒有一個詩人會希望讀者看不懂自己的詩，誰會因自己的詩被看不懂而自豪呢？紀弦認為這一點是覃子豪「無的放矢」。

（六）技巧表現問題

覃子豪對醞釀尚未成熟率爾操觚的寫作，認為是可悲的小產。紀弦說，我一向主張多想少寫，詩應有「完整」的內容及「完美」的表現。

（七）思想問題

覃子豪說，「有少數作者不重視詩的主題，他們以現代主義者自居……」。紀弦很生氣地回答：「誰說我們不重視詩的主題？誰說我們的

---

[33]參見陳義芝，〈覃子豪與象徵主義〉，《聲納：臺灣現代主義詩學流變》（臺北：九歌出版社，2006年），頁65～81。

『果實』中不『藏』有『營養價值』？硬說我們的詩沒有『思想』，像這樣的無理取鬧，那就不必談了」。

（八）準確問題

覃子豪說，「有少數作者對新的追求衝力過猛，超過了本身的能力與中肯的限度」，「我絕對主張詩要有新的表現，但必須以準確為原則」。紀弦說，其實他也很懂「欲速則不達」和「過猶不及」的古訓，他自有美學標準，「就算我們有偏差吧，難道我們就不可以自己把它矯正過來？」又說，他們正在實驗一種全新的表現手法，那是超越了「準確」的「不確定」。表面上看，覃子豪主張「準確」，紀弦主張「不確定」，有所不同。然而兩人的指涉是不相同的，覃子豪要求表現精當在於意象、字詞等等不可移易；而紀弦的「不確定」則在表現方法的冒險開拓，其或然性最後仍要接受準確或不準確這把尺的檢驗。

余光中（1928～）回顧藍星詩社發展史，約略提過，1950 年代中期，覃子豪與紀弦各擁陣地，接觸的作者很多，這些人經常在兩人之間走動，造成兩人愈扣愈緊的冷戰心情。[34]

論戰其實是瑜亮情結下的產物，究其內涵，倒像唱雙簧似的，將新詩現代化未釐清的課題，做了一次辯論式的剖析。經由這一論戰，我們清楚看出，紀弦的新現代主義創作詩學，不外「知性」與「純粹性」兩點。然而覃子豪批評他的「現代主義」不過是「機會主義」的徹底表現[35]，亦嫌嚴苛。論衝鋒陷陣、開疆拓土的功勞，紀弦的霸氣無人能及；論思維之嚴整、表述之清晰，覃子豪的遠慮也十分令人折服。

四、紀弦創作與理論的「雙重性」

1958 年覃子豪的〈關於「新現代主義」〉一文，指出現代派「游離於

---

[34] 余光中，〈第 17 個誕辰〉，張漢良、蕭蕭編，《現代詩導讀‧理論、史料篇》（臺北：故鄉出版社，1979 年），頁 396。

[35] 覃子豪，〈詩創作論〉，《覃子豪全集 II》（臺北：覃子豪全集出版委員會，2001 年），頁 31。

各新興詩派之間」，最大的錯誤就在缺乏理論體系。又說，紀弦的理論不僅是矛盾的，作品也缺乏統一的風格，作品與理論有雙重性。[36]紀弦的創作與理論是否同調，時常有人質疑，有關這一點，羅青（1949～）曾作解釋：

> 紀弦在理論上雖然十分激烈；在創作上，他還是有分寸的，並不亂寫。他提倡「現代詩」，但卻主張先寫好抒情自由詩，再來嘗試現代主義。如果我們按照他自己所訂定的現代詩標準，檢查他七大卷詩集，便可發現，其中屬於現代詩的不過二、三十首而已，占的比例甚小。[37]

紀弦自己從不認為他的理論和創作有何牴觸，反而時常舉自己的詩作為他的「新現代主義」的例證。《現代詩》第 19 期，他的第一篇論戰文〈從現代主義到新現代主義〉，提到同時發表的〈跟你們一樣〉，「這一首旋律與和聲之錯綜組合了的交響詩，……敢說就是對於一切傳統一切俗見拋出去的一隻挑戰的手套，並且也是任何一個西洋的現代派所從來沒有試探過的一種方法論的全新的實驗。」[38]〈跟你們一樣〉，署「青空律」的筆名，共 87 行，文前有一行按語：「形式之方法論的決定：關於詩的和聲學之可能性─初步的試探。」這首詩有許多複變的音韻效果，形式排列不規則，古語、罵人的俚語、外文字母及現代科學人名交融交會：

跟你們一樣
　　　　我也是一個數學不及格的
所以我抽外國板煙　　　　　　不及格的
按期繳納戶稅　　　　　　　　不及格的
做詩　　　　　　　　　　　　不及格的

---

[36]覃子豪，〈關於「新現代主義」〉，《筆匯》第 21 期（1958 年 4 月），頁 314
[37]羅青，《詩的風向球》（臺北：爾雅出版社，1994 年），頁 151。
[38]紀弦，〈從現代主義到新現代主義〉，《現代詩》第 19 期（1957 年 8 月），頁 4～5。

以及陷入半飢餓的狀態　　　　　　不及格的

　　　　　　　　　偉大的半飢餓

既不矛盾　　　　　偉大的半飢餓

亦不統一　　　　　偉大的半飢餓

　　　　　　　　　　　　不及格的

你們也許看見過電影上的、漫畫上的

飢餓；但是永遠不了解什麼叫做

半飢餓。　什麼叫做半飢餓？

　　　　　　　　　這就是半飢餓

──你們不懂。　　　這就是半飢餓

　　　　　　　　　這就是

　　　　　　　　　　半飢餓

我也是一個數學不及格的

　　　　　　　跟你們一樣

至於不可見的飛躍　　　　　跟你們一樣

　　　　　　　　　　　　　跟你們一樣

飛躍　　　　　　　　　　　跟你們一樣

　　　　　　　　　　　　　跟你們一樣

飛躍　　　　　　　　　　　跟你們一樣

　　　　　　　　　　　　　跟你們一樣

如果你們並不固執歐幾里德幾何學的

一本正經，和用諸如肺癌這一類的怪病

嚇人的話，那倒是可以試試的：來一個

當眾表演，讓你們開開眼界。

　　　　　　　　　讓你們開開眼界

你們渾蛋！　　　　讓你們開開眼界

　　　　　　　　　讓你們開開眼界

> 誰說兩線平行永不相交
>
> 那他一定是個問題學生
>
> > 讓你們開開眼界
>
> A＝X＋Y＋Z而又不等於A
>
> 等於或不等於反正我要走了
>
> 因為凡叫做直線的無不彎曲而彎曲的
>
> 又非一種形而上的或是虛無主義的美
>
> 那麼在一純粹的四度空間彼此挨拶了的
>
> 無疑是我的心靈的三翼鳥和愛因斯坦
>
> 還相當幼小的鬼魂嚼著泡泡糖的
>
> > 嚼著泡泡糖的
> >
> > 嚼著泡泡糖的[39]

「挨拶」是擁擠的意思。「拶」，讀音ㄗㄢˇ，古代以小木棒穿繩夾指的酷刑。「我的心靈的三翼鳥」原是承載詩與美的飛翔，而今和幼稚的數學幽靈（以愛因斯坦為象徵，如同之前以歐幾里德為象徵）擠在一塊兒，「嚼著泡泡糖」是對幼稚的嘲諷。在數學不及格的詩人眼中，數學代表固定的、確切的、沒有想像力的、不美的；詩人（我）則是半飢餓的，這一半飢餓的成因，一來因生活壓力（抽板煙、繳稅），二來因做詩，所以這半飢餓其有現實與心靈的雙關。而凡是不拘執於幾何學規定，不怕勞心傷身（諸如肺癌）的，都是有創造性的（可讓別人開眼界）、叛逆的（誰說……，那他一定是……）。

本詩後半繼續發展「我是可以飛的」想像力：我可以看見別人看不見的赤裸的亞當和夏娃。最後將不斷上升的「飛躍」的字列與始終置於行底的「2＝3」對映，表現「數學不及格的」具有的追求與創造。紀弦寫這詩

---

[39]紀弦，〈跟你們一樣〉，《現代詩》第 19 期（1957 年 8 月），頁 27～30。

時正在成功高中任教，「跟你們一樣／我也是一個數學不及格的」，像是對學生說話的口吻。同一時期他另有充滿教育理想的〈教師之夢〉，批判教育方法虛假僵化的〈阿富羅底之死〉。這兩首寫於 1957 年的詩，紀弦的評語是「都很不壞；而尤以〈教師之夢〉為最重要」；作於 1956 年的詩，他認為〈詩法〉、〈我愛樹〉、〈存在主義〉三首最好；作於 1955 年的，則以〈火葬〉、〈船〉等八首最好。[40]1955 至 1957 年紀弦創立「現代派」前後，聲勢鼎盛之時，他的「新現代主義」詩觀既已形成[41]，「新現代主義」者的創作風貌有無劃然地革命性的改變？單論〈跟你們一樣〉的確是自由詩、意識流、知性、象徵手法的合成，在「不確定」中開發了新的表現方法。其他的作品呢？

　　紀弦晚年自選的《紀弦詩拔萃》，仍然選入的作品，1955 年僅〈火葬〉一首，1956 年有〈我愛樹〉、〈存在主義〉兩首， 1957 年為〈春之舞〉一首。〈火葬〉是他親眼看了楊喚（1930～1954）的火葬後自經驗提煉而成：

　　如一張寫滿了的信箋，

　　躺在一雙牛皮紙的信封裡，

　　人們把他釘入一具薄皮棺材；

　　復如一封信的投入郵筒，

　　人們把他塞進火葬場的爐門。

　　……總之，像一封信，

　　貼了郵票，

　　蓋了郵戳，

[40]紀弦，《紀弦回憶錄・第二部：在頂點與高潮》，頁 64～102。

[41]1955 年「現代派」尚未創組，但《現代詩》已創刊三年，紀弦在這年春、夏、秋、冬四期的社論宣稱已站穩腳步，呼籲「使用新的工具，表現新的內容，創造新的形式」，打破格律、詩與歌分家、追求純粹的現代化精神也已提出。

寄到很遠很遠的國度去了。[42]

　　把「棺材」比成「信封」,「死者」如「信箋」,火葬為的是把他寄到很遠很遠的國度去。這首詩最動人的「詩想」在:死亡猶能將此生的訊息帶到一個新的時空中。第一節的意象不同凡響,不寫表面形象,也不直接寫哀傷,冷靜地對生、死作深刻的冥思,得出獨創的意象。

　　另一首詩作〈我愛樹〉,將自己比擬成樹而終究體認到自己不是樹,想要紮根而不能紮根,從而發出「多麼的悲哀喲!」的感歎,「於是彎曲伸展用我的／兩臂和十指還有頭髮／極力模仿那些枝條那些／姿勢那些葉子那些形狀／而且用腳使勁地往泥土裡踩」。[43]紀弦自評,說它是一首很美的抒情詩。

　　至於〈存在主義〉,紀弦說這一首「可說是我的代表作中之代表作,使用全新的手法,處理全新的題材,寫來十分自然,一點斧鑿的痕跡都沒有」。[44]

　　　圖案似的
　　　標本似的
　　　　　　一蜥蜴
　　　夜夜,預約了一般地
　　　出現,預約了一般地

　　　當我為了明天的麵包以及
　　　　　　昨日的債務而又在辛勞地
　　　　　　　　　辛勞地工作著時

---

[42]紀弦,《紀弦詩拔萃》(臺北:九歌出版社,2002 年),頁 73～74。
[43]同上註,頁 75～76。
[44]紀弦,〈組織「現代派」〉,《紀弦回憶錄・第二部:在頂點與高潮》,頁 76。

平貼在我的窗的毛玻璃的

那邊，用牠的半透明的

胴體，神奇的但醜陋的

尾巴，給人以不快之感的

頭部，和有著幼稚園小朋友人物畫風格的

四肢平貼著

　　　　　圖案似的

　　　　　標本似的

　　　　　　一蜥蜴

這夠我欣賞的了。

在我的燈的優美的

照明之下：這存在

　　　　　這小小的守宮（上帝造的）

　　　　　這小小的壁虎（上帝造的）

這遠古大爬蟲的縮影、縮寫和同宗

屏息在我的窗的毛玻璃的

那邊，而時作覓食之拿手的

表演；於是許多的蚊蚋、蛾蝶和小青蟲

在牠的膨脹而呈微綠的肚子裡

消化著

又消化著。

噢，對啦！我是牠的戲的

觀眾，而且是牠的藝術的

喝采者，有詩為證；而牠

也從不假裝不曉得

究竟在這個芸芸眾生的大雜院裡

　　誰是最後熄燈就寢的一個。

　　故我存在──我是上帝造的
　　蜥蜴存在──牠是上帝造的
　　一切存在──都是上帝造的
　　而這就是我們的「存在主義」──
　　不！「我們的」存在主義[45]

　　描寫準時出現在窗子毛玻璃上的壁虎（蜥蜴類），像圖案、標本一樣，
靜靜地守候覓食，壁虎的胴體、尾巴、頭部、四肢各如何，用的雖是寫意
的筆法，卻能給人忠實、冷靜、客觀之感。這時詩中的我為了填飽肚皮而
在燈下忙碌著，彷彿與我同宗的壁虎，也在忙碌地覓食。我看著牠，牠也
一定曉得我是最後熄燈就寢的人。我與壁虎互為主客體，都為了填飽肚
皮，冷眼旁觀、和平共處，這就是我們的存在主義。最後兩行，紀弦先用
引號凸出「存在主義」，繼而改將「我們的」標識出來，既見天地間的存在
狀態，又特別強調是人與壁虎共同認知、奉行的。
　　這幾首詩的確都是耐人品味的好詩，但一點都不怪異，理論可以為了
要革命而矯枉過正、而肆意破壞、而無損於理論的存在；作品則不然，作
品還是有一些根本的法則，可以融入新的手法，但不見得能除去其他詩學
主張早已採行的技法。極端革命性的創作手法，往往只具有文獻價值而沒
有美學價值。紀弦與覃子豪詩觀的歧異是打筆戰打出來的，究其實並無太
大出入，已如前述。紀弦的詩風與他的論敵覃子豪究竟有哪些對立，也並
不容易說明，原因是他們都是欣賞象徵技法的，對超現實主義「創造不可
思議的妙語」，「發掘潛意識，求內在的真」[46]，以及對後世的影響，也都是
承認的。[47]

---

[45]紀弦，〈存在主義〉，《紀弦詩拔萃》，頁 77～80。
[46]覃子豪，〈超現實主義給予現代詩的影響〉，《覃子豪全集Ⅱ》，頁 600～605。
[47]覃子豪的〈吻〉、〈死蛾〉、〈金色面具〉、〈構成〉、〈瓶之存在〉等詩，無一不具備繁複的現代手

五、現代派論戰的啟發

　　紀弦〈現代派的信條〉開宗明義就說，他對一切新興詩派主張，有所繼承也有所揚棄，他不是個極端的另立新派的現代主義者，而是做統合整理、截長補短的工作。他既同情達達主義以及阿保里奈爾「試作美術之行動的立體詩」，也不否認「現代派」在表現上的源流，一是超現實主義，另一是象徵主義。[48]他的理論不免有點混亂，詩風也未必完全契合他的理論[49]，原因即在這一多元複合性。他以新詩再革命的精神組派，在論戰中展現了教父型性格、周旋到底的決心（談起論戰對手，他說「休說一個對三個，30 個 300 個我也不在乎的」），這是他發揮最巨大影響的根源。俗話說真理愈辯愈明，不一定指得出了一個統一的結論，而是論辯者不斷補充、深化自己的論點，既予參戰者刺激，也對觀戰者多所啟發。借用紀弦的話：

> 論戰的結果是：整個詩壇都現代化了；余光中成為一個現代主義者；覃子豪也寫起現代詩來了。當然，從此以後，再也沒有誰去寫那種至極可笑的二四六八逢雙押韻四四方方整整齊齊的「豆腐乾子體」了。至於我，我也反省了我自己，除堅決主張中國新詩的必須「現代化」，已不再那麼過分地重「主知」而輕「抒情」了。[50]

　　1950 年代後期林亨泰對立體主義、未來主義的試探；「創世紀詩社」改弦更張從「新民族詩型」轉而強烈鼓吹超現實主義；余光中嚴批幼稚的

法。詳見《畫廊》，1965 年收入《覃子豪全集 I》。

[48]紀弦，〈第二個回合與論戰的結果〉，《紀弦回憶錄・第二部：在頂點與高潮》，頁 112。

[49]〈致天狼星〉是 1953 年紀弦組「現代派」前幾年的作品，開篇與結尾都是類似「天狼星啊，你多美啊！正是為了你的緣故，啊啊，……」（見紀弦，《紀弦詩拔萃》，頁 69。）的句子。雖然紀弦說不能拿他昨天的作品來印證今天的理論，但他並不批評這樣的表現，晚年撰回憶錄，對「現代派」的主張十分自豪，並無任何修正，而自選詩作精粹，卻又有不少「抒情主義」的作品。論者所謂的「雙重性」在此。

[50]同註 48，頁 114～115。

「現代病」，主張廣義的現代主義；以及 1960 年代作為超現實詩風反動的
《笠》與新即物主義，都是「現代派」運動的後續發展。

參考資料

專書

・紀弦，《新詩論集》，高雄：大業書局，1956 年。

・紀弦，《紀弦詩論》，臺北：現代詩社，1954 年。

・紀弦，《紀弦論現代詩》，臺中：藍燈出版社，1970 年。

・紀弦，《紀弦回憶錄・第一部：二分明月下》，臺北：聯合文學出版社，2001 年。

・紀弦，《紀弦回憶錄・第二部：在頂點與高潮》，臺北：聯合文學出版社，2001 年。

・紀弦，《紀弦詩拔萃》，臺北：九歌出版社，2002 年。

・覃子豪，《覃子豪全集 II》，臺北：覃子豪全集出版委員會，2001 年。

・羅青，《詩的風向球》，臺北：爾雅出版社，1994 年。

專書論文

・余光中，〈第 17 個誕辰〉，張漢良、蕭蕭編，《現代詩導讀・理論、史料篇》，臺北：
　故鄉出版社，1979 年，頁 396。

期刊文章

・紀弦，〈從現代主義到新現代主義〉，《現代詩》第 19 期（1957 年 8 月），頁 45。

——選自陳義芝《聲納：臺灣現代主義詩學流變》

臺北：九歌出版社，2006 年 3 月

主知・超現實・現代派運動
臺灣，1956～1969

◎劉正忠*

一、前言

　　林亨泰曾將臺灣詩壇的「現代派運動」分爲兩個時期：1956 年 1 月由紀弦發起組織，提出「六大信條」，至 1959 年 3 月，《現代詩》季刊在出版了第 23 期之後突然中斷，是爲「前期現代派運動」。同年 4 月，《創世紀》第 11 期推出「革新擴版號」，延續現代派的創新精神，直到 1969 年 1 月，第 29 期出版之後，宣布停刊，是爲「後期現代派運動」。前期以現代詩社爲主軸，爲期約三年；後期則以創世紀詩社爲重心，持續了十年之久。[1]此說將現代派運動作較廣義的闡釋，並標出兩個重心，是他系列論述的基本假說。

　　「六大信條」之中，林亨泰認爲，最重要的乃是第四條：「知性之強調。」[2]這不僅是對治浪漫派的利器，更是取得現代性的重要手段。然而「知性」是否能夠包容「一切新興詩派之精神與要素」，卻也有待進一步釐清。[3]這項難題尤其表現在對「超現實主義」的態度上。對於《創世紀》改

---

*發表文章時爲東吳大學中國文學系助理教授，現爲清華大學中國文學系副教授。
[1]此說首見於〈新詩的再革命〉（1988 年），《林亨泰全集》第 5 冊（彰化：彰化縣立文化中心，1998 年），頁 5～6。同書〈從八〇年代回顧臺灣詩潮的演變〉（1990 年）、〈現代派運動與我〉（1994 年）等文亦續有發揮。根據他的闡釋，這種斬截的斷限方式，可以把「運動」的主體與後續的「影響」區別開來，進而凸顯其意義。又案洛夫更早即曾提到：「不論精神上或實際創作上，真正繼『現代派』以推廣中國現代詩運動的是『創世紀詩社』」。見洛夫，〈中國現代詩的成長〉，《中國現代文學大系・詩卷》（臺北：巨人出版社，1972 年），頁 6。
[2]林亨泰，〈中國現代詩風格與理論之演變〉，《林亨泰全集》第 4 冊，頁 177。
[3]柯慶明就曾指出：「作爲移植對象的『一切新興詩派之精神與要素』，一旦作了『知性之強調』與

版後積極接納「西方現代思潮」的態度，林亨泰作了概括的描述：「進行得比現代派還現代派，提出『超現實主義』的主張」。[4]似乎是說後期現代派超出前期的部分，便在於對超現實主義的提倡。

然則「超現實」與「知性」之間，又存在著怎樣的辯證關係呢？它們的歷史脈絡如何？在所謂「前後期現代派運動」中，又分別居於何種地位？而「前期」與「後期」之間，除了承續之外，是否也牽涉到理念的齟齬？紀弦從 1960 年開始，立論明顯大異於前，原因何在？本文即從上述問題出發，延著林亨泰建構的系譜，考查若干運動主將的理論內涵，期能在一般所謂「知性超現實」的共相之外，呈現些許殊相。

二、現代派詩學的歷史脈絡

紀弦的文壇生涯始於上海，當時施蟄存、戴望舒、杜衡等人創辦的《現代》（1932～1935 年）雜誌，集結了許多優異的詩人小說家，構成所謂「現代派」群體。1934 年，紀弦（這時還叫「路易士」）的作品始見於《現代》，從此成為「自由詩的選手，『現代派』的一員」。[5]作為一名新人，他深受「老大哥」們的影響，逐步養成自己的詩學理念與創作技巧。日後他在臺北重新燃起現代派運動的火苗，若干主張便可溯源於此。

上海現代派的組織並不嚴格，但就詩而言，反新月派的自覺則頗為一致。他們吸收的，主要是美國意象派與法國象徵派的理念。形式方面，提倡自由詩，反對嚴整華麗的格律詩；內容方面，則注重詩素，反對感情的直陳或吶喊。戴望舒在〈望舒詩論〉中指出：「新的詩應該有新的情緒和表現這情緒的形式。」[6]施蟄存則說《現代》上的詩，「是現代人在現代生活

『追求詩的純粹性』的限制，則所謂『詩的新大陸之探險，詩的處女地之開拓』，新的『內容』、『形式』、『工具』、『手法』等等的追求，事實上都受局限。」見柯慶明，〈六十年代現代主義？〉，《中國文學的美感》（臺北：麥田出版社，2000 年），頁 398。
[4]林亨泰，〈從八〇年代回顧臺灣詩潮的演變〉，《林亨泰全集》第 5 冊，頁 83。
[5]紀弦，《紀弦回憶錄・第一部：二分明月下》（臺北：聯合文學出版社，2001 年），頁 63。
[6]戴望舒，〈望舒詩論〉，《現代》第 2 卷第 1 期（1932 年 11 月），頁 92～94。

中所感受的現代的情緒，用現代的詞藻排列成現代的詩形。」[7]杜衡爲戴望舒的詩集作序，提到：「當時通行一種自我表現的說法，做詩通行狂叫，通行直說，以坦白奔放爲標榜。我們對於這種傾向私心裡反叛著。」[8]這些言論都反映出一種追求新感性的企圖，爲主知風潮奠立契機。

其實南北兩方的詩人，對於西方當代詩學的潮流，都頗爲關注。《新月》介紹了利威斯（F. R. Leavis）的《英詩之新平衡》一書，對艾略特（T. S. Eliot）的《荒原》頗致推崇之意，並謂：「現代詩人不再表現那單純的情緒，他們重視機智，智慧的遊戲，大腦筋脈的內感力。」[9]幾乎同時，《現代》刊出了阿部知二的〈英美新興詩派〉，對於主知傾向，著墨頗多：「近代派的態度，結果變成了非常主知的，他們以爲睿智（Intelligence）正是詩人最應當信任的東西。他們以爲，在包在我們周圍的某種漠然的感覺和感情的世界，換言之，即潛在意識的世界──這些黑暗──之中，像探海燈一般地放射睿智，而予這混沌的潛在的世界以明晰性，予這混沌的潛在的世界以方法的秩序，便是現代知識的詩人該做的純粹的工作。」[10]按阿部知二乃日本《詩與詩論》集團宣導主知論的代表，巧合的是，這篇文章後來又在臺北的《現代詩》季刊被重新譯介一次。[11]

稍後戴望舒結合包含紀弦在內的南北詩人，創辦《新詩》月刊（1936～1937 年）。對於主知觀點，續有介紹。周煦良翻譯了艾略特的〈詩與宣傳〉，廣說「詩給情緒以理智的認可；又把美感的認可給予思想」的道理。[12]柯可（金克木）發表〈論中國新詩的新途徑〉，介紹了一種「以智爲主腦」的詩，「以不使人動情而使人深思爲特點」。[13]戴望舒則曾譯介梵樂希

---

[7]施蟄存，〈又關於本刊中的詩〉，《現代》第 4 卷第 1 期（1933 年 11 月），頁 6。
[8]杜衡，〈序〉，《望舒草》（上海：現代書局，1933 年），序之頁 4。
[9]蔡波譯，〈海外的出版界──利威斯的三本書〉，《新月》第 4 卷第 6 期（1933 年 3 月），頁 18。
[10]阿部知二著；高明譯，〈英美新興詩派〉，《現代》第 2 卷第 4 期（1933 年 2 月），頁 15。
[11]阿部知二著；柏谷譯，〈英美新興詩派之研究〉，《現代詩》第 18 期（1957 年 6 月），頁 32～36；第 19 期（1957 年 8 月），頁 38～42。
[12]艾略特著；周煦良譯，〈詩與宣傳〉，《新詩》第 1 卷第 1 期（1936 年 10 月），頁 75。
[13]柯可（金克木），〈論中國新詩的新途徑〉，《新詩》第 1 卷第 4 期（1937 年 1 月），頁 465～468。

（瓦雷里）的〈文學〉，其中提到：「一首詩應該是『智』的祝慶。它不能是別的東西。」[14]日後臺北現代派強調「情緒之放逐」，在此已奠立契機。

　　另一方面，上海現代派對前衛思潮的推介，亦復不少。《現代》便曾刊載玄明的〈兩種新主義〉，粗略介紹「大大主義」與「超現實主義」。並引述布列東的話說：「狂人心中的觀念頗能合於我的某種本能的假設。隨口的亂說會造成驚人的效果。我們絕對不接受什麼東西。我們相信我們能夠滅絕理性。」[15]戴望舒本人則譯介過〈世界大戰以後的法國文學〉[16]，對「立體主義」與「達達主義」的風潮頗多著墨。高明撰有〈未來派的詩〉[17]，大幅徵引馬利內底等人的詩和理論。作品譯介方面，從《現代》到《新詩》，譯介過的法國詩，有波特萊爾（Charles Baudelaire, 1821～1867）、保爾‧福爾（Paul Fort, 1872～1960）、耶麥（Francis Jammes, 1863～1938）、梵樂希（Paul Valéry, 1871～1945）、阿保里奈爾（Guillaume Apollinaire, 1880～1918）、許拜維艾爾（Jules Superville, 1884～1960）、艾呂亞（Paul Eluard, 1985～1952）、比也爾‧核佛爾第（Pierre Reverdy, 1889～1960）等人，這個名單包含後期象徵派、立體派的到超現實派的詩人。後來《現代詩》季刊譯介許多法國詩，實際上也以這些詩人為主。[18]

　　抗戰中期，紀弦（當時筆名為路易士）由香港回到上海重續文學活

---

[14]梵樂里（瓦雷里）著，戴望舒譯，〈文學〉，《新詩》第 2 卷第 1 期（1937 年 11 月），頁 87。

[15]玄明，〈兩種新主義〉，《現代》第 1 卷第 1 期（1932 年 5 月），頁 171。

[16]戴望舒，〈世界大戰以後的法國文學〉，《現代》第 1 卷第 4 期（1932 年 8 月），頁 488。

[17]高明，〈未來派的詩〉，《現代》第 5 卷第 3 期（1933 年 7 月），頁 473。

[18]戴望舒等人的譯詩，不僅影響紀弦，甚至直接影響商禽、瘂弦等人，這條脈絡不宜輕忽。商禽曾說：「我自己就是從書、雜誌、大陸上的詩刊看到超現實主義詩作、詩論。大陸大約 1940 年代戴望舒等人已經翻譯了許多西方超現實主義、未來主義的詩……。」瘂弦也說：「超現實主義的詩，像聶魯達、阿拉貢、希伯維爾的詩，戴望舒很早就翻譯了，約是《現代》和《新詩》月刊的時代。」見胡惠禎整理，〈現代主義：本土與國際——現代詩運的回顧與前瞻〉（座談），《現代詩》復刊第 22 期（1994 年 8 月），頁 5。不過，從瘂弦援舉之例看來，所謂「超現實主義的詩」取義甚廣。此外，戴望舒並未譯過阿拉貢的詩，卻譯過另一位超現實主義健將艾呂亞（Paul Eluard）的多篇作品。無論如何，瘂弦與商禽很早便接觸到這些大陸時期的文學刊物，應當是可以肯定的，至於其管道，則是商禽趁職務之便，得自官邸圖書館。見瘂弦，〈他的詩‧他的人‧他的時代——論瘂弦《夢或者黎明》〉，收入陳義芝編，《臺灣文學經典研討會論文集》（臺北：聯經出版公司，1999 年），頁 242。旁證之一是瘂弦早年的〈詩人手札〉與《創世紀》早年刊登的譯詩，有些資料便得自這些期刊。

動，在淪陷期的上海，創辦了《詩領土》（1944 年 3 月～1944 年 12 月）發表了百餘首詩和數十篇詩論。他大力鼓吹「現代詩」，特別強調的是「全新的立場」，他說：「內容形式上兩者都新——這就叫全新。」[19]在內容方面，他主張詩人要「放棄了過去的抒情的田園，來把握住現代文明之特點，科學上的結論和數字，從而表現之以全新的手法。」[20]；形式方面，則應該是「沒有固定的詩形，不押韻，以散文的句子寫。」[21]這份刊物曾公布過三則「同人信條」，「詩領土同人錄」由二十七人累積到七十餘人[22]，作風與日後在臺北刊行的《現代詩》季刊頗為類似。

　　另一方面，日治下的臺灣，由楊熾昌主編的《風車》詩刊，受到日本《詩與詩論》集團的啟發，異軍突起，較諸中國詩壇更為「前衛」。在發行宗旨上即標明「主張主知的『現代詩』的敘情，以及詩必須超越時間、空間，思想是大地的跳躍。」並揚舉法國的超現實主義宣言以為創作圭臬。[23]楊熾昌不滿社會寫實主義或自然主義者的藝術表現「停滯在強烈的主觀表現而缺乏表現技巧。」[24]因此主張：「所謂詩的才能就是於其詩的純粹上，非最生動的知性的表現不可。」[25]他的部分作品仍然具有批判性，有意以曲折隱蔽的技法來「透視社會現實，剖析其病態，分析人生」[26]，其間所展露的知性思維頗為圓熟。然而由於此一風潮的規模稍小，開展不足，旋為當時更加旺盛的現實主義潮流所掩蓋，一般認為，「對戰後詩人並未直接有所影響」。[27]

---

[19]路易士，〈什麼是全新的立場〉，《詩領土》第 5 號（1944 年 12 月），頁 7。按原刊無頁碼，此處所標，係筆者自封面起算而得。

[20]路易士，〈詩與科學〉，《上海藝術月刊》第 2 卷第 1 期（1943 年 1 月），頁 17～18。

[21]路易士，〈五四以來的新詩〉，《詩領土》第 4 號（1944 年 9 月），頁 3。

[22]最後刊登的〈同仁名單〉，見《詩領土》第 5 號（1944 年 12 月），頁 23。

[23]羊子喬，《蓬萊文章臺灣詩》（臺北：遠景出版社，1983 年），頁 44。

[24]同上註，頁 168。

[25]同註 23，頁 138。

[26]葉笛，〈日據時期臺灣詩壇的超現實主義運動——風車詩社的詩運動〉，收錄於封德屏編，《臺灣現代詩史論》（臺北：文訊雜誌社，1996 年），頁 27～28。

[27]陳明台，〈楊熾昌‧風車詩社‧日本詩潮——戰前臺灣新詩現代主義的考察〉，《臺灣文學研究論集》（臺北：文史哲出版社，1997 年），頁 61。

　　林亨泰在銀鈴會時期的作品（1947～1949 年），主要繼承了賴和以降，批判現實的新文學傳統。[28]但這時或更早以前，同樣透過《詩與詩論》等文學雜誌，他對於日本近代詩壇的理念與方法，其實頗有認知。[29]反抒情、主知的語言傾向在當時已見端倪。[30]不過，嚴格來講，相關的理論陳述與創作實踐，則是 1950 年代中期復出詩壇以後的事情。

　　現代派主將大多很年輕，少有擅長論述者，林亨泰的參予，確實大幅拓展了視野與深度。但假使更多地考量到紀弦的上海經驗，便能較清楚地分辨：哪些觀點是他從中國帶來的，哪些是在臺灣發展起來的，又哪些是兩者的綜合。譬如說關於「主知精神」的來源，學者指出：

　　紀弦取林亨泰源自於日本《詩與詩論》派的知性美學，是用以對抗新文學傳統中的浪漫派餘緒，而此導致五〇年代現代運動中傳承了日本超現實運動中的主知精神。[31]

　　我們認為，1950 年代現代運動中的主知信條，未必與日本超現實運動有直接的關聯。紀弦對於此一信條的認識，實有不同的來源，不必導源於林亨泰。在臺灣 1950～1960 年代的現代詩運動中，「超現實」與「知性」兩個概念，也還常常處於緊張的關係。

　　按林亨泰 1955 年春始在《現代詩》發表作品[32]，隨後才與紀弦通信，展開理論的交流。[33]從紀弦創立現代詩社（1953 年 2 月），到正式組織「現

---

[28]呂興昌，〈林亨泰四〇年代新詩研究〉，《臺灣詩人研究論文集》（臺南：臺南市立文化中心，1995年），頁 273。

[29]呂興昌，〈林亨泰生平著作年表〉，《林亨泰全集》第 10 冊，頁 170～171。

[30]林燿德，〈林亨泰創作分期〉，《跨不過的歷史》（臺北：尚書文化公司，1990 年），頁 153。

[31]劉紀蕙，〈銀鈴會與林亨泰的日本超現實淵源與知性美學〉，《孤兒‧女神‧負面書寫》（臺北：立緒文公司，2000 年），頁 232。

[32]《現代詩》第 9 期（1955 年春），以筆名「恒太」發表〈回憶〉。第 2 期以本名所刊〈第一信〉，係葉泥譯自舊作，林亨泰並不知情，見張默《夢從樺樹上跌下來》（臺北：爾雅出版社，1998年），頁 213。（但張默謂林亨泰正式用中文發表的詩作是第 11 期的〈心臟之什〉，則顯然有誤）關於這一點，另可參見呂興昌編訂〈林亨泰生平著作年表〉，頁 186～187。

[33]林燿德作〈林亨泰繫年〉，將林、紀通信繫在 1953 年，殆根據林亨泰接受訪談時所言：「1953 年

代派」（1956 年 1 月），約有三年之久，可以視爲是現代派運動的準備期。
這段時間，紀弦曾以筆名「青空律」發表〈沉默之聲：保爾・梵樂希〉[34]，
介紹象徵派大師崇尙知性的觀點。並發表〈把熱情放到冰箱吧〉的社論，
強調新詩之所以爲新，除了利用散文以爲新工具之外，尙有一大特色，那
便是：

> 理性與知性的產品。所謂「情緒的逃避」，殆即由此。同樣是抒情詩，但
> 是，憑感情衝動的是「舊」詩，由理知駕馭的是「新」詩。作爲理性與
> 知性的產品的「新」詩，絕非情緒之全盤的抹殺，而係情緒之微妙的象
> 徵，它是間接的暗示，而非直接的說明；它是立體化的，形態化的，客
> 觀的描繪與塑造，而非平面化的，抽象化的，主觀的歎息與叫囂。它是
> 冷靜的，凝固的，而非熱狂的，焚燒的。因此，所謂「熱情」，乃是最最
> 靠不住的東西。[35]

此外，在《紀弦詩論》（1954 年）中，也曾引述過梵樂希有關「情緒
客觀化」的詮釋[36]。上述言論對知性的強調已經十分清晰而強烈了，這時，
紀弦尙未與林亨泰見面或通信。因此，提倡知性確實是對抗浪漫派的利
器，但此一策略基本上延續了上海「現代派」的舊軌，遠紹梵樂希、里爾
克、艾略特等大師的理念，20 世紀西方詩學的主潮相合。唯林亨泰來自不
同背景的理論支持，經常展現比紀弦更寬的視野、更深的思維，確實使現
代派運動的聲勢壯大不少。

（或者 1954 年？）我到彰化任教，向《現代詩》郵購方思譯的里爾克作品，直到報上刊出了出
版廣告，我仍沒有收到書，就去信問紀弦。」但他在〈現代派運動與我〉中，則明確指出先以筆
名「恒太」發表作品，才與紀弦通信。此外，方思譯里爾克《時間之書》開始徵求預約，在《現
代詩》第 20 期（1957 年 12 月），林亨泰所購應爲《夜》（徵求預約見第 7、8 期，宣告已出版則
在第 9 期）。
[34]見〈沉默之聲：保爾・梵樂希〉，《現代詩》第 5 期（1954 年 2 月），頁 31。
[35]紀弦，〈把熱情放到冰箱吧〉，《現代詩》第 6 期（1954 年 5 月），頁 43。
[36]紀弦，《紀弦詩論》（臺北：現代詩社，1954 年），頁 19、37。

按《詩與詩論》集團，基於其具有集結當時主要的前衛詩人，含各流各派大融合的混雜性格，雖以主知來統一其詩觀，事實上分為三大傾向，即形式主義方向、超現實主義的方向和新即物主義的方向。[37]就 1950、1960 年代的林亨泰而言，對知性美學的張揚頗多，對超現實技法的提倡較少。紀林兩人對主知的主張，雖然「不謀而合」，但亦自有差距。紀弦理解的主知，主要是通過理智的作用，避免情緒的直陳，而以「詩想」為實質。林亨泰則進一步以「批判性」來詮釋「主知」的內涵。在他的理論架構中，即使動用超現實主義的「非理性」技法，仍然可以展現特殊的批判性格，仍是知性的。

三、「主知說」與現代詩論戰

紀弦創立現代詩社，發行《現代詩》季刊（1953 年 2 月），提倡寫作「現代化」的「現代詩」，這是繼「新詩」週刊之後，最重要的詩壇大事。稍後則有覃子豪結合鍾鼎文、鄧禹平、余光中、夏菁等人，組成「藍星」詩社（1954 年 3 月），並借得《公論報》版面創辦「藍星新詩週刊」（1954 年 6 月）。藍星諸子的「結合」，據余光中的講法，乃是針對紀弦的一個「反動」：

> 紀弦要移植西洋的現代詩到中國的土壤上來，我們非常反對。我們雖不以直承中國詩為己任，可是也不願意貿然作所謂「橫的移植」。紀弦要打倒抒情，而以主知為創作的原則，我們的作風則傾向抒情。紀弦要放逐韻文，而用散文為詩的工具。對於這一點，我們的反應不太一致，只是覺得，在界說含混的「散文」一詞的縱容下，不知要誤了多少文字欠通的青年作者而已。[38]

---

[37] 陳明台，〈楊熾昌・風車詩社・日本詩潮──戰前臺灣新詩現代主義的考察〉，《臺灣文學研究論集》（臺北：文史哲出版社，1997 年 4 月），頁 43。

[38] 余光中，〈第十七個誕辰〉，原載《現代文學》第 46 期（1972 年 3 月），收於《焚鶴人》（臺北：純文學出版社，1972 年），頁 187～188。

　　但這時現代派尚未成立，六大信條尚未提出。《現代詩》已發行五期，雖宣稱要「向世界詩壇看齊，學習新的表現手法」（創刊號，〈宣言〉），尚無「橫的移植」之說。至於宣導「自由語」（否定韻文）的「自由詩」（否定格律），覃子豪基本上是贊同的，余光中反而成了他們共同攻擊的對象。唯有反對「放逐情緒」之說（或對紀弦不滿），才算是藍星諸子初期的共識。

　　藍星詩社向來以沙龍式的鬆散組織著稱，這可能跟他們基於反對而結合，但缺乏共識有關。根據余光中的講法，創社之初，覃子豪覺得「堂堂如藍星詩社應該有一套基本的理論，因此在聚會的時候他幾度提出自己的理論，似乎希望大家接受，成為詩社的信條。幸好鼎文，禹平，夏菁屢加阻止，他才作罷。」[39]由此看來，覃子豪的確有積極推拓理念的意圖，但藍星內部的問題不少，至少余光中、黃用等人對於覃子豪的理論，便頗不能佩服。

　　「藍星」既擺出抵制之勢，紀弦的主張更趨於斬截。組「社」創「刊」尤有不足，乃進而開宗立「派」，提出震動一時的「六大信條」。最先發動攻擊的，是代表官方立場的雜文家，譬如寒爵。從詩學內部提出質疑的，仍不得不推藍星諸子。論題除了爭論「橫的移植」與「縱的繼承」之外，主要集中於兩點：一是「主知」與「抒情」的輕重，另一則是「自波特萊爾以降的一切新興詩派」的內容。[40]按紀弦嘗逐條撰作「釋義」，此處僅將主知一條徵引如下：

　　第四條：知性之強調。這一點關係重大。現代主義之一大特色是：反浪漫主義的。重知性，而排斥情緒之告白。單是憑著熱情奔放有什麼用呢？讀第二篇就索然無味了。所以巴爾那斯派一抬頭，雨果的權威就失

---

[39]同上註，頁188。
[40]陳玉玲，〈紀弦與《現代詩》詩刊之研究〉，《臺灣文學的國度：女性‧本土‧反殖民論述》（臺北：博揚文化公司，2000年），頁317。

去作用啦。冷靜、客觀、深入、運用高度的理智，從事精微的表現。一
首詩必須是，一座堅實完美的建築物，一個新詩作者必須是一位出類拔
萃的工程師。而這就是這一條的精義之所在。[41]

　　所謂主知，排斥情緒的告白，但並不等於反對抒情。這裡的觀點基本
上延續了《現代詩》創刊以來的主張，符應現代詩學的主潮，可堪指摘之
處不多。覃子豪的挑戰文章，與此有關的言論如下：

現代詩有強調古典主義的理性傾向。因為，理性和知性可以提高詩質，
使詩質趨醇化，達於爐火純青的清明之境，表現出詩中的含意。但這表
現非藉抒情來烘托不可。浪漫派那種膚淺的純主觀的情感發洩，固不足
成為藝術。高蹈派理性的純客觀的描繪缺乏情致。最理想的詩，是知性
和抒情的混合產物。[42]

　　這一段話，顯示覃子豪對於現代詩的理智性格，頗有認知。雖然在知
性與抒情間試作調和之論，但以抒情為「烘托」，實質上已與紀弦之說相距
未遠，反浪漫派的觀念更是一致。因此，這裡其實不能搖撼主知的理念，
只能轉而提出被稱為圓融穩當的所謂六原則。
　　倒是黃用針對紀弦常寫抒情詩的事實，質問他「多少有點不夠徹底現
代化，有點捨不得丟棄傳統的抒情主義。」[43]這裡並不攻擊主知的理論，而
從創作與理論的矛盾著手，使紀弦有些以辯駁，只能說自己「常寫抒情詩
以練習練習我的文字、我的筆力。」[44]相對之下，林亨泰的火力支持，便顯

----

[41] 紀弦，〈現代派信條釋義〉，《現代詩》第 13 期（1956 年 2 月），頁 4。
[42] 覃子豪，〈新詩向何處去〉，原載《藍星詩選・獅子星座號》（1957 年 8 月），收於《論現代詩》
　　（臺中：曾文出版社，1982 年），頁 128～129。
[43] 黃用，〈從現代主義到新現代主義〉，原載《藍星・天鵝星座號》（1957 年 10 月），原文未見，轉
　　引自紀弦，〈多餘的困惑與其他〉，《現代詩》第 21 期（1958 年 3 月），頁 4～11。
[44] 紀弦，〈多餘的困惑與其他〉，《現代詩》第 21 期（1958 年 3 月），頁 9。

得十分得宜。他認爲：「主知」之於「抒情」，猶如「社會」之於「個人」，都是強調前者的「優位性」，而非拋去後者。[45]他又提出「不慰藉讀者而只給予不快的」鹹味的詩，它是「批判的」，而紀弦的「一些詩」正具有這樣的特徵。[46]這裡一則導入艾略特「非個性化」的理念，一則強調提博多（Albert Thibaudet）所謂「批判的感覺」，實質上已對「知性」作了更深刻的界定。比起紀弦提倡「理智」以對治「情緒」的理念，是要顯得更加積極了。

　　實際上，林亨泰覺得，紀弦對主知的理解，也還不夠透徹。在 1970 年代的一篇論文裡，林亨泰回顧紀、覃的論戰說：「對於『知性』這麼一個重要的問題的探討，他們始終停止於巴爾那斯派（亦即高蹈派）階段。」[47]這是說知性不僅是理性的純客觀描繪而已，還有更重要的東西。他認爲格律工整的韻文宜於抒情，相反的，「白話工具」卻擁有「語言意義的連貫性」、「思維邏輯的抽象性」、「心理意識的時間性」，這正適於「主知」的寫作過程。也就是說，現代詩的主知傾向，並非出自詩人的好惡，乃隨工具的特性而來。從這個觀點看來，中國現代詩風格與理論發展，便是由抒情而主知不斷深化的歷程。他將浪漫派、象徵派分別歸入一、二階段，從戴望舒到紀弦的現代派則爲第三階段，這時雖有「主知傾向」，但主要由「氣質」這人格的力量統御而來。（紀弦曾說：「詩就是通過詩人氣質所見的人生與自然之象徵。」又有「氣質決定內容，內容決定形式」之說。）第四階段還是朝著主知要素深入發展，但「技法」在作品中逐漸占得優勢，「氣質」、「個性」不再那麼重要了。[48]其間援引艾略特「非個性化」的理論爲依據，並列舉余光中的〈火浴〉、〈敲打樂〉，洛夫的〈石室之死亡〉、〈長恨歌〉以爲例證，詳加推論。這篇文章已大致可以解釋，所謂後期現代派與前期的不同，主要便是「主知」，林亨泰所定義下的主知。在這種理論脈絡

---

[45]林亨泰，〈談主知與抒情〉（代社論一），《現代詩》第 21 期（1958 年 3 月），頁 1。
[46]林亨泰，〈鹹味的詩〉，《現代詩》第 22 期（1958 年 12 月），頁 4～5。
[47]林亨泰，〈中國現代詩風格與理論之演變〉，《林亨泰全集》第 4 冊，頁 179。
[48]同上註，頁 180～182。

下，洛夫等人的非理性技法，是可以和知性精神並存的。

　　至於另一個問題，「波特萊爾以降一切新興詩派」的內容。紀弦在「釋義」中指出：「這些新興詩派包括 19 世紀的象徵派、20 世紀的後期象徵派、立體派、達達派、超現實派、新感覺派、美國的意象派、以及今日歐美各地的純粹詩運動。總稱為『現代主義』。」當時，代表官方立場的雜文家寒爵，指其移植的乃是頹廢意識，根本是「悖逆時代的反動行為」。並譏此為「五、六十年前法國炒剩的冷飯」，「現在竟有人重新一顆顆的撿了起來，想要加火再炒，那恐怕不但攝取不了營養，而且還有傷胃之虞的話！」[49]紀弦這樣答覆：

> 法國的現代派——主要是以興起於本世紀 1920 年代至 1930 年代的立體派、達達派、超現實派為代表——目下雖無具體活動，但其精神依然遍在於今日法國的詩壇，尤以超現實派的表現方法為新銳而純正，已經超越了三色旗的國界，和美國的意象派的表現方法同樣成為今日世界詩壇一般的方法了。[50]

　　單從這段言論看來，紀弦對於「超現實派的表現方法」是頗為推崇的。但當藍星詩人主張進一步質疑：面對波特萊爾以降種種特質相異的流派，如何能取得協調？紀弦的說辭立刻有所不同。覃子豪批評：「所謂中國的『現代派』就熱中於忽視時代外貌的超現實主義」。[51]黃用則直接斷定他是一個「超現實主義者」，紀弦竟以誇張的口氣回答：

> 確實不是！確實不是！簡直應該大聲地喊起來：確實不是。我也從未在

---

[49]寒爵，〈所謂現代派〉，原載《反攻》第 153 期（1956 年），收於《寒爵自選集》（臺北：黎明文化公司，1978 年），頁 128～130。
[50]紀弦，〈對「所謂現代派」一文之答覆〉，《現代詩》第 14 期（1956 年 4 月），頁 71。
[51]覃子豪，〈關於「新現代主義」〉，原載《筆匯》第 21 期（1958 年 4 月），收於覃子豪，《論現代詩》，頁 141。

　　筆端或口頭上主張過要用什麼「自動文字」來表現「潛意識」如法國超
　　現實派之所企圖了的。在我看來，所謂「潛意識」也者，固然是真實地
　　存在于人類心靈深處的現實之一種，但是完全不受理性控制的「自動文
　　字」則為事實上的不可能。[52]

　　幾經思索，紀弦的結論是：揚棄超現實派的「自動文字」，而取其「潛
意識」與「超現實精神」；揚棄象徵派的「音樂主義」，取其「象徵的手
法」及「理智主義」。總歸一句話，便是「以理性控制『超現實精神』，以
象徵的手法處理『潛意識』」[53]。這個答案實際上是向象徵主義趨近[54]，稍
早被視為「新銳而純正」的「超現實派的表現方法」，似乎已被揚棄，至少
不再提起，剩下的便只是抽象的「精神」而已。

　　紀弦之所以對超現實手法感到遲疑，主要應當來自於對現代派第四信
條的執著。他相信「知性」乃是現代主義的本質，關係重大，不容折扣。
他說：「事實上我對梵樂希的理智主義這一深深影響了國際現代主義的要
素，毋寧看得比其他的因素更重。」又說：「超現實派的『自動文字』和象
徵派——特別是梵樂希——受高度理性控制的文字，這其間，倒的確是相
對立的，而且是兩個極端。」[55]兩相權衡之下，只有選擇理智主義，壓制超
現實技法。這些觀點原本是用來反抗浪漫主義者情緒氾濫的餘毒，卻也與
超現實主義者的非理性傾向形成對蹠。

　　林亨泰對「新興詩派」的看法，也與紀弦不盡相同。他將現代派分為
三期，分別指立體派、達達派、超現實派，並謂：「『超現實』，乃是自立體
派至超現實派的一連串運動所一貫的精神。」[56]紀弦在答覆黃用的文章裡，

---

[52]紀弦，〈多餘的困惑與其他〉，《現代詩》第 21 期，頁 5。
[53]同上註，頁 8。
[54]參見紀弦，〈六點答覆〉，原載《筆匯》第 24 期（1958 年 6 月），收於《紀弦論現代詩》（臺中：
　藍燈出版社，1970 年），頁 93。
[55]同上註，頁 101。
[56]林亨泰，〈關於現代派〉，《林亨泰全集》第 7 冊，頁 6。

卻替林亨泰解釋說：「他之無意於提倡超現實主義明甚」。[57]林亨泰發表「符號詩」，提出「符號論」[58]，又揚舉「阿保里奈爾的新精神」：字體的大小、排列、書寫都經過設計。[59]紀弦在答覆覃子豪的文章裡，卻說：「對於只有破壞毫無建設表現為藝術上極端虛無傾向的達達主義，以及阿保里奈爾試作美術之行動的立體詩，現代詩是從未『標榜』過的，僅對其反傳統的勇氣寄以同情而已。而這，就是有所揚棄。」[60]由此看來，林亨泰的某些觀念或試驗，紀弦並無法充分理解。以後在所謂「後期現代派運動」中，林亨泰不斷以理論支持洛夫等人，紀弦則有譏評洛夫的言論，立場之不同，在此或可見其端倪。

四、「革命」主導權的轉移

《創世紀》創刊時（1954 年 10 月），《現代詩》已發行六期，紀弦則是詩壇動見觀瞻的人物。藍星詩社雖然剛起步不久，但詩社同仁大多具備豐富的創作經驗與學養基礎。[61]反觀創世紀詩人群卻多為未經學院陶冶的青年官兵，對於現代詩的認知尚屬有限。作為「代發刊詞」的〈創世紀的路向〉一文，提出「確立新詩的民族路線」第三項立場，便都顯得生嫩拘謹。不過，他們最大的資本也正是年輕人的理想與衝勁。「代發刊詞」中就曾提到：「我們認為現今的詩陣營還呈現著雜蕪的現象，致產生有『詩壇霸主』的怪現象。」[62]這種「反霸」的言論當然針對紀弦而發，流露出年輕的軍旅詩人力求自主的願望。

整個試驗期的《創世紀》，經常浮現出與主流詩壇對話的意圖。創刊號有關「新詩民族路線」的提法，與紀弦所說的「向世界詩壇看齊」，已成異

---

[57]紀弦，〈多餘的困惑與其他〉，《現代詩》第 21 期，頁 5。

[58]林亨泰，〈符號論〉，《林亨泰全集》第 7 冊，頁 14～16。

[59]林亨泰，〈中國詩的傳統〉，《林亨泰全集》第 7 冊，頁 25。

[60]紀弦，〈六點答覆〉，《筆匯》第 24 期，頁 92。

[61]這時藍星的影響力主要來自詩社同仁個別的文學活動。例如覃子豪自 1953 年 10 月起，即擔任文壇函授學校詩歌班主任，余光中則主持《文學雜誌》之詩版。

[62]見《創世紀》創刊號（1954 年 10 月），頁 3。

趣。第 2 期刊頭短論說：「我們絕不要今天的詩人還往唐宋詩人的故紙堆
鑽，也絕不願看到今天的詩人專聞西洋詩人的臭屁」。同期另有洛夫的〈關
於紀弦的「飲酒詩」〉[63]，頗多批評之語，或可視為年輕詩人對於前輩的挑
戰。洛夫選擇一首政治抒情詩來做文章，僅是攻其末端，無損於紀弦的權
威。對藝術性的強調，反而顯見年輕詩人正逐漸向前輩的主張靠近。至於
第 4 期製作的「戰鬥詩特輯」，則使這份詩刊與軍中雜誌無甚差別，等於向
後再退一步。

　　《創世紀》第 5 期（1956 年 3 月）出刊於現代派成立之際，對於不能
無視於這件詩壇大事的發展，在洛夫執筆的〈建立新民族詩型之芻議〉
中，把當時新詩類型分為商籟型、戰鬥型、現代型三種，並謂其中除現代
型之外均不值一談。他所定義「新民族詩型」，形式要素有二：

1. 藝術的——非純理性之闡發，亦非純情緒之直陳，而是美學上的直覺的
   意象的表現，主張形象第一，意境至上。且必須是最精粹的、詩的，而
   不是散文的。乾乾淨淨、毫不蕪雜。
2. 中國風、東方味的——運用中國語文之獨特性，以表現東方民族生活之
   特有情趣。中國人以自己的工具表達自己的思想與情感，用中國瓶裝中
   國酒，這是應該的也是當然的。[64]

　　這篇社論，顯然是對於〈現代派六大信條〉的回應，第二點所謂「中
國風，東方味」正與紀弦的「橫的移植」說對立。但第一點對於「藝術」
純化的追求，卻與現代派的第五信條相一致，至於對純理性與純情緒的否
定，提倡「美學上的直覺」，則有修正現代派第四信條的意圖。相較於稍後
覃子豪逐條唱反調的作法，「創世紀」詩人的態度已顯得較為溫和，但仍傾
向於反對。同一期以「本刊集體創作」名義發表的〈創世紀交響曲〉，亦採

---

[63] 洛夫，〈關於紀弦的「飲酒詩」〉，《創世紀》第 2 期（1955 年 2 月），頁 60～62。
[64] 洛夫，〈建立新民族詩型之芻議〉，《創世紀》第 5 期（1956 年 3 月），頁 3。

折衷修正的論調，例如：

> 我們絕不贊同象徵主義，
> 如波特萊爾，如梅特林，
> 如梵樂希，如魏爾侖，
> 他們的詩過於雕鑿，過於暗示，
> 愚弄讀者的情感，讀詩等於猜謎：
> 故弄玄虛，不可思議，
> 但是我們卻佩服他們，
> 追求新的詩想，創造新的意象，
> 晶瑩透剔，
> 自我，純粹和精練！[65]

　　這種觀點其實仍是「有所揚棄並發揚光大」之意，然而紀弦乃是棄其病態因素而取其技巧，年輕的軍旅詩人卻認爲象徵派的技巧「過於雕鑿，過於暗示」，而僅取其求新求純的精神。由此看來，《創世紀》初期種種主張理論意義其實不大，卻一再透露出不肯隨人俯仰的意氣。就在公開提出「新民族詩型」之際，洛夫曾在一封書函中提到：

> 這期的內容不壞，尤其是我們自己的幾篇東西，均與我們的理論相符，
> 我們有我們的獨立性和另一新型風格，別人看了以後，就會知道《創世
> 紀》與別的詩刊是迥然不同的，唯一遺憾的是我們的理論基礎不夠，假
> 若沒有什麼精闢而不同凡響的理論，那就乾脆不要，……。[66]

---

[65] 本刊集體創作，〈創世紀交響曲〉，《創世紀》第 5 期，頁 6。按此篇「原標明爲集體創作，實係出自瘂弦一人之手。」參見張默，〈「瘂弦研究資料初編」補遺〉，《書評書目》第 34 期（1976 年），頁 90。

[66] 洛夫，〈致張默〉（1956 年 3 月 13 日），《創世紀》第 65 期（1984 年 10 月），頁 337。

　　這封私人信函實際上比公開的社論更能反映詩人當時的心理：一方面想要提出全新的路向，維持獨立性，以免被巨大的陰影吞併或覆蓋；一方面又自覺理論基礎不足，難以爭雄取勝，必須在創作上多下工夫。曾經以「觀察員」身分參與現代派成立大會的洛夫，其實受到相當大的震撼。[67]稍作嘗試之後，他便迅速發覺以稚嫩的理論與現代派對抗，並不可行，甚至有自我局限之虞。不如改變策略，讓創作跑在前頭，或能走出嶄新的局面。因此，他雖開頭拋出「新民族詩型」的社論，但稍後數期高聲呼應此說的，反而是別人了。

　　美學基礎的不足，確實是年輕的軍旅詩人起步時最大的困境，他們對於西方文學現代流派的認識有限，只能從調和中西優點，折衷知性與感性等常識性觀點立說。事實上，創世紀詩社雖然是一個關係緊密的創作群體，但才性分殊，個別成員的詩學領悟未必同步。儘管檯面上不斷提倡新民族詩型，直到第 10 期（1958 年 4 月），還登載出張默的〈新民族詩型之特質〉。私底下，若干同仁正努力地接觸「波特萊爾以降」的新興流派。例如瘂弦的〈詩人手札〉雖然發表於 1960 年，卻是前此數年讀書筆記的菁華。這時洛夫也正在學習外文，培養閱讀原典的能力。這種美學基礎的準備與強化，奠立了《創世紀》轉型的契機。

　　就在軍旅詩人藝術自覺逐漸醒轉之際，詩壇情勢也有了變化。鼓動一時風潮的《現代詩》季刊，在出版了 23 期（1959 年 3 月）之後，突然宣布停刊。《創世紀》第 11 期隨即推出「革新擴版號」（1959 年 4 月），在發展取向上有了劇烈的變動。曾經極力鼓吹的「新民族詩型」，從此不再提起。根據張默事後的歸納，「世界性」、「超現實性」、「獨創性」和「純粹

---

[67]洛夫曾經回憶當天的心理感受：「當紀弦以主席身分宣稱，請與會四十餘位詩人以鼓掌承認入盟，並宣告現代派正式成立時，臺下頓時響起一片熱烈掌聲，唯獨我在座中四顧茫然，竟然生出一種被遺棄的難堪，但隱約中似乎又有一種傲然獨立之感。」見洛夫，〈詩壇春秋三十年〉，原載《中外文學》第 120 期（1982 年 5 月），收於《詩的邊緣》（臺北：漢光文化公司，1986 年），頁 8。

性」即是改版後一直提倡的方向。[68]唯考諸原始文獻，這些方向其實很少形諸「社論」，而係直接表現於創作實踐。這種創作跑在理論前頭的發展方式，與紀弦恰好相反。

《創世紀》的年輕詩人，對於「純粹性」的追求，基本上接受了紀弦的主張。但對於主知說，則採取逆反的態度。紀弦用力稍懈的超現實「手法」，恰好留給他們寬廣的開發空間。經歷一連串急速而猛烈的試驗之後，《創世紀》竟然取代了《現代詩》，成爲林亨泰所謂後期現代派運動的主導者。這時原本站在右邊的軍旅詩人突然向左跳躍，而現代派的首倡者紀弦則被擠到右邊。特別是《現代詩》推出新一號（第 24、25、26 期合刊）以後，紀弦的角色漸變，開始對「僞現代詩」提出猛烈的批評。他指出年輕詩人的「縱慾」、「病態」、「頹廢」，乃是偏差的發展，未能掌握到現代詩本質。[69]除了「虛無主義」之外，「超現實主義」也是一大弊害，紀弦認爲：

> 所謂「超現實的精神」對於國際現代主義，乃至近年抬頭於中國的後期現代主義，當然不是沒有影響的。但是國際現代主義，並不等於法國的超現實主義。而我們的新現代主義，則尤其不是法國的超現實主義之同道。但在我們的詩人群中，就頗有一些人在啃著法國的超現實麵包乾而自以為頗富營養價值，這是很不對的。[70]

如果說「法國超現實派」是「西洋舊貨」，那麼，「波特萊爾以降一切新興詩派」怎麼會是「新」的？紀弦的論調，反而與他早年的敵論如出一轍。當現代派成立不久，寒爵就曾譏此爲「五、六十年前法國炒剩的冷飯」，「現在竟有人重新一顆顆的撿了起來，想要加火再炒，那恐怕不但攝

[68] 張默，〈《創世紀》的發展路線及其檢討〉，收於張漢良、蕭蕭編《現代詩導讀・理論史料篇》（臺北：故鄉出版社，1979 年），頁 426。
[69] 紀弦，〈現代詩的偏差〉，《現代詩》新 1 號，第 24、25、26 期合刊（1960 年 6 月），頁 6。
[70] 紀弦，〈從自由詩的現代化到現代詩古典化〉，《現代詩》新 5 號，第 35 期（1961 年 8 月），頁 4。

取不了營養，而且還有傷胃之虞的話！」[71]紀弦在答辯文章中宣稱現代派的精神「依然遍在於今日法國的詩壇」，「尤以超現實派的表現方法爲純正而新銳」。[72]時移勢易，曾經認爲高蹈派、立體派、超現實派早已被無情的歷史浪潮捲走的《創世紀》詩人。[73]如今竟大倡超現實性，而紀弦則反過來以他從前收到的批評，加諸年輕的軍旅詩人。冷飯、舊貨乃至營養不營養的話，簡直與寒爵如出一轍了。

這時有《創世紀》有〈第二階段〉[74]、〈實驗階段〉[75]兩篇社論，偏向於強調繼續追索試驗，表現了年輕詩人戮力求新的意圖。紀弦則提出所謂三階段說：第一階段是「自由詩運動」，第二階段是「現代詩運動」，第三階段則是「古典化運動」。[76]所謂「古典化」，並非古典主義化的意思。而是要使現代詩成爲古典，「永久的東西」，不可止於「一時的流行」而已。[77]換句話說，便是追求「典律化」。他認爲「現代詩運動」已經完成階段性任務，繼續推拓，徒增流弊而已。接下來，應當進入第三階段。於是他公開宣布解散「現代派」[78]，主張「回到自由詩的安全地帶」。但這時火勢早已燎原，不是點火人所能控制了。就連藍星詩社也展現了極爲進取的面貌，覃子豪、余光中、羅門的作品都大幅躍進，《藍星季刊》、《現代詩》也曾登載關於超現實主義的介紹，稍後創刊的《笠》，對於日本現代詩學的推介最爲熱心。整體而言，詩壇「現代主義」的潮流還在大舉展開。

洛夫認爲紀弦是因爲「後來遭到圍攻窮於肆應」[79]，遂宣布取消現代

[71]寒爵，〈所謂現代派〉，原載《反攻》第 153 期（1956 年），收於《寒爵自選集》（臺北：黎明文化公司，1978 年），頁 128～130。

[72]紀弦，〈對「所謂現代派」一文之答覆〉，《現代詩》第 14 期（1956 年 4 月），頁 71。

[73]本刊專論，〈剷除詩的「錯誤思想」〉，《創世紀》第 9 期（1957 年 6 月），頁 5。

[74]本社，〈第二階段〉，《創世紀》第 14 期（1960 年 2 月），頁 1～4。

[75]白萩，〈實驗階段〉，《創世紀》第 15 期（1960 年 5 月），頁 1～2。

[76]紀弦，〈從自由詩的現代化到現代詩古典化〉，《現代詩》新 5 號，第 35 期（1961 年 8 月），頁 2～4。

[77]紀弦，〈回到自由詩的安全地帶來吧〉，《葡萄園詩刊》第 1 期（1962 年 7 月），頁 3～6。

[78]「本社啓事」第二條：「從今年起，本社同人，對外一律稱『現代詩社同人』，而不再使用『現代派』這一事實上早已不存在的歷史性名詞了。」見紀弦，〈本社啓事〉，《現代詩》第 37 期（1962 年 2 月），頁 21。

[79]同註 67。

詩，似乎並不精確。實際上，現代派遭受最猛烈攻擊的時期早已過去。
1960 年代備受詬病的「晦澀」與「虛無」，多半針對以洛夫爲代表的《創
世紀》詩人群而發。[80]正因爲紀弦對於從「超現實」導向「虛無」的路數深
感不滿，爲了撇清關係，表明立場，乃有取消現代詩的猛烈動作。也就是
說，此舉未必是屈服於保守勢力，反而是爲了牽制更激進狂飆的勢力。類
似言論不斷出現，至少持續了七、八年之久，也很難說是一時情緒反應。

由上述論述可知，創世紀詩社之所以能夠取代現代詩社，成爲後期現
代派運動的核心，不僅在於《現代詩》的休刊，《創世紀》的改版而已。更
因爲後者作了更爲「偏激」的實驗路線，引進更多的「異端」成分，從而
奪取了所謂「前衛」的地位。在革命時期，激進者總是比以穩健中庸自居
者更能取得領導權，1950 年代的紀弦如此，1960 年代的洛夫亦復如此。

五、「知性」與「超現實」的辯證

洛夫有「知性的超現實主義」之說，瘂弦有「制約的超現實主義」之
議，但我們將文獻略按年代排列，便可以發覺他們對於「超現實主義」的
態度，基本上，呈現出逐漸修正的態勢。相對於〈深淵〉、〈石室之死亡〉
這些更早完成的「超現實」作品，所謂「知性」、「制約」的說辭其實居於
後者（詳下文）。更早提出類似口號的，反而是前引紀弦所謂：「以理性控
制『超現實精神』，以象徵的手法處理『潛意識』」。有意識地運用象徵手
法，並增強其理性成分，則所謂超現實精神自然也要爲之削減了。[81]紀弦對
理知在詩中的作用執之甚深，勢不能高舉超現實主義的大纛。

---

[80] 批評者以《葡萄園詩刊》爲大本營，紀弦嘗以「詩神之園丁」自居，在此發表多篇清除「病蟲
害」的詩論。他稱那些「打破一切文法成現」的詩，爲「猴子用打字機亂打一陣」。又說某些詩
人「思想錯誤」，「他們將人性裡的獸性之衝動予以神聖化。他們的內容是撒旦之勝利，是惡魔之
舞蹈，是肉欲之狂歡。他們的主題是『恨』，是不斷的報復，而且是永遠的唱反調。」見紀弦，
〈回到自由詩的安全地帶來吧〉，《葡萄園》第 1 期，頁 5。這一段往事，在《紀弦回憶錄》裡是
被刻意略過了。

[81] 按布勒東〈第一次超現實主義宣言〉（1924 年）有謂：「它是思想的騰寫，完全不受理性控制，也
不受一切美學觀或倫理觀的支配。」見柳鳴九編，《未來主義·超現實主義·魔幻寫實主義》（臺
北：淑馨出版社，1990 年），頁 236。

　　但洛夫等年輕詩人則捕怪獵奇，無所顧忌，至少在超現實風潮鼎盛的十年之間（1956～1965）[82]，他們最看重的乃是直覺，而非理性或知性。在正式涉及「超現實主義」的〈天狼星論〉一文中，洛夫明確指出：

> 現代詩是非邏輯的，在創作過程中似不可能預先有所安排、有所設計，更不可能在事先蒐集知識與文字的資料，因為你根本不知道你的觀念與表現這一觀念的意象何時湧現。[83]

　　以「非邏輯」來界定一切現代詩，當然是偏見。但這種重視直覺感發，輕視思力安排的講法，卻頗能符應超現實主義者的主張。在他們看來，唯有擺脫理性的束縛，切斷邏輯的連鎖，才能使人們從習以為常的麻木狀態下驚醒過來，感受到更高層次的真實。但洛夫指出余光中的〈天狼星〉「面目爽朗，脈動清晰」，「流於『欲辯自有言』，『過於可解』的事的敘述」，乃是構成它「失敗」的基本因素。[84]這顯然是以一家一派之言作為普遍的文學法則，自然難以服人，頂多表達出個人在創作取向上的主觀抉擇而已。

　　在超現實主義者慣用的手法中，「自動寫作」（"automatic writing"）經常被視為核心。但此一技巧不難上手，卻也最容易引發流弊，紀弦很早便指出：「所謂潛意識也者，固然是真實地存在於人類心靈深處的現實之一種，但是完全不受理性控制的『自動文字』則為事實上的不可能。」[85]因此他明確主張此一技法應在揚棄之列。由此他一貫採取反對態度，未蒙其害，卻也未獲其益。至於年輕的軍旅詩人，一開始即採取比較開放的態

---

[82]張漢良，〈中國現代詩的「超現實主義風潮」〉，《比較文學理論與實踐》（臺北：東大圖書公司，1986年），頁75～83。
[83]洛夫，〈天狼星論〉，原載《現代文學》第9期（1961年7月），收於《詩人之鏡》（高雄：大業書店，1969年），頁108。
[84]洛夫，〈天狼星論〉，《詩人之鏡》，頁109。
[85]紀弦，〈多餘的困惑與其他〉，《現代詩》第21期，頁5。

度。洛夫曾經引用過高克多（Jean Cocteau）下面這一段話：

> 此種潛意識世界極為混亂，未經整理，亦無法整理。詩人為「傳真」此一沒「過渡到理性」的世界，每每不再透過分析性思想所呈備的剪裁和序列，便立即採取快速的自動語言，將此種經驗一成不變地從它自身的繁複雜蕪中展現出來。[86]

　　有趣的是，這段文字稍早也曾出現在瘂弦的〈詩人手札〉。[87]從前後文看來，他們兩人對於此說，都是抱持著同情與嚮往的態度。不過瘂弦一方面固然嚮往超現實主義者對於「無意識心理世界」的揭露，一方面也警覺到「假冒品製造者每每在辭彙的胡亂排列與刻意地打破語意間之合理關係中喬裝了自己」。[88]洛夫更激進些，甚至以此說來否定「有人認為〈天狼星〉某些部分具有超現實主義的趨勢」的說法。[89]在這個階段裡，「知性」與「超現實」顯然未能融合無間，余光中就曾反詰洛夫：「一方面私淑高克多即興的自動語言，一方面又佩服梵樂希審慎的、循序漸進的、耐心處理的方式，多麼矛盾！」[90]

　　隨著藝術體驗的深化以及外界批評的轉劇，他們逐漸發現不能全盤而盲目地接收外來的影響，必須有所選擇或改造。在〈詩人之鏡〉（1964年）一文中，洛夫主張：「『自動語言』並非超現實詩人必具之表現技巧。」這段話實際上並未採取絕決反對的立場。他一方面指出：「對於超現實主義的詩人，邏輯與推理就像吊刑架上的繩套，只要詩人的頭伸進去生

---

[86] 洛夫，〈天狼星論〉，《詩人之鏡》，頁106～107。

[87] 瘂弦，〈詩人手札〉，《創世紀》第15期（1960年5月），頁38。按兩人引用的文字稍有出入，瘂弦是以敘述的方法帶出，並未標明是在引用考克多的話。這個例證可以看出，兩位詩人早年分享詩學資料的痕跡。

[88] 瘂弦，〈詩人手札〉，《創世紀》第15期，頁40。

[89] 洛夫，〈天狼星論〉，《詩人之鏡》，頁43。

[90] 余光中，〈再見，虛無！〉，原載《現代文學》第10期（1961年12月），收於《掌上雨》（臺北：時報出版公司，1986年），頁171。

命便告結束。」[91]另一方面也開始認識到此說潛在的問題，下面一段話，或可視爲對余光中的答覆：

> 當然，我們也會憂慮到如果純訴諸潛意識，未能意志的檢查與選擇而將其原貌赤裸裸托出，勢必造成感性與知性的失調，詩生命的枯竭，而語言技巧對於詩的功能亦無從顯示。然而我們仍認為唯有潛意識中的世界才是最真實最純粹的世界，如純出諸理性，往往由於意識上的習俗而使表現失真。因此，我們主張一首詩在醞釀之初，獨立存在之前，必須透過適切的自我批評與控制，似此始克達到「欣賞邊際」而產生一種如艾略特所追求的介於「可解與不可解」之間的效果。[92]

這裡已採取折衷的立場，對於「純訴諸潛意識」及「純出於理性」的弊端皆有批評。「未經意志的檢查與選擇」，其弊在於混亂失調；但經過「意識上的習俗」過濾之後，則有「失真」之虞。兩相權衡，洛夫主張在騎上潛意識的虎背之後，應當適度控以理性的韁繩。也就是說：「完全乞靈於潛意識或夢幻勢必有更多的偽詩假其名而行之」，故須通過「批評與控制」，達到「超現實主義的修正」[93]。這裡雖然還沒正式打出「知性超現主義」的旗幟，相關的概念已見芻形。至於正式把「知性」、「制約」直接安裝在「超現實」上頭，則是接近 1970 年代的事了。

瘂弦所謂制約或約制，主要見於下面兩篇譯介性質的文章：

> （美國）新超現實主義者不像舊日超現實主義者那樣，主張意象的刻意遊戲和語字的揮霍，而主張節度的發揮，故有人稱他們為約制的超現實主義者。[94]

---

[91]洛夫，〈詩人之鏡〉（1964 年），收於《詩人之鏡》（高雄：大業書店，1969 年），頁 53。
[92]同上註，頁 54。
[93]同註 91，頁 57～58。
[94]瘂弦，〈美國詩壇的新流向〉，《幼獅文藝》第 182 期（1969 年 2 月），頁 23。

用絕對的超現實主義觀點來創作，事實上是不成的（「制約的超現實主義」之出現，可以說明布氏理論的偏頗而有修正之必要）。[95]

這裡原是採用轉述的筆法，介紹外國文學的情況，或許瘂弦本有類似的觀念，至此乃正式使用其語。

洛夫則在〈超現實主義與中國現代詩〉一文中說：

但一個廣義的超現實主義者究竟不是一個人鳥（man-bird）或夢遊者，他不時會在創作中以知覺調整感覺，清醒而適切地操縱他的語言，在感情中透露出知性的光輝。[96]

這是他首度提到「知性」在「超現實」中的作用。在這篇文章中，他對於自動寫作的表現技巧，同樣是一方面強調其魅力，一方面則提出修正制約的立場。數年後在《魔歌・自序》中則說：

我對超現實主義者視為主要表現方法的「自動語言」，尤為不滿，但我卻永遠迷惑於透過一種經過修正後的超現實手法所處理的詩境（我不否認我是一個廣義的或知性的超現實主義者，「知性」與「超現實」也許是一種矛盾，我企圖在詩中使其統一）。[97]

這裡才是「主知的超現實主義」的正式提出。斷然宣稱對自動語言「不滿」，論調大異於前期。[98]

---

[95]瘂弦，〈中國象徵主義的先驅——李金髮作品回顧〉，《創世紀詩刊》33 期（1973 年 6 月），頁57。

[96]洛夫，〈超現實主義與中國現代詩〉，原載《幼獅文藝》186 期（1969 年 6 月），收於《洛夫詩論選集》（臺北：開源出版公司，1977 年），頁 98。。

[97]洛夫，〈自序〉，《魔歌》（臺北：中外文學月刊社，1974 年），頁 5～6。

[98]精確來講，洛夫對「自動性」（automatism）技巧的態度，並非全然「不滿」，而是在有所約制的前提下，適度乘用。張漢良甚至認為：「洛夫自己可能不知道，他 1970 年以後的作品，有相當自

綜上所述，洛夫對超現實主義的態度，大致可依這幾篇論文，區分為三段：從開始寫作《石室之死亡》到發表〈《天狼星》論〉（1961 年）為止，強調「非理性成分」（包括虛無感與自動性），持論最猛。翻譯范裡（Wallace Fowlie）的〈超現實主義之淵源〉（1964 年），發表〈詩人之鏡〉（1964 年），逐漸修正與調整，但虛無思維依然強烈。從〈超現實主義與中國現代詩〉（1969 年）到〈我的詩觀與詩法〉（1974 年），所謂「知性的超現實主義」正式定調，將「超現實技巧中國化」的理想，逐漸完成。

從創作實踐來觀察，發表〈天狼星論〉（1961 年 7 月）時，《石室之死亡》初稿已寫出一半以上。[99]這時他持論激切，強調詩的非邏輯性與非意向性，立場與《石室》完稿後所寫的〈詩人之鏡〉並不相同。也就是說，〈詩人之鏡〉以下的修正觀點未必足以涵蓋整部《石室》的寫作實況。在〈關於《石室之死亡》〉（1987 年）一文中，洛夫就曾如此回顧：

> 藝術創作之成，有其天機因素，也有其人機因素。早年寫《石室之死亡》時，一直隱隱感到有一隻無形的手操縱著我，意象之湧現，有如著魔，人機失去控制，自己未能成為語言的主人。[100]

創作時得利於天機的狀態乃是許多詩人藝術家共有的經驗，這其實便是一般所謂的「靈感」，就此而言，超現實主義者的自動寫作理論不過重申了歷代作家的經驗之談。不同的是，靈感乃是一種突然而至的契機，狂迷之間，意識仍悄悄運作。但在超現實主義者那裡，自動寫作則是一種「表

動語言的運作。」見〈中國現代詩的「超現實主義風潮」〉，《比較文學理論與實踐》，頁 156。驗諸「把妻子譯成爐火／把乳房譯成茶杯／把鏡子譯成長髮／把街道譯成冰雪」這類詩句（見〈翻譯祕訣十則〉，《魔歌》，頁 164），張漢良的判斷當非無據。這種傾向在洛夫 1950、1960 年代的作品中，同樣歷歷可尋。

[99]在推出〈天狼星論〉時，以「石室之死亡」名義發表者雖僅 27 節，但若計入以其他題名發表者，則在 36 節以上。例如〈致 A.凱西〉（結集時修訂為兩節），〈早春〉（三節）、〈睡蓮〉（四節）等。

[100]洛夫，〈關於《石室之死亡》〉，侯吉諒編，《石室之死亡及相關重要評論》（臺北：漢光文化公司，1988 年），頁 200。

達思想的真實活動情況」的可靠途徑，也是一種追求自由，擺脫陳規，解放創作潛能的有效方法。天機壓倒人機，這絕非主知的路數，自己未能成爲語言的主人，實已接近於自動寫作的狀態。《石室之死亡》之所以獨多渾沌難解的片斷，此即關鍵因素，但也由於未經理智的污染，使得全詩富於原始的生命力，血氣淋漓，天機獨具。[101]

即使在「知性的超現實主義」定調以後，洛夫依然說：「以純技巧觀點來看，超現實主義不僅不是洪水猛獸，且自有它特殊的、非其他主義所能取代的優點，主要的是它突破了知性的範疇，豐富了表現的方法。」[102]看來上了韁繩之後的蠻牛，可堪珍視仍是蠻野之力，不是韁繩。紀弦再三護衛知性，洛夫則以突破知性爲可貴，這當中確實是有些距離的。

六、結語

林亨泰不僅是現代派運動的推動者，更是重要的詮釋者（無論當時或事後，直到現在）。他在所謂「後期現代派」中的理論介入，大抵以譯出《保羅・梵樂希方法序說》爲起點，以《現代詩的基本精神：論真摯性》（1968 年）爲初步的總結。後面這篇長文，以真摯性統合紀弦、瘂弦、商禽、洛夫的作品，解釋現代詩的發展。所謂「真摯性」，對照林亨泰的理論脈絡，或可視爲知性精神的另一種講法。後續的總結性詮釋，尚有〈我們時代裡的中國詩〉、〈中國現代詩風格與理論之演變〉、〈現實觀的探求〉等數文。其間一貫而強烈地流露出歷史發展的觀念，論題雖有真摯性、批判性、現實觀等變化，而皆以知性的深化爲理論的核心。詩例由上述四人擴及張默、余光中、錦連、桓夫、白萩等人，也就是說，後期現代派雖以《創世紀》詩刊爲主要場域，實際範圍則遍及三大詩社。

超現實主義只是達成知性的手段之一（在林亨泰的理論中可以，在紀

---

[101]原詩發表以後，洛夫曾屢次興起「修改」的念頭，1965 年結集的版本與原始版本便有很大的不同，直到 1986 年，還曾「許下全面改寫的宏願」。出處同上註。他的說法間接證實了這組詩屬於「知性超現實」未定調以前的作品。

[102]洛夫，〈詩壇春秋三十年〉，《詩的邊緣》，頁 24。

弦的觀念中則有困難），林亨泰甚至發明「大乘的寫法」一詞來取代超現實的字眼。相對下，洛夫則認為優秀的現代詩差不多都具有超現實主義的精神，超現實比知性更能籠罩全局。洛夫又將超現實導向純詩或純粹性[103]，他所理解的純詩，路數較接近葉維廉，與林亨泰所謂知性相比，一主退離，一主介入，理論型態其實有些不同。而無論林亨泰或洛夫，有意無意間都在建構（或想像）前衛運動的系譜。林亨泰主要通過論述，洛夫及其同志，則除了創作、論述、詩刊之外，又有選本的編定：《六十年代詩選》（1961 年）、《七十年代詩選》（1967 年）、《中國現代詩論選》（1969 年）。這些書具有收編（或封神、點將）的功能，坐實了所謂「後期現代派運動以創世紀詩社為重心」的講法。

參考資料

專書

‧羊子喬，《蓬萊文章臺灣詩》，臺北：遠景出版社，1983 年。

‧余光中，《掌上雨》，臺北：時報出版公司，1986 年。

‧余光中，《焚鶴人》，臺北：純文學出版社，1972 年。

‧林亨泰著；呂興昌編，《林亨泰全集》，彰化：彰化縣立文化中心，1998 年。

‧侯吉諒編，《石室之死亡及相關重要評論》，臺北：漢光文化公司，1988 年。

‧封德屏編，《臺灣現代詩史論》，臺北：文訊雜誌社，1996 年。

‧柯慶明，《中國文學的美感》，臺北：麥田出版社，2000 年。

‧柳鳴九編，《未來主義‧超現實主義‧魔幻寫實主義》，臺北：淑馨出版社，1990 年。

‧洛夫，《石室之死亡》，臺北：創世紀詩社，1965 年。

‧洛夫，《詩人之鏡》，高雄：大業書店，1969 年。

---

[103]洛夫，〈詩人之鏡〉，《詩人之鏡》，頁 49～57。

‧洛夫,《詩的邊緣》,臺北:漢光文化公司,1986 年。

‧洛夫,《魔歌》,臺北:蓬萊出版社,1981 年。

‧洛夫、張默、瘂弦編,《中國現代詩論選》,高雄:大業書店,1969 年。

‧洛夫、瘂弦、張默編,《七十年代詩選》,高雄:大業書店,1967 年。

‧紀弦,《紀弦回憶錄》,臺北:聯合文學出版社,2001 年。

‧紀弦,《紀弦詩論》,臺北:現代詩社,1954 年。

‧紀弦,《新詩論集》,高雄:大業書店,1955 年。

‧紀弦,《紀弦論現代詩》,臺中:藍燈出版社,1970 年。

‧張漢良,《比較文學理論與實踐》,臺北:東大圖書公司,1986 年。

‧張漢良、蕭蕭編《現代詩選讀‧理論史料篇》,臺北:故鄉出版社,1979 年。

‧陳丙瑩,《戴望舒評傳》,重慶:重慶出版社,1995 年。

‧陳玉玲,《臺灣文學的國度:女性‧本土‧反殖民論述》,臺北:博揚文化公司,2000 年。

‧陳明台,《臺灣文學研究論集》,臺北:文史哲出版社,1997。

‧陳青生,《抗戰時期的上海文學》,上海:上海人民出版社 1995 年。

‧寒爵,《寒爵自選集》,臺北:黎明文化公司,1978 年。

‧覃子豪,《論現代詩》,臺中:曾文出版社,1982 年。

‧劉紀蕙,《孤兒‧女神‧負面書寫》,臺北:立緒文化公司,2000 年。

‧瘂弦,《中國新詩研究》,臺北:洪範出版社,1981 年。

‧瘂弦、張默編,《六十年代詩選》,高雄:大業書店,1961 年。

——選自劉大為、鍾怡雯編《20 世紀臺灣文學專題 1:文學思潮與論戰》

臺北:萬卷樓圖書公司,2006 年 9 月

關於紀弦的現代詩社與現代派

◎楊牧[*]

　　「現代詩社」是紀弦創辦的，紀弦對現代詩運的貢獻大約都是和這個詩社的發展並行而生的。現代詩社的出版物即稱爲《現代詩》，32 開的小本從 1953 年 2 月 1 日開始，大約每月出版一期，但時常脫期，後遂改爲季刊。每期頁數都三、四十頁光景，發行人兼社長是路逾，編輯人兼經理是紀弦，實則便是紀弦一個人；社址設在臺北市濟南路成功中學的教職員宿舍內，也就是紀弦的家。紀弦獨力支持《現代詩》，此亦見於早期該刊封面上的設計，封面上除刊名期數等應有字樣外，每期印有檳榔樹一棵，蓋檳榔樹一向便是紀弦的標誌也。

　　早期《現代詩》上最活躍的詩人，除紀弦自己以外，有方思、李莎、鄭愁予、吳瀛濤、楊允達、蓉子、楚鄉、曹陽、楊喚、阿予、辛鬱、林郊、王容、墨人、葉泥、彭邦楨、羅門、邱平等人。另外瘂弦、林泠、周夢蝶、羅馬（商禽）、薛柏谷、黃荷生、羅行、林亨泰、白萩、沙牧、季紅、秀陶、孫家駿（朱橋）、拓蕪（沈甸）、洛夫、尉天驄等人也時有作品發表。到 1955 年冬季號（第 12 期）出版時，「現代詩叢」也已出版了六種，即方思的《夜》，愁予的《夢土上》，楊喚的《風景》，和紀弦的《紀弦詩論》、《在飛揚的時代》及《摘星的少年》。這近三年 12 期內，《現代詩》發表了許多至今猶可以傳誦的重要作品。

　　第 13 期的《現代詩》於 1956 年 2 月 1 日出版，封面是朱紅色的，內

[*]本名王靖獻，發表文章時爲華盛頓大學中國文學系及比較文學系助理教授，現爲政治大學臺灣文學研究所講座教授。

頁 34，仍然是單薄的小冊子，但意義重大而深遠，因為就在這期裡頭，所謂「現代派」宣告成立。封面上的字樣有了改變，橫條一行：「現代派詩人群共同雜誌」，而檳榔樹也取消了，卻放大了「紀弦主編」四個字。除此而外，加印了一則六條〈現代派的信條〉。封面裡刊布消息公報第一號，首頁列加盟者名單，共 83 人，第二頁有紀弦的〈現代派信條釋義〉；社論則為〈戰鬥的第四年。新詩的再革命〉，這些資料一併附後，供關心現代詩運動的人參考。

第 14 期出版於同年 4 月 30 日，封面除顏色換成蘋果綠，完全與第 13 期相同。公報第 2 號說，加盟者已達 102 人；刊末紀弦作〈對〈所謂「現代派」〉一文之答覆〉，駁方塊專欄作者寒爵對「現代派」的批評；最後又有〈紀弦獨白〉一文，剖述自己當時的心情。這些資料也附在後面。

其後現代派的活動不幸竟有減無增，過了幾期，封面上「現代派詩人群共同雜誌」字樣也不翼而飛了，而檳榔樹並未再印。第 21 期出版於 1958 年 3 月 1 日，封面上仍印有「紀弦主編」的字樣，但字體已小了許多，封底裡且印了社務委員的名單共有 18 人；該期發表論文數篇，原來紀弦與覃子豪已展開筆戰，詩壇「內爭」之局也代替了一致攘外的階段。第 22 期並刊出方思的長詩〈豎琴與長笛〉，這幾乎可以說是方思告別詩壇的力作，因為不久方思就出國去美，作品遽減，等於離開了他一度極端介入的中國現代詩運動。

第 22 期一直到同年 12 月 20 日才出版，又有了變化。封面上除了「現代詩」三個大字以外，只有要目三行和「紀弦創刊，黃荷生主編」的字樣，版權頁上並寫明，發行人是路逾（即紀弦），社長林宗源，主編黃荷生。該期紀弦還有駁斥藍星詩人的文字。第 23 期格式相同，但似乎已經和「現代派」沒有太大關係，而紀弦終於寫了〈不是感言〉把交出《現代詩》的經過作了一個報告，呼籲朋友「信任黃荷生，支持黃荷生，也像信任我，支持我一樣」。這期封面上註明「第七年春季號」。事實上以紀弦為象徵的「現代詩社」和「現代派」到此已經結束。從此以後紀弦開始改絃

易張，提倡「自由詩」，久而久之，並宣稱要「取消」現代詩。這已經不是本文的範圍了。

附錄一：

現代派消息公報第 1 號

（1956 年 2 月 1 日）

由紀弦發起，經九人籌備委員會（葉泥、鄭愁予、羅行、楊允達、林泠、小英、季紅、林亨泰、紀弦）籌備的現代派詩人第一屆年會，於 1 月 15 日下午一時半假臺北市民眾團體活動中心舉行，出席者四十餘人，洛夫代表「創世紀詩刊社」列席觀禮，公推紀弦主席，宣告現代派的正式成立，討論籌委會的各項建議及臨時動議，做如下之決定：1.以《現代詩》為現代派詩人群共同雜誌並強化其內容；2.追認已故詩人楊喚為現代派同人之一；3.從下屆年會開始，即於會中舉行「詩選舉」當場開票給獎，並修正選舉方法，以「人」為對象；4.推定方思、李莎、葉泥、鄭愁予、張秀亞、林亨泰、季紅、吹黑明、王牌、徐礦，銀喜子 11 人為第二屆年會籌備委員，負責召開第二屆年會籌備事宜；5.現代詩社業務繁重，紀弦一人不勝辛勞，得斟酌情形由社方聘請同人協助處理業務；6.展開國際詩壇活動，譯介我國詩人佳作以供外國讀者欣賞。繼即舉行一年一度的紀弦個人作品朗誦會，詩題為：〈檳榔樹〉，〈臺北萬歲〉，〈新空軍頌〉，共三首，後兩首為反共抗俄愛國抒情詩篇，氣魄雄渾，聲調激越，而又深沉如大提琴上徐徐擦過之一弓，感人至深，掌聲雷動。然後飲酒，進茶點，自由聊天，充滿了愉快的氣氛。至五時許，始盡歡而散。

附錄二：

1 月 5 日當出《現代派的通報》第 1 號共 120 份，除 9 人回信表示不參加外，截至 1 月 16 日發稿時為止，加盟者已有 83 人，表同情者 4 人，尚有 24 人迄未回信，可能由於通訊地址變動，沒有收到通報，等以後取得

聯絡時再行補辦。此外，尚有不少朋友漏發，多係由於地址不明失去聯絡之故，希望看到這個消息就寫信來，辦理加盟手續，和我們站在一起，攜手合作共同努力。

現代派詩人群第一批名單

丁穎、丁文智、于而、小英、方思、王容、王牌、王璞、王裕槐、史伍、世紀、田湜、白萩、古之紅、田毓祿、沉宇、李冰、沙牧、李莎、巫寧、辛鬱、吳永生、吹黑明、吳慕適、阿予、邱平、青木、林泠、季紅、亞倫、依娜、秀陶、林亨泰、金鈴子、紀弦、思秋、春暉、風遲、胡德根、流沙、秦松、夏秋、唐突、徐礦、孫家駿、唐劍霞、彩羽、張航、曹陽、梅新、麥穗、尉天驄、黃仲琮、張秀亞、張拓蕪、陳奇萍、黃荷生、陳瑞拱、陳錦標、傅越、舒蘭、蜀弓、葉泥、楊允達、蓉子、綠浪、銀喜子、劉布、黎冰、蓮松、德星、魯蛟、魯聰、蔡淇津、鄭愁予、盧弋、靜予、錦連、戰鴻、謹烔、羅行、羅門、羅馬。

附錄三：

現代派信條釋義

前言：既非一個政治的黨派，亦非一個宗教的教會，沒有什麼嚴密的組織，亦無何等具體的形式，只是基於對新詩的看法相同，文學上的傾向一致，我們這一群人，有一個精神上的結合，於是順乎自然的趨勢，而宣告現代派的成立。這是必須說明的第一點。現代派是一個詩派，不是一個會社。現代派詩人群，除了忠於現代派的信條之外，享有參加或不參加任何一個文學團體——比方說：中國文藝協會——之充分的自由。文協是一個團體，而現代派只是一個詩派而已。這是必須說明的第二點。又，「現代詩社」是一個雜誌社，而「現代派」並不等於「現代詩社」。不過，作為「現代派」詩人群共同雜誌，「現代詩社」編輯發行的「現代詩」，今後，當然是愈更旗幟鮮明的了。這是必須說明的第三點。

釋義：我們現代派的信條凡六，條條簡單明瞭。為了達到新詩的現代

化這一目的，完成新詩的再革命這一任務，我們必須爭取文藝界人士乃至一般讀者廣泛的了解與同情，給我們以精神上的支持。所以，我們的信條，有加以進一步解釋的必要。

第一條：我們是有揚棄並發揚光大地包容了自波特萊爾以降一切新興詩派之精神與要素的現代派之一群。正如新興繪畫之以塞尙爲鼻祖，世界新詩之出發點乃是法國的波特萊爾。象徵派導源於波氏。其後一切新興詩派無不直接間接蒙受象徵派的影響。這些新興詩派，包括 19 世紀的象徵派、20 世紀的後期象徵派、立體派、達達派、超現實派、新感覺派、美國的意象派、以及今日歐美各國的純粹詩運動。總稱爲「現代主義」。我們有所揚棄的是它那病的、世紀末的傾向；而其健康的、進步的、向上的部分則爲我們所企圖發揚光大的。

第二條：我們認爲新詩乃是橫的移植，而非縱的繼承。這是一個總的看法，一個基本的出發點，無論是理論的建立或創作的實踐。在中國或日本，新詩，總之是「移植之花」。我們的新詩，絕非唐詩、宋詞之類的「國粹」。同樣，日本的新詩亦絕非俳句、和歌之類的他們的「國粹」。在今天，照道理，中國和日本的新詩，以其成就而言，都該是世界文學的一部分了。寄語那些國粹主義者們：既然科學方面我們已在急起直追，迎頭趕上，那麼文學和藝術方面，難道反而要它停止在閉關自守，自我陶醉的階段嗎？須知文學藝術無國界，也跟科學一樣。一旦我們的新詩作者獲得了國際的聲譽，則那些老頑固們恐怕也要讚我們一聲「爲國爭光」的吧？

第三條：詩的新大陸之探險，詩的處女地之開拓。新的內容之表現，新的形式之創造，新的工具之發見，新的手法之發明。我認爲新詩，必須名符其實，日新又新。詩而不新，便沒有資格稱之爲新詩。所以我們講究一個「新」字。但是我們決不標新立異，凡對我們欠了解的，萬勿盲目地誣陷我們！

第四條：知性之強調。這一點關係重大。現代主義之一大特色是：反浪漫主義的。重知性，而排斥情緒之告白。單是憑著熱情奔放有什麼用

呢？讀第二篇就索然無味了。所以巴爾那斯派一抬頭，雨果的權威就失去
作用啦。冷靜、客觀、深入、運用高度的理智，從事精微的表現。一首新
詩必須是，一座堅實完美的建築物，一個新詩作者必須是一位出類拔萃的
工程師。而這就是這一條的精義之所在。

第五條：追求詩的純粹性。國際純粹詩運動對於我們的這個詩壇，似
乎還沒有激起過一點的漣漪。我們認為這是很重要的：排斥一切「非詩
的」雜質，使之淨化，醇化，提煉復提煉，加工復加工，好比把一條大牛
熬成一小瓶的牛肉汁一樣。天地雖小，密度極大。每一詩行乃至於每一個
字，都必須是純粹「詩的」而非「散文的」。

第六條：愛國。反共。擁護自由與民主。用不著解釋了。

附錄四：

戰鬥的第四年、新詩的再革命

本刊創刊於 1953 年 2 月 1 日，迄今已滿三週歲，而現在是開始進入戰
鬥的第四年了。第 1 號的宣言，既已揭示吾人創辦本刊的兩大使命：其一
是反共抗俄；另一是使我們的所謂新詩到達現代化。我們認為：國家興
亡，詩人有責。詩是藝術，也是武器。所以我們一面建設，一面戰鬥。三
年來的苦幹，12 期的成績，為有目所共睹。而我們是既不敢有所自滿，亦
不必作過分之謙虛。路正長著，目標還遠得很，一步步走下去，這就是我
們的信念。

首先，為肩負起反共抗俄這一時代的任務，過去我們已在政治詩與戰
鬥詩方面從事於種種的試驗，而所到達的結論是：標語口號絕非詩。衝衝
衝殺殺殺之類的實在一點也不起作用。而「歌詞」與「新詩」則必須有所
區別，而且要區別得明明白白，清清楚楚。魚目不可混珠，指鹿為馬是不
行的。真正的政治詩與戰鬥詩，也必須是「藝術品」而非「宣傳品」，當然
照樣的可以成為「永久的東西」而非一種點綴節目的「應用『詩歌』」藉以
換幾文稿費又拿獎金的。可是毋庸諱言的是我們做得不夠理想：過去本刊

所發表的政治詩與戰鬥詩，在數量上雖然相當豐富，但是能夠當「詩」——
——特別是「新詩」之稱而無愧的究竟太少。今後我們固然要強化這路攻
勢，站在時代的尖端，對於竊據大陸的共匪，橫行神州的俄寇，發揮絕大
的威力，予以致命的打擊；但是對於詩的本身，我們更將苛求其密度、深
度與強度。我們認為：憑一時衝動的吶喊是沒有力量的，而一個觀念之直
接的陳說亦非詩——其詩味必甚稀薄，其詩想必甚膚淺。所以本刊作了一
個新的決定：即使意識正確，而技巧拙劣，表現手法不新的，亦必割愛。
寧缺毋濫，在精而不在多，這就是本刊今後選稿的大原則。

　　其次，為了展開新詩的現代化這一「詩」本身的革命運動，過去，我
們已對理論的建立與創作的實踐作了雙管齊下的努力。事實上，不僅是一
般人，就連大多數寫詩的青年朋友，甚至還不明瞭新詩到底是什麼，要怎
樣才能算是新詩。有的因襲古人意境的「語體的舊詩詞」，因為他不知道除
了一個使用白話一個使用文言之外，「新詩」與「舊詩」之特質上的區別；
有的是死抱住 18 世紀的「韻文即詩觀」，專門在「韻腳」上做詩人的「可
哼的小調」，因為他不曉得「詩」與「歌」、「文學」與「音樂」的分野；還
有的是把寫詩這件事情看得太容易了的偽「自由詩」，因為他搞不清楚
「詩」與「散文」的本質究竟有什麼不同。針對著這些落伍的、錯誤的、
和幼稚的傾向，三年來，我們已在批評工作上，分別下了結論：把「語體
的舊詩詞」遣返「舊詩」之原籍；把「可哼的小調」發回「歌」的故鄉，
「音樂」的本土；把那些莫名其妙瞎胡鬧的「偽自由詩」充軍到「散文」
之沙漠地帶去。而我們的理論之要點，歸納起來，則有下列之三綱：1.新
詩必須是以散文之新工具創造了的自由詩；2.新詩的表現手法必須新；3.現
代的詩素、詩精神之追求，換言之，詩的新大陸之發見，詩的新天地之開
闢。正因為境界之新，意味之新舊的手法不能表現，所以才以新的表現法
為必要；既然採取新的表現手法，舊的工具當然不適用了，於是新的工具
應運而生；使用新的工具，採取新的表現手法，表現新的境界，新的意
味，而其結果所創造了的新的形式，便是今日之自由詩（不是採取中間路

線，抱持妥協態度，看法和我們有距離的那種半舊不新的所謂自由詩）。此之謂「內容決定形式」。以新內容決定新的形式，新的出發點決定新的到達點，新的因產生新的果──非常之邏輯的因果律。有什麼可懷疑的呢？而在此三綱之外，我們還有一個比一切重要的總的認識。那便是：新詩，不是縱的發展，而是橫的輸入。換句話說，它不是繼承了唐詩、宋詞、元曲……之類的「國粹」，而是來自歐美的「移植之花」。唯其如此，它才格外應該向世界詩壇看齊，而展開現代化的革命。「西樂」與「國樂」、「西畫」與「國畫」，「話劇」與「國劇」，不都和這情形相類似嗎？那麼，我們一面對這藝術加以研究，一面拿這武器從事反共抗俄，有什麼不好呢？可是話說回來，過去我們在理論上雖已下了很大的努力，在創作上雖已花了很多的心血，但對世界詩壇的介紹還嫌不夠。因此，我們決定從這第四個年頭開始，多登譯詩，並對歐美現代詩主要的流派及其代表的詩人作系統之介紹，以饗讀者。到這裡，我們當初之所以名這雜誌為「現代詩」者，想必是可以毋須再加說明就已經有了一個具體的答案了。

那麼，讓我們宣布吧：

1.為了完遂新詩的再革命，現代主義者的集團──現代派，已經宣告正式成立，並且英勇地把這一劃時代的文學史的任務擔荷了起來。

2.我們需要更多的同志和朋友，凡有抱負的、有認識的，有才能的只要是贊成和遵守我們的六大信條的，一概歡迎加盟。即使不加入現代派，而表同情於我們的，我們也願意接受他們的友誼。

3.自此以後，本刊成為現代派詩人群共同雜誌，代表現代主義者大同盟發言。外稿佳作雖仍採用，但是路線和我們兩樣的，請勿貿然投寄。過去不免登了一些「人情稿子」，今後對於任何方面不再敷衍。乾脆、單純、有立場、看詩而不看人，這就是本刊過去做得不夠徹底而今後必須堅持的新作風。

4.新的站起來了，舊的當然垮掉。新的誕生，舊的死亡。看哪！我們現代派的升旗典禮是何等的莊嚴！

附錄五：

現代派消息公報第 2 號

我們的陣容愈益壯大了！我們的實力愈益雄厚了！到現在爲止，又有19人加盟，連前83人，共102人。

但是加盟者中，尙有少數朋友，迄未繳納常年會費，希望看到這個消息，就寄五元郵票來（最好是四角或二角的），以完手續。

又，從未投過稿的，也有多人來函要求加盟。這種熱意，實在令人感動。但是作品如何，不得而知，所以只好婉言謝絕，因爲我們是以文會友的，看詩而不看人，有殊於一般的「群眾主義」，寧缺毋濫，在精而不在多，是我們不變的原則。這一點，務請特別諒解。

茲將第二批名單列後：

小凡、平沙、余玉書、李漢龍、林野、姑子律、星辰、奎旻、馬朗、涂大成、張爲軍、曹繼曾、項傑、楓堤、蔣篤帆、薛志行、薛柏谷、蘆莎、蘇美怡。

附錄六：

（在本文中，凡引用對方之文字，用（　）號。）

拜讀了寒爵先生的雜文〈所謂「現代派」〉（載《反攻》第 153 期）之後，願對他那（一點不必要的懷疑）分作八點而有所答覆。

第一是關於我們組派的部分。

文學史上（什麼主義什麼派的產生），固然有的是被動地由批評家（歸納爲什麼主義什麼派）的，但是也有的是主動地成立組織發表宣言而展開活動的。即使古今中外向無此例，我們現代派的結合，也是順乎自然的趨勢逐漸發展而成的。

寒爵先生把（中國的「現代派」）分爲前後兩期，稱我們爲（「後期」的承繼者）。但不知（「前期」的承繼者）何所指？如果是指過去大陸上的

「現代」而言，那麼同時還有一個「文學」：前者是自由作家的陣營：後者是左傾份子的巢穴。兩方面的鬥爭很是激烈。當年的反共鬥士，如今也有在臺灣的，不過他們已經不搞文藝了。而寒爵先生說：「中國的『現代派』『前期』承繼者，已被時代所吞沒了；」言下似頗快意。我實在不知道他對現代派為什麼會這樣的仇視！

第二是關於舉〈房屋〉一詩為例而對我們加以嘲笑的部分。

除了指出他的抄寫錯誤，把原作的四節合併成了一節，並在齒與齒之間，窗與窗之間沒有空格之外，我不再說什麼了，因為另有〈談林亨泰的詩〉一文，兼可答覆所有的攻擊者。

第三是關於對我們現代派的團結妄圖破壞的部分。

他說：「我想他們的成員之中至少有一大部分，是在不自知之中已『盲目地』被人所『誣陷』了！那就是：在所謂『信條』的『絕對精神』鼓舞之下，對一步步的離開了現實的『人生』境界，而邁進那個充滿了『頹廢』意識形態的藝術冷宮。」又說：「但說老實話，誰又能歪曲史實的硬把『現代派』和 19 世紀的『世紀末』文藝思潮扯開而使之不相關聯呢？即使有人想這樣做，那恐怕也只是暫時的騙一騙那些『盲目』的『群』罷了！」請看，這是何等富於挑撥性的字句！倘非企圖引起分化作用而後各個擊破則其用意究竟安在？

老實講，我們現代派的結合完全是基於道義的，而非利害關係上的。捫心自問，除了深感才疏學淺地須繼續努力之外，我實在很誠懇，絕對不是一個騙子！我和我的同志們互信互敬，親愛精誠，團結一致，數年來為了詩本身的革命，我們的奮鬥是目所共睹的，我們與世無爭，跟誰都沒有利害上的衝突。不知寫雜文的寒爵先生為什麼偏偏對我們如此的看不順眼？竟是如此的深惡而痛絕？假使我們現代派的成員之中有以為這條路是錯了的，那麼他儘管退盟好了，也實在不勞寒爵先生來替他們操這個心！

第四是關於加我們以特大號帽子的部分。

他說：「至於那些足以導致這個小宇宙的文藝新生氣象毀滅的頹廢渣

滓，還是且慢『橫的移植』進來吧！如果一定『自我執著』的拖著『時代』下水，或者認爲這就是我們生活環境中苦悶的象徵，則這種後果所生的悲哀，將不僅是『詩人群』的了！」恕我不敏，對於這一段話，似覺有些「曖昧」的地方，一下還看不懂。所謂「文藝新生氣象」不知指的什麼：是雜文的發達吧？但總之不會連我們現代派也包括在內的！而所謂「頹廢渣滓」，當然是指「頹廢派」、「頹廢思想」、（「頹廢派」的意識）之類而言的了，這個我懂，可是不懂的是：已經成了（渣滓）的（頹廢派）及其（思想）及其（意識）究竟還有什麼力量（足以導致這個小宇宙的文藝新生氣象）於（毀滅）？並且（警告說）：（還是且慢「橫的移植」進來吧！）簡直說得像洪水猛獸一般的可怕了！至於（拖著「時代」下水）云云，則尤其難解了：（時代）是個什麼東西？誰能把它（拖）（下水）去？什麼是（我們生活環境中苦悶的象徵）？而（苦悶的象徵）則大概是指廚川白村的著作而言吧？那麼（這種後果）是怎麼樣的一種（後果）？（所生的悲哀）又是怎麼樣的一種（悲哀）？而且（將不僅是「詩人群」的了）那麼，連寫雜文的寒爵先生恐怕也在內了？好大的一頂帽子！幸而我們並沒有把什麼病的、世紀末的東西（帶進自由中國的文壇）。否則，要是（這個小宇宙）當真出了什麼毛病的話，則我們這些寫詩的現代派豈不是都成爲歷史上的罪人了嗎？對不起，帽子太大，戴不上！

　　還有一頂，更大，也奉還：

　　他說：「在今天這個大時代中，如果有人想要把人生的意境——尤其是青年層的思想領域，『盲目地』誘導其入於逃避現實的理想天國，這種背逆時代的反動行爲，還必須有待於他人的『誣陷』嗎？」請聽！像這樣的一種口氣：多麼恐怖！我和寒爵先生素昧平生，從沒有見過面，但是單看這幾句話，就已經可以想像得到他身上穿的是怎樣的一套服了！讓我「報告」寒爵先生：請勿擔憂（青年層的思想領域）會得被我們（誘導其入於逃避現實的理想天國）去！我們沒有這樣大的神力！我們可以發誓：絕對沒有這種意圖！而我所手創的「現代詩社」，也從來不把任何書刊拿到各級

學校去派銷的。這一點尤可放心！並且，對於寒爵先生視同洪水猛獸的
（頹廢渣滓）本來是我們也說過要把它揚棄的。至於我們爲什麼要研究波
特萊爾呢？那也不過是在表現方法的一點上，認爲他有值得注意之處而
已。關於這個，下文詳述，可是寒爵先生接著就把（背逆時代的反動行
爲）九個大字不由分說往我們的頭上重重地一壓就壓下來了，這未免出言
不遜！而且（行爲）（反動）！說吧！誰敢「反動」？究竟是誰反動？知否
損害他人名譽，要受法律制裁的？竟以一個迫害文藝自由的文化警察的姿
態出現！難道寒爵先生負有某種特殊的使命嗎？相信充滿了（文藝新生氣
象）的我們（自由中國的文壇）不會有這種事：那太（背逆）這一個反共
抗俄的民主（時代）了！太丟人！太可恥了！

　　第五是關於（營養）和（傷胃）的部分。

　　寒爵先生說：「其實，『現代派』這個名詞，早已並不怎樣『現代』
了，它是五、六十年以前法國炒剩了的冷飯，已被時代揚棄到各個角落，
變成了不復含有生機的硬粒了；現在，竟而有人重新一顆顆的撿了起來，
想要加火再炒，那恐怕不但攝取不了營養，而且還有傷胃之虞的！」這乃
是閉（自由中國的文壇）之關（逃避）世界詩壇之（現實）的說法！據我
們所知，英美的「現代派」目下正在盛期，而更富於人文主義的色彩，如
T. S. 艾略特、雪脫威爾女士、史賓德等都尙健在；至於法國的「現代派」
——主要的是以興起於本世紀 1920 年代至 1930 年代的立體派、達達派、
超現實派代表——目下雖無具體活動，但其革命精神依然遍在於今日法國
的詩壇，尤以超現實派的表現方法爲新銳而純正，已經超越了三色旗的國
界，和美國的意象派的表現方法同樣成爲今日世界詩壇一般的方法了。何
能目之爲（不復含有生機的硬粒）呢？至於（營養）和（傷胃）的問題，
則我們的看法恰好與寒爵先生的相反。我們認爲（傷胃）的是標語口號公
式八股之類，而詩（營養）；拜倫、雪萊、雨果、虞賽等而下之乃至郎費羅
輩（傷胃）而（營養）的是革去了叫囂、乾嚎、脆弱、空洞的浪漫主義的
命的波特萊爾以降一切新興詩派之精神與要素。

　　在這裡，我想寒爵先生或許要問：「什麼精神要素？」讓我給他一個答覆，並作爲〈現代派信條釋義〉第一條之補充。

　　我們所說的「精神」與「要素」，倒並不是什麼「時代的」精神和「思想的」要素。這實在跟寒爵先生所說的什麼（頹廢渣滓），什麼（世紀末的文藝思潮）之類不相干！

　　所謂「精神」，係指其革新的，反抗的精神，特別是那種反浪漫主義的奮鬥的精神；所謂要素，係指其詩中之「詩」，是即詩之「所以爲詩的」，使詩「成其爲詩的」之一種要素，這在浪漫派的詩中是很稀薄的，所以雨果使人疲倦。而像這樣的精神與要素，就詩本身的革命而言，乃是健康的、進步的、向上的。

　　第六是關於波特萊爾、頹廢派和世紀末的文藝思潮的部分。

　　在這裡，讓我首先反省一下，然後再答覆他。因爲這個部分特別重要，寒爵先生集中火力攻擊我們，便是用的這種武器。

　　我的反省計有下列之諸點：第一點，我們現代派對於波特萊爾所採取的態度究竟是什麼？是學習他的行爲呢，還是看重他的作品？回答是：詩不是抽鴉片煙！那麼，第二點，是他那要不得的頹廢的意識呢，還是他那革新了的作詩的方法？回答是：方法。因爲文學史上「詩的近世」實在是從他開始的，正如美術史上「繪畫的近世」始自塞尙一樣。然則，第三點，僅以他一個人的方法爲研究的對象嗎？──不。早已說過了：我們是包容了自波特萊爾以降一切新興詩派之精神與要素的。我們是現代主義者，不是什麼頹廢派。同時，對於法國的和英美的現代主義，我們也並不是無條件地移植過來的。我們早已說過了：我們有所揚棄的是它那病的、世紀末的傾向；而其健康的、進步的、向上的部分則爲我們所企圖發揚光大的。接著，第四點，甲、今天是一個什麼時代？曰：反共抗俄的時代。乙、這裡是一個什麼地方？曰：民族復興的基地。丙、在此時，在此地，容許一種（幻滅的、厭世的、懷疑的、悲觀的、自暴自欺（原文！）的氣氛）乃至（向下發展）和（向上發展）的（厭世思想）之存在嗎？曰：

否！絕對不可以。丁、我們現代派和那所謂世紀末的文藝思潮到底有什麼（關聯）呢？曰：風馬牛不相及。戊、可是有人（硬把）我們跟它（扯）到一塊兒去，然後從而指著我們的鼻尖大罵一頓，這是什麼意思呢？曰：不知道。也許別有用心吧？

以上四點，說明了我們既不學習波特萊爾的行為，又不提倡波特萊爾的思想，只是研究他的表現方法而已。同時，我們所研究的，乃是波特萊爾以降一切新興詩派的表現方法，並不限於波氏一人。至於所謂世紀末的文藝思潮，則根本和我們無關。我們愛國，反共，擁護自由與民主，有我們的信條為證。而對歐美的現代派，我們只是取其所長，去其所短，兼收並蓄，冶為一爐，使成一種有個性的合金，而作全新的表現，這便是我們的目的。而我們所企圖表現的內容當然是現實的。不過「現實」二字如何解釋，那卻是見仁見智了。所以寒爵先生（根據近代歐洲文藝史乘的記載），把波特萊爾的頹廢生活描述一番之後，接著說：「到了晚年，因鴉片煙癮過大，而陷入『半瘋狂』的狀態，他的詩就是在『半瘋狂』中創造的：現在，就連這點兒『半瘋狂』的氣質，也被其愛好者當作『文學遺產』（笑話！）來接受而『發揚光大』哩！」這難道是（基於人類所共有的道德觀念）而對我們加以（無意）的誣陷？未免（潑剌雋永）得過分了一點！還是請他收回去吧！須知我們一向主張客觀地寫，冷靜地寫理智地寫，一反於浪漫派的主觀的狂熱的情感之放縱，採取了古典主義的態度，而又並不是古典派，這就是我們之所以為現代主義者，所以為現代派的特色之所在。姑不問波特萊爾的（氣質）是否為（「半瘋狂」的），能否（當作「文學遺產」來接受）（笑話！），這總之是我們所從事的新詩的再革命運動牽扯不到一起來的！

又，寒爵先生說（我很欽佩〈現代派信條釋義〉作者的妙筆，居然輕輕的抹煞了波特萊爾作為「頹廢派」者的史實），這大概也是（無意）的誣陷吧？讓我再說一遍：我們是今日中國的現代派，不是當年法國的頹廢派，波特萊爾的史實，沒有什麼可抹煞的！

　　此外，在寒爵先生的雜文裡，還有許多攻擊波特萊爾和頹廢派的地方，因爲又和其他意思混雜在一起了，所以關於這一部分的答覆，就到此爲止。

　　第七是一個附帶的部分。

　　我想，寒爵先生對於「現代派詩人群」這幾個字大概是頗爲反感的。他說：「這個代表集體意識集體行動的所謂『群』，是否已全部真正了解了『波特萊爾』所代表的時代精神是些什麼？」老實說，對於波特萊爾所代表的時代精神，我的同志們所了解的總不會比寒爵先生更少。除了他所（參考）的徐偉和本間久雄的著作之外，世界上——不，臺灣島上還有的是書籍。但他偏要故意地問這麼一句，就未免太看人不起了。

　　第八是關於爲藝術而藝術與爲人生而藝術的問題之解決並重申我們的立場以結束本文的部分。

　　據寒爵先生說：「『頹廢派』的創作，他們有幾個特徵，那就是：反科學，自己崇拜，偏重架空的技巧，爲愛好醜惡而描寫醜惡，提倡形式上的曖昧文體。另外一個顯著的特徵，便是『藝術至上主義』；他們認爲除了藝術創造的快樂之外，對於人生的一切實際生活的規律，毫不感覺興趣。正如『偉大』的波特萊爾所說『詩在詩的自身之外，毫無目的，也不能另有目的。除了爲著作詩的快樂而作的詩之外，絕對不是真詩。』這大概就是……紀弦先生的本意所在吧？」在這裡，我真佩服寒爵先生這種「一以貫之」的戰略與戰術，不是（硬把）我們塞進（楔形的「象牙之塔」），（苔痕斑斑的「象牙之塔」），就是（硬把）我們打下（藝術冷宮）；再不然，索性朝（天上）一送，（「爲藝術而藝術呀」，就這樣架空的「羽化而登仙」了）！但總之，在這個（現實）的（小宇宙）裡，容不得一個詩派的存在就是了！我當然大可不必替那些被寒爵先生鞭了屍的頹廢派做辯護，不管它是否誠如寒爵先生所云竟是這樣的十惡不赦，而他既然引用了波特萊爾的話，又把個「藝術至上主義」的罪名輕輕地往人頭上一套，那麼我就跟他談談好了。

　　無論組派之前組派之後，無論組派或不組派，總之，我們重視方法，追求新的表現，目的只在把詩寫好，而且要新，不使其成為標語口號，歌詞或語體的舊詩——如此而已。況且講究技巧，是在一切文學，一切藝術都有其必要的；是在一切時代，一切國度都有其必要的。非獨以詩為然；非獨以 19 世紀法國的巴爾那斯派為然也。我們決不否認我們對於詩的藝術價值格外看重一些，但是對人生價值也從未抹煞過。這就是說，於價值論之場合，我們認為：一切藝術是為人生的。但，只有在為藝術而藝術的創作態度之下所產生出來的才能是真實的意味上的為人生的藝術。而所謂「為人生的藝術」，又並不是指那淺近的功利主義的意味上的諸如「應用詩歌」之類而言，我們反對那種朝生暮死的有所為的寫作。而「藝術派」與「人生派」的論爭，在文學批評史上，一向是個糾纏不清的問題現在我們已經把它解決掉了。自然，那些極端的「人生派」，對於像這樣的解決是一定還不會滿意的；可是並非極端的「藝術派」的我們，到這裡為止，也已經是表示了最大的容忍。我們固然無權強使他人接受我們的看法和主張；同時他人亦不應該逼著我們為了某種目的而寫作——那太不民主了！太（反動）！

　　末了，我倒也有（一點點不必要的懷疑），把它宣洩出來，讓賢明的讀者諸君去下個判斷，說句公道話吧！

　　我所懷疑的是：

　　詩壇上有的是詩人：有在看法上和我們完全相反的，也有大同而小異的，有拒絕參加現代派的，也有雖不加盟卻表同情於我們的；特別是在他們之中，並不缺少研究理論而也能夠寫詩以外的文章的。但是為什麼自從我們現代派成立以來，那些詩人並沒有攻擊過我們，而跟我們為難，向我們挑戰的，倒是一個並非「同行冤家」的寫雜文的寒爵先生呢？

附錄七：

紀弦獨白

一、

不過是組一個詩派而已，就那麼大驚小怪的！

一群朋友，志同道合，對「新詩」之不「新」，有一致的感嘆，因而作了一個精神上的集合，訂定信條，共同遵行，主張新的再革命，企圖新詩的現代，其目的至極單純，其範圍亦極有限，既不爲升官發財，亦決非圖謀不軌，而與詩以外的小說、戲曲、乃至隨筆、雜感等等不相干，實大可不必斜著眼睛看我們，紅著眼睛看我們！

況且，過去三年來的奮鬥，既有具體事實明了我們的態度和立場，道路和方向，而今天，我們宣布「現代派」的成立，也只是等於一面旗的升起罷了。這旗，色彩鮮明，易於識別。而我們的集合，完全是順乎自然的趨勢，有如水到渠成。又不是突然發生了的，何奇怪之有呢？

要曉得，綠的出現，枯黃了的化爲塵土；新的誕生，朽舊了的死亡：那有什麼妥協、折衷之餘地？只要文學上的真理，藝術上的正道，和我們站在一起，永不分離，我們便都無憂、不惑、不懼。

二、

老實說，於發動組詩派之夜，我是什麼都考慮到了的，對一切可能招致的後果，我已經做了最糟糕最惡劣的估計比方說：

有些人，一定會罵我神經病。但那不值計較。

又，不免引起誤會。但是誤會，可以解釋。經解釋的結果，依然無效，那就只好由他。

又，不免得罪人。得罪就得罪吧！但求無愧我心而已。

當然，恨我的人，一定不惜採取任何卑鄙的手段來破壞我，打擊我，挑撥離間，造謠中傷，到處講我的壞話，甚至買個打手化名出現，罵我一通，而自己則藏頭露尾的，碰到我時還要笑嘻嘻地應酬幾句，以示無他。

可是像這些個，我才不在乎哩！因為被瘋狗亂咬的經驗已經很豐富了。瘋狗而不咬人，那才稀奇。至於被僱用手，他本是吃這行飯的嘛！那麼，頂多，借個題目，運用權力，加我一頂帽子，迫使我辦的雜誌停刊而稱快就是了。但在此地，假公報私，恐怕沒有那麼容易。

也許今後，我發表文章的地方是愈來愈少了。沒關係，我又不是個剛開始寫作，發表欲極強烈的。我在教書工作甚忙，沒人逼我寫稿，反而求之不得。至於稿費，少拿幾文算了。我有職業，餓不死的。而且清苦慣了，就是錢多起來，我也不會花的。

那麼，也許各種的獎金，從此格外輪不到我了吧？對此我不能以放棄我的主張為交換條件：那太可恥了。說真心話，投稿應徵，還不是為了充實「現代詩社」的經費？至於每月兩回買愛國獎券，也只是夢想開一所「現代書店」，專出一般書商所不肯出的真正有價值的高級而純粹的文藝作品，以貢獻給精神飢渴的讀書界，好好地幹一番出版事業而已。

不久以前，我曾對羅行說過幾句話：「我是不怕孤獨的，只要我站得住。為了免於孤立，面面顛倒，處處敷衍，討大家的喜歡，我不幹的。我準備讓世界人離開我──甚至你。」羅行有時使用筆名路平，是在小學裡我曾教過他兩年的。寫詩，有才能，做人，有骨氣，要算是我的學生中最受我重視而關係也最密切的一個了。對他，尚且說了上面的話，由此可見，我是下了何等重大的決心，至於我在文學和藝術上的抱負，則豈足為世之俗眾道！

只有那些在「作品」上腳跟站不穩的，唯恐其「名家」的招牌難以維持，才花錢請這個吃飯，又對那個叩頭問好話的，一天到晚在「人事」的欄子裡忙得團團轉，而我不屑。我想：請一桌客，夠買令紙了！況且，眼前的這一點浮名，倒底算得了什麼呢？有詩千首，傳諸後世而已。

──選自《現代文學》，第 46 期，1972 年 3 月

詩壇春秋三十年（節錄）

◎洛夫*

　　中國現代詩的歷史，如從紀弦創辦《現代詩》季刊那年算起（1953年），迄今已屆 30 年。三十而立，就人而言，已算是一位經歷一段滄桑的成人了，但就文學的成長史而言，我們的現代詩仍只是一位青春痘尚未盡除的兒童，而且還是一位「問題兒童」。

　　去年〔1981 年〕10 月初，在一次臺北詩友的小敘中，大家酒酣耳熱之際，突然有人提醒，到今年現代詩已歷三十春秋，我們該有所表示，以資紀念。這時眾人回首，果然在燈火闌珊處看到人影綽約，竟有寄身夢境之感。想當年詩壇有不少公瑾型的風流人物，大多意氣風發，不可一世；寫詩，辦刊物，打筆戰，典當換酒，在竟夕高談闊論中揮霍著青春，苦樂都是一種過癮。於今這群人物都已年逾半百，物故者有之，棄詩他適者有之，更多的是浪跡江湖，星散各地，寶劍的鋒芒盡斂，跑 30 年馬拉松的，所剩不到兩打，但當年眾家豪傑為追求一個共同的文學理想，篳路藍縷，經之營之而淌下的點點血汗，在記憶中仍是那麼鮮明。

　　為歷史作證，為保留一份可靠的第一手資料，於是當晚便有借《中外文學》刊出〈現代詩 30 年回顧專號〉之議。事經主編張漢良兄的同意，並由他著手策劃，分配各類稿件撰寫者名單。他派給我的工作是寫一篇算總帳的文章，回顧與檢討兼備。這是一件艱鉅的任務，吃力不討好是必然的。當時我曾建議，寫這篇大文章最適當的人選是紀弦，或余光中，或瘂

*本名莫洛夫。發表文章時為東吳大學英文學系兼任教授，現已退休，旅居加拿大溫哥華，專事寫作。

弦（他久已封筆，卻未離詩壇，態度可能較爲客觀），但紀余二位遠處海外，聯絡不便，瘂弦則忙於聯副編務，以及促其發胖的飯局，而且他表示：最近他剛完成一篇〈現代詩的省思〉（即《當代中國新文學大系》詩輯的導言），有關現代詩的意見，已盡在其中。因此，最後仍推我執筆，而我也只好「臨危受命」，勉力一試。

這篇文章之難寫，主要是因爲有關現代詩的發展歷程和重大問題，都已在十年前《現代文學》（第 46 期）的〈現代詩回顧專號〉，我爲《中國現代文學大系》詩選所寫的序言，去年瘂弦寫的〈現代詩的省思〉，以及運年論戰的諸文中反覆討論過。老問題雖未完全解決，新鮮話題卻不多，因此我的構想是，1972 年以前的事，將以雜憶和反省的方式來處理，談的對象仍以「現代派」、「藍星」、「創世紀」、「笠」四大詩社爲主，而近十年來的發展，則側重於詩壇新貌的介紹與評述。既爲雜憶，寫來可能不夠系統化；人名和日期也可能不完全準確，但將盡量避免重複，瑣細與嘮叨則勢所不免。至於對近十年內現代詩的評介，由於我曾親冒現代詩大論戰的驚濤駭浪，的確也有話想說，只是耽心怕自己難以做到像局外人那樣的絕對客觀，讀者也不要寄望我寫得深刻，唯真誠是我的膽氣。

詩壇雜憶與省思

現代派的幾件公案

活水自有源頭，還是先從「現代派」談起。

凡討論中國現代詩的發展史者，首先總會提到 1930 年代期間師承法國象徵主義，出身《現代》月刊的兩位先驅——李金髮和戴望舒。1950 年代初期，紀弦在臺灣發動現代派運動，雖然理論上也源於法國象徵主義，及其他新興詩派，且以「現代」爲名，但他卻將中國新詩的現代化全面推展爲一項影響不僅限於臺灣一地的文學運動。當年他不但網羅了一百餘位年輕詩人組成「現代派」，發行機關刊物《現代詩》，更值得一提的是，他親手擬訂了態度明確的現代派六大信條，作爲他推行「新詩再革命」，倡導

「新現代主義」的指導綱要。大多數人承認，儘管這六大信條有的過於偏頗，有的是早期《現代》宗旨的舊調重彈，甚至有的顯得多餘，但無論如何，「現代派」確曾為 1950 年代的中國新詩開創了一個新局面，對日後中國新詩的發展具有決定性的影響。

　　紀弦倡導現代，反對浪漫主義，但他本性卻浪漫得誇張而可愛。他在 1967 年 10 月曾寫過一篇曠古絕今，令人拍案驚奇的妙文──〈自祭文〉，字裡行間充滿著近乎「一代詩霸」的口氣，其中有三句讀來令人側目：「你是這時代的鼓手，你是開一新紀元的中國新詩的大功臣，你是文學史上永不沉落的一顆全新的太陽」。前後兩句顯係誇飾之詞，而中間一句，紀弦倒是當之無愧。然而，也許正由於他的浪漫與任性，他對現代詩的主張，他為實踐六大信條而寫的一些當時保守人士視為怪異的詩，他為維護他的主張而相繼與寒爵、覃子豪、黃用等展開筆戰，以及後來遭到圍攻窮於肆應之際而宣布取消現代詩等等，不僅招致風風雨雨長達數十年的批評，且使得整個中國現代詩運動的進展發生質的變化，此一變化是好是壞，尚待史家評定。30 年後的今天，我們再來回顧這一段歷史，雖覺「現代派」已成往事，但仍有幾個問題有待客觀性的探討與澄清。

一、現代派的興起與結束：

　　大家熟知，「現代派」是在 1956 年 1 月 15 日在臺北成立的，這是中國詩壇一件大事，成立大會那天，我有幸代表「創世紀」遠從左營趕來列席觀禮。當紀弦以主席身分宣稱，請與會四十餘位詩人以鼓掌承認入盟，並宣告現代派的正式成立時，臺下頓時響起一片熱烈掌聲，唯獨我在座中四顧茫然，竟然生出一種被遺棄的難堪，但隱約中似乎又有一種傲世獨立之感。至於接下來的討論，選舉，以及紀弦的獨家朗誦會，現在我都已不復記憶了。我雖不屬「現代派」，但我能躬逢其盛，參加了這一歷史性的集會，可說我是「現代派」有史以來的第一個朋友。

　　「現代派」之成立，主要是人的結合。可是，臺灣的新詩在「新現代主義」的旗號下能掀起驚天動地的激變，開始推行紀弦所謂的「新詩再革

命」，追根溯源，恐怕得從《現代詩》於 1953 年 2 月間創刊那天算起，因爲我覺得，一個新文學運動的興起，不在組派，而在作品的發表與影響。至於「現代派」和《現代詩》何時結束？論者的意見頗不一致，有人認爲結束於《現代詩》第 21 期（1958 年 3 月出版），因爲自第 22 期起紀弦不再負責編務，交給黃荷生主編了。也有人認爲結束於第 23 期（1959 年春季出版），因《現代詩》的封面格式雖與以前相同，但內容已和「現代派」無關，楊牧即認爲從這期開始，事實上以紀弦爲象徵的「現代詩社」和「現代派」已告結束。不過，紀弦自己的宣告又不相同，但無論如何；總應以他的意見爲準。他在〈現代派運動廿週年之感言〉（刊於 1976 年 3 月《創世紀》第 43 期）一文中說：「是的，20 年了！『現代派』雖已於 1962 年春解散，《現代詩》也已於 1964 年 2 月 1 日出版了第 45 期之後停刊，但⋯⋯。」由此足證「現代派」運動是告終於 1962 年而無疑。

這個問題看似並不重要，我之所以提出來討論，原因有二，一是去年一群原屬現代派的詩人曾醞釀《現代詩》的復刊，且已廣發「綠林帖」一方面號召散居海外的「現代派」元老（包括紀弦）給予稿件和經費支持，一方面向國內各社詩人邀稿，但「復刊號」迄今尚未見出版。在我看來，「現代派」與《現代詩》既經紀弦公開宣布解散和停刊，也就罷了，如詩友有意辦一新的詩刊，與其襲用《現代詩》原名，何不另起爐灶？固然，雜誌休刊而復刊者，所在多有，如《創世紀》、《藍星》、《現代文學》等都有復刊之舉，但一則以上雜誌並未宣布停刊，只是休刊整補而已，再則《現代詩》情況不同，因它與「現代派」運動有關。紀弦在上述「感言」一文的最後一段中已說得很明白：「現代派何以會解散呢？那是因爲當時它已完成任務，沒有繼續存在的必要了。」「現代派」既已不存在，《現代詩》自然也就無復刊之必要。

其次，近年來我們的詩壇曾流傳一種似是而非的說法，認爲臺灣的現代詩，在年輕一代覺醒，並創出一種關心現實和社會而趨於明朗化大眾化的詩風之後，業已告終。這一看法與事實不符，不能不辨。試從歷史透

視，中國現代詩的發展雖與紀弦的「現代派」關係密切，但近年來事實上已逐漸遠離「橫的移植」的影響，而形成了一個新的主體‧中國現代詩並未隨「現代派」之亡而亡。詩壇近有所謂「中國現代詩」與「現代中國詩」之辨，我認爲這是多餘的，因爲發展到今天的現代詩，不應再被視爲西方現代主義的支流或附庸，而且在精神上和語言上都已歸宗於我民族文化的主流，其影響也廣被整個詩壇，並遠及海外華語地區。中國現代詩經過 30 年來的摸索，實驗，與修正，它那套自覺性的表現方法，目前已爲詩人普遍運用。現代詩已成爲中國詩這一活傳統中的主流，殆無疑義。

二、現代派的功過：

紀弦是「現代派」的掌門人，而且身兼「現代詩」的創辦人和主編、六大信條的擬草人和理論家，其他同仁唯他馬首是瞻。如果說「現代派」的功過也就是紀弦的功過，諒非臆測之詞，這可由紀弦在上述「感言」中一段話爲證：「……也可以說，這都是依照我的性格而行之，我要辦詩刊我就辦了，我要組詩派我就組了，一旦我感到厭倦，我就把它停掉，把它解散掉，一切不爲什麼，完全是一個高興不高興的問題。」

儘管早在發表這篇「感言」之前，紀弦即曾迭次公開宣布取消現代詩，儘管這次他又以「老子高興」如此情緒化的態度來處理與中國現代詩運動密切相關的歷史事件，但他永遠不能規避現代派功過的責任，甚至現代派影響整個新詩運動的責任。

現代派的功過究竟何在？根據紀弦這篇「感言」，在功方面，可歸納爲兩項：一是完成了新詩的再革命，促進了新詩的現代化；一是培養，或影響了優秀的「中年一代」詩人。至於他說：「影響所及，則不僅促進了中國新詩的現代化，抑且給予韓、日、菲、港、星、馬、印尼、越南、法蘭西、比利時，乃至美國詩壇以深遠之影響」，就未免誇大得離了譜。在過方面也有兩項：一是造成了大部分人詩風的晦澀，一是過分地注重理論。前一偏差誠然是事實，後一偏差則見仁見智，看法不盡相同。我倒覺得，「現代派」欠缺的就是現代詩理論的建立。紀弦本人並不長於理論，否則當不

致使六大信條留下那麼大的話柄。除了林亨泰之外,「現代派」同仁似乎都未在理論和批評上下過功夫。如果「現代派」當年在評論方面擁有一兩支清醒而犀利的筆,或許有助於現代詩某些基本觀念的澄清(如詩的「主知」和「反傳統」等問題),甚至可在紀弦擬訂六大信條時提供修正意見,使其更臻完善,而不致形成向西方一面倒的路線。詩人也許不必人人兼長創作和理論,但一個健全的詩派或詩社,則創作,評論、翻譯,甚至經理等各項人才,均不可少,否則陣容就顯得脆弱。

一般人攻擊「現代派」的另一項把柄是「反傳統」,這點紀弦在「感言」一文中也有所辯,他說:「現代主義者反傳統,也就是反 19 世紀浪漫主義傳統的意思,而一般無知的文士,誤以為現代派所反的傳統即『中華文化之道統 』……實在是一個天大的笑話。」言下憾憾不已。我們的確未從「六大信條」,以及紀弦的「現代派信條釋義」中發現有反中國傳統的字跡,可是第一信條「揚棄並發揚光大包含了自波特萊爾以降一切新興詩派之精神與要素」,和第二條「新詩乃橫的移植,而非縱的繼承」,其中確無法否認有反中國文學傳統的強烈暗示。如果當年紀弦與「現代派」主要分子具有審慎的遠見,在擬訂信條時刪除第二條,並把第一條中的「精神與要素」字樣改為「表現技巧」,就可為今天留下辯護的餘地。

三、「橫的移植」論之再檢討:

現代派六大信條中,最為人非議的當然是「橫的移植」論,這也正是國粹派保守人士和詩評家攻擊現代詩的彈著點集中地。坦白說,1950 年代的年輕詩人雖絕大部分都曾受到「現代派」倡導的新詩現代化之影響,但很少人用心去研究過「現代派」的信條,而「現代派」的詩人群恐怕大多也只是跟著起鬨,未加深究,當然更沒有誰嚴格地遵守這些信條去寫詩。其實,自五四以來,我國新文學運動即有全盤西化的傾向。中國的新詩,不論格律派或自由派,一開始就被籠罩在英、美、法、日等國詩理論和創作的陰影下,紀弦只不過為了反西洋浪漫主義之情緒告白,而把新詩向西方現代主義推進一步而已。據我們對紀弦個性的了解,他是一個任性而喜

歡熱鬧的人，組派能搞得戲劇化，轟轟烈烈一番，也就滿足了，至於如何引導「現代派」走向一正確的、較理性的坦途，並考慮到對後世的影響，則非他所計，因此在備受攻擊的情急之下，他只好宣布解散現代派，取消現代詩。

　　然則，30 年後的今天，尤其當強烈得近乎義和團式的反西化的浪潮衝擊著詩壇時，竟然發生一些「矯枉過正」的現象，才識俱淺的詩人乃假借反晦澀，反現代之名，追求大眾化、明朗化的假象，大量製造出一批既無詩趣，淺白而又庸俗的散文化的東西來。一個人盡吃青菜豆腐，難免營養不良，這時渴望吃一客用新方法烹飪的牛排炸蝦，不也是一種很正常的反應嗎？因此，當我們回頭來檢討「現代派」的詩觀時，就會發現那些曾被攻擊得體無完膚的主張，並非一無是處，而且覺得「新詩現代化」還真是一個莊嚴的口號，其嚴肅性即在於它那破舊創新，絕對開放的精神。就在這種精神的啟發下，30 年來「現代派」同仁和其他非「現代派」詩人，都曾創下許多高水準的，並不悖於中國文學傳統的作品；就意象的經營和技巧而言，似乎迄今尚無人超越，經過冷靜思考後，我們也許會發現，現代派六大信條中；最重要且能真正發生積極性影響的，不是第一和第二條，而是第三條：「詩的新大陸之探險，詩的處女地之開拓，新的內容之表現，新的形式之創造，新的工具之發現，新的手法之發明。」也正是林亨泰所謂的「方法上的自覺」。如果當年紀弦在「現代派信條釋義」中，把「橫的移植」解釋為西方現代詩各流派的表現技巧的中國化，就比較易為國人接受了。

　　一般人很難諒解「文學無國界」這句話，但如我們說「技巧無國界」，想必就無可爭辯了，其實紀弦的「橫的移植」論，乃基於一種泛世界詩觀。現代詩亦稱之為「移植之花」，照紀弦這種詩觀看來，由於這株花是種在中國的土壤裡，它之能迎風綻放，搖曳生姿，主要歸功於外來科學方法之培養，本質上仍是一株中國花。

——選自《中外文學》，第 10 卷第 12 期，1982 年 5 月

中化「現代」
紀弦、現代詩與現代性

◎楊宗翰[*]

一、

　　隨著臺灣現代文學在文化、教育諸場域的合法性日漸穩固，「臺灣現代文學史」此概念與學科之重要性越來越得到各方的關注。有許多現代文學創作紛紛被列入「經典」之林（或「頒定」其為中學、大學教科書必讀文本），也幾乎所有的大專院校都開始接受、開設這方面的相關課程。我們可以肯定，透過教育與傳媒體系的大力推展，在不久的將來，要求本地知識分子腦中能清楚繪出一幅幅「臺灣現代文學史」地圖，應當不算太過奢侈的期待。以此觀之，情勢似乎一片大好。

　　還是應該比較謹慎地期待？在一片大好聲裡，筆者驚覺幅幅地圖居然互相拷貝，抄襲前幅錯誤後又不意另贈下幅一點曲解；讀書授業者既來之則收之，僅憑二三《臺灣文學史》欲一窺文學發展之轉折，在缺乏一手資料的大量吸收與親自判讀下，往往盡信書反受盡書害。筆者除駭然於幅幅地圖竟如此之相近，亦對當今讀者少能接觸、重讀第一手史料而深感遺憾。不論是創作或批評文本，它們都有待更多人透過閱讀來開掘其礦脈、重估其啓示與價值。筆者於此即試圖透過重讀紀弦——一位至今仍自認是帶新詩火種來臺灣的詩人[1]——的詩論去切入 1950 年代至 1960 年代初期臺

---

[*]發表文章時為靜宜大學中國文學研究所碩士生，現為東吳大學中國文學系兼任講師。

[1]紀弦在最近的文章中仍然提及：「人們說，中國新詩復興運動的火種，是由紀弦從上海帶到臺灣來的。這句話，我從不否認。」見紀弦，〈三個關於〉，《聯合報》副刊（1999 年 8 月 18 日），第 37 版。

灣現代詩史，思辨「現代性」議題在其中如何開展、戒慎、閃避。[2]這次的討論亦將涉及後殖民地臺灣在文學史上呈顯或隱伏的各式權力鬥爭（power struggle）——例如下文所舉出的「現代性」與「民族性」兩者。此一詮讀方法若能成爲臺灣現代詩史觀察／建構過程裡的可能取徑，似也不失爲「重寫文學史」一可行的契機。

在進入正文前，筆者有必要再對本文題目略作解釋。關於「現代」此一問題，筆者在 1999 年發表的〈追尋「現代」〉一文裡曾作了初步的探索。我在文中說明了「現代」一詞與 modern 在中、英文裡的詞彙根源與意義演變，並舉楊熾昌（水蔭萍）與紀弦爲例，試圖抽樣探索「現代」與國族議題的互繫糾結。文中指出：

> 殊不知臺灣詩在追求「現代」的過程中，與國族議題的糾葛實在是難分難捨，也所以使我們的詩無法也終不可能達到所謂「爲藝術而藝術」。這不僅是源自外界之批判質疑，詩人本身在國家機器內不斷的自我檢查更是主因。無論是戰前的殖民地型態或戰後的「白色民主」，詩人同樣要持續回應、自我解釋關於創作主體與國族間的問題——不管你是支持或反對主政者的意識形態，皆不可免。後人隨便冠上一個「脫離現實」，不僅是失察，簡直忘了「現實」如何能輕易一「脫」。[3]

當然，此文對臺灣文學之「現代」議題的考察只能算是初步的探尋，但筆者在文中已一再申說：所謂文學的「現代」，不應該只有一種、也不可

---

[2] 除了某些特別標示處，本文所使用「現代性」（modernity）詞較不強調社會學家們（例如 Anthony Giddens）經常談論的那些面向（雖然和它們無疑有很密切的關係），而近於 Matei Calinescu 所謂的「美學現代性」（aesthetic modernity）。此一「美學現代性」表現出一種強烈反對重視世俗、功利與實用價值觀的「中階級式的現代性」（bourgeois idea of modernity）在文藝上就形成了象徵主義、前衛派等等創作傾向。關於兩者間更詳細的區別，請見 Calinescu, Matei. *Five Faces of Modernity*. Durham: Duke UP, 1987, pp. 41-46。

[3] 楊宗翰，〈追尋「現代」——一個臺灣詩學觀點的嘗試〉，《創世紀》第 118 期（1999 年 3 月），頁 105。

能只有一種。這個觀點在〈追尋「現代」〉裡並未嚴謹地加以詳細討論，以至於和前述對國族議題的思考間似乎產生了「鬆脫」。因此，筆者這篇〈中化「現代」〉即有意藉由對紀弦詩論的思辨掌握，去勾勒臺灣產生的「另一種『現代』」——即本文所謂「中化」（中國化的簡稱）的「現代」[4]——型塑、變貌之初步過程。

此外，必須指出筆者之所以撰寫這篇文章，部分也是爲了回應王浩威〈一場未完成的革命〉[5]一文所引起的討論。王氏此文的提問當然相當值得深思，而他對現代主義與現代詩史的詮釋——藉助了不少「新馬」（Neo-Marxosm）觀點所作成的解釋——雖不失新意卻也隱含著不少問題。當年已有廖咸浩分別從屬性、區分及「現代——後現代」間關係等諸方向加以質疑[6]；奚密亦透過臺灣與西方現代主義的比較觀照，並將前者置入五四以來現代漢詩的歷史語境裡研討，試圖描繪出臺灣現代主義的獨特性[7]，這三篇文章其實都多少觸及了臺灣現代主義詩潮的歷史定位與評價問題；從奚密犀利而雄辯的論說中，更可見其欲爲臺灣現代主義詩與詩學定調的企圖。但相較於她針對各方論述之洞見與不見予以宏觀式的分析（且主要集中於 1970 年代的現代詩論戰），筆者此文將另採微觀式的個別詩論之剖析，研究對象則是 1950 年代到 1960 年代中期最有影響力、或可說是最具代表性的詩人紀弦。

---

[4]與近人耳熟能詳的「西化」論述相較，本文所謂的「中化」純爲筆者個人杜撰之詞，但筆者認爲並沒有什麼「生而自成」、「本質式」的「西化」或「中化」——它們都（將）是被援用者反覆建構而成的論述。當然，我們也不可忽略此類論述的「實用」性質：作爲（哪怕只是無意識或想像地）解決，舒緩自身與國家、民族的迫切生存危機或極度苦悶壓抑之工具。

[5]王浩威，〈一場未完成的革命——關於現代詩與現代主義的幾點想法〉，《臺灣詩學季刊》第 3 期（1993 年 6 月），頁 201～214。

[6]見廖咸浩，〈評王浩威〈一場未完成的革命〉〉，《臺灣詩學季刊》第 4 期（1993 年 9 月），頁 26～28。

[7]見奚密，〈從現代到當代——從米羅的《吠月的犬》談起〉，《現當代詩文錄》（臺北：聯合文學出版社，1998 年），頁 13～23。

二、

詩人與詩運領袖，無疑是紀弦最足堪匹配的兩個名銜。一來，從中國大陸到臺灣，他上千首詩裡不乏頗有影響力的傳世之作；[8]二來，在他詩文中「隱藏作者」（the implied author）自身那種難以掩飾的浪漫主義氣質，[9]以及兼帶些許狂傲的各式「宣言」或自我塑像（例如他為數不少的自畫像），在在說明了這一點。但紀弦畢竟稱不上是詩論家。蕭蕭在評述 1950年代新詩論戰時，行文間曾點出紀弦本人「不擅長理論」[10]；雖然此一說法在文中缺乏詳盡的論證，但他之所以會有此一論斷，恐怕也不是毫無根由的。我們若檢視紀弦已出版的三本詩評論集（分別是 1954 年的《紀弦詩論》、1956 年的《新詩論集》、1970 年的《紀弦論現代詩》），將會發現其中就詩人詩作加以評析的文章在數量上遠不及那些思考、傳釋詩之本體議題者。換句話說，所謂的「詩批評」在所占比重上不如「詩論」來得多——這至少表示，紀弦對於後者應當十分重視。既然如此，為何會說他「不擅長理論」呢？筆者以為：問題的癥結並不在於比重上孰多孰寡，而是無論就現代西方或當代中國的標準加以檢視，紀弦這一類的「詩論」明顯缺乏一種建構美學概念時必須具備的嚴整思辨與獨創性格，不過我們必須強調，這並不是說它們全然毫無價值可言；筆者反而要指出，其價值正在於使我們認清，這些討論議題看似頗為繁眾紛雜的文章，其背後所指涉、籲求的其實都集中於「個體自由之解放」此一目標上。當然，這和詩人本身

---

[8]在後現代之風大熾的今日，評論文章裡仍用「影響力」或「傳世之作」此類詞語似乎顯得有些可笑；不過筆者於此所要強調的不是文壇關係網絡或是否列入某某「經典」名單之類的問題，而是指 Harold Bloom 所謂提出的後輩詩人對前代強勢詩人的誤讀（misreading）之類的「影響」。奚密曾撰〈從現代到當代〉一文比較 1942 年紀弦〈吠月之犬〉與 1990 年陳黎〈吠月之犬〉二詩，文中雖沒有明確提到這個觀念，但至少筆者是以此策略來進行閱讀與詮釋的。當然，紀弦作為一名強勢詩人，整個臺灣文學史中此一類型的「影響」絕不會只有陳黎這個孤例。

[9]儘管紀弦一再聲稱他反對浪漫主義，但這應該是指相對於他所推行的現代詩運動，浪漫主義（主要是其慣用的表現手法）是最要不得的。不過就紀弦絕大多數詩作觀之（特別是他所謂的「自由詩」），其中「隱藏作者」的浪漫主義氣質卻非常鮮明可辨。

[10]蕭蕭，〈五〇年代新詩論戰述評〉，封德屏主編《臺灣現代詩史論》（臺北：文訊雜誌社，1996年），頁113。

的浪漫主義氣質有相當程度的關聯。

　　到底這種「個體自由之解放」籲求在紀弦諸多「詩論」（按：為應行文之需要，本文對此詞一概採取較寬容的認定）裡如何呈現抑或隱伏？關於這個必須仔細處理的核心問題，筆者以為可從紀弦對詩和詩人所提出的要求及其對詩運、詩潮的描繪這兩點加以檢視。早在 1952 年，紀弦就已在他自己主編的《詩誌》第 1 號——也是唯一的一號，比赫赫有名的《現代詩》更早出版——用另一筆名青空律發表〈詩論三題〉一文，其開篇第一題就是「論『我』」，茲錄於下：

> 詩，連同一切文學，一切藝術，首先必須是「個人的」。唯其是個人的，所以是民族的；唯其是民族的，所以是世界的。唯其是個人的，所以是時代的；唯其是時代的，所以是永恆。因為在每一個詩人，每一個文學家，每一個藝術家的「我」裡，有他所從屬的民族之民族性格，有他所從屬的時代之時代精神。而這民族性格，時代精神，又必須是藉一個詩人，一個文學家，一個藝術家之「我」的表現而綜合化，具體化於其作品中，方能成為活的，有生命的和發展的。否則，它們止於是一個抽象的，概念的無生物罷了。所以否定了「我」，否定了「個人」，便沒有詩，沒有文學，沒有藝術。詩人啊，忠實地表現你自己：這才是比一切重要的！[11]

　　以今日標準視之，這些說法乍看之下似乎無甚高論；但放在 1950 年代初期國民黨政府剛自大陸全面撤退到臺灣的敏感時刻，一片全民一心反共抗俄的整體化、齊一化大潮裡，一個小小的文化人竟敢妄言談「我」，畢竟這代表著一種與國家大敘述相對抗的聲音——儘管這個「對抗」之聲如此微小，如此隱蔽。不過我們還是得仔細閱讀這段文字：雖然「個人的」被

---

[11] 青空律（紀弦），〈詩論三題〉，《詩誌》第 1 號（1952 年 8 月），頁 3。

標舉爲首要標準，但是文中仍然不忘「個人—民族—世界」與「個人—時代—永恆」環環相扣的聯繫。而作爲一個藝術家的「我」，卻仍有其「所從屬的」民族性格與時代精神——雖然後者須經由「我」的表現方能綜合化、具體化到作品之中。我們不禁要問：紀弦到底想說什麼？爲何非得要這樣說？

　　答案仍須從「個體自由之解放」這個訴求裡找起。紀弦文中雖以「論『我』」爲主題，卻處處可見其依然十分在意民族、時代、世界、永恆等等大敘述（Grand Narrative）的存在。這類大敘述對個體自由而言，當然是一道又一道解放路途上的阻礙。諷刺的是，爲了證明獨立的、個體的「我」之合法性，紀弦卻必須將這些阻礙與敵人——請至文本場域中現身，彷彿是讓它們來替「我」背書：作爲一個個體的「我」無論如何追求自由、追求解放，都絕對不會超出這些大敘述所能容忍的範圍與界限。綜言之，「民族」、「時代」等等符號的一再出現，正是代表「論『我』」此篇的作者不斷要求自身必須處理個體自由與彼時主宰性論述（dominant discourse）間商議、折衝乃至於妥協的關係，對 1950 年代初期身處臺灣的詩人而言，會有這種不間斷的自我要求，乃因爲在那樣特殊的時空下，存在著一種深入到每個創作者思維之內底的集體潛意識。此一集體潛意識實源於眾人對於激進的、革命的訴求之恐懼、閃避與壓抑（repression)，由此壓抑所形成的潛意識又將變形而表現爲各種的意識形態。[12]筆者正是欲透過紀弦此類敘述（narrative）所表現出彼時這群敘述者們（narrators）——詩人、畫家、藝術工作者等等——的意識形態，來觀察、詮釋 1950 年代初期文人集體的「政治潛意識」（"political unconscious"）。[13]

---

[12]在正統馬克思主義的思考裡，意識形態（ideology）被視爲是統治階級爲加強統治，對被統治者灌輸了整套對社會現實錯誤的認識，屬於一種必須加以批判的「虛假意識」（false consciousness）；詹明信（Fredric Jameson）則不依此說，他聲稱意識形態亦有其正面意義，因爲它們都是烏托邦性質的（Utopian）提供了美好的未來遠景，以紓解人的衝動、不安與焦慮，更進一步的論證，請參見 Jameson, Fredric. *The Political Unconscious: Narrative as a Socially Symbolic Act*, Ithaca, N.Y: Cornell UP, 1981, p281-299。

[13]詹明信認爲，「一切文學，無論其多麼虛弱，都必然含有我們所謂的政治潛意識，即一切文學都

　　前引紀弦之例正告訴我們：在那樣的政治、社會與文化情境裡，任何理念或思想在被具體化爲文字之前，總已（always already）於敘述者的自我心理檢查機制中「去蕪存菁」過。更有甚者，敘述者還會在行文間另行召喚各式對抗性論述，藉由將它們大量穿插與使用的機會，概念與概念間的關係也由傾軋、相抗逐漸轉變爲商議抑或妥協。在這些對抗性論述中，「民族性」又是一道特別顯目、鮮明且好用的王牌。在那個「民族至上」的時空背景裡，文學界再怎麼激進的個體自由訴求也終將是殘缺的——因爲「民族性」將無所不在，逐步把原來的革命與解放意念——稀釋，讓這些原來十分激進的訴求修正、改造爲自我制約的文字呈現。這點在紀弦的詩論裡相當明顯，除了前述「論『我』」之例，在他對詩運、詩潮的描繪上更清晰可見，只是這次主角換成了「現代性」與「民族性」兩者。

三、

　　今人議論紀弦之功過，「橫的移植」絕對是第一項被檢視的主張。愛之痛之，惜之棄之，這些各持己見的論者多年來卻鮮能脫離情緒化或（中式？臺式？日式？）民族主義的思考模式，並往往糾結於「現代派的信條」或「現代派信條釋義」裡的若干文字，卻忽略了紀弦提出此一聲稱背後整體的支援性思維。其實，「移植」之說何新之有？中國自晚清以降「採取泰西之法」、臺灣自日治以來的資本主義化，難道沒有絲毫「橫的移植」精神嗎？就文學而言，中國自李金髮、戴望舒到「九葉」諸人、臺灣的「風車」成員們，不是更早實踐著「橫的移植」嗎？光從這幾條「信條」的文字裡去找問題、把研究焦點停留在 1956 年「現代派」之成立日，未免太過綁手綁腳了。連紀弦自己都說：「其實從第二年春季號開始，封面上就一直都印著有『THE MODERNIST POETRY QUATERLY』的字樣，而我們

可解讀爲對群體命運的象徵性沉思」，（Jameson, 70）、「審美行爲本身就是意識形態的，而審美或敘述形式的生產將被視爲一自身獨立的意識形態行爲，其功能就在於對不可解決的社會矛盾，發明出想像的或形式上的『解決』」（Jameson, 79）。

對新詩的基本看法和立場，也早就在創刊號的宣言上有所明白揭示，足以
證明我們是一開始就以現代主義者的自覺而出發了的；只不過遲至年前，
鑑於時機成熟，方有組派之舉，而使這個無形中老早存在了的詩人們的集
團進一步在形式上見諸具體化罷了。」[14]其實還可以更往前推，1952 年刊
於《詩誌》中〈詩論三題〉的「我之詩律」，甚至是 1951 年「新詩」週刊
的發刊辭中，都可見紀弦已把這些「信條」的主要精神做過交代，只差沒
有直接寫出「橫的移植」這四個字而已。

　　今日我們思辨紀弦詩論與臺灣現代詩發展史間的關聯，僅浮略地談諸
如「橫的移植」之功過顯然是不足的。至於那些好用「旗手」、「前鋒」、
「先驅」等等頗爲輕易且流於空泛的標籤之「研究」，當然更屬等而下之。
筆者以爲，我們須要進一步參照、檢視彼時的論述場域，研究戰後臺灣詩
史中這種藉由「橫的移植」以追求「美學現代性」（"aesthetic modernity"）
的努力，是如何被對抗性論述介入其型塑之過程，最終使得 1950 年代至
1960 年代初期誕生的「現代」產生了**質變**：它實在並非西方式的決絕、全
盤性之斷裂（rupture），而是一種摻雜著中國「民族性」的現代想像，這兩
者（按：即現代性與民族性）在文本中竟能以某種協商（negotiation）關係
奇特地並存著。因此而形成的（另一種）「現代」即筆者所謂「中化『現
代』」。既出之研究皆著眼於彼時文人如何努力追求「現代」，卻不見對此
「現代」之性質、成分有所檢驗。這項工作，正可從紀弦詩論開始。

　　今日臺灣現代詩史的研究者，幾乎一致肯定紀弦 1950、1960 年代最大
的貢獻，在於明確倡議要追求詩之現代性。作爲一名詩運的重要參與者與
推動者，此時的紀弦自己又是如何詮釋他正經歷著的這段臺灣詩史？若依
時序閱讀紀弦所發表的相關文章，我們會發現隨著他倡議重點的轉換，答
案應該分爲兩種：至 1960 年〈新現代主義之全貌〉爲止，他是將「新詩的
再革命」分爲自由詩運動與現代詩運動兩大階段，筆者稱此爲「兩階段

---

[14]紀弦，《紀弦論現代詩》（臺中：藍燈出版社，1970 年），頁 17。

說」；由 1961 年〈從自由詩的現代化到現代詩的古典化〉始，除了自由詩運動與現代詩運動外，又加上了古典化運動，筆者稱之爲「三階段說」。無論是兩階段說還是三階段說，「新詩的再革命」此一命題始終是和紀弦對於現代性之關注緊密相繫著。不過，要將各個階段獨自的時域範疇明確地標出有其困難，原因有二：1.作爲一種推展中的運動，它們彼此之間的時域常常是互相交疊的；2.紀弦提出這些說法主要是爲了宣揚與推廣，鮮能考慮到它們各自之性質是否適合相提並論的問題。關於第一點，紀弦自己在 1961 年爲文倡議「現代詩的古典化」時也承認：「是的，直至今日，這還是一個自由詩的時代。自由詩的路還沒有走完。而在自由詩的世界裡，還有許許多多高山大川沒有被人發現；還有好大一片處女地有待開墾。對於有寫自由詩的才能的人們，這還正是一個大有作爲，大可以一顯身手的時候」[15]；至於第二點，筆者主要是針對「古典化運動」與前兩者有性質上的差異，不妨留待後面論及此運動時一併處理。

就性質而言，紀弦爲「自由詩運動」所撰寫的文章都收集在《紀弦詩論》與《新詩論集》兩本書裡（分別出版於 1954、1956 年；後者的一些篇章，已經觸及到「現代詩運動」的部分議題）。〈論新詩〉一文之「詩形種種」部分[16]即對「自由詩運動」的歷史源流有所陳述：從中國五四運動以降，先有「胡適的『嘗試』時代」開先鋒，紀弦依習慣稱之爲「白話詩」；再過來有冰心的「小詩」繼起之；而後「新月派」的出現，紀弦以爲是「正式把西洋的『舊』詩形介紹至中國來了」、「這和當初文學革命的主旨完全不符合，因爲被解放了的『新詩』到了他們手裡，又給加上了枷鎖」；至於接下來的「左翼」詩潮，紀弦更是全面批判，斥其荒謬地「以爲『革命的詩』就是『詩的革命』」；而後，紀弦肯定中國大陸「現代派」崛起的價值與意義：它在詩的內容上對抗著聲勢浩大的「左翼」詩潮，在詩的形式上對抗「新月派」權威化了的詩形。既在內容層面能夠掌握詩素，在形

---

[15]同上註，頁 29。
[16]請見紀弦，《紀弦詩論》（臺北：現代詩社，1954 年），頁 11～12。

式層面又能發揚自由詩的特點，紀弦自然給予了很高的評價。他歸結道：
「今日的自由詩，雖則大體上是從『現代派』的影響發展了下來的，但是
和那時的又有了許多不同之點。」這些「不同之處」為何？文中並沒有再
進一步說明。1957 年紀弦為回應他人的攻擊，寫了一篇〈詩情與詩想〉，
其中有一段正在解答此一疑問：

> 須知從前大陸上的「現代派」和我們不同，未可斷章取義，相提並論：
> 它們在技巧上較為幼雅，同時在認識上也不夠深刻，而尤其可遺憾的是
> 在抗戰期間，它們多半左傾起來，走上了標語口號的末路，那有像我們
> 這樣的民族意識！但在新詩發展的過程中，他們自有他們的功績，不能
> 昧著良心予以一筆抹煞；而我們則有我們的抱負：我們以新詩的再革命
> 為己任，這與作為 20 世紀世界文學之主潮的整個現代主義文學運動相呼
> 應，相一致，並且是它的一環。我們是如此的自覺；然而他們是不自覺
> 的……（引按：中略）也許至今還會有人問到我們：「你們為什麼要組派
> 呢？」我們的回答是：「為了詩本身的革命。」這便是我們和從前大陸上
> 的「現代派」主要不同的地方了。[17]

　　細繹上引之文，紀弦除了以是否自覺地追求世界性的現代主義運動為
答案外，另一個重點卻在於「民族意識」的有無。但是被問到為何要組織
「現代派」時，回答卻是：「為了詩本身的革命」。既然要就詩而論詩地追
求美學現代性，這段敘述裡怎麼又把「民族意識」給帶了進來？這兩個觀
念似乎是有衝突的。但是筆者於此所強調的「衝突」，並非指「傳統—現
代」（"traditional vs. modern"）間的衝突，而是「中產階級式的現代性—美
學現代性」（"bourgeois idea of modernity vs. aesthetic modernity"）間的衝
突。要知道，作為一種「想像的政治共同體」而誕生的「民族」[18]，在中國

---

[17] 紀弦，《紀弦論現代詩》，頁 24。
[18] 參考自班納迪克・安德森（Benedic Anderson）著；吳叡人譯，《想像的共同體：民族主義的起源

是遲至晚清才漸漸普及的概念。它本質上是一種現代的想像形式，爲人類意識在步入「現代性」過程裡的一次深刻變化。它既然也屬「現代性」的一支，我們當然不能將之歸諸於「傳統」範疇。但中國在晚清之所以會產生此一「民族」的概念或說是「民族意識」，與飽受西方列強衝擊而產生的強烈危機感有相當程度的——但並非是全然的——關係。因此，筆者認爲，「民族意識」在中國的誕生／生產，的確難脫目的與實用性的因素。正是在這一點上，它必須被劃入「中產階級式的現代性」——講求實用與功利、崇拜理性與科技、世俗大眾的標準等等——之列，而與作爲其強烈批判者的「美學現代性」分而觀之，但是紀弦竟會在同一段敘述裡將此矛盾、敵對的兩者並置一處，這到底怎麼回事？

因爲日據時代臺灣新文學傳統與中國五四新文學傳統部分甚至全面地斷絕，彼時臺灣文化界普遍呈現一片保守之風。紀弦爲了能讓己說在爭鬥激烈的論述場域取得合法性甚至主導權（hegemony），以「民族意識」這類符合世俗大眾標準的概念來掩護他在文學方面的激進訴求，就成了可資利用的手段。但是這種引入對抗性論述以求得掩護的「手段」最終之後果卻不是紀弦自己所能夠控制的。我們發覺，隨著這些「手段」的大量使用，紀弦所追求的「美學現代性」已與「中產階級式的現代性」由對抗關係漸漸轉變爲協商關係。[19]所謂協商關係，並不是誰屈服於誰的上下位權力關係；而是特指在同一個文本的字裡行間，兩種論述如何取得各自所需的位

與散布》(*Imagined Communities: Reflections on the Origin and Sprend of Nationalism*)（臺北：時報文化出版公司，1999 年），頁 10。

[19]因爲篇幅的關係，我沒有辦法將第一階段裡這些文本中的協商關係全數舉出、一一處理。但筆者願意提醒大家注意〈論新詩〉中另一篇「移植之花」，作者以爲：「新詩的第二代，在中國和日本，不僅是愈更精湛、純粹、堅實、完美，呈其枝繁葉茂之姿，幾乎要趕上了世界的水準，抑且成爲了中國之大陸風的民族文學，成爲了日本之島國風的民族文學，各各於其內部，織入並活著有本國的民族性格、文化傳統，而在文化類型學原理之一的『凡文化必爲民族文化』這一大前提下，它們是取得了存在的理由和普遍發展的資格，而不爲任何既已被革掉了命的舊文學之『形式復古』的反動勢力之摧殘與破壞了」，見紀弦，《紀弦詩論》，頁 9～10。細繹這段文字，紀弦固然指出了一個極其理想化的文化交流模式，卻也不忘強調自己倡議的「移植之花說」與「民族文化」的緊密關係，已足以取得「存在的理由」和「普遍發展的資格」。「民族意識」、「民族文化」等等在此已不僅是一種可資利用的「手段」，更成了一種「必須」。

置——一種共同認可，互相容忍的安全位置。本文第二節所提及之個體自由與主宰性論述間的關係，亦常如觀之。依此，我們不禁要質疑：既然這些詩論裡有著這樣的協商關係在，後人屢屢批判當年紀弦倡議「橫的移植」諸說太過激進（radical）動輒敬贈一頂「西化」、「蒼白」、「脫離時代」的大帽子，是不是也有問題呢？關於這點，我們在第二、三階段——現代詩運動與古典化運動——裡將得到更明確的解答。

四、

　　要談「現代詩運動」，必然要討論此運動所惹起的「現代主義論戰」。[20]迄今雖已有多人撰文評介過此論戰之始末與意義，但是筆者認為稍早紀弦與寒爵間的交鋒還是被太輕易地忽視了。[21]在《現代詩》第 13 期紀弦才正式宣告「現代派」已成立，馬上就引來寒爵一篇〈所謂「現代派」〉的質疑文章，紀弦因此還得撰文對「現代」重新釋名詮義一番，再三申說那些是應保留的、那些是須丟棄的……，凡此種種，筆者已有初步分析，茲不贅述[22]。在這一詰問一回應間，其已將隔年「現代主義論戰」中許多的爭論處一一點出。例如紀弦於此中強調「既不學習波特萊爾的行為，又不提倡波特萊爾的思想，只是研究他的表現方法」、「我們是今日中國的現代派，不是法國的頹廢派」、「一切藝術是為人生的。但，只有在為藝術而藝術的創作態度之下所產生出來的才能是真實的意味上的為人生的藝術」[23]，這幾點接下來一系列的論戰文章中也不斷被重複使用著。

　　我們可以發現，紀弦在「引進」、「移植」諸如波特萊爾、阿保里奈爾

---

[20]關於這場論戰經過的介紹，可參見蕭蕭，〈五〇年代新詩論戰述評〉，《臺灣現代詩史論》。他在文中指出：「1957 年覃子豪與紀弦的『現代派論戰』。之後，雖然主張『主知』、『橫的移值』的是紀弦，主張『抒情』、『縱的繼示』亦不可忽略的是覃子豪，其實，真正的走向是：紀弦以詩言志，詩中都有生活裡可以依循的本事；覃子豪則逐漸深化其詩，詩中的知性、思理愈增繁複而深濃」，頁 116。

[21]請見紀弦，〈對〈所謂「現代派」〉一文之答覆〉，《現代詩》第 13 期（1956 年 4 月），頁 70～73。

[22]楊宗翰，〈追尋「現代」——一個臺灣詩學觀點的嘗試〉，《創世紀》第 118 期，頁 106。

[23]同註 21，頁 72～73。

及其他超現實主義詩人的「花」時，其實是非常「自制」的。他設定了一個中西文化交流的「理想模式」：只要「表現方法」，不要其他；不是西洋某國某派的翻版，而是「今日中國的現代派」——在〈從現代主義到新現代主義〉這篇回應覃子豪的文章裡，他又將之稱爲「後期現代主義」或「新現代主義」。[24]爲了證明後者跟「原來的」現代主義有所不同，紀弦非常自覺地與美學現代性的其他可能面向——如頹廢派（decadence）——撇清關係。這也就是他所一再強調的「揚棄」，而對於另一個面向——超現實主義，他的態度卻頗堪玩味：

> 倘問如何揚棄與發揚光大，在這裡，我可以舉例以說明。例如，對於只有破壞毫無建設表現爲藝術上極端虛無主義傾向的達達主義，以及阿保里奈爾試作美術之行動的立體詩，現代派是從未「標榜」過的，僅對其反傳統的勇氣寄以同情而已。而這，就是有所揚棄。至於繼達達派的破壞之後開始走上建設之途的超現實派，在其企圖現實之最深處的一點上說來，實在是一點也不超現實的；不過所謂「自動的記述」，則爲現代派所不取。在歐美，給予現代主義以相當深的影響的，主要的源流有二：一是超現實主義，另一是象徵主義。而在這兩者之間，現代派是偏重了後者的。我並不否認現代派的詩風，偶或多少帶有一些超現實主義的色彩，但這乃是基於表現上的有必要，而且現代主義究竟不是超現實主義，同時我也並不是一個超現實主義者，覃子豪先生慣於信手給人戴上頂大帽子，這是最最要不得的。[25]

> 總之，我絕對不是一個超現實派，我永遠不承認。我的朋友也不是的。我的學生也不是的。跟我一樣，他們都是新現代主義者。不過，說老實話，正如我之表同情於一切反傳統的新興詩派，我對超現實派那種革命

---

[24]紀弦，〈從現代派到新現代主義〉，《紀弦論現代詩》，頁59。
[25]紀弦，〈六點答覆〉，《紀弦論現代詩》，頁92～93。

的精神倒是一向寄以同情的。因為要是不把舊的打破,何能建設新的?這和建設民國必須推翻專制是同樣的道理。但請黃用先生不要誤會,阿拉貢、艾呂雅等之終於變成布爾希維克的走狗或同路人這卻是我所絕對不同情的,我的反共,非自今日始,遠在三十年前,當我還是一個中學生的時候,就已經開始。我對一切左傾文人深惡痛絕,不只是阿拉貢、艾呂雅等而已。但是超現實派當初的革命運動是純潔的,那種反傳統的精神是值得欽佩的,它們繼達達派的破壞之後開始走上建設之途,藉「潛意識」之追求以擴大詩的領域是有功的。所以我的同情,也是限於這一點上而已。[26]

　　依前引文觀之,對紀弦來說,超現實主義最值得欽佩之處是其反傳統精神,最值得學習的則是其(部分的)表現手法。他還不忘特別強調,自己長期對於左翼文人的深惡痛絕,好使「左派」這個大帽子不至於扣在自己頭上。可是他對這個「開始走上建設之途的超現實派」真正的意圖與精神並沒有更深入的探索。難道僅用「反傳統」一詞就足以概括一切?恐非如此。

　　在它最初的誕生地歐洲,超現實主義是屬於 20 世紀初歐洲前衛運動之一環。據培德・布爾格伊的研究[27],前衛運動對於彼時文學藝術與社會生活的脫節情況深感不滿。它的意圖正在於自主性藝術的廢除,這意味著要將藝術重新整合到生活實踐之中。當然,就結果而論,這個企圖並不算成功。不過我們現在並不是要爭論它在歐洲究竟成功與否,而是要問這遠渡重洋「移植」而來的超現實主義,在臺灣究竟被打扮成什麼模樣?有沒有要重新將藝術與生活結合的企圖?答案是:沒有。在紀弦非常「自制」地「引進」、「移植」之下,臺灣彼時的超現實主義詩風裡,可說完全沒有呈

---

[26]紀弦,〈多餘的困惑與其他〉,《紀弦論現代詩》,頁 99。
[27]培德・布爾格伊(Peter Burger)著;蔡明君、徐明松譯,《前衛藝術理論》(*Theorie der Avantgarde*)(臺北:時報文化出版公司,1998 年),頁 61～66。

現出這個面向。因此我們當然也看不到，兩者倘若真正結合後，對於改造現實社會與人的解放將帶來多麼強大的力量。筆者在這裡不是要譴責、攻擊紀弦諸人「無知」或「胡亂移植」，而是要藉此再次強調，在臺灣彼時那種一片壓抑的社會、政治局勢下，的確存在著某種「中化『現代』」的情形。爲了要追求「美學現代性」，適當程度的妥協或說是協商——例如自行丟棄一些「危險的」、「不確定的」思想——成就了另一個必要的手段。紀弦當年提倡超現實主義時未曾提及此一結合兩者之企圖，而僅強調要學習其「表現手法」，即可詮釋爲「美學現代性」與彼時「主導性論述」協商之後的結果。

至於究竟是要「爲藝術而藝術」還是「爲人生而藝術」，這一類爭論在臺灣這個歷經過殖民統治與戰時體制的地方一向特別敏感。在西方某些資本主義早已呈現高度發達狀態的第一世界國家或地區（例如巴黎），這其實只是一個藝術家個人之選擇的問題；但是在 1950 年代的臺灣，它卻是一個公眾問題——「你」作爲公眾的一分子，在全島一片保家救國、建設反攻的大潮裡，「你」所做出的任何選擇，都不可能不去回應公眾投射過來的「期待」目光。這就是彼時藝術家們的處境（一種範圍有所限制的「自由」），也是他們的作品之所以不時呈現出苦悶色調的部分原因。

作爲一名「美學現代性」的追求者，紀弦其實相當堅持藝術本身獨立自主的地位。而「爲藝術而藝術」（"Art for Art's sake"）本來就是「美學現代性」反抗功利的、庸俗大眾所追求之現代性的第一個產物[28]，也是它重要的特徵。在紀弦的詩論裡，此一訴求是以「一切藝術是爲人生的。但，只有在爲藝術而藝術的創作態度之下所產生出來的才能是真實的意味上的爲人生的藝術」[29]這樣的「包裝」來表現的。這個說法在他的詩論中屢次出現，特別是在和他人論戰之刻。有趣的是，他的「論敵」覃子豪在那篇引爆論戰的文章〈新詩向何處去？〉裡提出了六點「目前新詩的方向正確的

---

[28]Calinescu, Matei. *Five Faces of Modernity*. Durham: Duke UP, 1987, p45。
[29]紀弦，〈對〈所謂「現代派」〉一文之答覆〉，《現代詩》第 13 期（1956 年 2 月），頁 73。

原則」，其中第一點「詩底再認識」正是對此而發[30]。紀弦在回應時指出：

> 但是出發點上的「有所為」或是「無所為」這卻是個具決定性的重大關
> 鍵。至於我們現代派的重視技巧（決非「以技巧為目的而玩弄技巧」），
> 這並不就是等於「忽視了」「人生的意義」；所不同的，只是在於：我們
> 不願「明顯」或是「潛在」地硬把什麼「哲學的思想」塞進作品裡去罷
> 了。即使很自然地帶有了一些，我們也認為那是第二義的。主要的在於
> 「詩本身」的把握與創造。[31]

　　表面上看來似乎是一來一往，好不熱鬧；實際上，筆者認為兩人在這
方面的認知差距極其有限。甚至可以說，對於這個問題上兩方在概念層面
幾乎一致，差距只在於**如何表述**而已。覃子豪提出的第六點「風格」是自
我創造的完成」，其中所強調的「民族精神」與「時代精神」及紀弦對此的
回應，亦可作如是觀之[32]。從前論者評述「現代主義論戰」時多著墨於兩方
相「異」之處，筆者此為：就其「同」者而考之，對此論戰當會有不同的
理解。

五、

　　最後，我們要談談「古典化運動」。作為紀弦所謂「新詩再革命」的第
三階段，它與前兩階段卻在性質上有很大的差別。紀弦到底是怎定義他所
提出的這個「古典化運動」？這要從 1961 年——此時「現代主義論戰」已
告結束——他撰寫的兩篇文章〈從自由詩的現代化到現代詩的古典化〉、
〈關於古典化運動之展開〉中尋找。紀弦認為：

---

[30]覃子豪，〈新詩向何處去？〉，《藍星詩選・獅子星座號》（1957 年 8 月），頁 5。
[31]紀弦，《紀弦論現代詩》，頁 73。
[32]同註 29，頁 8～9。紀弦，同上註，頁 83～84。

所謂自由詩的現代化，這「現代化」三字，就是現代主義化的意思。但是現代詩的古典化，這「古典化」一詞，卻非古典主義化之謂。所謂現代詩的古典化，就是說，我們所寫的現代詩，應該成為「古典」。我們應該有這抱負：追求不朽。我們必須使我們的現代詩，成為「永久的東西」，而不可止於是一種流行而已。我們應該打破舊傳統，但是我們更應該創造新傳統。事實上，我們的自由詩遠比我們的現代詩有成就。然而現代詩的佳作實不多見。我們主張：大多數有寫自由詩的才能的選手們，照舊寫他們的自由詩，繼續開拓自由詩的未墾地；而少數有寫現代詩的才能的詩人們，則必須記好了追求不朽這句話。如果我們的現代詩不能成為「古典」，而只是一時的流行，則我們的現代詩運動就毫無意義了。[33]

從這裡明顯可知，就性質而論，「古典化運動」和前兩階段的確有所差別。但問題還不只限於「性質」一端而已。Calinescu 在他的研究裡曾論及，「美學現代性」應該被理解為一個包含著三重辯證之對抗的危機概念，此三者為：「傳統」、「中產階級文明式的現代性」與（美學現代性）「自身」。之所以會提出最末者，是因為它覺察到自身已成為一個新的傳統或說是權威的形式[34]。紀弦於此提倡的「古典化運動」——所謂「永久」、「不朽」、「新傳統」云云——看來正缺少了這種自覺的功夫。其實應如 Irving Howe 所言：「現代主義必須不斷奮鬥，但它決不會獲得完全的勝利。這麼一來，一段時間後，它就必須為了不取得勝利而去奮鬥」。[35]但這種「不斷『現代』」之要求／困境，在 1961 年的「古典化運動」裡似乎開始淡化、稀薄了。

在紀弦提出此一籲求後不久，文化界就有了一些質疑的聲音，認為他

---

[33]紀弦，《紀弦論現代詩》，頁 32。
[34]同註 28，頁 10。
[35]Howe, Irving, "The Idea of the Modern." *Literary Modernism*. Ed. Irving Howe. New York: Fawcett, 1967.10.

已向保守勢力妥協且放棄了自己「反傳統」的立場。他為此特別於 1962 年寫了一篇〈魚目和真珠不是沒有分別的〉作為回應。除了感歎「冒牌的」現代詩大行其道，在文中他亦聲稱自己「決不會放棄我的反傳統的立場。但請注意，我的反傳統，只是文學形式與表現方法的反傳統，只是詩觀、藝術觀的反傳統，而決不是反我們自己的民族精神、文化精神的傳統」。[36] 這些陳述我們或許也可視為與「主導性論述」妥協後的結果，但這並不能掩飾在 1961 到 1962 年間的這三篇文章裡，紀弦的態度有漸漸修正、保守起來之趨勢。[37]而他在論及「古典化運動」的「另一重大意義」時，居然是指「嚴肅我們的人生態度。我們的生活必須正常化。唯正常人可以為非常人」[38]，這已經不曉得把對「美學現代性」的熱切追求拋到那裡去了。依上述觀之，稍後紀弦提出「回到自由詩的安全地帶來吧」[39]此類籲求，其實並非「突然的轉變」，而皆屬此「『古典化運動』論述」之可預料發展。

六、

　　若以筆者於本文中一再聲稱的「協商關係」重讀彼時紀弦所有的詩論，他一再被貼上的冒進、西化等等諸多標籤，顯然都有再檢討的必要。如果我們能體察 1950 年代至 1960 年代初期臺灣文人的社會處境與他們心中的自我壓抑，就會發現使用「西化」這種帶有貶義與他者化的字眼實在並不合適。在那個年代裡，連像紀弦這樣的頭號領導人物，就算他心中真

---

[36]紀弦，《紀弦論現代詩》，頁 36～37。
[37]這並非指此時的紀弦詩論已無甚價值。事實上，1962 年那篇〈工業社會的詩〉（《紀弦論現代詩》，頁 189～192）可能比之前大多數的口號、宣言都來得深刻。雖然本篇前一半的篇幅都在強調文學「不是超社會的存在」、「是人生的批評」，甚至要求詩人「必須有一個正當的職業，生活得像一般人一樣的正常」，似無甚超卓之處；但在後半部分，紀弦聲稱要當個工業社會詩人「最要緊」的條件是「必須經得起機械與噪音的考驗。他認為詩人「應該有一種高度的智慧去發現機械的美，一種醜惡的美；你應該有一種卓越的能力去組織噪音。並即以噪音寫詩，要曉得，那些不悅目的形象和不悅耳的音響，正是你所取之不盡、用之不竭的現代詩的泉源，是不可以忽視其存在，低估其價值的．它們也是一種真實的存在，和玫瑰一樣，和夜鶯一樣，你應該徹底工業化你的意識形態，漂白你的作品，使之完全脫去農業社會色彩。」（《紀弦論現代詩》，頁 191）。
[38]同上註，頁 35。
[39]紀弦，〈回到自由詩的安全地帶來吧〉，《葡萄園》第 1 期（1962 年 7 月），頁 3。

正想要「西化」，也不敢在論述中直接呈現出那些最爲激進的面向。

　　就積極向、建設面而言，筆者認爲「中化『現代』」這個字眼與概念應該是一個比較好的選擇，下一步要考慮的，就是怎麼把其運用於臺灣現代詩史的實際撰寫中了。

參考資料

專書

- 李歐梵，《現代性的追求》，臺北：麥田出版社，1996 年。

- 紀弦，《紀弦詩論》，臺北：現代詩社，1954 年。

- 紀弦，《新詩論集》，高雄：大業書局，1956 年。

- 紀弦，《紀弦論現代詩》，臺中：藍燈出版社，1970 年。

- 培德・布爾格伊（Peter Burger）著；蔡佩君、徐明松譯《前衛藝術理論》（Theorie der Avantgarde），臺北：時報文化出版公司，1998 年。

- 班納迪克・安德森（Benedic Anderson）著；吳叡人譯，《想像的共同體：民族主義的起源與散布》（Imagined Communities: Reflections on the Origin and Sprend of Nationalism），臺北：時報文化出版公司，1999 年。

期刊文章

- 王浩威，〈一場未完成的革命——關於現代詩與現代主義的幾點想法〉，《臺灣詩學》第 3 期（1993 年 6 月），頁 201～214。

- 紀弦，〈對〈所謂「現代派」〉一文之答覆〉，《現代詩》第 13 期（1956 年 4 月），頁 70～73。

- 紀弦，〈回到自由詩的安全地帶來吧〉，《葡萄園》第 1 期（1962 年 7 月），頁 3。

- 青空律（紀弦），〈詩論三題〉，《詩誌》第 1 期（1952 年 8 月），頁 3。

- 覃子豪，〈新詩向何處去？〉，《藍星詩選・獅子星座號》（1957 年 8 月），頁 2～9。

- 奚密,〈臺灣現代詩論戰——再論「一場未完成的革命」〉,《國文天地》第 13 卷第 10 期（1999 年 3 月），頁 72～81。
- 奚密,〈從現代到當代——從米羅的《吠月的犬》談起〉,《現當代詩文錄》（臺北：聯合文學出版社,1998 年），頁 13～23。
- 楊宗翰,〈追尋「現代」——一個臺灣詩學觀點的嘗試〉,《創世紀》第 118 期（1999 年 3 月），頁 101～108。
- 廖咸浩,〈評王浩威《一場未完成的革命》〉,《臺灣詩學》第 4 期（1993 年 9 月），頁 26～28。

報紙文章

- 紀弦,〈三個關於〉,《聯合報》（1999 年 6 月 18 日），第 37 版。

專書論文

- 蕭蕭,〈五○年代新詩論戰述評〉,封德屏主編《臺灣現代詩史論》（臺北：文訊雜誌社,1996 年），頁 107～121。

外文參考書目

Caliriescu, Matei. *Five Faces of Modernity*. Durham: Duke UP, 1987.

Howe, Irving, "The Idea of the Modern." *Literary Modernism*. Ed. Irving Howe. New York: Fawcett, 1967. p11～40.

Jameson, Fredric. The *Political Unconscious: Narrative as a Socially Symbolic Act, Ithaca*, N.Y: Cornell, 1981.

——選自《中外文學》,第 30 卷第 1 期,2001 年 6 月

在舊金山與紀弦話詩潮

◎白萩[*]

　　1991 年 6 月 29 日飛美，至加州史丹福大學參加美西夏令營中的「臺灣文學研討會」，講述了「戰後臺灣現代詩與笠詩社」。三天的活動之後。留在聖荷西的女婿張天華家裡．其間與非馬通過電話，得知紀弦老哥現在人住舊金山地區。即時試打電話過去，沒想到立即聽到他熟悉而獨特的聲音，聲音是欣喜而熱烈的，告以我人正在聖荷西，想找時間去看他，他卻表示要坐火車到聖荷西來，經我嚴辭拒絕，等我與女婿女兒和外孫遊完加州，約十天之後會前往拜訪。7 月 6 日便由天華利用休假之便，開車充當司機兼導遊，帶我至拉斯維加、大峽谷、洛杉磯、聖地牙哥、墨西哥、里諾等地足足玩了十天。7 月 15 日回到家，休息了一天，再打電話和紀弦老哥聯絡，並詢問了地址和路的走法。

　　17 日早上 9 點多，由天華駕車從聖荷西出發，預定上午 11 點前到達密爾布瑞（Millbrae），他住的地方。帶了相機和送他的酒及茶葉，臨行前忽然靈機一動，何妨也帶了錄音機前去，錄些他的話，帶回臺灣給懷念他的朋友們共享？

　　這篇對談錄完全是我隨機的產品，沒有事先預告他，也沒有套招，能給臺灣的現代詩運動，留下一篇珍貴的人事資料，實在是意外之喜。

　　車子順著涼快的舊金山灣區前行，到達山城的密爾布瑞的住宅區，在叉路的臨角，遠遠便看到修長的紀弦等在門口探望，下車在驚喜的擁抱之後，進屋內看到了身體還硬朗的老嫂子，經過寒喧介紹，與天華相約下午

---

[*]本名何錦榮。發表文章時爲《笠》詩刊主編，現已退休。

三時再前來載我回聖荷西。紀弦老哥首先引我參觀室內的格局、他的書房和一隻他鍾愛的鸚鵡。然後帶我坐社區公車，前往市區的一家中國餐廳用餐，也爲老嫂子帶了午餐。飯後漫步了一條街道，又在一家臨街商店，和我坐下來喝一杯簡易咖啡，看看街景和來來往往的人群。紀弦用英語和洋人司機與一位等車的老太太親切的招呼，又能單獨的上街坐火車等等，看來已相當能適應美國社會。紀弦老哥在外表給我的不同感受是：身材彷彿已矮了二三寸，背有點駝，過去的註冊商標手杖和煙斗，都沒有了，外出改戴了一頂寬邊草帽，徒手卻步履尙稱輕快。午後一點，我們又坐公車回家，告以將隨便的和他談一些在臺灣現代詩運動的人事，也將錄音，獲得他的首肯後，便順利的進行了兩個小時，以下是回臺後，慢慢整理出來的對談錄：

紀弦・白萩對談錄

白：以前在大陸的現代派是以戴望舒爲主嗎？

紀：是的。他成名在 1930 年代初，差不多是 1932、1933 年的時候。我則成名於 1934 年，用筆名路易士，在 1935 年很紅。後來他去了法國，我到日本，回來之後，於 1936 年，我跟戴望舒、徐遲三人共同在一起辦《新詩》月刊。徐遲你知道嗎？我們都是 1930 年代的好朋友。

白：徐遲人還在大陸。

紀：在武漢。他到過美國，1985 年從舊金山經過時，老朋友韓國詩人許世旭一塊兒把他帶來我這裡。我們辦《新詩》月刊時，很熱鬧，可說是大陸南北詩壇的大集合。

白：那個現代派運動差不多只有兩年多吧？

紀：不止喔！因爲到我們辦《新詩》月刊時，已經有好幾年，從 1933 至 1937 年，有五年。至於爲何在 1937 年停了下來，是因爲日本軍閥侵華，連印製《新詩》月刊的印刷廠都被打爛了，此後大家都散了，新詩運動就告一段落，也消沉下去了。

白：對日抗戰那一年，我出生了。

紀：喔！你出生了，哈哈⋯⋯。

白：當時日本侵華之後，你的情況如何？

紀：上海淪陷以前，我們就到大後方去，到武漢、湖南、貴州，再從雲南繞道越南到達香港，大約在 1938 年底和 1939 年初。

白：然後何時又回到上海？

紀：1942 年。在香港待了很長的時間，與現代派的老朋友戴望舒、徐遲、杜衡及小說家葉靈鳳，還有現代派老大哥施蟄存碰面了。施蟄存在雲南昆明的西南聯大教書，他也是經過香港回上海的。我們這群人都被稱為「第三種人」，在香港沒什麼活動；1938、1939 年大家都在那裡忙著找工作、吃飯謀生。離開了故鄉老家，在那裡能夠使生活安定下來，已經不容易了。純文學活動全沒有了，只有一些喊口號的國防文學、抗戰文學和山歌民謠之類，不是什麼真正的純文學，詩也不是現代派的。

白：現在有一個公案，說你在上海淪陷區曾經待過一陣子⋯⋯。

紀：那是珍珠港事變，太平洋戰爭爆發後，大家在香港都失業了，香港被日本占領，有些人從廣西到內地去，我停留在香港。那時杜衡還跟我在一起，他有點辦法，有點錢。我們和研究經濟、哲學的林一新曾共同討論。林還沒結婚，他也有點錢。所以他們全到內地去，而我全家人沒法子跟他們走；後來我與太太還有三個孩子就在那裡等船回上海。也就是在 1941 年 12 月珍珠港事變，香港淪陷後，1942 年全家返滬，那時候生活異常艱苦，全靠親友接濟。

白：換句話說，在日本戰敗前，你在上海待了三年？

紀：從 1942 年回到上海，至 1945 年，我仍在失業中，常為各大報刊寫稿，勝利後，那時開始用筆名「紀弦」。

白：這個公案說你在上海期間，曾寫了一些詩，如「罵蔣」和「讚美敵機轟炸重慶」，所以很惡毒地罵你是漢奸；但就我個人是臺灣本土人士的立場，以我當時的年齡來說：是做了日本國民九年，光復後才變成中國

人，我本身是經歷了這種轉變。我想，以一個微小的個人，在政治變局之下，有很多身不由己的地方。現在對於他們的說法，你有什麼辯解？

紀：那完全是誣陷，是他們假造的！1944 年 8 月 19 日，我太座生了第四個男孩，名字叫路學山，那時我們住在上海的南市，那地區很落後、荒涼；由於母奶不足，又買不到真正的奶粉，這孩子從小就吃代用品，營養不良，因此影響他的發育，不如三個哥哥健壯（目前他也住在美國）。然而他帶給我們的國家好運；1945 年 8 月，當他滿週歲的前幾天，日本就無條件投降了，這豈不是比什麼都更有意義的生日禮物嗎？他出世時，我早就有預感了，因為他出生於 8 月 19 日，不就是九一八的顛倒？並且嚴格說來，日本侵華早在九一八之前，所以我特別疼愛這個孩子，並為他寫了許多詩，其中有一篇〈火與嬰孩〉表示對他的鍾愛，內容是這樣：

> 夢見火的嬰孩笑了。
>
> 火是跳躍的。
>
> 火是好的。
>
> 那火是他看慣了的燈火嗎？
>
> 爐火嗎？
>
> 火柴的火嗎？
>
> 也許是他從未見過的火災吧？
>
> 正在爆發的大火山吧？
>
> 大森林、大草原的燃燒吧？
>
> 但他哇的一聲，哭起來了：
>
> 他被他自己的笑聲所驚醒，
>
> 在一個無邊的暗夜裡。

抗戰勝利後，我還是找不到適當的工作，那時我們已從南市搬到閘北，我也開始使用筆名紀弦了。後來經朋友的介紹至一個航運公司去充當

一名事務長。老闆指派我押運一批貨物前往武漢。可是像我這樣一個不懂生意的人，跑到武漢去，仍一事無成，又回到上海，那已是抗戰勝利以後的事。

回到上海，經由從大後方重慶回來的陶百川先生介紹，去他的大東書局做編譯工作，因此生活稍好，又由老朋友也是小說家徐淦，他主編《和平日報》副刊，經常向我索稿，收入就更多了。

1947 年暑假後，被聖芳濟中學聘為國文教員，從此生活安定下來。在該校教至 1948 年 11 月離開上海來到臺灣為止。那時徐州未戰、南京未陷，我在那兒教書還不滿三個學期，卻是我離開香港回到上海後所度過的，較為愉快的生活。在此之前，我們全家時常挨餓。

1948 年 10 月，我獨資創辦《異端》詩刊（目前我手邊還保存著，也帶到了臺灣）。在當年我孤軍奮鬥，反左反右，完全在提倡新文藝，反對他們迫害文藝自由。本來已出刊兩期了，第 3 期本也已發稿，但因旅行社已為我定好船位，我不願放棄，就毅然前往臺灣。要不是隴海鐵路情況不妙，長江北岸朝夕不保，《異端》詩刊將會在大陸轟轟烈烈地幹下去，就像我後來在臺灣創辦《現代詩》一樣。11 月 29 日船到了基隆，老朋友穆中南，接我們到他桃園的農業學校暫住，杜衡一家人和我一同來的。從此以後，我的大陸時期就告一段落，臺灣時期也開始了。人家說，臺灣新詩復興運動的火種是由紀弦帶來的，我一點也不否認，因為我手頭有兩期《異端》詩刊可為佐證。

是的，抗戰期問，我未從軍，不曾開槍、放砲或殺過一個敵人，但我也沒做過任何對不起國家民族的事情。1942 年從香港返至淪陷區的上海，直到 1945 年抗戰勝利，我從未寫過一首讚美日本空軍轟炸重慶的詩，更沒寫過對先總統蔣公有所大不敬的一字一句。這些都是潛伏在臺灣的隱形左鬼所造的謠言。要是他們敢露面於光天化日下，和我對簿公堂，那就叫他們拿出白紙黑字的證據來。可是他們有嗎？他們變得出來嗎？否則我就要控告他們毀謗，賠償我的名譽損失。沒有根據的事，根本是他們假造的。

白：那首詩是假造的嗎？後來在大陸也被挖出來登了。

紀：完全沒這回事，那不是我寫的，我從沒寫過，那是 1970 年臺灣的《大眾日報》搞的鬼，後來這個報停掉了。那份報紙有一個主筆，想參加中國筆會去韓國開會，大概中國筆會不允許，他就假造詩句罵人，我還保存這份報紙，將來要帶到臺灣去控告他們，可是他們停了，假造者是誰，我仍然找不出來。我這樣說，你能明白嗎？

白：可以明白，這畢竟是你本人最好的聲明。

紀：那些害我的人，造謠中傷，其心可誅。無論如何，我總得向整個詩壇有所交代才是。大丈夫事無不可對人言，如上所述，不都一五一十地把每件事說清楚了嗎？那班人能把我在上海淪陷區的報紙上所寫的詩拿出來當證據嗎？說我罵蔣公，那個時候要殺頭的！要是被特務機關查到了，命都沒有了。

白：那時期也是臺灣的白色恐怖時期。

紀：你看，假造這種謠言，破壞我的名譽，手段多毒辣啊！他們不敢得罪王藍、鍾鼎文這些國大代表，在去開會的人員裡，我是個窮教員，最可攻擊的，也最可欺負的，我豈不成了代罪的羔羊？後來我要去告狀，但是羅行及老同事祝茂如硬是不肯，硬是把我壓下來，說我去告狀，沒錢打官司，又鬥不過他們，然後飯碗、職業都不保了。後來我到韓國開了會，回來之後，我要羅行登個報、啓個事，作爲保障我的第二生命：名譽。羅行也以律師身分替我辦了，這個資料我還留著。成功中學的老同事祝茂如可能知道那個傢伙是誰，就是不肯講。

白：好，現在我們換個話題。你在 1948 年以前在大陸及後來在臺灣所成立的「現代派」，你認爲這兩個時期的現代詩是否有所不同？

紀：與戴望舒在大陸所搞的可稱爲「前現代派」，到了臺灣，我與白萩、林亨泰、方思、鄭愁予等人所創，可稱爲「後現代派」這有什麼不可以呢？

白：當初你個人對現代精神的體驗，在這兩個時期有沒有差別？差別

在那裡？

紀：有差別，在我的《紀弦論現代詩》一書中，我就講得很清楚了。

白：那本書我有，我提出這個問題，乃因爲不清楚你在大陸時期的整個主張，所以我要比較，了解其脈絡。

紀：與戴望舒在一起所寫的詩叫自由詩；自由詩是針對徐志摩等新月派的一班人所寫的格律詩的反動，也就是反格律派、反韻文主義，我們主張用散文寫詩。

白：這點是否與創造社的詩人們有點相似，因爲在形式上他們也是自由詩。

紀：他們寫政治詩，與我們不同。

白：那是內容，但形式上仍是自由詩。

紀：我手頭資料不足，又不大重視他們，他們有些人也寫自由詩，可是他們是注重政治性，不強調文學的藝術性，這點與我們大不相同。

白：當時是自由詩與新月派格律詩兩個系統在對立。你到臺灣成立現代派，在你宣稱的六大信條中提到現代主義是從波特萊爾以降……包括了很多詩派，在眾多不同觀點的詩派中你個人的詩創作是追求那一方面的？

紀：主要地我仍是追求象徵主義的詩、我比較喜歡那些法國詩，但並非模仿，而是創造自己的東西。我的朋友們也都是將其創新的精神，應用到自己創造的作品上。

白：對臺灣的「現代派」，桓夫曾提出了現代詩的兩個根球論，一是你從大陸的現代派帶過來的觀點，另一個是以林亨泰爲代表在日據時期接受過日本文學教養，對現代主義已有的了解；由此二部分觀點的融合而變成臺灣的「現代派」的觀點，依照這樣的說法，以前你跟葉泥去彰化拜訪林亨泰，是否覺得林亨泰在當時的詩觀，跟你有不同的地方？

紀：我從不感覺林亨泰與我們有什麼不同的地方。

白：可是林亨泰較屬於形式主義的詩風，例如他的符號詩，在大陸時期的現代派，沒有那種東西，他是從日本「詩與詩論」集團的春山行夫那

兒得來，這表示在臺灣本島也早就有現代主義的詩觀點存在，然後你帶來大陸的現代主義⋯⋯。

紀：林亨泰與我個人的看法完全沒有矛盾的地方，都是共同的方向。

白：但是你當初所寫的現代派六大信條，解釋現代主義的範圍，其涵蓋面太廣，太軟性、太寬大了，你說波特萊爾以降，包括了林亨泰的符號論的、立體主義、達達主義⋯⋯。

紀：達達派不算，那只是藝術的否定，到了超現實主義打倒了達達派，才使詩走上建設的道路，提供了藝術的創造與方法。達達派只有破壞而不建設。超現實主義對國際現代主義的影響很深，與象徵主義有共通的現象。

白：那換一面來說，我個人曾寫過像〈流浪者〉那樣的詩，似乎大陸以前沒有人這樣寫過，與戴望舒那個時期也不同。

紀：是的，有個1930年代跟我在一起的老朋友，叫鷗外鷗。

白：鷗外鷗的詩對文字的處理，顛倒左右、有大有小，與林亨泰較為接近。

紀：他寫了一首詩〈山〉，畫了很多山，並且有古文、篆字等，他只偶爾寫一點，但現在已不寫。

白：我去大陸時，也看過他的詩，並收集了一些資料。問題是現代主義的流派包括那麼多；後來「創世紀」詩社卻推展了超現實主義。以我個人的創作而言，雖然寫了被誤解為圖象詩的詩，其實只寫了四首，之後便進入了艾略特的現代主義及存在主義，後來又加進了德國的新即物主義和表現主義。我個人是較堅守現代主義的精神，可是當時為何你說要將現代詩除名，是否因為「創世紀」詩社那時候實驗了超現實主義，使詩變得很晦澀的關係？

紀：臺灣詩壇的朋友中，包括你、林亨泰、瘂弦、張默、洛夫、鄭愁予、林泠、方思等在內，我都稱之為「中年的一代」，因為我是老頭子，你們在我眼中永遠是年輕人。我還把你看成高中生，始終沒想到你已經是五

十多歲了。對了，為什麼我是第一個提出現代詩名稱，後來又要把它取消，並代之以「新自由詩」？

白：對，為何當初你提倡了「現代詩」，又要取消？你在否定什麼？

紀：因為大家發展的路線走偏差了，那些人模仿「創世紀」超現實主義的表現方法，卻不知怎麼寫及怎麼才能寫得好，把文字搞得很晦澀又不通，卻自以為是新的表現，這使我很生氣。「創世紀」除了商禽、洛夫有能力寫超現實主義的詩，其他的追隨者、模仿者，我都不予承認，乃因那些人把此兩人當做學習對象，在報紙上所發表的那些莫名其妙的詩，令我不能忍受，於是激怒了我寫那篇文章。後來瘂弦勸我別發那麼大的脾氣，現代詩這個名稱的約定俗成，大家都在用了，他說了很多、也講得很好，我接受了他的勸告，不再提取消現代詩的事，但我發了點脾氣，多少也發生影響，糾正了那些壞風氣。

白：當時你寫那篇文章，正是「笠」詩社成立的時候。可以說我、林亨泰、錦連的詩都寫得很清晰，也都富有現代精神。在我們離開《創世紀》詩刊後，仍繼續推展此一精神。現在「笠」詩社的整體詩風，是融合了現代精神和現實主義，雖然已經過了三十幾年，我依然自認為是現代派的信徒。

紀：不，你是現代派的大將之一，不是信徒喔！

白：我仍在詩中追求新的東西，像新即物主義，表現主義，在你的六大信條中並未提到，可見我們笠詩社仍然不懈地力行著現代主義。

紀：後來我沒再說要取消，當時我主要的是反對晦澀，而不是反對現代詩。

白：關於現代派運動，依據林亨泰的看法，臺灣「前期現代詩運動」約有三年，因《現代詩》在「現代派」運動二年多後就停了，沒有再出刊，此期即是「前現代派」時期。然後我、林亨奉、錦連、秀陶、鄭愁予等一群人被「創世紀」詩社拉去當編委，也把《創世紀》詩刊搞成現代化了，之後，大家在《創世紀》詩刊活動的三年多，發現他們的詩已變得日

漸晦澀，到了第 24 期時，我們大致都自動退出了。接著，我們臺灣本土詩人創立了「笠」詩社，因此，我想改正林亨泰的觀點他認為現代派運動前三年在《現代詩》，後十年在《創世紀》，好像就此截止了，其實現代派運動仍在「笠」詩社推展中，所以臺灣的現代派運動自 1958 年肇始至今已35 年仍然繼續存在，並未歇止。

紀：繼續發展中，我同意你的說法。

白：再回到剛才的問題，在大陸時期以及在臺灣的現代派運動有什麼不同？

紀：大陸時期大家所寫的都是自由詩，臺灣也是自由詩，凡是現代派所寫的詩必須是自由詩，這個基本觀點，兩者相同。文學工具白古以來有兩種，一為韻文、一為散文，現代派從一開始即用散文而非韻文。但在大陸時期的自由詩，包括我、戴望舒、徐遲、鷗外鷗及艾青等，都用「散文的音樂」寫詩，皆帶有聲調之美，可以朗誦。以前的作品雖不押韻，唸起來仍具聲調之美，但到了臺灣，順其自然地否定了音樂性，聲調變成次要，反而加重內容的表現，也就是以內在的詩本質加以完成，無法完全顧及詩的音樂性了。因此，現代詩並非都不能朗誦，只是要求內容的表現，勝於音樂性，即不再以音樂性為前提，進一步由默讀來欣賞詩的內在性，注意文字的排列及秩序，換言之，不藉聲調的美，透過內容即可感受。我曾說：訴諸心耳的音樂高於訴諸肉耳的音樂。

白：關於這點，前幾年有年輕詩人問我大陸的新詩與臺灣現代詩有何不同，我曾答覆，大陸的詩是用耳朵聽的，臺灣的詩卻是用眼睛看的；為什麼臺灣的現代詩不講求音樂性而講求繪畫性呢？主要是在於印刷術的發達，詩不必再透過吟誦才能領略詩之美，而由閱讀即可獲得，這觀點基本上就是跟大陸不一樣的地方。我去大陸經過深圳時，曾遇到「朦朧詩派」年輕的詩論家徐敬亞，他到飯店來看我，在他的談詩中一直講大陸的詩歌如何如何，我一聲道破說你們大陸詩與歌仍然不分，臺灣的現代詩就不同，我們早就在詩中打倒音樂性，把詩與歌分開了。

紀：那你的說法豈不與我一樣嗎？太好了，等於給大陸詩人上了一課。我們剛才講的很清楚，大陸與臺灣的自由詩最大的差異在於音樂性；另外有個牽涉到內容的問題，即在大陸時期寫詩的那一班人，根本還未將農業社會士大夫階級的劣根性除去，那個時代屬於農業社會的意識形態。恐怕連戴望舒及我在內，都自以為是大少爺，將來都要作官的，那是年輕時受的教育所造成的結果，即使我們在寫自由詩，仍自認為是士大夫階級，那種包袱丟不掉。到了臺灣我自己立刻就有了轉變。因為今天是工業社會，必須摒除那個舊包袱，應感受到我們是新時代的、工業社會的、20世紀的現代人，而不是古人。這種意識形態。我在大陸時期是沒有的。

白：我們「笠詩社」一向強調詩的現實性，與這點不謀而合。而大陸人士以為臺灣的鄉土文學與大陸一樣，我卻說兩者迥然不同，雖然是同屬現實性，但臺灣不是農業社會。比如臺灣 2,000 萬人口中只有 80 萬戶農民，換句話說，80 萬戶農民養活了 2,000 萬人，與大陸 11 億人口中，卻有 8 億農民，互相比較，即知臺灣是個工商社會，大陸則是農業社會，雖同稱為鄉土文學，內涵卻全然不同，因此，不能用大陸的觀點來看臺灣。

紀：你跟那邊詩人講的話，他們應該可以了解。

白：有些可以，有些卻不行！不過也有人很敏感，一聽我這麼說，就覺察到臺灣的農業科技必很發達，才有可能如此。

紀：這叫做農業工業化，他們不懂。到現在他們還用人的糞便施肥，我們已改用尿素了，可見你的大陸之行，很有傳道精神。

白：沒有，沒有。我只是覺得這是源於觀點不同所致，每個人生存的環境相異，立場感受也必然不同，大家應確實了解到為什麼在那個環境下就會開出那種花朵，不能說臺灣社會環境所開的花朵與他們不同就不行。像大陸過去曾有人罵我是資本主義、現代頹廢派，主要的論據是我的〈流浪者〉一詩和一些較有 sex 味道的詩，因而對我採取了嚴厲的批判。

紀：這樣子啊？這些人是什麼人哪？

白：他們以大陸的共產觀點看西方世界，就覺得很怪異。

紀：那是他們的頑固派、保守派。

白：後來也許讀我的詩較多了，也感到白萩的詩很介入人生，也有一些人在爲我辯解、說話了。

紀：你是被人加上大帽子，他們喜歡替別人戴帽子。

白：現在你個人在寫作方面，對於現代精神的追求，是否還停留在象徵主義方面？是否已發掘出更新的方式？

紀：主要是用象徵派的方法。我也特別習慣用相對論的方法，因爲我個人喜愛科學，尤其是愛因斯坦的東西，我讀了不少，我使用寫實、象徵、超現實、相對論及構成派等等方法。是根據我欲表現的題材、內容如何而定，這叫做「題材決定手法」，因此，我的方法乃綜合應用的。

白：我想提出一個問題：以你的觀點來看覃子豪先生的詩（後來他也用象徵派的手法），你是否也承認他是現代主義者？

紀：後來他寫〈瓶之存在〉一詩，是屬於象徵派的東西，所以我承認它是現代詩。這就要談到當年「現代主義論戰」了；對於他們三個的攻勢（指覃子豪、余光中、黃用三人），我們兩個（指林亨泰和我）都一一擋住並各個擊破。以後是否還有一些零星的筆墨官司，我不記得了，縱有一些，也不是什麼重要戰役了。而非常有趣的是論戰的結果：1.整個詩壇都現代化了，從此再也沒有誰去寫那早就落伍的「新月派」格律詩了。2.余光中成爲一個現代主義者，他的轉變，很令人欽佩。3.覃子豪也寫起現代詩來了，他的代表作〈瓶之存在〉的確寫得很好。4.我也反省了我自己，修正了我的看法和主張，即抒情與主知並重，不再絕對地堅持「情緒之放逐了」。因此，日後，我指出現代詩的偏差，大聲疾呼，要求青年們「回到自由詩的安全地帶來」，那不是沒道理的。我想詩人都是性情中人，情緒是很重要的，所以不再堅持重主知而輕抒情了。

白：另一個問題：當初你提倡「橫的移植」，對臺灣的文學及文化，產生了很大的影響，臺灣的現代化、西化完全是在「橫的移植」這個口號之後，那時他們曾提出「縱的繼承」來加以反動；尤其目前臺灣詩壇有一部

分人在強調恢復「傳統、縱的繼承，意指拋棄西化主張……。」

　　紀：這叫「國粹主義」。

　　白：所謂「縱的繼承」語意相當籠統，就他們的論點與作品的實踐來看，指的是將唐詩、宋詞的意境語彙都涵納在內，創造出一個具有中國風味的……。

　　紀：從前我和戴望舒在一起時，曾諷刺新月派的一句話：「語體的舊詩詞」，即是用白話文寫的舊詩詞，我們最瞧不起，討厭和反對的，這些人都是在開倒車嘛！

　　白：我也覺得很納悶，新文學運動到現在只不過是 70 年，難道 70 年就有那麼大的成就要回歸傳統了嗎？我個人覺得現代主義還有很長的路可以走，假如要回歸傳統，就沒有新文學的必要了。

　　紀：那我們就寫唐詩、宋詞、元曲好了。

　　白：最近洛夫等也有這種主張，並帶到大陸去宣傳，得到一部分大陸詩人的附和。所謂回歸傳統，以大陸的觀點是臺灣社會太西化，與大陸太疏離了，要臺灣回歸祖國、回歸傳統，使兩者融合。

　　紀：臺灣的詩人為什麼要這樣呢？這樣子不行的啦！洛夫這樣做又對自己有什麼好處呢？

　　白：我想他們主要是想去影響大陸的詩壇吧！

　　紀：但也不能用這種方法啊！

　　白：他們這樣主張，對過去所從事的新文學的努力和作為都抹煞了，等於開倒車。我個人認為，其主要的思想根源來自兩句話：「橫的移植」和「縱的繼承」，這是你當初提到的口號，可說是至今仍未解決的問題。

　　紀：從文學史的觀點看，自五四運動以來，中國的新詩本就是移植之花；我有一篇文章〈論移植之花〉，非常重要。但這朵花自西洋移植到中國文化的土壤，已不再是洋貨了，是中國的東西，今天我們應將西方的好東西搬過來，再學習人家的精神、進步的地方，不是一昧模仿，要創新。當初胡適、徐志摩他們翻譯西洋詩創作新詩，用 14 行體的方式，乃是模仿，

經過了模仿階段，我們有了第二代，第三代的創作就不再是洋貨了。

白：我想，橫的移植，重點在於移植西方的現代主義，現代主義之前的浪漫主義、古典主義皆不移植，因此即使移植西方的東西，我們也找最新的。

紀：對啦，移植後，在中國文化的土壤裡長大，已是中國化，屬於中國的產物，因此，我們的現代主義是中國的現代主義，而非歐美的或法國的現代主義了。

白：關於這一點，我想舉個例子做說明：臺灣、日本、韓國三國詩人曾共同輪流編印一本《亞洲現代詩集》，我第一次到韓國開編輯會議時，當時韓國的「文學社」，邀我、日本的高橋喜久晴、韓國的具常、金光林等聚集在一起，討論的題目是「論東方詩的傳統與根」，他們覺得日、韓不論新舊詩，多少都受到中國文化的影響，而想找出三國文化的共同點，等於在探尋「縱的繼承」的意涵。經研討後，發現三國都發生了現代派運動，戰後，日本先、韓國與臺灣的時間差不多；三國都受到西方影響都發展了現代詩，但彼此作品的風格卻很迥異，共同點不多，主要緣於三國的現實環境不一致、社會發展不同，連帶地三國的現代詩風格也就不一樣，正如你所講，我們移植方法，然後用……。

紀：用中國的文化土壤培養，所以中國的現代詩中國化、韓國的韓國化、日本的日本化了。

白：我覺得我們所移植的只是方法和技巧，不是他們的文化。譬如我們以前養殖蘭花，只靠其自然生長，但利用西方的栽培方法後，包括科學的肥料、培作，使長成的蘭花與往昔有顯著不同；因此我們不是在移植人家的文化或社會現象，是在我們的現實環境上加入西方的方法論，這樣說是不是應該比較清楚點。

紀：根據「文化類型學」的觀點，一個民族的文化，不斷發展，達到某個高峰後，便開始走下坡，中國文化如此，日本、美國也一樣，之後，就需要文化交流。日本在中國唐朝的文化交流，對日本是很重要的，所謂

唐化，一如我們現在的西化，經過了這個過程，很古老衰敗的文化才能返老還童，新陳代謝，然後蓬勃起來，這種交流對民族、文化都有益處與影響。像美國人也寫日本人的俳句，老實說，美國人寫俳句還是西方人的俳句，寫不出像古俳「青蛙，撲通一聲，跳下去」的句子，因爲他們一定要把時、地、事都寫出來，但日本許多好俳句，不一定要有這些因素，甚至本來是 17 個字，也可以多一個音節，而具有寫詩才華的大詩人，不受形式、規律的限制，你說對不對？總之，韓國寫現代詩也是自西方移植的，日本亦同，但文化的根底不變，所變的是文化的樣像，而其精神不變。

今天我們在一起討論，你啓發了我很多，像這樣朋友能夠聚在一起，實在太好了，可是你馬上又要走了……。

白：我也很高興，因爲我不是記者來訪問你，我們是老朋友，你又是現代派的老大哥。臺灣經過了三十幾年之後，有關現代派的種種問題我們要反省並重新整理、檢討。現在我們兩人來討論現代派的一些問題，是一個很好的機緣。

——選自《笠》，第 171 期，1992 年 10 月

從路易士到紀弦
讀紀老六十七年前的詩集

◎向明*

何其臭的襪子

何其臭的腳

這是流浪人的襪子

流浪人的腳

沒有家

也沒有親人

家呀，親人呀

何其生疏的東西呀

　　這八句詩是臺灣詩壇長老，也是臺灣現代派創始人紀弦先生的名詩。紀弦先生現年已 90 高齡，他是海峽兩岸從 1930 年代開始寫詩一直寫到而今 2003 年仍在創作不斷的唯一詩人。最近他還完成了一部四十多萬字的回憶錄，把他這長長一生的點點滴滴巨細無遺的記錄了下來，使人不得不佩服老人家這一生的文學成就真是既輝煌又燦爛，無疑是民國以來的這部新詩發展史中最重要的章節。

　　前述這八句詩的題目是〈脫襪吟〉，是紀老早在 1934 年間的作品，收在他的第一本詩集《行過的生命》的第二輯。這本詩集可說是集紀老早年作品的大成，共計有作品 162 首。從這本詩集還可以看出紀老當年初出道

*本名董平。曾任《藍星詩刊》總編輯，現專事寫作。

以及他與早期現代派的成員結識交往的情形。紀老在他的回憶錄第一部
《二分明月下》第七章〈文壇生涯正式開始〉到第九章〈詩集《行過之生
命》的出版〉，雖曾有詳細的敘述，但都是紀老自己在回憶中片面的交代，
如欲了解當年現代派那些大員如杜衡、施蟄存、戴望舒等如何與當時筆名
為路易士的年輕紀弦結識，以及對這位剛出道的青年詩人的看法和評價，
則非看《行過之生命》這部詩集不可。這部詩集的前面既有杜衡長達六面
的序，而後面復有施蟄存一篇長達七面的跋。最後還有紀弦自己的一篇後
記，這三篇文章構成一座立體的塑像，把當時年輕的紀弦從裡到外活生生
的呈現出來。

　　我於 1961 年秋多之際，從美國南方的密西西比州完成學業後，取道舊
金山返國。在舊金山唐人街的後街得遇當時尚在加州大學讀書的唐文標。
臨返國時他給了我兩份紀念品，一是一束他自己散文手抄複印本，另一即
是紀弦先生的第一本詩集《行過的生命》。這本書我像如獲至寶樣的捧了回
來，視為我最主要的藏書。因為經過戰亂多年，那本書早已成了絕版，至
少在臺灣直到如今尚找不出第二本。

　　《行過之生命》初版印於 1935 年 12 月，列為「未名文苑」叢書第二
本。根據此書最後一頁所登未名文苑的出書目錄，其第一本書是羅洪的
《腐鼠集》，第三本是杜衡的長篇小說《叛徒》。《行過之生命》是第二本已
出版的書。另外第七本又是路易士的詩集《上海飄流曲》，但標明是「即
印」。《行過之生命》係採袖珍型版本。書長 15 公分，寬 11 公分，包括序
及目錄，詩本文，後面的跋及後記共 364 面。封面係以米黃色印書紙作
底，飾以棕色帶葉的爬籐圖案。封面內扉頁上有兩行詩句：

行過之生命遠遠了

如一慧星掠過天宇

　　扉頁的後面緊跟是杜衡的序。作序的時間是 1935 年 10 月 16 日黃昏。

杜衡在序一開端即對路易士作了一段簡略的認識經過回憶，說他才在一年半前認識路易士，印象最深的是那長而且亂的頭髮。對詩的印象則像「我將吞天以忘憂」這樣的句子隨時都會想起來。至於進一步的了解則是在路易士辦《火山》詩刊的時候，認為那幾乎是他的個人刊物，但叫杜衡驚喜的是「他雖然寫的那麼多，但卻是每一首，即使是比較薄弱的一首，也都有他特有的魅力。」杜衡認為路易士歌詠的是「20 世紀的煩憂」。他指出詩集後半部的所謂「出世和虛無的情緒」顯然成為統治他自己的情緒。但杜衡卻很同情詩人這種寫詩的態度，他說：「詩人路易士並不是光明的歌頌者，他是醜惡的詛咒者。他無所希望於明日，但是厭惡於昨日和今日。於是他想像自己是『雲』，有時候『騎上慧星的脊梁』。這是因為他不是一個天生的『撒謊者』，這才使他成為一個詩人。」杜衡並讚美路易士的詩不「晦」，更不「神祕」，有幾首如〈如果你問我〉、〈脫襪吟〉等篇，「簡直率直得令人想起海涅的最樸素的詩章」。他說路易士的詩調子時常是那麼低徊，低徊之中卻有時也顯出雄偉之姿。杜衡認為「這是詩人主要成功之處。」杜衡的這篇序長達六面、對人對詩都有精闢深入的評斷和描寫，現在已很難求到這樣好的序。

　　杜衡序的後面是長達 14 面的目次，將所收的 162 首詩依年代分為三輯編成。在豐富的詩作之後是施蟄存所寫的〈跋〉。施蟄存說他與路易士相識是在現代雜誌社。路易士第一次去看他，就帶去了一大卷詩稿請他批評。施感於路的誠意就大膽地逐首逐句表示意見。最後認為滿意的只有五、六首，而且這其中都有一、二字句須要「改削」。但路易士很虛心，立即按照他的話修改，於是他留下幾首後來發表在《現代》雜誌上。施還說，自從與路熟稔，多看路的作品，了解他的性格，情緒及詩的修養後，覺得應該讓路自己去順著自己方向發展，從此避免表示意見。所以他很慶幸《行過之生命》中的作品沒有被他的主觀所戕害，而完成了路易士自己的獨特風格。

　　施蟄存對紀弦寫的詩有非常獨特的看法。他說他是拿聽音樂的知識來

看路易士的詩，覺得路的生澀的辭句和拗促的音節，使得路的詩沒有戴望舒的詩那樣的舒緩蘊藉和老練。而對於詩意的組織方面，他是以看小說聽故事的知識來看路易士的詩，覺得路的零星的情緒與朦朧的意識，使得詩好像都是未完篇的斷片，但把全集的詩合起來看，卻是一首很完整的詩。從而覺得路易士的一種對人類、甚至對宇宙的幻滅感很強烈的被描繪了出來。而這種幻滅之感的確是屬於一個溫厚的詩人的。所以他認為看路易士的詩應該去看他的全部，而非一鱗半爪。

本文一開始引的那首〈脫襪吟〉是施蟄存最喜歡的一首詩，他認為同樣的一個小小的感想，詩人寫來就是詩，革命家看來就是標語。詩人做革命家，他的詩可當標語用，然而是詩。革命家要做詩人，拼命作詩，結果既不能當詩看，甚至也不能當標語用。而路易士的一鱗半爪，卻都是詩人的標語。施蟄存到底是個非常認真讀詩，而且見解深透的前輩，他對當時初出道的詩人既盡到扶植上路的重任，更把紀弦詩的本質路向，那麼早期就分析得一清二楚，為年輕的路易士打造一個嚴肅的過去和寬廣的未來。

杜衡和施蟄存都說路易士的詩有世紀的憂煩和對宇宙的幻滅感，然則當時年輕的路易士對自己周遭的一切又如何解說呢？在後記中他這樣說：「我所歌唱的乃是我自己的夢和我自己淒涼的存在。我之為詩，純粹是以自我為出發點。……說起我的生涯來，朋友們總認為我是沒有什麼遺憾的，因為我的婚姻美滿，同時，父親還丟了點遺產（雖然少得可憐），然而我的詩將會告訴你我是怎樣的不幸。本來，20 世紀做人難，痛痛快快地讓一切毀滅了，倒也算了，偏是活在這腥臭的糞坑裡，而我自己又不得不在蛆群裡苟延殘喘。」

詩人是這樣的憤世嫉俗，是這樣詛咒 20 世紀，究竟當時他是處在怎樣的一種環境呢？他個人到底是怎樣的一種「不幸」，現在的我們無從猜測。倒是紀弦先生在七十多年後的這套《紀弦回憶綠》的第一部《二分明月下》之第九章裡，作了這樣的陳述：「我不必否認，我年少時所寫的東西，頗多帶有『虛無』的傾向。而這一點，杜衡的序文卻替我做了一番解釋：

『並不是虛無的思想造成這醜惡的 20 世紀，而是醜惡的 20 世紀造成這虛無的思想的。』當然我並非一個『虛無主義者』，而我之所以真實地表現了我的『虛無的情緒』，一反於那些二三流的詩人虛僞地歌頌『未來的光明』，這也正是廣義上的『人生的寫實主義』之實踐。」其實在施蟄存所寫〈跋〉中，也覺得路易士的詩中「對人類對宇宙有一種強烈的幻滅感」。可見虛無和幻滅是同一心理病灶，也都是時代所賜予。1960 年代的臺灣詩壇也曾在紀弦所領導的現代主義潮流下大爲虛無幻滅過。

　　這本六十七年前出版的《行過之生命》，以 162 首詩和兩篇當時執現代派大蠹的詩人批評家認真所寫的序和跋，還有青年詩人坦陳的後記，完全整整的呈現了一個詩人成長的歷程，也就是因爲有了這種紮實的基礎，也才有今天這位老而彌堅，永遠年輕的詩壇鬥士。我們應向自路易士成長的紀弦先生致敬。

——選自《文學世紀》（香港），第 4 卷第 1 期，2004 年 1 月

俳諧論紀弦

◎**羅青**[*]

一、

　　俳諧的素質，於中國詩中，存在甚早。詩經邶風〈新臺〉裡所謂的「魚網之設，鴻則離之。燕婉之求，得比戚施。」就是個很好的例子。齊風〈雞鳴〉裡的夫婦對話把雞叫和蒼蠅鬧，月光和日光，迷迷糊糊的混爲一談，充滿了諧趣，比起〈新臺〉，在手法上又進一層，讀罷令人發出會心的微笑。至於〈柏舟〉裡的「心之憂矣，如匪澣衣」，把心裡的憂愁，比成一堆沒有洗的髒衣服，那更是達到了俳諧的最高境界：一種「苦中作樂」卻又不偏激不過分的境界，超出了悲劇和喜劇的界限，而達到了一種通達人情的智慧福地，深切的表現了「溫柔敦厚」的詩教，是最嚴肅的詩歌，也是最可親的俳諧。任何人讀了，不免在會心微笑之同時，也產生了一分無比的「同情」。

　　是故劉勰要在他的《文心雕龍》卷 3 第 15 專論〈諧隱〉，標出諧在詩文中的地位和價值。他說：「諧之言皆也，辭淺會俗，皆悅笑也。」這可以說是諧的第一要素，要能引人發笑。然而，只是引人發笑，是不夠的，其第二要素是在能夠達到「意在微諷，有足觀者」，「辭雖傾回，意歸雅正」的目的。他認爲「諧」要處理得深刻，是十分困難的，因爲「本體不雅，其流易弊」，一不小心，往往就會淪爲「曾是莠言，有虧德音」的地步，豈不是要成了「溺者之妄笑，胥靡之狂歌」了嗎？故他在〈諧隱〉篇的結尾

---

[*]本名羅青哲。發表文章時爲《草根》詩刊主編兼社長，現已退休。

嚴正的警告說：「空戲滑稽，德音大壞」，希望性善俳諧的人，要小心利用，不可流於輕佻，並能以此引以爲誡。[1]

近代批評家朱光潛，也有與劉勰類似的見解，在他著名的《詩論》一書中，緊接著第一章〈詩的起源〉，第二章，便強調了〈詩與諧隱〉，列爲一章專精論之。朱氏引王國維的話說：「『優』即以『諧』爲職業」認爲「諧的需要是很原始而普遍的」，「優往往同時是詩人」，「優與詩人，諧與詩，在原始時代是很接近的。」他進一步，從心理學的觀點闡明諧趣爲「一種最原始的普遍的美感活動……最富於社會性。」他說：「藝術方面的趣味，有許多是爲某階段所特有的，『諧』則雅俗共賞」，他指出，凡「諧都有幾分譏刺的意味，不過譏刺不一定就是諧。」而且「諧的特色都是模稜兩可」的，往往使「歡欣與哀怨……並行不悖」。我認爲，上述所言的「美感活動」，「模稜兩可的矛盾情感」等等，也正是一種詩的美德，值得細細探討。[2]

朱氏把「諧」分成下列三方面來看。1.就諧笑者對所嘲對象來說：「是惡意的而又不盡是惡意的」；2.就諧趣情感本身來說：「是美感的而也不盡是美感的」；3.就諧笑者自己來說，他「所覺到的是快感，而也不盡是快感」。這都是就諧的本質來看的。事實上，在應用時，這三者之中，也有輕重之分。如著重在第一點，那就是以諧笑他人爲主，例如詩經〈新臺〉。如著重在第三點，那就是以自嘲爲主。而自嘲時，當然也可兼嘲他人；嘲他人時，有時也是自嘲的變體，這要看其中比率和分量了。如只是著重在第二點，則可說是爲諧而諧，並不涉及他人，如文字遊戲以及聲音模仿等等是屬於「空戲滑稽」之類的，但只要不過分，亦未必能使「德音大壞」。

朱氏又引依斯特曼的看法說，「詼諧意識」就是「對人類命運開玩笑。」[3]這樣的解說，當然是著重在第一點及第三點。當此二點發揮至極致

---

[1] 見劉勰、鍾嶸，《文心雕龍、詩品》合集（臺南：國學整理社，1974年），頁52～54。
[2] 見朱光潛著，《詩論》（臺北：正中書局，1962年），頁24～27。
[3] 同上註，頁28。

時，便產生了「對人類命運開玩笑」的效果。如詩經〈柏舟〉中的「心之憂矣，如匪澣衣」，就是例子。朱氏認為，對命運開玩笑，「是一種遁逃，也是一種征服」。自遁逃觀之，那是「滑稽玩世」，出發點為理智，可稱為「喜劇的詼諧」；自征服觀之，那是「豁達超世」，出發點為感情，可稱之為「悲劇的詼諧」。[4]這樣的看法，把「諧」的本質，又向內推進了一層。「喜劇的詼諧」，可說是大多著重在第一點——嘲人；當然，自嘲亦非絕對的除外。「悲劇的詼諧」，著重在第三點——嘲己；當然，嘲人的可能亦非全無。而其最高的境界，則在「悲喜合一」達到渾然一體的效果而以「溫柔敦厚」為歸依。

二、

劉勰是六朝人，他對俳諧的看法，是古典的看法。事實上，從詩經到陶潛，到李、杜、蘇、黃，俳諧在古典詩中占的地位之重要，斑斑可考，毋庸贅述。就拿性格較嚴肅，意欲「文起八代之衰」的韓文公做例子吧，他詩中的諧趣亦是隨處可見的，例如選在《唐詩三百首》中的〈山石〉裡，就有「僧言古壁佛畫好，以火來照所見稀」[5]的句子。這裡的詼諧，弄「新批評」的人，比較難以體認。但如果知道韓愈為諫迎佛骨入宮而坐貶的話，當可發現此聯自嘲、嘲人兼而有之的妙處，然其行文之間，卻又「溫柔敦厚」，並不咄咄逼人，境界是高的。

朱光潛是新文學運動以來，數一數二的文學批評家，他的《詩論》初版於 1942 年，增訂於 1947 年，但舉的例證，卻仍不出陶淵明、杜工部，並不及新詩人，這也許是因為避免引用同代人的關係。事實上，五四以後的新詩作品中，並不乏俳諧素質。但像胡適之，錢玄同等人的一些唱合試作，仍只能以打油詩視之，格調不高。袁水拍的東西，雖較胡適等人的試作有了進步，但基本上仍是打油作風，無法登堂入室，並不足以取法，茲

---

[4]同註 2，頁 28～30。
[5]見蘅塘退士選，《唐詩三百首》（高雄：臺灣大眾書局，1963 年），頁 63。

舉袁氏的〈王小二歷險記〉[6]爲例，大家便可明白：

> 王小二坐在家裡。
> 瘦臉兒一團和氣。
> 今天他加了薪水，
> 老婆也歡歡喜喜。
>
> 老婆出門去打酒，
> 還買年糕和豬油。
> 小二靜坐等她來，
> 一枝香煙思悠悠。
>
> 忽然屋裡有聲響，
> 好像有人在演講，
> 細聽原來是煤球，
> 「我的薪水也要漲！」
>
> 煤球說話還未了，
> 肥皂聲音也不小：
> 「我的薪水也要加，
> 再不加薪不幹了！」
>
> 碗裡豬肉籃裡菜，
> 櫥裡豆腐桌上蛋，
> 他們一齊高聲喊：
> 「加薪，加薪，快快快！」

---

[6]見《中國現代詩歌選》（香港：香港上海書局，1960年），頁134～136。

小二聽得心裡慌，
方才的喜氣一掃光。
滿屋子東西都開口，
柴爿跳舞像發狂。

小二嚇得開門逃，
撞個滿懷應聲倒，
老婆打酒沒打著，
也沒豬油也沒糕。

攪起老婆問緣由，
老婆氣得雙淚流：
「你的鈔票不值錢！
年糕不肯跟我走。

店裡東西都笑我，
大家罵我睏扁頭，
大家都說漲了價，
昨天的鈔票打不了今天的油。」

　　此詩當然還是從周豈明的〈賀年詩〉和聞一多的〈聞一多先生的書桌〉二詩中變化出來的[7]，是屬於「喜劇的詼諧」，但行文太過油腔滑調，落於「空戲滑稽」的俗套，與李商隱〈龍池〉那樣深沉的作品，是不能相比的，與聞一多的〈書桌〉亦有天壤之別。老實說，聞一多的〈書桌〉，可謂新詩運動以來第一首成功的含有深刻俳諧性的詩作。然就整個「革命時代」的新詩來看，其中含有深刻的俳諧性的作品是少之又少的。
　　至於 1949 年以後臺灣「過渡時期」的詩人，更是有意識的在排斥詩中

---

[7]見梁實秋著，《談聞一多》（臺北：傳記文學出版社，1967 年），頁 42～44。

的俳諧素質，大家多誤認俳諧爲二流的東西，在一流的詩中是不存在的。
因此把新詩的領域弄窄了一圈。我們聽聽余光中的抱怨，便可知道俳諧在
「現代詩」中的分量是多麼的稀少。他說：「老現代詩多的是強調自我否定
社會的所謂『孤絕感』，在這種『出門即有礙，誰謂天地寬』的心情之下，
詩的調門不是急驟尖拔，便是囁嚅哽咽。」產生了許多「不必要的緊張、
急促，甚至做作」，「表現的往往是歷盡滄桑的老年情懷，不然便是少年早
熟的新式悲觀。」[8]但有一點令人奇怪而且值得注意的，是余氏所謂的「老
現代詩」的創始者——紀弦，卻是其中的一個例外，至於余氏自己，只可
算是半個例外。

如果我們仔細考察一下五四以降的新詩人，便可發現，紀弦實在是其
中最能夠在詩裡發揮高度俳諧性的詩人。他毫無顧忌的大聲宣布：

> 我還夢見孔子，
>
> 他也舉兩手表示贊成，
>
> 說沒有什麼關係。
>
> 他不但是個「聖之時者」，
>
> 而且還具有詩人的氣質，
>
> 對於這位幽默大師，
>
> 我最崇拜。[9]

紀弦所謂的幽默，當然也就是本文所謂的「俳諧」。

三、

大體說來，紀弦的俳諧，主要的可分爲下列兩種：一是自嘲，二是自
嘲與他嘲混合。當然，也有嘲人的，不過其重要性不如前者。他的〈七與

---

[8]見余光中著，《聽聽那冷雨》（臺北：純文學出版社出版，1974 年），頁 74～75。
[9]紀弦，〈我來自橋那邊〉，《檳榔樹乙集》（臺北：現代詩刊社，1967 年），頁 145。

六〉，就是典型的「自嘲」代表：

拿著手杖 7

咬著煙斗 6

數字 7 是具備了手杖的形態的。

數字 6 是具備了煙斗的形態的。

於是我來了。

　　手杖 7＋煙斗 6＝13 之我

一個詩人。一個天才。

一個天才中之天才。

一個最最不幸的數字！

唔，一個悲劇。

悲劇悲劇我來了。

於是你們鼓掌，你們喝采。[10]

　　有人說：「這首詩怪誕有餘，深度不足；而且文字累贅，爲現代詩人重視的張力、彈性、密度，完全找不到；第三、四行連用兩個『的』字，第九行連用兩個『最』字，都證明作者未能充分把握漢語（連用兩個『最』字本無不可，如果用得適當的話）。詩可以俏皮，但不應專事怪誕；上述紀弦的詩只能算是怪誕的文字遊戲，甚至可以說是現代打油詩；其他很多所謂現代詩也應作如是觀。紀弦說現代詩不能以散文表現，其實上面的詩已經是散文，而且是很美的散文。當時高舉現代詩大纛的紀弦竟寫出這樣的作品……」[11]言下之意，好像非常遺憾。事實上，這種看法，是沒有能把握

---

[10]紀弦，〈七與六〉，《飲者詩鈔》（臺北：現代詩刊社，1963 年），頁 5～6。

[11]見凝凝，〈舊調重彈〉，《中外文學》第 3 卷第 1 期「詩專號」（1974 年），頁 20。

住詩中重心的結果。說詩人在批評時，首先應當弄清對象的本質。我們不能以批評「自然詩」的態度去批評「自嘲詩」，也不能以批評「自剖詩」的態度去批評「社會詩」。我們不能要求一首詩要具備所有「內容上的可能」。〈七與六〉是一首短的「自嘲詩」，我們不能以批評「其他」不同種類詩的態度及標準來論他，就好像我們不能以「沒有表現出現代人的苦悶與機械文明的危機」為由，去斥責一首以描寫風景為主旨的詩。〈七與六〉在表面上似乎看不出什麼「張力、彈性、密度」，但實際上，這三者，不一定要在字句上面要求，也可以在全篇上要求。只要全詩在整體上，具備了上面的三項要素，而個別的字句對這「三要素」也有不可分隔的貢獻，那就夠了。不必一定要去要求字句本身的「張力、彈性、密度」。因為字句本身如具備了這「三要素」，然對全詩卻沒有貢獻，那具備了也是徒然。

　〈七與六〉並不是沒有缺點，但其缺點，應當以「自嘲詩」的標準來求之。因此三四兩行的缺失，不單是連用兩個「的」字，而且是全句整體上的缺失。這兩句根本該從詩中剔除。因為起首兩行已經交代暗示得很清楚，次兩行再做進一步的解釋，就成蛇足，且並不增加讀者對全詩的了解，反而破壞了「聯想」的可能。真的是落入了散文的地步。除了這兩行以外，〈七與六〉的表現可算是相當動人。至於連用兩個「最」字，卻正好與第八行的「一個天才中的天才」之重覆相呼應，又與第 11 行的「悲劇悲劇我來了。」之重覆相契合，加深了自嘲的效果，其對強化全詩的「張力、彈性、密度」皆有貢獻，誰曰不宜。以上是就字句論字句，並沒有探討到了解自嘲詩的的重心——那就是「歷史的背景」。要了解詩中的自嘲成分，歷史的知識是相當重要的，大家看韓愈的〈山石〉便可明白。我們知道〈七與六〉作於 1943 年，是紀弦大陸時期的作品——一首道地的「自由詩」，不能以 1654 年以後紀弦在臺灣所提倡的「現代詩」要求之。紀弦在自由詩上語言的成功，在當時是大家公認的，不能以詩中尚存有連用兩個「的」字的 1920、1930 年代句法餘緒，而驟評之為「未能充分把握漢語」。我們可以斷言，若沒有紀弦在語言上的成功，余光中、鄭愁予、瘂弦

在語言上的成就也不會來得這麼快。這一點，我當在論「紀弦的語言」時，詳細討論。

至於說〈七與六〉「只能算是怪誕的文字遊戲」，那是沒有了解紀弦本人的緣故。任何讀過紀弦散文的人，都知道紀弦是個煙斗迷，且又喜歡拿著手杖散步，表現他藝術家的風度。他在 1943 年寫的另一首詩〈說我的壞話〉[12]中，就公開宣布，手杖和煙斗已經成為他身體的一部分了。因此煙斗和手杖可說是紀弦生命中最重要的象徵：煙斗代表了他詩的靈感，是追求理想的；手杖表現了他嫉惡如仇的作風，是面對現實的。這些，我們不必認識他本人，看他詩文，就會清楚。因此，一、二、五行，明確的勾畫出了詩人的性格，也就是因為這種性格，造成了他不肯隨波逐流的態度，有了近似屈原一般「寧悃悃款款」的悲劇意識。[13]他為了自己的理想，為了想更新中國的新詩。提出了極端的西化的論調：「橫的移植」[14]。不論其理論是否正確，其誠意是事實，其受人攻擊反對也是事實。故煙斗加手杖，剛好又成了西方文化所迷信的不祥數字 13，這可算是一項巧合，但卻又是配合詩情的，實不得以文字遊戲斥之。

此詩的自嘲意識最高點，還是在末兩行：「悲劇悲劇我來了。於是你們鼓掌，你們喝采。」自己的才氣、狂傲、執著，造成了自己的悲劇；而自己的悲劇，卻又成了他人喝采，觀賞的對象。此一「轉變」，把前面的輕佻、浮動、誇張，完全化成了沉痛。這是一種「悲劇的詼諧」，出發點是感情：在自詡天才時是「快感」的，但在人們喝采時又是「悲痛」的。然而明知這樣下去，悲劇無法避免，卻仍不改初衷，大步向前，不但有向命運開玩笑的勇氣，甚至有征服命運的力量，這才是值得讀者「喝采」的。因此我對此詩的結論是，若能把三、四行去掉，則可成為一首完美的自嘲

---

[12]見紀弦，《飲者詩鈔》，頁 37～39。
[13]見紀弦，《新詩論集》（高雄：大業書店，1956 年），頁 38：「可歎的是我們這個詩壇，本是一片乾淨土，不過多了幾個上官大夫，令尹子蘭而已」。又見《飲者詩鈔》，頁 226～227，詩人以「帕羅米修士」自喻。
[14]見紀弦，《紀弦論現代詩》（臺中：藍燈出版社，1970 年），頁 164～172。

詩；如保留，則亦不能一口咬定是壞詩。至於文字方面，六和七與煙斗和
手杖在形象上的關係，是顯而易見的；而 13 之為不吉利，觀念雖是西方
的，但也為大家所熟知。即算讀者不了解紀弦本人的生活背景，單就字面
上，也會發出會心的微笑，因為「諧」本來就有「文字遊戲」或「用文字
開玩笑」的素質，只要作者有能力控制其輕佻、浮動的一面，為了加強詩
情，而予以適當的運用，是沒有什麼不可以的。

四、

有了以上的了解和標準，我們便可以進一步的探討紀弦其他有自嘲成
分的詩——正如同他在〈面具〉[15]中所說的，在那些詩中，他要「用世界上
最辛辣的字眼諷刺我自己，嘲笑我自己，直搔到我自己的癢處，同時發見
我自己的偉大。」

〈面具〉是分段詩，但結構卻十分鬆散，內容也流於情緒的宣洩，犯
了分段詩的大忌。其缺陷不在「文字」的散文化，而在「詩想」的散文
化。雖然全篇針對面具的主題加以盡情的發揮，但這只能使其成為一則相
當好的「自剖式」筆記或手札。置於散文或小說中，或無不當；放在詩
裡，卻難以成立。最主要的，還是其詩缺少了「詩想動作」。

這一點，我們拿他另外一首分段詩〈飛的意志〉來做比較，便可明
白。全詩如下：

> 一種飛的意志永遠支配著我。我想飛！於是我長了翅膀，我試著鼓動我
> 的雙翼，覺得它們的性能極強，雖大鵬，鴻鵠，鷹隼，也不可同日而
> 語。自信我的速度，高度，和持久力，不僅是超越凡諸鳥類，抑且凌駕
> 各種飛機。憑著這對翅膀，不飛則已，要飛，起碼是一飛沖天，二十四
> 小時週遊太陽系。啊，多好，飛吧！哦，再見，醜陋的世界！

---

[15] 見紀弦，《飲者詩鈔》，頁 127～128。

但是，我展開的雙翼，剛剛使勁一撲，才撲了一點點，兩足離開地面還不到半公尺的光景，就整個跌下來了。而且，多慘，連所謂強有力的翅膀也從此折斷了。這是怎麼搞的？怎麼搞的？我不知道。而我知道的是，現在，我清清楚楚地看見了：就在那邊，站著的，那傢伙，名叫「現實」，他手裡拿著一桿獵槍，無聲地獰笑著。[16]

　　在此詩中，紀弦展露了他高度的才華與諧趣。全篇一起頭，〈飛的意志〉便開門見山的支配了首段。其句法是跳躍的，如「我想飛！於是我長了翅膀。」其詩想也是跳躍的，由第一段的驟然想飛——飛而未飛的「假象」，到第二段的驟然跌落——未跌而跌的慘狀，其情況變易之快速，正好與其句法，相輔相成。因為第一段有關大鵬，飛機等等的描寫，給人的感覺是詩人好像已經離開了「醜陋的世界」，四處飛翔去了。詩中種種關於速度，高度等等誇張的累積描寫，所造成的「假象」，正好為第二段中「突然而輕易」的「折斷」做了詼諧性的伏筆。因為詩人把他「性能極強」的雙翼，「才撲了一點點」，兩足才離開地面還不到「半公尺」的光景，竟然「就整個的跌下來了」，造成了下面滑稽可笑的場面：「多慘，連所謂強有力的翅膀也從此折斷了。這是怎麼搞的？」在這個疑問之下，「現實」，那個真兇，被戲劇化的介紹了進來，「手裡拿著一桿獵槍，無聲地獰笑著」，站在那裡。不但產生了「震駭效果」，同時也把全篇導入了「喜劇的詼諧」之中。

　　綜觀此詩，其「詩想動作」，變化成功有力，由第一段的想飛而生了翅膀，由生了翅膀到似飛而實未飛的「假象」製造，虛實錯用，說服了讀者。然到了第二段，卻又擊破前段烘製出來的虛幻，情況繼續快速變易，不但使前面的世界改觀，而且還製造出了滑稽的場面與「懸疑」的氣氛。而走筆至此，「詩想動作」急轉直下，「戲劇化」的介紹出了「現實」的兇

---

[16]紀弦，〈飛的意志〉，《檳榔樹乙集》，頁13。

手,同時也產生了「震駭」的效果。這種震駭效果加上滑稽的場面,正是把全詩引入了「喜劇的詼諧」之中的要素,從而加強了其自嘲的深度。

　　「現實」一直是詩人「理想」的死敵,而兩者相爭,又往往是前者占上風。因此當詩人在面對自己的失敗時,不是痛苦的接受或反抗,便是「俳諧」的化解超越。默默的接受者,如陶淵明的「天運茍如此,且進杯中物」(〈責子〉),「爾之不才,亦已焉哉」(〈命子〉),紀弦在〈倘若我是〉一詩中也說過:「可是我是一個詩人。/我不過是一個詩人而已。/詩人能做什麼?──/戴桂冠嗎?拿獎金嗎?/不。除了飲酒,想詩,用粗話罵人/和在這個世間受苦。」[17]但起而在詩中表示反抗者也是有的,如杜甫「束帶發狂欲大叫」(〈早秋苦熱堆案相仍〉),以及三吏、三別等等,都是例子。陶淵明也有「少時壯且厲,撫劍獨行遊」(〈擬古詩九首之八〉)的時候,至於「刑天舞干戚,猛志固常在」(〈讀山海經〉),「凌厲越萬里,逶迤過千城」(〈詠荊軻〉)的精神,在陶詩中亦是隨處可見的。紀弦也寫過許多這一類的詩如〈畫室〉,〈火與嬰孩〉,〈我的聲音和我的存在〉,〈在地球上散步〉,〈過程〉等等。

　　對現實採取了俳諧的態度去化解超越的,陶、杜詩中亦是比比皆是。陶詩如「種豆南山下,草盛豆苗稀」(〈歸園田居‧之三〉),「飢來驅我去,不知竟何之?……談諧終日夕,觴至輒傾杯」(〈乞食〉),「談諧無俗調,所說聖人篇」(〈答龐參軍〉),不斷的強調了「諧」的重要性。杜詩如「影遭碧水潛勾引,風妬紅花卻倒吹……蜜蜂蝴蝶生情性,偷眼蜻蜓避百勞」(〈風雨看舟前落花戲為新句〉),「囊空恐羞澀,留得一錢看」(〈空囊〉),「幸因腐草出,敢近太陽飛」(〈螢火〉),「貧知靜者性,自益毛髮古」(〈貽阮隱居昉〉)等等,亦是「俳諧」中格調之至高者。

　　同樣的,「俳諧」在紀弦詩中,也是重要的品質之一。例如在〈零件〉一詩中就坦然承認他常以自嘲的方式來超越在現實中所遭受的挫敗。

---

[17]見紀弦,《檳榔樹丁集》(臺北:現代詩刊社,1969 年),頁 113〜114。

不過是小小一枚螺絲釘而已。

有什麼可這樣可那樣的呢？

　　　　什麼詩人？

　　　　半野蠻的族類！

我就模仿雪萊的朋友皮可克的口氣，

嘲弄嘲弄我自己而感到非常的過癮，

每當我被這樣那樣得

想哭的時候。……

〈零件〉中的俳諧，當有些執著，憤懣。但在〈連題目都沒有〉一詩中，卻顯出了紀弦晚年的達觀自得，觸及了陶的「草盛豆苗稀」及杜的「留得一錢看」的通達風趣的境界：

其實我是連月球之旅也不報名參加了的，

連木星上生三隻乳房的女人亦不再想念她了，

休說對於芳鄰 PROXIMA，

那些渦狀的銀河外星雲，

宇宙深處之訪問。

總得有個把保鑣的，

才可以派他到泰西去——

怕他爛醉如泥，有失國體。

就算他是個有點兒才氣的吧，

倘若搭錯了飛機可怎麼辦呢？[18]

---

[18]紀弦，〈連題目都沒有〉，《檳榔樹戊集》（臺北：現代詩刊社，1974 年），頁 65。

　　我們知道，首段中的「月球之旅」，「木星上生三隻乳房的女人」，「芳鄰 PROXIMA」以及銀河宇宙等等，都是紀弦早期詩中歌詠讚歎，表達希望失望的對象。而現在，他卻一一處之泰然了。這種坦白公然的否定，也是一種成熟自得的肯定。在第二段中，他對他喝酒的「豪氣」及寫詩的「才氣」，都採取了保留的態度，比起〈七與六〉中的情形大不相同。他雍容的調侃自己說：「總得有個把保鑣的」免得醉得「有失國體」。末兩句尤妙，所謂「天才中之天才」的激情不見了，想飛的壯志也沒有了，甚至還怕搭錯了飛機。代之而起的是一個真誠自謙自知的態度。亂飛是不可能的，才氣也終有個限度的，但這並不就意味著詩人的自信已失，因為在骨子裡，他還是自豪的認為，他是足以代表東方到泰西去的。

　　這樣泰然的自嘲，既詼諧又嚴肅，超出了悲喜之外，達到了通達人情的智慧福地，是與身自足，不須解釋的。如此一來，本詩的題目：〈連題目都沒有〉就愈發顯得有味了。

五、

　　紀弦詩中，「自嘲嘲人」並出的很多，如〈理想〉、〈脫襪吟〉、〈我的愛情除以三〉、〈蒼蠅〉、〈爬蟲篇〉等等，都是例子。

　　〈我的愛情除以三〉中，紀弦幽默的說：「我的愛情除以三：／你，工作和煙草。」「你」是愛人，「工作」是現實；「煙草」是詩，是想像之美，是藝術。但詩人卻發現除以三是不行的，那個「你」會「沒收了我的煙斗，／使我沒精打采，兇霸得／如一善妒的潑婦。」使詩人不得不無可奈何的歎道：「善妒的潑婦是沒福的，／因為她不懂／三位一體的哲學。」[19]這首詩，自嘲，嘲人兼而有之，然其基本性格，還是喜劇的，表現出來的態度，是「惡意的而又不盡是惡意的」，給人的印象是「滑稽玩世」而偏於遁逃。其中的嘲弄是溫柔的嘲弄，並不辛辣刺人。這種溫柔的嘲弄，充滿

---

[19]見紀弦，《摘星的少年》，頁206。

了愛意，在〈理想〉一詩中，有了高度的發揮：

> 啊喲，愛者，我想，
> 世間再沒有比你與我
> 更其不可思議的了——
> 你要我和你耕瘦瘠的田；
> 我卻有未開採的金銀礦。
> 你的理想是條美麗的小蛇；
> 而我的理想好比凜然的龍。
> 唉，你的小蛇呀，
> 怎麼常咬痛我龍的尾巴？[20]

〈我的愛情除以三〉是把「感情」用抽象的「科學方法」加以處理，使其概念化，且充滿了「知性」的光輝。因為詩中的「你」，就是一個「知性」過強的「潑婦」。「理想」一詩是把「感情」經由具體的「想像途徑」加以處理，使其具象化，充滿了「感性」的情趣。因為詩中的「龍」，只是詩人的「理想」而已，是根本沒有科學存在的根據的。

這種「自嘲嘲人」兼而有之的詩，常會使人產生「啼笑皆非」的感覺。〈蒼蠅〉一詩，就是個好例子：

> 蒼蠅們從開著的窗子飛進來，
> 我的眼睛遂成為一個不愉快的巡邏者。
> 「討厭的黑色的小魔鬼！
> 一切醜惡中之醜惡！」
> 我明知道我這嚴重的咒詛是徒然的。

---

[20]紀弦，〈理想〉，《摘星的少年》（臺北：現代詩刊社），頁59。

> 而當我怨恨著創造了牠們的上帝時，
>
> 牠們卻齊聲地唱起讚美詩來了。[21]

　　蒼蠅誠然可惡，卻竟也是上帝造的。「我」明知咒詛也是徒然，卻又不能控制的發了嚴重的惡罵，甚至連上帝都怨恨上了。在咒詛與讚美詩之間，「我」與「蒼蠅」劃了等號，不單自嘲，而且嘲人，其感情是「啼笑皆非式」的，這種「啼笑皆非式」的感情，在紀弦另一首詩〈脫襪吟〉中，被轉化至一種「悲天憫人」的境界：

> 何其臭的襪子，
>
> 何其臭的腳，
>
> 這是流浪人的襪子，
>
> 流浪人的腳。
>
> 沒有家，
>
> 也沒有親人。
>
> 家呀，親人呀，
>
> 何其生疏的東西呀！[22]

　　流浪人是貧無立錐之地的。家對流浪人來說還不如他的臭襪子來的親切。然臭襪子又怎麼入詩呢，這裡顯出紀弦的高明了。臭腳和臭襪子是誰都有的，但其主人是流浪人，就立刻在讀者的心中描畫出一幅歷盡滄桑的背景，同情之心，油然而生。但光只是這些是不夠的，詩人必須使這幅背景，精要且凸出的在讀者的心中出現，令他感到更深一層的震顫。因此，紀弦，用能保護人溫飽的家與保護腳的襪子為對比，用親人與流浪人為對

---

[21]紀弦，〈蒼蠅〉，《摘星的少年》，頁 123。

[22]紀弦，〈脫襪吟〉，《摘星的少年》，頁 61。

比，使那種流離失所的感覺，借著平凡到幾乎可笑的脫襪動作引發出來——先是令人失聲而笑，後是令人掩卷歎息。是夫子自道，卻又道盡天下流浪人的心情。〈理想〉是輕巧的，〈蒼蠅〉是激烈的，而〈脫襪吟〉卻在自嘲和嘲人之間，表現出蒼涼無奈以及悲天憫人的胸懷與境界。

六、

　　紀弦詩中嘲人的例子也很多，但佳篇卻少。其中有一些關於政治的還不錯，如〈克洛馬〉之嘲菲律賓，〈語法〉之嘲日本等等，範圍很廣，當留待論他的「政治抒情詩」或「戰鬥詩」時再說。

　　紀弦嘲人的詩，好的很少，多半流於過分情緒化，如〈20 世紀〉、〈蟑螂〉、〈椅子〉等等都是如此。他在〈要的和不要的〉中寫道：「把那無線電收音機關上吧，賢妻啊！／它使我的聽覺羞恥，因為那些是／不知亡國恨的商女唱的後庭花啊。」[23]語調雖然滑稽，本質卻是散文。〈綠三章〉中的「X 啊，不讀我的詩的 X 啊，／我恐怕要跟你打官司了吧，／如果你還不關上無線電收音機，／老是讓它唱那至極無聊的『玫瑰玫瑰我愛你』的話」[24]也一樣是散文。紀弦不但嘲笑流行歌曲的擁護者，也同樣嘲笑那些跟著流行一起亂寫現代詩的人。在〈月光曲〉中他諷刺的說：「大家一窩蜂地畫抽象畫，寫現代詩，／再沒有比這一窩蜂主義更討厭的了。」[25]繼又在〈舞伴〉中調侃的笑他們「畫鬼畫符／的『抽象畫』和寫狗屁／不通的『現代詩』」[26]還不知羞的自以為是「很前衛的」。然這些都太浮面，太輕佻，徒逞口舌之快而已，實不足為訓。有時，他又變得相當激憤，甚至於以惡罵去詛咒那些「蒼蠅一般討厭的，太多的，死不光的，／大人，孩子，男的和女的。」（〈靈感之死〉）這種偶發的「偏激」情形，要到紀弦晚年，他 50 歲以後，才慢慢消失。

---

[23]見《檳榔樹甲集》，頁 89～90。
[24]見《檳榔樹乙集》，頁 80～82。
[25]見《檳榔樹丁集》，頁 64～67。
[26]同上註，頁 25～28。

　　例如他在 1969 年寫的〈一種蒼白〉和〈觀感〉，就是相當具有水準的嘲人詩。在〈一種蒼白〉中，他形容都市女人如「賽璐珞玩偶一般的脆弱：／擦根火柴，就化為灰燼了。／而灰燼，灰燼又在笑啦——笑得格格格格，格格格格的。」[27]這樣的手法，可說是十分深刻辛辣的剖開了都市女人的缺點。在〈觀感〉[28]中他嘲笑那些沒有獨創性的人，就好像回聲，連影子都沒有。構思雖不新鮮，表現倒是含蓄，比起其他的詩，尚算可取。

　　紀弦最好的嘲人詩，還要算他在 50 歲左右寫的，那首〈勳章〉：

月亮是李白的勳章。

玫瑰是 Rilke 的勳章。

我的同時代人，

有掛著女人的三角褲或乳罩的；

也有掛著虛無主義之類的。

而我，沒得什麼可掛的了。

我就掛它一枚，

　　並不漂亮，

　　並不美麗，

　　而且一點也不香艷，

　　　一點也不堂皇的，

小小的螺絲釘吧。

因為我是一個零件，

　　我是一個零件小小的。[29]

---

[27] 見《檳榔樹戊集》，頁 2～3。
[28] 同上註，頁 20～21。
[29] 紀弦，〈勳章〉，《檳榔樹丙集》，頁 90～91。

　　嚴格的說〈勳章〉的「自許」成分要比「嘲人」成分要來得大，不過，也正因爲其中的自許成分，給予嘲人成分，充分的支持，使不致於落到浮面罵戰的陷阱之中，同時，也正因爲有了對比，反倒使其俳諧性與諷勸性更加明顯的表現出來。因爲李白爲撈月而死（傳說是如此的），里爾克因玫瑰刺手而亡，而紀弦所謂的同時代的人呢？卻是爲「三角褲」或「乳罩」、「虛無主義」之類的死於非命。這與詩人願把生命獻身給一個「螺絲釘」相比，其情操的高下立判，若與李、里二氏相比，也顯得作者是一個十足的 20 世紀工業時代的詩人。因此，我們把〈勳章〉列入「嘲人詩」的行列中，雖嫌勉強，但也並無不可。後來在 1965 年，他寫了〈人間〉[30]，在處理上，與〈勳章〉也十分相似，他唾棄「那些見不得陽光的」，他要「給他一盞燈」；對「那些對著銅像吐唾沫的」，他要「讓他也成爲銅像。」但對以上的否定語調，詩人在後半篇中，用了肯定的態度來支持並以爲對比。他歡迎「會說會笑」真誠無僞的人走進他「春天的園子」。這樣一來，前面的諷嘲才更顯得有力，不失其諷人嘲世的本意，而又避免了憤世恨世的偏激，在紀弦的「嘲人詩」中，這樣的作品，是值得稱道的。

七、

　　上面我把紀弦具有俳諧性的詩，分成「自嘲」、「嘲人」及「嘲人與自嘲」三大類來討論，這並不意味著，其間的分野是如刀如切，毫不含糊。事實上，其中互相跨越的地方也是有的，只不過我爲了探討方便起見，依其詩中的分量比重，而加以劃分罷了。嚴格的說，紀弦詩中具有俳諧性的當然不只這些，如〈在禁酒的日子〉、〈金門高粱〉、〈八里之夜〉、〈蕭蕭之歌〉等等，都是十分富有諧趣而又毫無嘲諷意味在內的好詩，這是值得細心注意的。尤其是在紀弦的晚年作品之中，自嘲與嘲人的素質都漸漸減少，慢慢消失了。代而起之的是一種寬容、諒解、詼諧但又不失敦厚的態

---

[30]見《檳榔樹丁集》，頁34。

度，這種境界，比他在〈連題目都沒有〉一詩中所表現的，要更進一層。
他在 1972 年所寫的〈六十自壽〉、〈夜記〉、〈總有一天〉，及 1973 年所寫的
〈一小杯的快樂〉可爲這一類型的代表。

在〈六十自壽〉，他雍容自得的寫道：

> 有企圖偷去我的手杖的，
> 也有想敲碎我的煙斗的。
> 所以我乾脆把鬍子刮掉，
> 連個寶貝詩人都不做了。
>
> 從前我不時的大聲吶喊，
> 是因為害怕寂寞的緣故。
> 如今已懂得享受寂寞了，
> 我還有什麼話可說的呢？[31]

此詩表現出他對外的毀譽，已達到不動心的地步。並坦然承認以前對
外界激烈的反應，是因爲自己心虛的緣故。在這首詩中，文字技巧、形
式、音樂，皆跟著「詩想」走，自自然然，有格律詩的優點，表現出了詩
人正大光明的心境；無格律詩的缺點，無造作的押韻及填字。沒有什麼驚
人之筆，但卻直指人心，諧趣盈然，算得上是紀弦詩中的上品。〈六十自
壽〉是夫子自道，〈夜記〉則顯出詩人關愛外物的胸懷。

> 夜半醒來抽枝煙。
> 月光下，小個便，
> 不也蠻富有詩意的嗎？
> 忽然哼起兒時的幾句歌，

---

[31]紀弦，〈六十自壽〉，《檳榔樹戊集》，頁 120。

怪蒼涼的。

又想到明年此刻，
將會以一種退休之姿，
出現了吧？然則 F 調的披頭
和 G 調的小咪，還有，
那些孤挺，那些曇花，
總該早點兒為牠們
作一番安排才好。

於是有一流星劃過天空，
自東南東而西北西。[32]

　　由此詩可知，紀弦是一個把整個生活都融於詩的人。60 歲以後的他，在某些詩中，技巧已出神入化，不復看見技巧的痕跡。首段中抽煙與月光的對比，是無聲，是年長後的成思；小便與兒歌的互映，是有聲，孩提時的天真；動作與意義渾然一體，兒時的頑皮與老年的童心合而為一。詩人恢復了赤子之心，當然會關心起他四周的小生命來。「總該早一點兒為牠們／作一番安排才好。」詩人如是感歎道，因為從兒時到現在，生命也只不過是一曇花之開謝，「一流星劃過天空」。此中，曇花與流星的互映，神妙而不著痕跡，十分難得。雖然生命是短暫的，而他也快要「退休」了，但他還是依舊保有著「孤挺」的，他要為他喜愛的小貓小狗以及花草，做一番安排。全詩拋棄了比喻，象徵，及一切怪誕的技巧，以真誠出之，但因詩想的裁剪得宜，使全詩進入一種似淡實濃的自然妙境，既莊又諧，真是值得喝采。這種境界，在他的〈一小杯的快樂〉[33]中，更是發揮得淋漓盡致：

---

[32]紀弦，〈夜記〉，《檳榔樹戊集》，頁 121。
[33]見《檳榔樹戊集》，頁 148～150。

一小杯的快樂，兩三滴的過癮，
作為一個飲者，這便是一切了。
那些雞尾酒會，我是不參加的；
那些假面舞，也沒有我的份。
如今六十歲了，我已與世無爭，
無所求，亦無所動；
此之謂寧靜。但是我還

不夠單純，而且有欠沉默——
上他媽的什麼電視鏡頭呢？
又讓人家給錄了音去廣播！
倒不如躺在自己的太空床上，
看看雲，做做夢好些。
如果成詩一首，頗有二三佳句，
我就首先向我的貓發表。

　　這是該詩的開頭兩段，最愛狂飲的「飲者」，現在不貪杯了。雞尾酒
會，他不參加；假面跳舞，想參加也沒他的份，真是達到了寧靜。但這種
寧靜是自然的，是真實而非造作的。因為有時寂寞起來，仍是會去廣播電
視一番。但他並不為自己掩飾，他後悔那樣做了，就明白的表示出來，使
人看到了人性中的複雜面。酒是少喝了，詩卻還常寫，發表欲不再支配一
切，代而起之的是一種自娛與自足。他接著寫道：

我的貓是正在談著戀愛，
月光下，屋脊上，牠有的是
唱不完的戀歌，怪腔怪調的。
為了爭奪一匹牝的老而且醜，

去和那些牡的拼個你死我活，
而帶了一身的傷回來的事
也是常有的。　這使我

忽然間回憶起，當我們年少時，
把劍磨了又磨，去和情敵決鬥，
亦大有羅密歐與朱麗葉之概——
多麼可笑！多傻！而又多麼可愛！
如果時光可以倒流，
我是真想回到四十年前，
把當初擺錯了的姿勢重擺一遍。

　　詩由二段的向貓發表他的詩，至三段貓的戀愛，跳接自然，而且與詩情吻合，因為第三段貓的戀愛與第四段詩人的戀情，相互對比，互相印證，充滿了詩的浪漫。因此，向貓讀詩，是詼諧而又恰當的，妙諦正在其中。至於「擺錯了姿勢」一句尤妙，不但點出了時光真的無法倒流，也說明了就是能倒流，也無補於事。因從前做錯的事，現在想來未必不美，尤其是在戀愛上犯的錯誤，就是再犯一次，也未嘗不可。

而總之，錯了，錯了，錯了。
那些臺詞與臺步，都弄錯了。
這樣也錯了，那樣也錯了，
一錯就錯到了今天的這種結論：
既無紗帽或勳章之足以光宗耀祖的，
而又不容許我去遊山玩水說再見——
此之謂命運。

　　第三段剛剛肯定了少年時期的「可愛」，第四段又否定了。從「擺錯了的姿勢」到走錯了的一生，轉化自然而不露痕跡。少年時對愛情的狂熱，也可說是對詩酒的狂熱，這狂熱使他晚年既無官位以光宗耀祖，又無錢財去遊山玩水——造成了他如此一生的命運。

> 啊啊命運！命運！命運！
> 不是樂天知命，而是認了命的，
> 亦非安貧樂道，而是無道可樂。
> 所以我必須保持寧靜，單純與沉默
> 不再主演什麼，也不看人家的戲。
> 然則，讓我浮一大白以自壽吧！
> 止於微醺而不及於亂，此之謂酒德。

　　紀弦在此，繼承了儒家順天命的看法，把一切歸之於命運。但卻沒有故作達觀超世的「樂天狀」，也不故作厭世嫉俗的「悲觀狀」。他是認命的，但不故作瀟灑之態，他是安貧的，但不假借樂道之名。全詩至此，經過了種種變故，又回到了首段所說的「寧靜」——不再是主角，亦不再是觀眾。對於一切，他的態度，不再是完全割捨，不再是沉迷其中，而是不即不離的「止於微醺而不及於亂」。最後兩行，與陶氏的「天運苟如此，且進杯中物」，是十分相似的。他們不完全臣服於「命運」，亦不想超越「命運」，而是以自己的「寧靜」與「命運」相處相合。所謂的「且進杯中物」，只不過是順性罷了，實在是沒有絲毫借酒逃避的意思。

　　綜觀全詩，是俳諧的，例如用貓的戀愛與他少年時的戀愛相比，用自己的矛盾行為，來表達自己所謂的「寧靜」，一方面顯出了詩人的風趣，另一方面又在風趣中嚴肅而真誠的探討了「命運」。既非自嘲，亦不嘲人，和平中正的接受這一切，而欣賞之，達到了「通達人情的智慧福地」。

八、

　　紀弦有自選詩七卷，從卷一到卷七，都有相當濃厚的俳諧性，洋溢在他的詩句之中。因了時間的不同，年歲的不同，題材的不同，態度的不同，其俳諧的方式亦不同，有些失之過激，有些失之遊戲，但也有些卻達到了「辭雖傾回，意歸雅正」的效果。他的詩，早期多有向「命運開玩笑」的雅量，有「滑稽玩世」的遁逃，也有「豁達超世」的征服，嘲人時有，嘲己亦不停，時而又兼嘲人嘲己並出，變化十分的豐富。晚期，則漸漸了解了與命運和平共處之道，以風趣的態度欣賞之，既不「遁逃」，亦不「征服」，以「溫柔敦厚」的詩教爲依歸，表現了詩與人生渾然一體的境界。這類的作品，在紀弦詩中雖然不多，但就現有的數目來說，卻足以豐富五四以來的新詩內容，使後來者在新詩的創作上，有了更寬廣的天地去探索去追尋。

　　　　　　　　　　　　——選自《書評書目》，第 28～29 期，1975 年 8～9 月

從米拉堡橋到天后宮橋
紀弦與阿保里奈爾研討（一）

◎莫渝*

　　1962 年 8 月出版的《創世紀》詩刊第 17 期有一首紀弦先生的重譯詩──阿保里奈爾的〈米拉堡橋〉。這首阿保里奈爾的名詩，早在《現代詩》季刊第 3 期（1953 年 8 月 20 日）紀弦先生就翻譯過並且發表了，為何在九年後，紀弦先生還如此鄭重呢？我們且看他在重譯後的〈譯後記〉所言：

　　「總算是了卻一個心願，一個多年來的心願：我終於完成了法國大詩人阿保里奈爾傑作〈米拉堡橋〉之重譯；而差勁的初譯從此作廢。」

　　「我的〈米拉堡橋〉初譯，原是若干年前根據崛口大學之日譯而轉譯的，因此頗有一些不妥之處。如今，我根據阿氏詩集《酒精》中之原文重譯一遍，雖不敢說是信達雅三個字都做到了，但我已盡了最大的努力，所以我是可以問心無愧的了。」

　　我們比較重譯與初譯及原文，初譯的詩不僅結構鬆懈，缺乏韻味，而且忽視了詩行的排列以及標點符號的濫用（原詩無標點符號）。我們再看重譯後的詩：

> 在米拉堡橋下塞納河不斷地流
> 　　以及我們的戀也在流逝
> 　　這該是夠我回憶的嘍

---

*本名林良雅。發表文章時為臺北縣板橋市新埔國小教師，現為《笠》詩刊主編。

歡樂呀總是來在憂傷之後

　暮色茫茫鐘聲悠悠
　年月逝去而我停留

　我們手拉著手臉對著臉吧
　　像這樣的佇立
　流過我們的臂做的橋下
時間之無窮盡的水波是如此的疲乏

　暮色茫茫鐘聲悠悠
　年月逝去而我停留

戀的無常像這流水一樣
　　戀是何其短瞬的呀
　而生命又是多麼的久長
多麼的強烈啊這不死的希望

　暮色茫茫鐘聲悠悠
　年月逝去而我停留

日日月月消逝如流
　　過去了的光陰和過去了的戀
　再也不回頭再也不回頭
在米拉堡橋下塞納河不斷地流

　暮色茫茫鐘聲悠悠
　年月逝去而我停留

阿保里奈爾的這首詩，不僅選入各家的詩選，即使國內，據筆者所

知，除紀弦外，尚有五家的中譯[1]。紀弦在〈譯後記〉還言：「我是首先使
我自己化身為當年米拉堡橋上的阿保里奈爾，恍惚體驗到他那溫柔而纏綿
而感傷的心情，然後才能使這低迴又顫動不已的調子，從我的譯筆之下很
自然地流露出來。」

　　截至目前，在臺灣詩壇上，紀弦是第一位介紹阿保里奈爾的詩，也是
譯介量最多的一位[2]。阿保里奈爾地下有知，必會銘謝這位中國詩人。事實
上，早在 1943 年紀弦的一首詩〈七與六〉就可以找到阿保里奈爾的影子
了。〈七與六〉一詩，曾經凝凝[3]與羅青[4]談論過，在此，我們先看看阿保里
奈爾的一首詩〈六和九〉，這首詩也曾由紀弦譯過，刊登《現代詩》季刊第
12 期：

> 6 與 9 的顛倒，
> 古怪的數字出現了的
> 是 6 9，
> 是宿命的兩條蛇；
> 是兩條蚯蚓。
>
> 好色且神祕的數字：
> 6 是 3 與 3，
> 9 是 3 與 3 與 3。

---

[1]〈米拉堡橋〉一詩另五家中譯為：
　　（1）胡品清譯，〈米哈波橋〉，見《胡品清譯詩及新詩選》。
　　（2）施穎洲譯，〈梅臘馥橋〉，見《現代名詩選譯》。
　　（3）程抱一譯，〈米拉波橋〉，見《和亞丁談法國詩》。
　　（4）劉興堯譯，〈蜜樂寶橋〉，見《文壇》第 131 期。
　　（5）莫渝譯，〈米哈波橋〉，見《笠》詩刊第 67 期。
[2] 除紀弦外，胡品清、施穎洲、程抱一等人所譯均不及十首，另何瑞雄雖譯一冊《動物詩集》30
　首，唯偏於某一部分，而紀弦所譯範圍較廣，約有二十幾首。在《現代詩》第 13 期起多次刊登紀
　弦譯詩集《阿保里奈爾詩抄》的徵求預約廣告，唯久久不見其出版。
[3] 見凝凝，〈舊調重彈〉，《中外文學》第 25 期（1974 年 6 月）詩專號。
[4] 見羅青，〈俳諧論紀弦〉，《書評書目》第 28 期（1975 年 8 月 1 日）。

是即三位一體。

．．．．．．．．．．．．．．．．．．．

．．．．．．．．．．．．．．．．．．．

我們再看看紀弦〈七與六〉的前半：

拿著手杖 7

咬著煙斗 6

數字 7 是具備了手杖的形態的。

數字 6 是具備了煙斗的形態的。

於是我來了。

手杖 7＋煙斗 6=13 之我

．．．．．．．．．．．．．．．．．

　　我所感到興趣的乃是數字上的巧合，當然，我不敢說紀弦的靈感得自阿保里奈爾。阿保里奈爾此詩收於 1900～1917 年的《雜詩選》。也許這只是創作上的心同理同，更何況，手杖與煙斗一直就是紀弦先生的象徵。雖然在當時，我們無法肯定阿保里奈爾在紀弦心中的分量，但四年後，1947 年的一首詩〈天后宮橋〉，我們可以看出阿保里奈爾的影子，非常明顯的輪廓了：

西敏士特橋的歌聲遠了。

泰晤士河上：那夕陽，那神往，

那淡淡的哀愁呀，遠了，遠了。

遠了，遠了。歌著塞納河的河水，

歌著昔日之戀的，

米拉堡橋上的詩人也遠了。

而今天，在這個古老的國度，
這個東方的大都市裡，
佇立在天后宮橋的橋邊，
看哪！我的顏色是何等的憔悴：
聽哪！我的歌聲是何等的蒼涼。
因為這裡不是倫敦，也不是巴黎，
輪到我來讚美；輪到我來唱的，
就只有這橋下日夜流著流著
一點也不漂亮的蘇州河。

唉唉，唱吧唱吧蘇州河。

蘇州河呀，晚安！
傍晚的風正刮著你殘破的兩岸
和兩岸的囂騷：蛆樣的人潮，
而你的裸體的遮不住的醜惡
和你的醜惡的美，
應是世界第一流的。

污穢，腥臭，閃著油類的光，
浮著孩屍和犬屍，菜葉和稻草，
擠滿了落後和逾齡的船隻，
並繁殖著赤痢和傷寒的菌的，
你不朽的蘇州河呀，
你就是一首最最出色的抒情詩，
你就是一幅頂頂美妙的風景畫。

　　哦！西敏士特橋的歌聲遠了。

　　米拉堡橋上的詩人也遠了。

　　而今天，佇立在天后宮橋的橋邊，

　　輪到我來讚美，輪到我來唱的，

　　就只有這橋下日夜流著流著

　　一點也不漂亮的蘇州河。

　　像我們的日子一樣的暗澹了，

　　像我們的生活一樣的疲乏了，

　　唉唉！流吧流吧蘇州河。

——《飲者詩抄》，頁 134～136

　　一位是追憶舊情的法國青年佇立橋上望塞納河的流水；一位是戰後的中國青年頹喪的佇立橋上望蘇州河的流水。所不同的，〈米拉堡橋〉一詩流傳各國，而〈天后宮橋〉不僅國內的詩選不曾選入，即如紀弦本人，也忽略了與阿保里奈爾這位他敬仰的法國詩人所和唱的這首詩了[5]。

　　從《現代詩》季刊第 2 期（1953 年 5 月 1 日）至第 14 期（1956 年 4 月 30 日）的三年間，可以說是紀弦先生在翻譯上最有成績的時期。此後，除了《現代詩》季刊第 17、23 期外，就只看到他譯作的重登[6]與重譯[7]，而這位被譽為「優秀的翻譯者」[8]卻收斂了他的譯筆，這毋寧是我們詩壇的一大損失。

　　然而，紀弦與阿保里奈爾的關係並未中斷，1974 年，他寫了一首力作〈致阿保里奈爾〉表露了對這位只活了 38 歲的法國詩人的敬愛：

---

[5]這首〈天后宮橋〉除收入紀弦自選詩卷二《飲者詩鈔》外，並未收入其他集子內。這是我所謂忽略的意思。

[6]《筆匯》月刊第 41 期（1959 年 7 月 15 日）曾重刊《阿保里奈爾詩抄》六首。

[7]紀弦除重譯〈米拉堡橋〉刊登《創世紀》詩刊第 17 期外，尚有〈白雪〉一詩重譯刊登《葡萄園詩刊》第 1 期（1962 年 7 月 15 日）。

[8]見瘂弦、張默編，《六十年代詩選》（高雄：大業書局，1961 年），頁 76。

從 69 到 96，

從泰西的巴黎到遠東的臺北，

從你的煙斗到我的煙斗，

從二十世紀的前半到二十世紀的後半；

這兩點的距離，

各有其時空之座標，

是咫尺而又遙遠得令人落淚的啊。

噢噢，Guillaume Apollinaire

我們都愛自由，也都善於歌唱。

可是你已死於西班牙風邪症；

而我的顏面神經局部麻痺和腦血管循環不良卻霍然痊癒了。

現在我正在大喝其黑啤薑——

相信這也是你會喜歡的一種飲料。

是的，我還活著

並將繼續硬朗地活下去。

而我的活著並活下去

難道是無所期待的麼？

有一天，我將手提著卡賓槍，

以一志願兵的身分，

隨著王師百萬跨海平魔，

乒琳兵瑯地打回我們的故鄉去；

我將含笑陣亡，那姿態

亦不讓於你當年的英勇。

——《中華文藝》第 40 期並收入《飛躍與超越》集

　　本文就此打住，有關紀弦與阿保里奈爾兩人的詩風、詩壇活動等將於另文詳述。

──選自莫渝《走在文學邊緣》（上冊）

臺北：臺灣商務印書館，1981 年 8 月

從立體派到現代派
紀弦與阿保里奈爾研討（二）

◎莫渝[*]

一、阿保里奈爾與立體派

　　立體派（或言立體主義）是 1906 年出現的一股現代藝術潮流，它的先驅者是畫家塞尚，畢卡索與布拉克是提出最有力作品的支持者。在繪畫上，立體派的主張是造型的，視覺的意識，著重數學與物理學的法則，將任何物體均以各種幾何圖形組成。這股繪畫的潮流衝激到文學上，尤其是詩，就造成了所謂圖象詩的出現，在當時，受到影響較深，拿出立體派的詩篇，鼓動這股潮流的應該算是法國詩人阿保里奈爾。1913 年，他撰文出版了一冊書介紹立體派畫家，而 1918 年出版的詩集《卡里伽姆》（Calligrammes，意譯爲圖象詩）收錄了好多他所寫的圖象詩，此外，在他的情詩集中及其他詩集均有或多或少的這類詩作（筆者正整理他的譯詩並挑選此圖象詩四十餘首以介紹予國人）。

　　在他的圖象詩中有一首流傳較廣的〈雨〉（Il Pleut，收在《卡里伽姆》），原詩如下：

---

[*]本名林良雅。發表文章時爲臺北縣板橋市新埔國小教師，現爲《笠》詩刊主編。

Il pleut

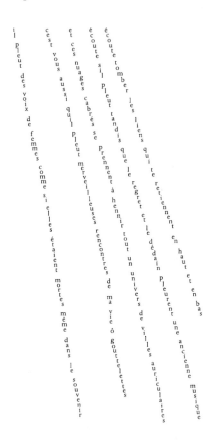

　　這首詩，有人試著中譯[1]，譯後原詩的視覺效果盡失，倒不如不譯（甚至，我們可以說，根本無法翻譯），類乎此，這位法國詩壇的頑童有點近乎開玩笑似的將詩排成各種實物的形狀，如皇冠、心臟、鳥等，更且，採用

---

[1]見曠中玉著，《近代文藝思潮》（臺中：普天出版社，1976 年），頁 85～86。
〈下雨了〉
發著像那死於追憶中似的
女子的聲音，注降著雨點，
在我的產生的不可思議的機會
注降著的你啊；小小的雨點呀，那攪擾的也在聽覺的一切世界中發著聲音……

了中國的毛筆加以揮毫一番。也許，他開拓了詩，現代詩的另一方向，使現代詩有另一種面目的革新。這是阿保里奈爾對整個世界詩壇的一大貢獻。

二、紀弦與現代派

「紀弦者，以介介竹竿一根，擾亂池水，有英雄血統。」白萩的這段評語[2]，到今日雖然紀弦明言揚棄「現代詩」這個名詞，仍可以見出當年紀弦高揭「現代派」大纛的豪邁氣概。

我們回溯 20 年前，於 1956 年 2 月 1 日出版的《現代詩》第 13 期，封面裡所刊登的〈現代派消息公報第一號〉言「現代派的集團宣告正式成立」，誠如此消息公報所言，這是「劃時代的具重大文學史意義的」，接著第 14 期〈消息公報第二號〉刊出「續有多人加盟，連前百零二人」，今日，我們對此加盟行動，冷靜思考一番，此行動雖聲勢浩大，但不無湊熱鬧之人。我們試著看看《現代詩》第 13 期前後，在詩作方面是否有迥然不同？答案是沒有，詩人們並無在一夜之間，加盟了現代派就脫胎換骨，寫出純粹性的詩，或反共愛國意味的詩，知性的詩，這些是「現代派的信條」第四、五、六條。在詩作如此，我們再看看現代派的理論根據。

> 以阿保里奈爾、考克多等為中心的法國的現代派和以 T. S. 艾略特、E. E. 康敏士等為中心的英美的現代派，形成了今天的現代主義文學之主流。這是一個世界性的文學革命運動。……三色旗的法蘭西，在文學與美術方面，始終是走在前面的。三色旗的美國和英國亦然。那麼，想想吧，同樣是三色旗的我們中國，為什麼還不急起直追，迎頭趕上，去和人家並駕齊驅，而老是把眼睛朝後看，空自懷念過去的光榮，徒發懷古之幽思，這有什麼意思呢！[3]

---

[2] 見白萩，〈魂兮歸來（一）〉，《笠》詩刊第 2 期（1964 年 8 月 15 日），頁 13。
[3] 見紀弦，〈從浪漫主義到現代主義〉，收入《紀弦論現代詩》一書，頁 162～163。

　　原來，紀弦是以這種趕時髦的意理掀起了中國現代詩的運動。

　　在現代派成立前後期間，《現代詩》第 11、13、14、15 期中的詩作，有位異於他人的詩人，這是林亨泰及他的「符號詩」（圖象詩），「林亨泰者，竟能可惡到一螫，而令人高跳了起來。」[4]紀弦在第 14 期〈談林亨泰的詩〉一文，極力誇讚林亨泰發表在上面諸期的幾首詩，並替他辯護，甚至捧出阿保里奈爾，說「請看阿保里奈爾的立體詩吧！他把〈心臟〉的文字排列成心臟的形狀，把〈皇冠〉排列成皇冠的形狀，把〈鏡子〉的文字排列成鏡子的形狀而嵌他自己的姓名在鏡中。準此，則我們爲什麼不可以把八個「齒」和八個「窗」的排列看作二層樓的房屋呢？」[5]這一篇〈談林亨泰的詩〉可以說是紀弦與林亨泰的一次搭擋。

　　而林亨泰執筆的〈中國詩的傳統〉[6]可以說是回報紀弦。該文主旨乃是「現代主義即中國主義」，他從「本質」與「文字」來討論中國詩的傳統，而得到的結論是：

　　1.在本質上，即象徵主義。

　　2.在文字上，即立體主義。

　　進而說明屬於中國詩的傳統的「現代主義」爲何要提倡「橫的移植」之理由，乃因爲：1.梵樂希的周密的計算；2.阿保里奈爾的新精神；3.其他，而有暫時性的必要。梵樂希的因素乃在於象徵主義方面，阿保里奈爾的因素乃求之於立體主義方面。因而，林亨泰結尾言「在方法上論，即形成了『橫的移植』，而在本質上論，即形成了『縱的繼承』。」正如我在前頭所言，這是一次的回報，他在此文的 B 段 a 處就將紀弦與艾略特、高克多並排。

　　至此，我們可以用一個簡單的公式說明紀弦的現代派的來龍去脈：

---

[4]同註 2。

[5]在該文末，紀弦附上阿保里奈爾三首文中所言的立體詩。

[6]見《現代詩》第 20 期，頁 33～36。此文 C 段 b 處又重現阿保里奈爾的三首立體詩——〈皇冠〉、〈心臟〉、〈鏡子〉。

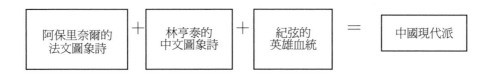

　　儘管紀弦領導的「現代派」解散了[7]，而且紀弦一再的宣稱「現代派」的影響：「中國新詩之所以漸有執世界詩壇之牛耳的趨勢，我以爲還得歸功於最近十餘年來我們的『新詩的再革命』這一轟轟烈烈劃時代的文學運動之無比輝煌的偉大成就。」[8]或「……影響所及，則不僅促進了中國新詩的現代化，抑且給與韓、日、菲、港、星、馬、印尼、越南、法蘭西、比利時乃至美國詩壇以深遠之影響；這影響迄今不衰，並繼續擴大中，乃是世界性的，……」[9]

　　允許我們平心靜氣的環視整個詩壇（包括國外與國內），「現代派」的影響果真如此巨大嗎？猶記得紀弦喊著：「……爲什麼還不急起直追，迎頭趕上，去和人家並駕齊驅……」而今，竟在短短一、二十年如此的超越起來，我忍不住的要懷疑，再懷疑。

　　尤其是當我們悟徹了紀弦籌組「現代派」的另一動機：「……也可以說，這都是依照我的性格而行之的：我要辦詩刊我就辦了，我要組詩派我就組了；一旦我感到厭倦，就把她停掉，把她解散掉，一切不爲什麼，完全是一個高興不高興的問題。」[10]我不禁要稱紀弦亦是位頑童——將「現代派」當作兒戲般的要耍。因而，使我更肯定，「現代派」的成立是前述所言的來龍去脈。

　　最後，允許我摘錄十餘年前程大城先生對紀弦的進言作爲本文結束：

　　　無論如何，紀弦在許多的詩人中，還是最努力最富創作力寫詩最勤的一

---

[7]見紀弦，〈現代派運動二十週年之感言〉，《創世紀》詩刊第 43 期（1976 年 3 月）。
[8]見紀弦，〈給趙天儀先生的一封公開信〉，《笠》詩刊第 14 期（1966 年 8 月 15 日）。此信並收入《現代詩人書簡集》（普天文叢 3）。
[9]同註 7。
[10]同註 7。

位，他對詩的耕耘實在有他的貢獻。如果他希望真有所貢獻的話，首先須拋開那束縛自己的沉重的「自我主義」的桎梏，放棄他的狂妄不可一世的態度，虛心做起，不要想著自己是「天才中之天才」，而作一個詩園地的虛心的耕耘者，……。[11]

那麼，千百年後，「現代派」成了文學史上的一個名詞，而紀弦的詩仍像夜空中耀閃的星星讓後世注視頂禮膜拜。

——原刊《詩人季刊》第 5 期，1976 年 5 月

——選自莫渝《走在文學邊緣》（上冊）
臺北：臺灣商務印書館，1981 年 8 月

---

[11] 見程大城，〈詩人紀弦的道路〉，收入程大城編著，《文學批評集》（1961 年 2 月），牛月文藝社發行。

張愛玲論紀弦

◎李瑞騰*

序

　　承張默先生的提攜，我在《中華文藝》寫了幾期的「詩的詮釋」專欄。剛開始時，是計畫從紀弦開始，一直寫下來，當然最後是改變了計劃，但紀弦和方思都寫了。寫紀弦時，我去拜訪了紀弦的好友司徒衛先生，司徒先生也是早期藍星的人物，和紀弦是多年好友，紀弦未去美國之前，他們同住一棟大樓，知道詩壇情況以及紀弦甚詳。我得著他的指示，去分析紀弦的〈狼之獨步〉和〈過程〉，更能掌握這位詩壇怪客的作風。

　　而使我最感興趣的，毋寧是他提供我一條線索：張愛玲曾經寫文章說過紀弦。於是我在張的散文集《流言》中找到了張說紀弦的那篇〈詩與胡說〉，那時我才記取胡蘭成先生有次對我說過的話，他說的原也是紀弦當年用他的筆名「路易士」在上海詩壇活動的情況。

　　我這篇文章不是嚴肅的學術論文，不過是想說說張的〈詩與胡說〉。

〈詩與胡說〉

　　海內海外，張愛玲擁有相當多的讀者，喜愛她的人不計其數，有學者專家，有上了年紀的成名小說家，有學生群中的文藝少男和少女們。成因如何，我不得而知。對於她，我是說不上喜歡或不喜歡，偶然看看她的文章，倒是歡喜上她那俏皮成性的語言，彷彿文字是她發明的，她可任意驅

---

*發表文章時為中國文化大學中國文學系碩士生，現為國立臺灣文學館館長。

使，有時感到有些小兒女的驕態，卻是挺逗人的。

　　〈詩與胡說〉是用散文寫的，說的當然不只是路易士，還有一個叫倪弘毅的詩人，下面將張愛玲說紀弦的部分抄上：

> 我想起路易士。第一次看見他的詩，是在雜誌的「每月文摘」裡的〈散步的魚〉，那倒不是胡說，不過是太做作了一點。小報上逐日笑他的時候，我也跟著笑，笑了許多天。在這些事上，我比小報還要全無心肝，……。
>
> 把路易士和他深惡痛疾的鴛蝴派相提並論，想必他是要生氣的。我想說明的是，我不能因為顧明道已經死了的緣故原諒他的小說，也不能因為路易士從前作過好詩的緣故原諒他後來的有些詩。但是讀到了〈傍晚的家〉，我又是一樣想法了，覺得不但〈散步的魚〉可原諒，就連這人一切幼稚惡劣的做作也應當被容忍了。因為這首詩太完全，所以必須整段地抄在這裡……
>
> 「傍晚的家有了烏雲的顏色，
> 風來小小的院子裡
> 數完了天上的歸鴉，
> 孩子們的眼睛遂寂寞了。
> 晚飯時妻的瑣碎的話──
> 幾年前的舊事已如煙了，
> 而在青菜湯的淡味裡，
> 我覺出了一些生之淒涼。」
>
> 路易士的最好的句子全是一樣的潔淨、淒清，用色吝惜，有如墨竹。眼界小，然而沒有時間性、地方性，所以是世界的、永久的。譬如像：

「二月之雪又霏霏了，

黯色之家浴著春寒，

哎，縱有溫情已迢迢了：

妻的眼睛是寂寞的。」

還有〈窗下吟〉裡的：

「然而說起我的，

青青的，

平如鏡的戀，

卻是那麼遼遠。

那遼遠，

對於瓦雀與幼鴉們，

乃是一個荒誕……」

這首詩較長，音調的變換極盡娉婷之致。〈二月之窗〉寫的是比較朦朧微
妙的感覺，到是現代人所特有的———

「西去的遲遲的雲是憂人的，

載著悲切而悠長的鷹呼，

冉冉地，如一不可思議的帆。

而每一不可思議的日子，

無聲地航過我的二月窗。」

在整本的書裡找到以上的幾句，我已經覺得非常之滿足，因為中國的新
詩，經過胡適，經過劉半農、徐志摩，就連後來的朱湘，走得都像是絕
路，用唐朝人的方式來說我們的心事，彷彿好的都已經都給人說完了，

用自己的話呢，不知怎麼總說得不像話，真是急人的事。……[1]

太做作了一點・眼界小

　　張是出了名的小說家，她有魅力扣人心弦，許多人奉為宗師；紀弦在當時名聲如何，不得而知，從他的回憶錄中也只能知曉一二，但他到臺灣來以後，對於現代詩壇的影響之大，恐怕無人能出其右，張愛玲肯說他，當可知彼時他已非等閒之輩，蘭成先生說他詩寫得多，和戴望舒也是要好，只是他不能辦事，又喜三杯黃湯下肚，千年恨多消一醉。

　　小說家用散文形式論詩人和他的詩，自是一段佳話，尤其是張這號人物，多少有些名星味道，今日檢視她說的這些言論，知她是慧眼卓見，短短評語勝過長篇大論。

　　說紀弦〈散步的魚〉是：「那倒不是胡說，不過太做作了一點」。一語命中要害，有說明的必要。

　　「太做作了一點」本來是說紀弦為人最適當的評語，去翻翻當年他編的《現代詩》，看看他的言論，還有去探聽一下他的親朋好友，想是有人會這麼認為，不過這不牽涉到人格問題，無庸斤斤計較，拿來論他的詩。先把〈散步的魚〉抄來看看：

　　　拿手杖的魚
　　　喫板煙的魚

　　　不可思議的郵船
　　　駛向何處去？
　　　那些霧，霧的海
　　　沒有天空，也沒有地平線。

[1]張愛玲，〈詩與胡說〉，《流言》（臺北：皇冠出版社，1968 年 7 月），頁 132～135。

馥郁的是遠方和明日；

散步的魚，歌唱。

　　這詩是紀弦在民國 32 年寫的，收入「紀弦自選詩」卷之二：《飲者詩鈔》。張說這詩：「太做作了一點」，當是指首段二句而言，紀弦本人拿手杖，喫板煙，把自身的特徵交給了「魚」。「魚」顯然是拿來自喻，如此形容本是無可厚非，但對於張或者其他人來說，這兩行並列意象便嫌做作。換句話說，這本會是一首好詩（至少沒有胡說，沒有「用唐朝人的方式來說我們的心事」），壞就壞在紀弦急急暴露自己，把自己的特徵隨便加在魚的身上，因爲這委實是離譜了些。我說張有識見，便是她看出這點。

　　另外，張說紀弦眼界小，也是有道理的，因爲紀弦在詩中喜歡表現個人狹隘的情緒，表現得相當狂妄，這或許就是張之所以如此評他的緣故吧。

色調・音調

　　「路易士最好的句子全是一樣的潔淨、淒清、用色吝惜，有如墨竹」，紀弦的詩絕非是繁縟綺麗一類，善誇張而不喜烘托形容，由於他內心的孤獨感，使他經常塑造黑色意象：「我將毫不遲疑地投入死之黑色的懷抱，有如回返到渴想著的故鄉一般。」[2]就是張所引的詩「二月之雪又霏霏了／黯色之家浴著春寒」（未察詩題），也是和黑色有關。在分析紀弦的兩首詩那篇文章的第 32 個註裡，我說：「所謂『用色吝惜，有如墨竹』，當是指紀弦詩中喜用黑色意象。」這種全然的肯定雖是需要修正，但紀弦詩中色調的暗淡，顯然是和黑色和他的孤獨感有關。張的感覺是給我們一條很好的可以走進紀弦的詩世界的線索。

　　說「潔淨」、說「淒清」，也都是指色調感覺而言，詩的情緒如此沉

---

[2]紀弦，〈黑色的大譜表〉，《飲者詩鈔》（臺北：現代詩社，1963 年 10 月）頁 95。

重，無論如何是無法用鮮明亮麗的意象去表現的。

說〈窗下吟〉時，張說「這首詩較長，音調的變換極盡娉婷之致」，也是相當得體。編選集時，詩已有易，抄錄其中可資比較的句子如下：

> 然而說起我那
> 青春的，
> 微笑著的戀，
> 卻是那麼遼遠呢。
>
> 那遼遠，
> 對於瓦雀與幼鴉們，
> 乃是一個神話；
> 而僅能傲視於一個小城市的
> ……

──〈摘星的少年〉，頁107

這裡不討論這詩修改前後的差異。想說明為什麼張會給予它這麼高的評價。

沒有話說，語言是詩藝術的唯一工具，從這工具本身的機能產生詩在構造上的兩種性格：一個是屬於音的「音樂性」，一個是屬於義的「意義性」。詩的音樂性所造就的聽覺效果，在美感經驗上是相當重要的。

詩的音感有兩個來源：一個是人為加工所經營的格律，例如古代律詩絕句的平仄和韻腳。一個是多種修辭技巧所造就的律動，如類疊、層遞；前者是人為的，後者可視為一種自然律動（基本上它當然也是人為的），古典詩和現代新詩中都有。而現代新詩既揚棄了格律，自然而然的是依靠修辭技巧（有的是刻意的，有的是無意間的流露），〈窗下吟〉之所以在音調的變換上能夠極娉婷之致，主要的還是修辭，首三句的「的」、「的」、「的

戀」的重複類用；四、五兩句的「那麼遼遠」、「那遼遠」的變形連環；「卻是」、「乃是」亦是一種變化的類用，這些表現配合著詩意自然推進，當然在聽覺上令人感到韻律協和了。

現代感

說〈二月之窗〉是寫一種比較朦朧微妙的感覺，這種感覺是現代人所特有的。這首詩也是改過的，原詩是這樣的：

> 二月來了，
> 我撫摩著無煙的煙斗，
> 而且有所沉思。
> 我沉思於我之裸著的
> 淡藍的下午的窗——
> 彼之透明的構圖使我興憂。
> 西去的遲遲的雲是憂人的，
> 載著悲切而悠長的鷹呼，
> 而每一個窈窕多姿的日子，
> 傷情的，航過我的二月窗。

——〈摘星的少年〉，頁101

原先的「不可思議」成了可思議的「青青海上」、「窈窕多姿」，「無聲」改成了「傷情」，但事實上，詩中第一人稱「我」憂的到底是什麼？為什麼「二月之窗」的「透明的構圖」可以使他興趣這個憂愁？張之所以說這詩寫的是比較朦朧的感覺，或許是指著紀弦在原詩中將無聲航過二月窗「的帆」、「的日子」處理成「不可思議」。而現在，雲能憂人，鷹呼悠長而悲切。然而，這不可思議以及憂悲果是現代人所特有的現象，這令人費解，難道她是說，現代人面對時間的飛逝才引發內心的焦慮嗎？果如是，

則難道古代的人不悲華髮早生嗎？或許，這也是張一種「比較朦朧微妙的感覺」吧！

重自然感悟

張愛玲論紀弦，提到五首詩，幾乎都是重自然感悟，提出她的獨特印象，由於她沒有分析引證加以論述一番，我們很難準確掌握住她的整個詩的理念，但是我們不能因此而廢言，究竟她的感悟亦令人深思。

附記

紀弦在大陸時期出版的詩集，根據瘂弦編的〈民國以來出版新詩集總目初編（民國 6 年～38 年）〉看來有：《易士詩集》（民國 23 年）、《行過之生命》（民國 24 年）、《火災的城》（民國 26 年）、《出發》（民國 33 年）、《夏天》（民國 34 年）、《三十前集》（民國 34 年）、《上海飄流曲》（民國 34 年）共七本，不知道張愛玲「在整本的書裡找到以上的幾句」是指著那一本而言。

在「紀弦自選詩」卷之一、二中去考察，發現張所提的五首詩裡，除沒有收入〈二月之雪〉這首詩之外，全部尚在。〈傍晚的家〉、〈窗下吟〉、〈二月之窗〉在卷之一《摘星的少年》，而〈散步的魚〉則在卷之二《飲者詩鈔》。

——選自李瑞騰《詩的詮釋》

臺北：時報文化出版公司，1982 年 6 月

詩壇檳榔樹

紀弦

◎應鳳凰[*]

　　若要寫近卅五年來臺灣現代詩壇的歷史。不能不提紀弦。他對於詩壇的貢獻，不僅僅是創作了不少風格別具的現代詩，更由於他熱心詩運，領導「現代派」，創辦《現代詩》等雜誌，對於今天的詩壇，有一定程度的影響和建樹。

　　紀弦生於 1913 年。寫詩的歷史，至今已超過 55 年，而生命力與創作力依然旺盛——今年〔1986 年〕5 月，他還由「爾雅出版社」整理出版了近十年的自選詩集一本，書名《晚景》，這是他的第八本自選詩集。

　　紀弦，本名路逾。祖籍陝西，幼年住在北平、上海。十歲以後，在揚州住了十多年。蘇州美專畢業。來臺後一直在成功中學教書。退休後赴美與兒孫同住迄今。

　　紀弦人很瘦，「修長如檳榔樹」；蓄短髭，常攜一手杖。又嗜抽煙，「煙斗已成為身體的一部分」，生性豪爽，待人熱誠。

　　他更喜飲酒，「每飲輒醉，不肯罷休」，名震酒場。以上種種，從檳榔樹、到手杖、煙斗、老酒，都是他的詩中經常出現的題材。

　　紀弦的父親是功業彪炳的革命軍人，曾經官拜「三十六軍軍長」兼師長，曾追隨　國父，南征北討，當過「討賊軍總司令」，因此，紀弦幼年也隨著不停遷徙。

　　但紀弦的青少年時期，卻一直在揚州度過——他稱揚州為「第二故

*發表文章時為《文藝》月刊專欄作家，現為臺北教育大學臺灣文化研究所副教授。

鄉」。原來，1926 年， 國父應段祺瑞之請，北上商國事。「於是各路兵皆罷。我父親也解散了他的子弟兵，跟著到了北平。14 年春， 國父逝世，從此他就辭謝一切，脫下軍裝，換上便服，奉我祖母賃居揚州，不做什麼事了。」[1]

十年一覺揚州夢

紀弦的散文集裡，時常會提到揚州。

因為他在這個古老的小城市裡，住了十年以上——從十二歲至二十多歲，他的一部分童年和整個少年時代是在這裡度過的。

紀弦讀的是「揚州中學實驗小學」，這裡的老師是他一生也忘不了的。「我之所以終於走上了寫作的道路，多半是得益於小學時代的兩位恩師」。

「昨夜，我又夢見了揚州。二分明月下，靜靜的古城依舊。瘦西湖上，五亭橋頭，一切景物，別來無恙……」（〈揚州瑣憶〉）。紀弦一家在揚州住的房子很大，一連數進，古色古香，「還有後花園，荷塘，假山與小亭。房東就是李鴻章家」。

紀弦是「揚中實小」第一屆畢業生，後來考入縣立中學。中學沒畢業，就上武昌去讀「武昌美專」，再轉學「蘇州美專」，在那裡一直讀到畢業。「……就在轉學之前，我已開始寫作；而揚州的景色之優美，古城的歲月之寧靜，對於我的寫詩，以及形成我早期的詩風，的確是有其莫大的影響的」。

紀弦也是在揚州結的婚。那是 1930 年。「寫詩與初戀，乃是同時開始了的」。

詩人路易士

1933 年 7 月，「蘇州美專」畢業後，在南京和朋友們聯合舉行畫展，

---

[1] 紀弦，〈父親的一生〉，《終南山下》（臺北：臺灣商務印書館，1969 年），頁 21。

同年年底，詩集《易士詩集》自費出版，他早期一直用「路易士」的筆名寫詩。

1936 年 4 月，紀弦東渡日本，在東京認識了詩人覃子豪。6 月因病歸國，回到揚州。和徐遲各出 50 元，戴望舒出 100 元，三人合作，創辦《新詩》月刊。此時已搬到蘇州，組「菜花詩社」，出版《菜花詩刊》一期，《詩誌》三期。

1937 年，紀弦出版詩集《火災的城》。此時抗日聖戰已經開始，他帶著一家人，從武漢經長沙赴貴陽。一直到抗戰勝利，總在上海、香港之間來回奔波。在香港曾任《國民日報》副刊編輯，主編「新壘」。1943 年，他的 30 歲生日，是在蘇北泰縣很寂寞地度過的。

1948 年 10 月，他在上海獨資創辦《異端》詩刊，11 月底，離滬來臺，任《平言日報》副刊「熱風」編輯。

後來，報紙停刊。1949 年 5 月起，開始任教於臺北市「成功中學」，直到 1974 年退休，足足有 25 年之久。在這些日子中，教出的得意弟子不少，如羅行、楊允達、金耀基、黃荷生、薛柏谷等等。

「狼之獨步」

我乃曠野裡獨來獨往的一匹狼

不是先知

沒有半個字的嘆息

而恆以數聲悽厲已極之長嗥

搖撼彼空無一物之天地

使天地戰慄如同發了瘧疾

並颳起涼風颯颯的，颯颯颯颯的：

這就是一種過癮

——〈狼之獨步〉

　　這首詩最能顯示紀弦的詩風與個性。差不多的現代詩選集，總會選這一首來代表他那獨來獨往、與眾不同的風格。

　　紀弦把從 1930 年開始寫詩，直至 1948 年到臺灣爲止，這 20 年間所寫的東西。編成兩本詩集：一爲《摘星的少年》，另一本《飲者詩鈔》，由「現代詩社」印行，分別在 1954 年，1963 年出版——這兩本書代表他「大陸時期」的成績；此外，便屬於所謂「島上時期」了。

創辦「現代詩社」

　　1952 年 8 月，紀弦在臺北獨資創辦 16 開本詩刊《詩誌》——有人稱這是自由中國第一本新詩雜誌，雖然只出了一期。

　　1953 年，紀弦又創刊了《現代詩》月刊，這次持續的時間較長，影響力尤其深遠。創刊號是在 2 月 1 日出版的，32 開本，40 頁左右。在宣言裡，紀弦如此寫道：

　　我們是自由中國寫詩的一群。我們來了！站在反共抗俄的大旗下。我們團結一致，強有力地舉起了我們的鋼筆。向一切醜類、一切歹徒，瞄準，並且射擊。我們發光。我們歌唱，我們大踏步而來。

　　《現代詩》的宣言裡又說：「標語口號不是詩」，「詩是藝術，也是武器」；「我們認爲，在詩的技術方面，我們還停留在相當落後十分幼稚的階段。這是毋庸諱言和不可不注意的。唯有向世界詩壇看齊，學習新的表現手法，急起直追，迎頭趕上，才能使我們的所謂新詩到達現代化。而這，就是我們創辦本刊的兩大使命之一。」

　　紀弦創辦「現代詩社」，發行《現代詩》——他對現代詩運的貢獻，「大約都是和這個詩社的發展並行而生的」（楊牧語）。紀弦一個人兼發行人、社長、總編輯及經理；起初是月刊，因經常脫期，後來改成季刊。封面上每期印有檳榔樹一棵，這是紀弦的標誌。

早期的《現代詩》上，經常投稿的詩人有方思、鄭愁予、李莎、蓉子、楊喚、辛鬱、彭邦楨、白萩、墨人等等。在 1 至 12 期之間，提倡自由詩，反對「豆腐干體」，強調詩是理性與知性的產品，「詩」與「歌」應當分家。

至 1955 年第 12 期（該年冬季號）出版時，「現代詩社」已同時印行了詩人的個別詩集共 6 種，列為「現代詩叢」，包括方思的《夜》、鄭愁予的《夢土上》、楊喚的《風景》及《紀弦詩論》與詩集兩種。

「現代派」的成立

1956 年元月 15 日，也就在《現代詩》第 13 期上，紀弦宣告「現代派」的成立。這一期，封面有了全新的改變，檳榔樹取消了，橫條一行印著：「現代派詩人群共同雜誌」。

「現代派」加盟者名單，首次列出共有 83 人——他們要「創導新詩的再革命，推行新詩的現代化」，同時提出「現代派六大信條」，其中最重要的是第一、二兩條：

1.我們是有所揚棄並發揚光大地包含了自波特萊爾以降一切新興詩派之精神與要素的現代派之一群。

2.我們認為新詩乃是橫的移植，而非縱的繼承。這是總的看法，一個基本的出發點，無論是理論的建立或創作的實踐。

「現代派」加盟者後來增加到 102 人，除了前面提到的經常投稿者，另有林亨泰、商禽、楚戈、羊令野、葉泥、沙牧、沈甸、朱沉冬、黃荷生、林泠、季紅、羅行、楊允達等等，都是「現代派」的成員。六大信條，至今仍是詩壇人士經常辯論的題材，特別是第二條「新詩乃是橫的移植」，引起了最多的討論。甚至是詩壇打筆仗時尖銳的焦點。後來的詩評者，更引此句作為攻擊「現代派」的要點。經過了幾番爭論的風雨，到「第七年春季號」，即第 23 期，紀弦便將詩刊交給黃荷生，由其接辦、主編。後來更宣告「解散」現代派，但那已是 1962 年的事。《現代詩》總共

出了 45 期，前後歷 12 個年頭。

「我：檳榔樹」

在月下，

我站著，

修長的，

像一株檳榔樹

風來了，

我發出音響：

瑟瑟瑟瑟，

瑟瑟瑟瑟瑟。

——〈我：檳榔樹〉

這首詩總共八行，收在 1965 年由臺中「光啓出版社」印行的《紀弦詩選》裡。是他 1951 年的作品。

紀弦對檳榔樹有偏愛，他在編自己選集的時候，便一系列用此三字作爲書名。

1967 年起，紀弦自費整理出版歷年新詩。大陸時期已選了兩本。因此島上時期從「卷三」到「卷七」共出了五本自選詩，出版年月如下：

《檳榔樹甲集》（1967 年 6 月）

《檳榔樹乙集》（1967 年 8 月）

《檳榔樹丙集》（1967 年 10 月）

《檳榔樹丁集》（1969 年 4 月）

《檳榔樹戊集》（1974 年 6 月）

紀弦說：「我編我的詩集，採用『目錄編年法』，乃是依其寫作年月先後次序而排列的：剛好每五年的詩，集爲一冊。」而他自印這些《檳榔

樹》，是用「光啓出版社」預付他《紀弦詩選》1000 冊的版稅而來的，至今傳爲佳話。

紀弦主張：「新詩要寫得新。詩而不新，則不得稱之爲新詩。但新要新得有道理，有詩味兒和有所表現……沒有主題，言之無物，玩弄技巧，標新立異，那是一定要失敗的。」

他又說：「我的詩，敢說無一字不生根於現實而昇華於理想……詩乃經驗之完成。詩乃人生之批評。」

一般論紀弦的詩，總說他的題材廣泛。表現手法獨特，有個性而風格富於變化。又說他的詩：「在意象上時呈飛躍之姿，在語法上則常洩示一種喜劇的諧趣」。我們且看紀弦另一代表作──〈脫襪吟〉：

何其臭的襪子，

何其臭的腳，

這是流浪人的襪子，

流浪人的腳。

沒有家，

也沒有親人。

家呀，親人呀，

何其生疏的東西呀！

紀弦的散文與詩論

紀弦寫詩之餘，也談理論。他自稱是「先有創作，而後有理論」的，不可本末倒置。總共出版了三種詩論集──

1.《紀弦詩論》（「現代詩社」，1954 年 7 月出版）

2.《新詩論集》（高雄「大業書店」，1956 年 10 月出版）

3.《紀弦論現代詩》(臺中「藍燈出版社」，1970 年 1 月出版)

紀弦出版詩論集的意義。他在〈後記〉上說，其一「是對於那些熱心有餘而認識不足的青年朋友們提供一些問題的答案與方向的指示」；其二，是爲「現代詩運勤」作忠實的紀錄片。

紀弦只有三本散文集，寫他的家居生活，種花養樹，家世、兒女，尤其寫他的喝酒，他的愛貓，以及遊記如到菲律賓之後所寫的「旅菲雜記」之類。

1.《小園小品》(商務印書館，1967 年 5 月)

2.《終南山下》(商務印書館，1969 年 8 月)

3.《園丁之歌》(華欣文化中心，1974 年 9 月)

若要舉紀弦散文的例子，最有意思，也常爲人所津津樂道的，便是他在 1967 年所寫的〈自祭文〉。這篇文章的頭一段是——

嗚呼紀弦，一代謫仙！當你活著的時候，常常是囊空如洗，連買一包新樂園，一瓶小高粱的錢都沒有。而死後，竟有偌大的一筆收入……。

嗚呼紀弦，一代謫仙！你愛喝的金門大麴，一定還沒喝夠；你愛抽的美國煙絲，一定還沒抽足。可是如今，你連一滴也喝不下去了……。

這篇文章很長，大約三千字，頗具紀弦慣於自嘲嘲人的特點。紀弦另有一首常爲人提起的〈飲酒詩〉，詩的每一節，開頭的兩句是：

飲當歸酒，當歸故鄉。

故鄉啊，你在何方？

常有詩人在宴客聚會的場合，舉起酒杯，學著紀弦的表情、姿態，拉長聲音，朗誦這兩句詩，總是唯妙唯肖，使在座的佳賓哈哈大笑。也足見紀弦離臺後，一直是詩友們懷念的對象。

「晚景」不寂寞

1974 年，紀弦自成功中學退休。他育有四男一女，早已兒孫繞膝。

也就在這一年，他獲得了「第一屆中國現代詩獎特別獎」，同屆得到創作獎的是青年詩人羅青。

紀弦在得獎感言上寫道：「在這業已問世的七部書中，究竟有幾首或幾行是被公認的『好詩』或『佳句』呢？我不敢說，也不敢想。然則，去吧，我的詩！去航行時間的大海吧！去接受無情的考驗吧！」

1976 年年底，紀弦離臺赴美，住在兒女家中；含飴弄孫之餘，仍然寫寫詩，種種花。於是，紀弦除了「大陸時期」、「臺灣時期」之外，又增加了第三期「美西時期」——此時期詩，即全部收在「爾雅版」的《晚景》之中。他在美國有一首〈七十自壽〉詩：

> 既不是什麼開始，亦尚未到達終點，
>
> 而就是一種停，停下來看看風景；今天
>
> 在這個美麗的半島上作客，
>
> 我已不再貪杯，不再胡鬧，
>
> 不再自以為很了不起如當年了……
>
> ——《晚景》，頁 194

紀弦寫詩至今，詩齡已超過半個世紀，他肯定要繼續不斷的寫下去。《晚景》書中，他很豪情萬丈的說 ：「唯有寫詩這一行業，是沒有退休制度，也不許你停筆的。」

無可否認，紀弦從大陸，給此地詩壇帶來了詩的火種，他的特異的詩風，有個性而富變化，其詩與詩論，曾強而有力的影響了此地新的一代，造就了不少詩壇人才。

每次在書上看到他的照片或畫像，總是瘦長的臉上咬著一隻煙斗。他

寫過一首有圖有數字、非常傳神的自嘲詩，可作爲本文的結束。

　　拿著手杖 7
　　咬著煙斗 6

　　數字 7 是具備了手杖的形態的。
　　數字 6 是具備了煙斗的形態的。
　　於是我來了。

　　手杖 7＋煙斗 6＝13 之我

　　一個詩人。一個天才。
　　一個天才中之天才。
　　一個最最不幸的數字！
　　唔，一個悲劇。
　　悲劇悲劇我來了。
　　於是你們鼓掌。你們喝采。

——選自《文藝月刊》，第 199 期，1986 年元月號

藝術自主與民族大義
「紀弦爲文化漢奸說」新探

◎劉正忠[*]

一、前言

　　紀弦本名路逾，1945 年之前筆名爲「路易士」。其創作活動橫跨漢語現代文學的兩個系統——從現代中國（1949 年以前）到當代臺灣（1949 年以後），分別扮演了重要角色：他一方面是上海現代派詩人群的一員，參與了 1930、1940 年代都會文學的建構；另一方面又是臺北現代派的領導人，推動了 1950、1960 年代的現代主義文學風潮。

　　唯目前國內有關紀弦的研究，大多置於「臺灣現代派運動」或《現代詩》的框架下觀察，對於他大陸時期的文學活動與創作表現頗爲陌生，以致在歷史脈絡的理解上未能十分精準。另一方面，彼岸的研究者，對於青年路易士的探討稍多些，但或受限於特定的政治觀點，或因對跨系統的現代派運動稍乏掌握，以致不能由較宏觀的當代視野重新處理問題。更重要的是，許多關鍵文獻尚未被充分運用，某些凝結也還沒被打開。紀弦本人在前幾年推出了回憶錄，但延續了他一貫的誇飾修辭法，交代了一些細節，卻也製造了不少有待釐清的迷障。

　　特別是抗戰時期，關於他在淪陷區裡的文學活動，迄今仍頗富爭議。並非現有研究懸而未決，而是在文獻不足的情況下斷之太果。本章即擬針對「紀弦爲文化漢奸」之說，掘發較爲充分的證據，提出較爲細膩的省

發表文章時爲清華大學中國文學系助理教授，現爲清華大學中國文學系副教授。

思。我的目的並不在「伸張正義」，反而是嘗試演示「伸張」行動以及「正義」內涵的複雜構造。此外，我還將延伸出與之相詰的「藝術自主」課題。基於同樣理路，我將解析這一位崇尚「自主性」的「藝術家」，如何在爭取創作空間的「正當」理據下，悄悄遮蔽了個體尊嚴。

二、「正義」如何追究「歷史」

（一）「文化漢奸」的概念

　　「漢奸」之凝為詞彙，始於清朝康雍之世，原係指在平苗戰事中妨害滿清王朝利益的漢人。鴉片戰爭前後，則指稱勾串英國人的無賴之徒，其所背離的對象是天朝、君父、國人，仍非限指漢民族之利益。[1]到了晚清革命黨人那裡，漢奸才取得新義，用指那些效忠清室或與滿人合作的漢人。[2]依照這種漢族本位的思路，勾結英國人固為漢奸，忠於滿洲人又何嘗不是漢奸？滿清兩百年的統治，確實使漢人的民族意識有所斲損。民國以後，革命家創造了「中華民族」這個新概念來對應於「中華民國」的國體，以坐實「國／族」一體的想像。在這種情況下，不以「華奸」，而仍以漢奸來稱呼身上背叛國家民族而與日本人合作者。似乎暴露了所謂「中華民族」可能只是「漢族」的一種改換包裝。

　　抗戰以後，漢奸成為正式的法律用語，雖然歷史因素與政治考量經常干擾了審判的客觀性。至於所謂「文化漢奸」的概念，則顯得更為複雜些。〈處理漢奸案件條例〉（1945 年 11 月 23 日）第二條規定「應勵行檢舉」的項目之中，包含「曾在偽組織管轄範圍內，任報館、通訊社、雜誌社、書局、出版社社長、編輯、主筆或經理，為敵偽宣傳者。」[3]職位較易認定，但是否涉及為敵宣傳的行為則不易遽斷，何況檢舉之後如何處置，

---

[1]張銓津，《鴉片戰爭時期的漢奸問題之研究》（臺灣師範大學歷史所碩士論文，1996 年），頁 15～20。

[2]王柯，〈「漢奸」：想像中的單一民族國家話語〉，《二十一世紀》第 83 期（2004 年 6 月），頁 63～73。

[3]附在南京市檔案館編，《審訊汪偽漢奸筆錄》（南京：江蘇古籍出版社，1992 年），頁 1490。

也還是問題。實質上，除了柳雨生等極少數人（周作人已非屬這個層級）被以「漢奸文人」通令逮捕之外，[4]以此獲罪者並不多見。因此，文化漢奸這個稱號，更像是文化界內部以文字來主持正義、淨化自身的工具。

　　戰時出版的《漢奸醜史》一書，已用「文化漢奸」指稱附汪的教授、記者、作家。[5]到了戰後，在一片討伐漢奸的聲浪中，《文化漢奸罪惡史》的專書應運而生。除了〈三年來上海文化界怪現狀〉等數篇概覽綜論的文章之外，另針對 17 位「文化界的漢奸」進行了個別的特寫。其篇目如：〈「桂花編輯」楊之華揩油稿費是他的拿手傑作〉、〈「偽政論家」胡蘭成是張愛玲的「文藝姘夫」〉、〈「女張競生」蘇青陳公博的露水妃子〉等等，已可見出筆調之尖刻。編著者在前言中指出：

　　　　在那抗戰時期想不到竟有這許多文化漢奸的存在，而謹防他們在這建國
　　　　的階頭上，又搖身一變，活現起來，因之這部「文化漢奸」，等於一面文
　　　　壇照妖鏡，倒是件小小的法寶，使他們無從遁形。聽說中華全國文藝界
　　　　協會，對於文化漢奸有所處置，同時也進行調查文奸的工作，這本書但
　　　　願於他們有些幫助。[6]

　　也就是說，此書作意在於：暴露其醜事，阻斷其前景，並爲即將展開的「處置」行動提供線索。問題是全書標榜「一片醜帳，暴露無遺」，雖然有些敘述具有史料價值，但也常見格調不高的街談巷議、譏嘲謾罵。例如說：「張愛玲這三個字，不像女作家，而是十足的『舞女氣』」，還說她的劇

---

[4]參見封世輝編著，《中國淪陷區文學大系：史料卷》（南寧：廣西教育出版社，2000 年），頁 396。戰後文化人被以「漢奸」罪名審判的情況，另詳益井康一，《漢奸裁判史（1946~1948）》（東京：みすず書房，1977 年），頁 151～165。

[5]鄭辰之編，〈記幾個「文化漢奸」〉，《漢奸醜史》（出版地不詳：抗戰建國社，1940 年），頁 40～42。

[6]司馬文偵，〈幾句閒話〉，《文化漢奸罪惡史》（上海：曙光書局，1945 年），頁 1。按此書封面在「文化漢奸」四大字後有「罪惡史」三小字，但版權頁僅作「文化漢奸」。

本「編得活像垃圾桶貨色」[7]，卻不能列舉她作為漢奸的事證。

　　國共內戰日熾，「共匪」被視為比「舊漢奸」更可怕的「新漢奸」，反新漢奸經常成了舊漢奸除罪的方法。政府不積極「處置」漢奸，文化界「愕愕」之士則始終耿耿於懷，試舉兩個著名的案例：1967 年，梁容若以《文學十家傳》獲得中山學術文化基金會的文學史獎，獎金五萬元。署名為「張義軍」的文章〈中國文化與漢奸〉便出而揭發梁氏昔日在淪陷區以媚日文章獲獎的往事，並得到徐復觀、胡秋原等人的響應，最後中山學術獎雖未被追回，梁卻也被迫提早從教職上退休，遠走國外。[8]又如戰後因漢奸罪遭通緝而逃匿日本的胡蘭成，在 1974 年受文化學院之聘，來臺講學。隔年趙滋藩、胡秋原等人即撰文重提胡蘭成作為文化漢奸的舊案底，並指責其在臺新出版著作充滿了漢奸思維。終於逼得警總出面禁止其書，胡只好離職返回日本。[9]

　　上述兩個案例，顯現訴諸輿論的攻訐有一定效果，這也助長了類似行動的持續開展。在這當中，抗戰時期從事「戰地文化工作」、戰後長期擔任國大代表的劉心皇，始終扮演重要的角色。所著《抗戰時期淪陷區文學史》，固然運用了不少 1930、1940 年代的史料，但也頗多臆測之辭，同時在判斷上使用了極為嚴苛的標準。他以「落水作家」總稱「投降敵人依附漢奸政權的作家」，其中包含：

（一）曾經擔任敵人的職務者；

（二）曾經擔任漢奸政權的職務者；

（三）曾經擔任敵人的報章雜誌、書店經理、編輯等職務者；

（四）曾經擔任漢奸政權的報章、雜誌、書店經理、編輯等職務者；

---

[7]司馬文偵，《文化漢奸罪惡史》，頁 49～50。

[8]相關文件及論辯過程，見劉心皇編，《文化漢奸得獎案》（臺北：陽明雜誌社，1968 年）。

[9]有關胡之所以能夠返臺，有一種說法是：胡曾透過何應欽，向蔣介石上呈關於韓戰的意見書，又曾運用其在日本的關係，使《蔣總統祕錄》得在日本《產經新聞》以連載方式發表，歷時長達四年，從而獲得當局的諒解。參見于文編，《大漢奸傳奇》（北京：團結出版社，1994 年），頁 140。

（五）曾經在敵偽的報章、雜誌、書店等處發表文章及出版書籍者；

（六）曾經在敵偽保障之下出版報章、雜誌、書籍者；

（七）曾參與敵偽文藝活動者。[10]

　　分析起來，前四種屬於「職位」問題，依劉的理路，只要居於「偽職」即是「惡行」，遑論其實際內容。後三種涉及「行為」問題，但都為文藝層面，而非政治性活動。在淪陷區裡，一切事物很難不是「敵偽的」，舉凡教育、商業、醫療若非在「敵偽保障之下」，如何能夠逕行。因此，劉心皇所設的基準，也許符合極端的「愛國主義」，卻未嘗考量到人道立場。就這裡而言，還看不出對於具體的叛國行為有所討論。

　　大陸學者陳青生則區分出「漢奸作家」與「大節有虧的作家」，前者指具有明確漢奸行為的作家，屬於違法犯罪行為。後者則僅出現「民族立場的歪斜」，還沒有到國法追究的地步，主要承受的是道德的譴責。至於判斷是否「漢奸文學作品」，主要應依據兩條標準：

一、作者在抗戰時期屬於漢奸，或尚未墮落為漢奸，但親近日偽，積極參加漢奸文學運動的大節有虧的作家。
二、作品遵奉或呼應漢奸文學理論指導與要求，具有直接服務於日本帝國主義擴張侵略戰爭和漢奸偽政權統治需要的內容。[11]

　　前一條是不論作品，先就作者的「民族立場」與「政治表現」進行檢查，以區分其忠奸。即使並無明確的賣國行為，但在活動上與「日偽」發生密切關聯，也算在內。至於後一條，專就作品而言，相對較為客觀，涵蓋面也不致太過寬泛。但何謂「遵奉或呼應」，也頗有些模糊空間。

　　即使寫過符合「漢奸文學」條件的作品，甚至積極參與「漢奸文學運

---

[10]劉心皇，《抗戰時期淪陷區文學史》（臺北：成文出版社，1980年），頁1～2。
[11]陳青生，《抗戰時期的上海文學》（上海：上海人民出版社，1995年），頁378～382。

動」，也未必就能被輕易判定爲「漢奸」。關露即是一個著名的案例，她與汪政府特務頭子李士群過從其密，又追隨佐藤俊子編輯日本海軍部主導的《女聲》雜誌，出席過在日本舉行的「大東亞文學者大會」。因此，《文化漢奸罪惡史》曾痛責她爲「無恥文雌」[12]，劉心皇照例也把她派入「落水作家」。但她其實是中共的地下黨人，雖然進入人民共和國時代，硬是被從「假漢奸」鬥成「真漢奸」，死前才獲平反。陳青生將她視爲「抗日愛國作家」，並指出劉著對這類案例「妄做論斷，混淆忠奸，歪曲歷史」。[13]其實以當時國民黨政府的立場，就算釐清「真相」，亦難視之爲「忠貞」。由此可知，區判文人的忠奸，常決定於觀察的位置。

（二）對紀弦的具體指控

劉心皇的著作，率先援引了多份史料，經由「路易士在此時，不但與大漢奸胡蘭成交往密切，還交結了其他的文化漢奸」，推論出他是爲汪政府「作文藝運動的」。[14]這一部分是劉書文獻較有據的地方，問題是深獲胡蘭成的賞識、催促楊之華出書、幫吳易生看稿子，並得意於相關刊物，嚴格來講，只算展示了人際關係及活動場域，尚難等同於「漢奸行徑」。

劉心皇最直接的指控，係立基於下列兩段材料。首先，隱名者「鍾國仁」說：

> 大節有虧的人不可以派到韓國出席國際筆會，頃悉此次出席國際筆會的代表中，有紀弦其人者，此人名叫路逾，平時以詩人自命，到處吹噓。在抗戰前，以路易士之名，撰寫新詩。在抗戰期間，竟背棄祖國，靦顏投敵，落水爲漢奸，出席日本召集的大東亞文化更生會，大放厥詞，賣身求榮。當中國抗戰時期的陪都重慶被炸，傷亡慘重之時，他在上海撰詩歌頌，其辭有曰：「炸吧，炸吧，把這個古老的中國毀滅吧……」這是

---

[12]司馬文偵，《文化漢奸罪惡史》，頁41～42。
[13]陳青生，《抗戰時期的上海文學》，頁202。
[14]劉心皇，《抗戰時期淪陷區文學史》，頁186。

盡人皆知的事實，且有上海淪陷期間出版物為證。[15]

　　這裡提出兩項指控，都有進一步釐清的空間：首先是關於出席「日本召集」的「大東亞文化更生會」的問題，紀弦的回應是「沒有到日本去出席過任何會議」。[16]按「日本文學報國會」在戰時共召開過三次「大東亞文學者大會」，其中第一次及第二次皆在東京舉行，第三次則在南京舉行。依照目前學界的相關研究，應已可確定紀弦在淪陷期並無東渡日本之舉。[17]但沒有日本開會，並不等於沒有參與「日本召集」的會議。「第三次大東亞文學者大會」（1944 年 11 月 12 日至 14 日），路易士確實與會了，並曾提出「保障作家生活案」。[18]以致日方代表高見順認為中國作家：「順應日本國策的發言一個也沒有，只說怎麼保障文學者的生活，從頭到尾不管生計之憂以外的事情。」[19]如果所謂的「厥辭」指此，似乎也還難以說是「賣身求榮」，反倒是以「生計之憂」遠離了「文學報國」的口號。另一項指控是撰詩稱頌日人轟炸重慶，實情如何，我將在下文詳考。

　　劉心皇又引用「另外一位」匿名者「史方平」的證詞：

路易士在蘇北，兼職務頗多，主要職務是偽「軍事委員會委員長蘇北行營上校聯絡科科長」（對日交涉交際）所兼任宣撫工作，代表敵偽對蘇北作「文化宣撫」。曾有大規模的兩次對青年的演講，一次是在泰興縣，講「和平文學與和平運動」；另一次是在泰縣，講「大東亞共榮圈與和平文

---

[15]1970 年 5 月 23 日《大眾日報》「鍾國仁」的投書，引自劉心皇，《抗戰時期淪陷區文學史》，頁 199。

[16]紀弦，《紀弦回憶錄‧第一部：二分明月下》（臺北：聯合文學出版社，2001 年），頁 153。

[17]這部份劉心皇已有所遲疑：「究竟路易士有無出席？尚待考」。近年來中國及日本學界對於三次大會的相關文獻考索甚詳，皆未見路易士在「日本」出席會議的紀錄。比較早在詳盡的敘述，見尾崎秀樹，〈大東文學者大會について〉，《近代文學の傷痕：大東亞文學者大會‧その他》（東京：普通社，1963 年），頁 5～54。

[18]路易士的出席及提案，參見張泉，〈關於「大東亞文學者大會」〉，《新文學史料》第 2 期（1994 年 2 月），頁 221。

[19]見澤地久枝，〈日中の懸橋──郭をとみて陶みさを〉，《文藝春秋》第 59 號（1981 年 05 月），頁 401。

學」。聽他演講的人，還有人在臺灣。[20]

　　這段材料涉及擔任軍職與執行文化宣撫兩項嚴厲指控，但都未舉證。紀弦早年曾自述：「1943 年 4 月 27 日，我的滿 30 歲生日是在蘇北泰縣過了的。」[21]劉心皇即以此印證史方平的指控，質問他為何無故跑到蘇北？不過，紀弦在回憶錄裡的說法是：「陪黃特前往蘇北訪友，大家交換『中產階級革命運動』的意見」。[22]即便他曾公開宣揚「和平文學」，是否就等於代表官方進行「文化宣撫」，也還難成定論。

　　至於以文人背景出任上校軍職，不甚合理。倒是「法制局長」胡蘭成似曾為他安排位置，但紀弦最先的說法是：自認拙於文書，「在他那邊『混』了沒多久之後，就又回到了上海。」又說：「雖然我已離京返滬不拿他的薪水了，他還是經常地用其他的方式給我以經濟上的支援」。[23]古遠清即據此推定，他是曾經短暫任職於法制局的。[24]唯相對應的段落，在回憶錄定稿中，都已刪除。並添增了：「千金之子不死於盜賊，良有以也，生當亂世，保持我的清白，這比一切重要」之類的堂皇理由，然後明確說：「所以我就婉言謝絕，沒有成為他的『屬下』，不拿他的薪水。」[25]前後兩個版本，在語氣上的細微差異，確有耐人尋味之處。

　　除此之外，陳青生的書較全面地考察了 1930、1940 年代的報刊，一則肯定路易士使淪陷期上海詩壇「由蕭條轉而活躍」，創作具有獨特的藝術風

[20] 史方平，〈紀弦、路逾和路易士的漢奸活動〉，引自劉心皇，《抗戰時期淪陷區文學史》，頁 188～189。劉心皇宣稱：「該文係打字的，曾從『文化旗』雜誌社取得一份，該文作於民國 59 年 8 月 10 日。」見前揭書，頁 198～199。

[21] 路易士，〈三十自述〉，《三十前集》（上海：詩領土社，1945 年），附錄，頁 16。

[22] 紀弦，《紀弦回憶錄・第一部：二分明月下》，頁 126。

[23] 紀弦，〈從 1937 年說起——紀弦回憶錄之一片斷〉，《文訊》第 7、8 期合刊（1984 年 2 月），頁 80～81。

[24] 古遠清，〈紀弦抗戰前後的「歷史問題」〉，《文藝理論與批評》2002 年第 4 期，頁 100。按此文略經修改後，成為古著《臺灣當代新詩史》（臺北：文津出版社，2008 年）之章節。

[25] 紀弦，《紀弦回憶錄・第一部：二分明月下》，頁 122。按：「千金之子不死於盜賊」出自蘇軾〈留侯論〉，本意應是「珍惜生命」，而非「維護清白」。紀弦的偏移式用法，造成一種意想不到的趣味。

采，一則指出其所以能夠名聲驟響，得利於積極參與「日偽卵翼的漢奸文學活動」，而其具體罪行如下：

> 僅就詩歌寫作而言，為悼念一名被抗日特工用斧頭劈死的漢奸，路易士作有〈巨人之死〉一詩。還寫作了一些攻擊共產主義和中國革命的詩作，如〈Poétercaus〉、〈被謀害的名字〉、〈失眠的世紀〉、〈文化的雨季〉等；1944 年秋冬，支援中國抗戰的美國軍隊，出動飛機轟炸上海日軍，路易士又寫了「政治抒情朗誦詩」〈炸吧，炸吧〉，譴責美軍的轟炸，嘲諷中國政府「長期抗戰，最後勝利」的虛妄，奚落「蔣介石」「永遠」不能收復失地，只能「陪著宋美齡，老死在重慶了」。這些詩作的內容和情緒，都順應了當時日偽炮製、扶植的「大東亞文學」的要求，它們是明顯的漢奸文學作品。[26]

　　列舉具體詩篇以為論斷基礎，似乎較為合理。不過，這段敘述手記「反共」與「媚日」混在一起，恐無助於釐清漢奸文學問題。陳書引詩雖未標明出處，除了〈炸吧，炸吧〉之外，都可以在上海版的《三十前集》裡找到，全為反共詩。〈Poétereaus〉一詩批評庸俗的噪音是「為了取悅克列姆林宮」而傷害了詩。[27]〈被謀害的名字〉說：「這裡，那裡，大批蠢材，狗，啦啦隊，CP 外圍份分子，假正義」。[28]CP 即指共產黨。〈文化的雨季〉提到：「克列姆林宮舉著獵槍。延安舉著獵槍。不要臉的投機分子舉著獵槍。善妒的低能兒舉著獵槍。」[29]其中的獵槍意象，可以和〈巨人之死〉合看：

　　你是至善的光。

---

[26]陳青生，《抗戰時期的上海文學》，頁 273～274。
[27]路易士，〈Poétereaus〉（1939 年），《三十前集》，頁 194。
[28]路易士，〈被謀害的名字〉（1940 年），《三十前集》，頁 212～213。
[29]路易士，〈文化的雨季〉（1941 年），《三十前集》，頁 221～222。

你是全人類的太陽。

但你砰然殞滅了，

繼你的英勇的兒子後。

我慟哭，

朋友們慟哭，

世界慟哭，

遼遠的火星上的人們也落淚了：

你竟死於那鑿冰斧的一擊下！

……

黑暗！黑暗！黑暗！

二十世紀的沙皇恐怖地獰笑著。[30]

其中的「鑿冰斧」，再次出現於〈失眠的世紀〉一詩：

我聽見一個自稱來自加拿大的遊客

用鑿冰斧

鑿一個人的腦袋，

然後是克列姆林的二十九個字的尖銳的獰笑，

和色盲們，

投機分子們，

沒有文化的豬玀們的

一致的喝采。[31]

依照陳青生說法，在這個案子裡，凶手是「抗日特工」，而死者則是

---

[30]路易士，〈巨人之死〉（1942年），《三十前集》，頁233～234。

[31]路易士，〈失眠的世紀〉（1941年），《三十前集》，頁214～216。

「漢奸」，未免斷之太果。我認為，受害的「巨人」其實是指托洛斯基（Leon Trotsky），無論人們對他評價如何，至少算是大人物，才能對應於「至善的光」、「全人類的太陽」。他被以「鑿冰斧」襲擊後腦而身亡，時為1940年8月21日。更重要的是，他的兩個「兒子」——列夫和謝爾蓋都先此而亡，一般咸信與蘇聯國家政治保安總局有關。因此，「二十世紀的沙皇」就是指史達林。依照我的解釋，它們與「悼念漢奸」其實並無任何的關聯。

（三）關於〈炸吧，炸吧〉

　　劉心皇與陳青生的指控，都提到〈炸吧，炸吧〉這首詩，並引述了少數片段。這項材料對於是非曲直的判斷，顯然是很關鍵的。按劉著、陳著對於引用資料，有時標出刊物名稱、日期、卷號，而不標頁碼。偏偏對於這項重要材料卻一致沒有交代任何出處線索（包括刊物名稱），不免啓人疑竇，也留給紀弦否認的空間：

> 但我從未寫過「讚美敵機轟炸重慶」的詩。我也從未寫過對於蔣公大不敬的一字一句。那些文丑文渣，如果他們所假造的「詩句」，真的曾在淪陷區的報刊發表過，那就請他們拿出白紙上印的黑字做證據吧！可是他們有嗎？屁都沒有。[32]

　　事實真相究竟如何？我們翻檢了大量原始文獻，終於找到了原詩。這項發現宜有重大價值，特不憚其辭煩，引述全文如下：

> 一個中國人說：
> 「我們的飛機來了。」
> 另一個中國人說：

---

[32]紀弦，《紀弦回憶錄・第三部：半島春秋》（臺北：聯合文學出版社，2001年），頁153。

「那是美國的。」

嘿嘿你們飛得多高！
請問那是同溫層吧？
好像害什麼羞似的。
幹嘛瞧都瞧不見啊？
只聽得飛機滿天響，
炸彈一個一個落下。

你們太英雄了！
　　太英雄了！

你們的飛機 B29（Made in America）
你們的思想也是「阿美利加製造」
可是哪裡有什麼思想，
你們這批奴才走狗！
如果畢竟有點思想，
你們就該捫心自問。——
　你們盲目投彈，
　命中民房，
　任務完成，
　安返原防，
　知否這裡，
　哭哭啼啼，
　炸死了的，
　都是中國的老百姓，
　自己的同胞？
　沒有一個惡人，

沒有一個壞蛋，

個個是無辜的，貧窮的，

吃苦耐勞的，

善良的，

愛國的（比你們愛國的）

民眾，民眾，民眾——

雖然他們腦筋簡單，

知識有限，

文盲占了大半。

他們覺得死了也情願的，

如果死在祖國的空軍下。

但那分明是外國的飛機，

你們不過是人家的工具。

炸南京是政治的意義，

炸上海是經濟的目的。

乒琳乒瑯一陣炸，

羅斯福拍手笑哈哈。

對啦，對啦！

炸吧，炸吧！

物價愈抬愈高了。

人心愈離愈遠了。

而且打仗愈打愈糟了。

失地愈失愈多了。

——何苦來啊？

你們口口聲聲

長期抗戰，

最後勝利，

教老百姓等著。

可是要到什麼時候

蔣介石

纔騎著馬回來？

也許要到

這裡的中國人

　炸死的炸死了

　餓死的餓死了

連一個也不剩著時

他纔從天而降

灑幾滴憑吊之淚

在這個

極目荒涼一片瓦礫的

廢墟上吧？

然而怕只怕的是他

永遠不回來了。

怕只怕的是他

即使打了勝仗

榮歸他的故鄉

也沒有廣大的神通

收拾殘破局面。

唉唉怕只怕的是他

為了一己之政權之貪戀，

寧可背棄了全民之祈願，

從此就

陪著宋美齡，

老死在重慶了。⋯⋯[33]

　　此詩把盟軍的轟炸機視為敵方，外國勢力的工具，並嘲弄抗戰國軍為「奴才走狗」。就立場而言，看似從人權著眼，為淪陷區的無辜百姓抱不平。唯細究起來，它又充滿政治性的判斷，在論調上頗有為日本人或汪政府宣傳之嫌。

　　驗諸文獻，「劉心皇們」（劉心皇＋鍾國仁＋史方平）當年應曾親見或耳聞過這首詩，尚非憑空捏造。唯或因手邊無書、印象有誤，或出於刻意渲染、擴大罪證，以致引述與實際有些出入（盟軍炸上海，說成日軍炸重慶）。而陳青生則確實見過第一手材料，只是引述未詳而已。事實上，紀弦為了反駁指控，也曾經在回憶錄裡提到：

是一九四四年的事情。有一次，陳納德飛虎隊誤炸上海市中心區，毀屋傷人，我曾以詩抗議之。詩的末節是這樣的：

有一天，蔣介石

騎馬回來看看，

對著那些斷壁殘垣，

也會傷心落淚的吧？[34]

　　對於劉心皇們的加油添醋，紀弦的回憶顯然避重就輕。原詩措辭之尖酸，恐怕並不下於他所批判的黃黑小報。最後一段對於蔣介石大肆嘲弄，遠超過他選擇性的回憶，證明所謂「從未寫過對於蔣公大不敬的一字一句」並不精確。此詩其實反映了淪陷區部分人民的一種心態，至少真誠地表達了自己的感受。但似乎對於國族情勢缺乏深刻的認識，在投入抗戰的

---

[33]路易士，〈炸吧，炸吧〉，《文友》第 4 卷第 4 期（1945 年 1 月 1 日），頁 11。
[34]紀弦，《紀弦回憶錄・第一部：二分明月下》，頁 140。

這一方讀來，不免感到痛惡。所謂「文化漢奸」的指控，便是在那樣的歷史情境之下產生的。

　　最近出版的一本詩史，主要運用了劉、陳二書提出的文獻，對紀弦作出總結性的評論：「他屬於民族立場歪斜、民族氣節虧敗、正義觀念淪喪的大節有虧的作家。」[35]其證據雖有待（例如採信了劉心皇們諸如「曾任科長」的指控），其思路與情緒卻是可理解的，大抵延續了抗戰情境下民族大義的立場。我在這裡以及下文，掘發了若干關鍵史料，但並無意強化類似的道德審判，或就此提出簡化的結論。相反的，我將進而探討「文化漢奸」的帽子之下，有著怎樣的歷史刻痕與心靈皺摺。

三、「藝術」怎樣聲明「自主」

（一）青年藝術家的畫像

　　1930 年代的文學論爭，經常出於左與右的意識形態衝突。當時，國民黨文藝機構發起「民族主義文藝運動」，主張「鏟除多型的文藝意識」，「文藝的最高意義就是民族主義」。左聯則積極提倡「社會主義現實主義」，為無產階級革命前鋒。[36]這時另有一批信奉自由主義的文化人，提出不同的主張。胡秋原認為：「文學與藝術，至死是自由的，民主的。因此，所謂民族文藝，是應該使一切真正愛護文藝的人賤視的。」[37]蘇汶也起而向革命爭取自由：「『第三種人』的唯一出路並不是為美而出賣自己，而是，與其欺騙，與其做冒牌貨，倒還不如努力去創造一些屬於將來的東西吧。」[38]於是引發了所謂「第三種人」與左聯的激烈論爭。可見在那種緊張對峙的時代氛圍裡，文人爭取自由的意志始終未曾斷絕。

　　青年路易士踏入上海文壇的年代，「上海現代派」與「第三種人集團」

---

[35]古遠清，《臺灣當代新詩史》，頁 89。
[36]關於這段歷史的介紹，參見錢理群、溫儒敏、吳福輝，《中國現代文學三十年》（北京：北京大學出版社，1998 年），頁 191〜201。
[37]胡秋原，〈藝術非至下〉，收在蘇汶編，《文藝自由論辯集》（上海：現代書局，1933 年），頁 7。
[38]蘇汶，〈「第三種人」的出路〉，蘇汶編，《文藝自由論辯集》，頁 132。

正逐漸形成，並成爲那個時代的重要流派，無論當初或事後，紀弦都以身爲其中一員而自豪。前者陶冶了他的文藝技術，後者則影響了他的政治思維。1934 年 5 月，路易士第一次有詩登於上海著名的文藝刊物《現代》，漸與主編施蟄存、戴望舒、杜衡（即蘇汶）熟識，他們都是現代文藝的中堅。其後自辦詩刊《火山》，並活躍於廣義的現代派刊物《今代文藝》、《星火》、《現代詩風》等。1935 年 12 月，個人詩集《行過之生命》出版，有杜與施的序跋，稍稍奠立詩名，但還不能說是「紅得發紫」。[39] 1936 年 4 月，抵達日本，預備進修，但因病思家，旋於 6 月返滬。同年 10 月，戴望舒主導的《新詩》創刊，路易士也自辦《詩誌》一種，往後兩年之間，藉由這兩種刊物，他發表了許多較佳的作品，逐漸像是重要的詩人。

　　八一三滬戰烽火，毀壞了路易士的上海文藝夢。乃於 1937 年秋，攜眷溯江而上，輾轉到達昆明。他回憶道：「施蟄存正在『西南聯大』教書。如果他能替我找到一份工作的話，我就留下來不走了也說不定。」[40] 遂經雲南於 1938 年秋到香港，昔日上海文藝界的提攜者杜衡、戴望舒都在這裡，經他們的協助，路易士終於獲得報館職務，恢復有限的文藝活動。1939 年辭職，他說：「閒著沒事，我就回上海去看看。」但還能在此「自費印行了三部詩集」，其間行止，交代未清。以今觀之，這趟行程似有試探回滬發展的可能。1940 年折返香港，隔年太平洋戰事起，駐港英軍投降。杜衡轉入重慶，戴望舒則因反日活動被拘囚數月，後仍續留香港。路易士自稱很想隨杜衡同去，因一家旅費無著，「放聲大哭一場」，只好離港返滬。實情如何，或者有些可疑。

　　1942 年夏，路易士返回上海。經由二弟路邁引介，認識了汪政府機關報《中華日報》副刊主編楊之華，終於找回了寬廣的文藝活動空間。他指出：「楊之華對文藝的看法和主張，大體上和我相同：尊重文藝作家創作自

---

[39] 紀弦回顧他在 1934、1935 這兩年忙碌的文壇活動，得出結論：「除路易士外，其他『現代派詩人群』，就從來沒有第二個人是像他這樣紅得發紫的，在當年。」見《紀弦回憶錄・第一部：二分明月下》，頁 93。

[40] 紀弦，《紀弦回憶錄・第一部：二分明月下》，頁 115。

由，反對政治干預文藝。」[41]似乎對於楊在汪政府中執行「和平文學」的角色欠缺精確認識，或者刻意迴避。1942 年秋，路易士到南京見胡蘭成，早在香港時期，兩人便經杜衡介紹認識，並曾鄰居半年。這時胡幾經浮沉，已位居汪政府「行政院法制局局長」之職，數十年後，路易士回顧胡的知遇，感佩之情仍然溢於言表：「他知道我窮，家累又重，離港返滬，已身無分文了，於是經常使用適當方法，給我以經濟上的支援，而且，盡可能地不使我丟面子——例如暗中通知各報刊給我以特高的稿費。」[42]僅就這一項而言，已是莫大的榮寵，也是他素所在乎的。

胡蘭成曾有敏銳獨到的觀察，可以作為我們認識青年路易士人格特徵的基礎，繁引如下：

> **所有正義的與非正義的觀念，責任或道德，理論或事實，他全不管。**只是他認為對，他覺得有贊成或反對的需要，他就這麼肯定了。但也並不固執到底，他倘然改變原來的主張，往往不是因為何種經過深思熟慮的理由，而且並不後悔。
>
> 這種派頭，說他淺薄，是太簡單的解釋。說他是虛無主義者，也不是。像路易士那樣的人，生在今世界上，孤獨，受難，諸般的不宜。**社會不理會他，不對他負一點責任，沒有注意到他的存在。所以，要他對社會負責任，也是不可想像的。**如同一隻在曠野裡的狼，天地之大，只有他自己的呼吸使他感覺溫暖。孤獨使他悲涼，也使他意識到自己的偉大，不是他存在世界上、而是世界為他而存在。他很少幫助朋友，也很少想到要幫助朋友。他連孩子都不喜歡。**隨著社會的責任與他無關，配合於社會的生活技術在他也成為隔膜的東西。**他的很少注意理論與事實，除寫詩外沒有學到什麼東西，只是因為他驚嚇於自己的影子。他的狹隘是無法挽救的。他分明是時代的碎片，但他竭力要使自己完整，這就只有

---

[41]同上註，頁 121。
[42]同註 40，頁 122。

蔑視一切。

為了證明自己的存在，他需要發出聲音，就是只給自己聽聽也好。**聽他談論你會感覺他是在發洩自己，主要還是說給自己聽的。**雖然似乎淡薄，然而是從他的靈魂的最深處發出來的生命的顫動，是熱鬧的，但仍然是荒涼的。[43]

　　這正是一幅「青年藝術家的畫像」，胡蘭成的話雖講得漂亮，但實不無為人（也兼為己）開脫之意。首先，胡所勾勒出來的路易士，如用「世俗」的眼光，恐怕要被說成不負責任、無是非心、我行我素。但胡認為，我們不能稱之為「淺薄」、「虛無」。為什麼他可以不對社會負責任呢？胡的解釋是：「社會不理會他，不對他負一點責任，沒有注意到他的存在。」這裡並不把個體貢獻於群體視為當然，而是反過來抱怨群體之漠視個體。看來似乎是把兩者（大我與小我）放在相對待的平等位置，但實質上，卻是高揚了自我存在的價值，並質疑了公共倫理的當然性與優位性。其中傳達了從社會制約中解放出來的私願，似乎蘊含著一些現代消息。相對於胡自己日後的崇高論調何以自處紀弦自述裡的美好品格，這段描述，便顯得血肉生動，甚至可親可信了。

　　於是，發出自己的聲音，選擇自己的行動，成了他們報復社會的方法。在另外一篇文章裡，胡蘭成又做了這樣的辯護：「路易士的個人主義是病態的，然而是時代的病態。」[44]因為當時頗有些人攻擊路的詩太「頹廢」，而胡則似乎敏銳地嗅到一種現代性體驗。紀弦回憶起這些評論，是這樣說的：「胡蘭成對於我的批評，我總是感激的。他不但指出我的『詩』的精神所在，而且指出我的『人』的性格之不凡。」[45]我們檢視他後來的創作，似乎頗有些是在回應胡的評論。例如，胡這樣說：「為了證明自己的存

---

[43]胡蘭成，〈路易士〉，收在楊一鳴（楊之華）編，《文壇史料》（大連：大連書店，1944 年），頁 272～273。粗體為引者加重強調。
[44]胡蘭成，〈周作人與路易士〉，楊一鳴編，《文壇史料》，頁 114。
[45]紀弦，《紀弦回憶錄・第一部：二分明月下》，頁 128。

在，他需要發出聲音」，紀弦這樣寫：「我必須發出聲音。因爲只有我自己
的聲音纔能證實我的存在。」[46]胡有關「曠野裡的狼」的比喻及其解說，則
在 20 年後，被整個地融入紀弦那首著名的〈狼之獨步〉：「我乃曠野裡獨來
獨往的一匹狼。／……／這就是一種過癮。」[47]由此看來，兩人在氣息上確
有相通之處。

（二）詩領土社活動與爭議

　　1944 年 3 月，路易士籌辦的《詩領土》第 1 號出版，其後陸續群聚同
仁 83 名，並發表了一份頗不通順的「同人信條」[48]，儼然成爲詩壇最活躍
的人士。在這個刊物裡，路易士寫了不少議論文字，但個人色彩濃厚，理
論層次不高，多做無謂的爭辯。例如第一期的社論，便表達了「反感與抗
議」：

> 有些文藝雜誌，在目次上，把詩題與詩人的署名排得字體比小說題與小
> 說家的署名小，這一點，每常引起吾人反感。（……）還有把詩用於補白
> 地位了的，其一種蔑視心理不言而喻。[49]

　　文藝雜誌的商業考量，傷了詩人的自尊。但與其說這是文類之爭，或
通俗與純粹之爭，毋寧說是在爭取「我的存在」。這一段話，似乎引起了小
報的嘲笑，但也有些編者給了他正面的回應。柳雨生主編的大型刊物《風
雨談》曾經轉載了《詩領土》作品數篇，被路易士視爲「本刊的一種光
榮」。[50]楊之華主編的《中華副刊》也曾經提供篇幅，讓詩領土社同人出了

---

[46]紀弦，〈我的聲音和我的存在〉（1945 年），《飲者詩鈔》（臺北：現代詩社，1963 年），頁 89。

[47]紀弦，〈狼之獨步〉（1964 年），《檳榔樹丁集》（臺北：現代詩社，1969 年），頁 30。

[48]例如其中第一條稱：「在格律反對自由詩擁護的大前提下各異的個性尊重風格尊重全新的節奏
與旋律之不斷追求不斷創造。」見《詩領土》第 3 期（1944 年 6 月），頁 1（按原期刊皆未標頁
碼，此處所標，係我自封面起算而得，下同）。最後的「同人名單」見《詩領土》第 5 期（1944
年 12 月），頁 23。

[49] 路易士，〈反感與抗議〉，《詩領土》第 1 期（1944 年 3 月），頁 1。

[50] 見〈消息·紀事〉，《詩領土》第 4 期（1944 年 3 月），頁 4。

兩期詩專號，並將稿費「歸屬於社而不歸於個人」，因而造成新的爭議，路易士是這樣回應的：

> 難道你的頭腦發昏，你的眼睛發花，沒有看清楚嗎？除非你曾經向《中華副刊》或《詩領土》投稿未遂懷恨在心，蓄意報復，除非你甘受駕鴦蝴蝶派利用，以做彼等之走狗，供彼等之驅使為一種殊榮。（……）而且，請我寫稿的編者多著呢。這豈不是叫你氣死了嗎？告訴你，不要嫉妒吧，不要埋怨吧，我是憑了我的十多年的努力，幾百首的作品而存的。[51]

　　當他失意時，便憤恨地詈罵；當他得意時，則又傲慢地詈罵。勇於把別人歸為某派走狗，並且昂然炫耀自己的通達，坦率得令人驚訝。但我們從他與胡蘭成、楊之華、柳雨生等當令人士的交遊，便知所謂憑自己的努力，也未必盡然。《詩領土》雖號稱「純詩與詩論月刊」，但也明確動用到紀弦在淪陷區的各種人際網絡。自這一期起，「社論」一欄直接改稱「路易士的手杖」，絕不避諱個人色彩。他說：「在這裡，真理，正義感，寬大，光，熱，愛，恆與路易士的手杖同在。」[52]這句話用許多正面價值裝飾自己的「手杖」，雖然那手杖可能用於負面行動。

　　由上可知，路易士在淪陷區的文壇，並非沉潛於創作的純粹詩人，而算是爭名、爭勢、爭地盤的文壇活動家。高姿態與高聲調使他出名，也使他飽受嘲諷。因為站在相對有利的位置，故他也常常主動出擊：

> 如果他們敢於探頭出來看看，我必以手杖重重打之。他們以為「革命的詩」就是「詩的革命」，豈不可笑之至！什麼「普羅詩歌」啦，「國防詩歌」啦，「大眾詩歌」啦，「抗戰詩歌」啦，還有什麼「詩歌大眾化」

---

[51]路易士，〈這是你的不幸〉，《詩領土》第4期，頁5。
[52]路易士，〈關於路易士的手杖〉，《詩領土》第4期，頁5。

啦,「新詩歌斯太哈諾夫運動」啦,諸如此類,全是胡說八道,文學以下!全部應該打了嘴巴之後充軍到革命的西伯利亞去![53]

那些無聊的文氓,鴛鴦蝴蝶派和準鴛鴦蝴蝶派的反對,比起前者的冬烘老頭子來,是更其不足輕重的了,彼等只不過是蚊子似的嗡嗡營營極微藐的存在而已,算什麼。那些專以老闆小開姨太太少奶奶之類為其主顧,隨著上海市儈階級暴發戶的抬頭而泛起的沉渣,就連如像前者的冬烘老頭子的舊詩舊文學那樣的具體些的據點都沒有的。[54]

　　前一段是反左翼文學,後一段在反鴛鴦蝴蝶派,而其共同點則是譏嘲謾罵蓋過說理,有些話並不比小報文體高明,似乎只能顯示其意氣盛滿而性情躁動。這類爭辯的痕跡,雖然不登大雅之堂,卻可以部分解釋他在戰後飽受責難(包含「文化漢奸」)的原因。

　　路易士與日本人的親密關係,也是有所爭議之處。《詩領土》之中,有一位日本詩人矢原禮三郎,他可能是在上海從事電影相關工作。[55]作為社員,應屬贊助性質。此外,《詩領土》又曾刊登另一位日本人朝島雨之助的作品:

　　現在中國與日本之運命　才將到關頭

　　詩人須吶喊斷石灑血

　　啊我們現在　須毅然拔刀而起

　　中國的友人呀　現在　共同拔刀

　　並肩跑到　汪先生窗下吶喊

　　汪先生汪先生毅然拔刀吧……

　　飛向遠方的新國民運動之鐵鳥　只有我們血之肅清才可歸來……

---

[53]路易士,〈偽自由詩及其他反動份子之放逐〉,《詩領土》第5期(1944年12月),頁4。

[54]路易士,〈新詩的反對者及擁護者〉,《詩領土》第5期,頁7。

[55]查(日本)中國研究所編,《中國の現代文化》(東京:白日書院,1948年)一書,有矢原禮三郎撰〈映畫〉篇。

　　無論怎樣親近之大官　　無論怎樣有權勢之富豪

　　貪官奸商斷然斬之……

　　啊新國民運動銜於大東亞道義之處

　　在洒壯烈之血才能開花……[56]

　　詩的內容歌頌了「汪先生」和「新國民運動」，又處處充滿「拔刀」、
「灑血」、「斬之」的侵略意象，這當然就是紀弦宣稱不屑的口號詩（雖然
他自己也寫過不少「政治抒情詩」），刊登在一份自稱堅持以「純詩」為本
位的刊物之中，不免自亂其立場，後來大概他也深覺不安而有些微辭，但
卻只能不論「意識」，只談「藝術」。[57]可以想像，要不要刊登這樣的詩，可
能面臨了些許掙扎。

　　路易士在上海還有許多東瀛詩友，其中以擔任汪政府「文化宣傳部顧
問」的草野心平（1903～1988）最為著名。[58]其次則是池田克己（1912～
1953），他曾被徵召為「支那派遣軍」參與對華戰爭，後來卸除軍裝在上海
擔任記者。[59]路易士曾經這樣評論他的詩集：

　　在這本集子裡，所收入的作品，幾乎每一首都充滿了一種戰時下的國民
　　的義務感，一種強烈的愛國心，並且幾乎是每一首都塗抹了濃厚的日本
　　的色彩，這也許要使大部分中國的讀者看了不若日本的讀者群之印象深
　　刻而且感覺親切吧。在這本集子裡，我友池田克己所引吭高歌了的乃是
　　戰爭，乃是勝利，乃是祖國，正如所有真的愛國詩人一樣，他歌唱得非

---

[56]朝島雨之助，〈新國民運動飛向那裡〉，《詩領土》第 4 期，頁 16。按作者另名朝島靖之助（1909
　～1978），戰後成為日本有名的推理小說家。
[57]路易士，〈詩評三種：「中華民國居留」〉，《詩領土》第 5 期，頁 19。
[58]路易士〈偽自由詩及其他反動分子之放逐〉一文中，曾舉草野心平的〈關於〉為充滿詩素的範
　例，並稱讀後「感動極了」。參見《詩領土》第 5 期，頁 5。他又有詩題作〈草野心平之蛙〉，盛
　讚草野氏之詩「清新，純粹，可愛之至」。收在《夏天》（上海：詩領土社，1945 年），頁 19。
[59]路易士，〈詩評三種：「上海雜草原」〉，《詩領土》第 5 期，頁 18。

> 常之熟悉，非常之激昂慷慨。[60]

　　刊載朝島的詩，還可說是被動接受；對池田的詩作這樣評論，卻是主動提出了。似乎看不出日本人的「勝利」，等於本國的失敗，日本人引吭高歌的「愛國」、「戰爭」，意味著本國的受侵侮，而加以稱讚，這未免超越民族本位，而到達了很高的同情境界了。無論如何，這段歌詠戰爭的評論，顯然有違於所謂崇尚和平的精神。

　　古遠清指出：目前，人們獲得路易士參與漢奸文化活動的最重要依據是沈子復在 1940 年代發表的〈八年來上海的文藝界〉披露的紀弦寫過適應日偽「大東亞文學」要求的漢奸作品。[61]查沈子復原文，提到路易士僅有一處：

> 除了這些臺柱之外，文載道、路易士、楊之華、紀果奄、譚正璧、楊光政、丁諦、陶晶孫、張愛玲、蘇青（……）等等都是「大東亞文壇」上的「健將」，其他「跑龍套」「小丑」之流真是枚舉。[62]

　　泛泛羅列名單，還沒提到什麼漢奸作品，可能談不上是「最重要依據」。我在前面所引用的文獻，可能更具體些，年代也更早些。

　　除此之外，《文化漢奸罪惡史》把路易士列入 17 位「文化界的漢奸」之中，也屬現有紀弦研究未及徵引的重要文獻：

> 與蘇青齊名的「男作家」，要算路易士了吧，天天揮著手杖，吸著板煙，在馬路上散步，一付高傲的樣子，自以為是了不起的大詩人，寫寫「魚」詩，倒也罷了，有時神經發作，要寫幾首政治詩，反英美，反

---

[60]路易士，〈詩評三種：「中華民國居留」〉，《詩領土》第 5 期，頁 19。
[61]古遠清，《臺灣當代新詩史》，頁 88。
[62]沈子復，〈八年來上海文藝〉，《月刊》第 1 卷第 1 期（1945 年 12 月），頁 78。

「重慶」，反共，擁護「大東亞」「偽政府」的口號，都在他的詩裡出現，有人勸告他，他竟說：「抗戰如果成功，他等著殺頭！」可是近來，有人看見他露著一付可憐相，頗有想念幾首勝利詩的樣子。[63]

　　這一段話顯示，路易士在戰後第一時間已經蒙受了「文化漢奸」的指控了。雖然未必全真，但由於出版年代（1945 年 11 月）與歷史現場相近，此書仍深具「時評」意義與價值。其中許多訊息，為在臺灣的劉心皇們所未及傳達，包含他與小報的過節：

　　這回「文壇」的盤腸大戰的起因是這樣的。在林柏生某次招待當時所謂大東亞文藝作家的宴會上，詩魚路易士突然起立發表演說，以震動屋瓦的呼號，猛然抨擊左傾的普羅文學，與墮落的鴛鴦蝴蝶派，出席該會的平襟亞，也就不待席終，拂袖退席了。[64]

　　演講內容與前引《詩領土》是一致的，這裡提到的林柏生，乃是汪政府的宣傳部長，兼任各項要職，影響力遠過於胡蘭成、楊之華。不過，文中又說：「而明日，詩魚遂為林逆柏生賞識，重金禮聘入中華日報」，又說「還把他的弟弟，也是詩人的魯賓，又名田尾的，也拉入中華日報做編輯了」，與前引紀弦的回憶差別甚大，誌此待考。此外，文中還談及其生活：

　　詩魚的生活從此闊綽起來，不是領導一群詩領土的領民到新雅座談，便是到甜甜斯喝咖啡，讓一位愛好詩魚的大作的女士倚到懷中聽他朗誦傑作，再不然，就是到北四川路一間叫做潮的酒吧去，跟所謂盟邦的詩友池田克己他們討論大東亞文學。過的倒很寫意的生活。[65]

[63]司馬文偵，〈三年來上海文化界怪現狀〉，《文化漢奸罪惡史》，頁 5。
[64]司馬文偵，〈辱國釣魚──跟了東洋詩人屁股後跑〉，《文化漢奸罪惡史》，頁 29～30。
[65]司馬文偵，〈辱國釣魚──跟了東洋詩人屁股後跑〉，《文化漢奸罪惡史》，頁 30。

　　「新雅」、「甜甜斯」、「潮」皆爲當時上海著名沙龍，這裡的描述，可與紀弦在回憶錄裡所說的話形成強烈對照：「孩子們！如果有一天，也讓你們嘗嘗『飢餓』的滋味，你們就會知道什麼叫做『人生』了！」[66]當時流離於後方的人民可能也會有不同意見。綜合各項資料，我們可以推測，身處淪陷區的路易士，物質生活未必充裕，但精神上卻頗爲得意。

四、戰爭、文本與心態

（一）戰前：憂鬱而虛無的青年

　　20 歲那年，路易士拿著自己的詩稿到書店尋求出版的機會，遭到拒絕，乃自費印行 1000 本。[67]他的同窗王綠堡寫了簡單的序，提供了第一手的觀察：「易士是個感情脆弱而個性又很強的人。因了前者，他是比誰都容易感傷，因了後者，『恨』在他的心中又特別容易產生。」[68]神經質的性格已流露於這批薄弱的習作中，青年詩人這樣描述自我：

> 揮著羅亭式的拳頭，
>
> 會寫幾首歪詩，
>
> 囚犯一般地蓄滿了頭長毛，
>
> 也大有個藝術家的模樣。
>
> 自命為前進的一員，
>
> 算是偉大的了！
>
> 穿起一件粗布的褂兒，
>
> 又恥對傭人們的輕視，
>
> 這是你虛榮心的中傷啊！
>
> 不甘於平凡，

---

[66]紀弦，《紀弦回憶錄・第一部：二分明月下》，頁 123。

[67]同上註，頁 53～54。

[68]王綠堡，〈綠堡的序〉，在路易士，《易士詩集》（上海：作者自印，1934 年），頁 5。

> 但終於在平凡的旗下屈服了。
>
> 太遠的追不上去，
>
> 回過頭來無人睬，
>
> 你只不過是個幼稚病的患者。[69]

　　他自比爲屠格涅夫（Ivan S. Turgenev）筆下的羅亭，扮演著「語言的巨人，行動的侏儒」。既以作爲前進的藝術家而自傲，卻又被世俗視爲閒廢之人而感到屈辱。這是挫折後的牢騷，像每一個時代的文藝青年，自命不凡卻總是出不了名，乃自嘲爲「幼稚病的患者」──詩雖未佳，卻很誠實。

　　感傷、陰悒、憤世的情調，通過稍稍進步的文學技術，更多地瀰漫於第二詩集《行過之生命》。在後記裡，詩人自述：

> 我底婚姻是美滿，同時，父親還丟了點遺產下來（雖則是少得可憐的一點）。然而，我底詩將會告訴你以我是怎樣不幸的。本來，20 世紀做人難：倘痛痛快快地讓一切毀滅了，倒也算了；偏是活在這腥臭的糞坑裡，而我自己又不得不在蛆群裡苟延殘喘。「倒底是什麼值得你生存了下去呢？」我是時常地這樣地問著我自己的。[70]

　　詩人把他詩裡的「不幸」抽離個體、家庭，拉高到身爲「20 世紀人」的巨大向度──這是理解紀弦詩質的重要關鍵。在紛亂的時代裡，他沒有找到任何值得認同的對象。世界被視爲是「腥臭的糞坑」，人群也就成了「蛆群」。往後十數年，這組意象始終揮之不去，儼然成爲一種頑固隱喩。[71]

---

[69]路易士，〈自剖〉（1933 年），《易士詩集》，頁 39。

[70]路易士，《行過之生命》（上海：未名書屋，1935 年），後記之頁 2。

[71]例如〈都市的魔術〉（1941 年）：「我收縮了起來。我渺小了起來。／而且作爲蛆群中之一蛆，／食著糞，飲著溺，蠕動在／／二十世紀的都市裡。」見《三十前集》，頁 223。又如〈大上海的末日〉（1948 年）：「無數的人！／無數的人！／歇斯底里的潮。／蛆一般的蠕動。」見《飲者詩

　　詩當然未必要擁抱世界、熱愛人群，但無論是讚美或詛咒，背後還應有些情思。但這個時期的路易士，卻常陷於單調而浮面的吶喊：

> 我啊虛無者虛無者虛無者
> 虛無者虛無者虛無者虛無者
> 虛無者底心是一粒
> 往深海裡沉落的小小的砂
>
> 一個世紀兩個世紀三個世紀
> 十個世紀百個世紀千個世紀
> 無風無浪的日子
> 虛無者底心沉落海底了
> 啊，你聽我唱，你聽我唱啊
> 你聽我唱虛無者之歌——
> 我啊虛無者虛無者虛無者
> 虛無者虛無者虛無者虛無者[72]

　　依賴字眼的重覆來模擬情、事、物的「數量」，是他常用而不甚高明的技巧。當時，杜衡曾指出：「詩人所歌詠的是『20 世紀的煩憂』」，「並不是虛無的思想造成這醜惡的 20 世紀，而是醜惡的 20 世紀造成這虛無的思想的。」[73]我認為，青年路易士確實頗具「大空間」與「大時間」的意識，唯就《行過之生命》一集而言，大多只是透過「宇宙」、「地球」、「太空」、「世紀」、「千年」這類宏大的字眼形成一種「念天地之悠悠」的悲愴感，還沒有能夠細膩地深入「現代的」事物、情境與體驗，使其達到「現代─詩學」的高度。因此，真正足以擔當杜衡之評論的，反而是進入淪陷期以

鈔》，頁 255。
[72]路易士，〈虛無者之歌〉（1935 年），《行過之生命》，頁 199～200。
[73]杜衡，〈序〉，見路易士，《行過之生命》，序之頁 3～5。

後的部分作品。

　　也就是說，戰前這些灰色的作品，流露出來的只是個人性格與情緒的問題，那個「我」還很難說是「20 世紀人」的代表。當時的一位評論者就指出：

　　詩人的思想在這個集子中所見的，完全是一種近於或者趨於悲觀的厭世主義或者出世思想，他不特憎惡人類，而且厭棄家庭；不特厭棄家庭，而且詛咒自己的生命之存在。[74]

　　「虛無」始終是人們討論路易士作品的核心議題，他本人雖曾大唱「虛無者之歌」，後來卻也使用同樣誇張的句法否認虛無，顯現出人我認知的差距以及性格的複雜性。[75]其實，虛無、頹廢、厭棄云云，不必然是道德評判，它們在現代性論述裡常是別具意義的。實際上，他的詩裡經常充滿否定的訊息，包括家人：

　　你們啊——
　　我底夢的謀殺者
　　我——
　　你們底永恆的奴役啊
　　我幾連哭泣亦無聲淚了

　　我把一束盛開的

---

[74]宮草，〈讀《行過之生命》〉，《新詩》第 4 期（1937 年 1 月），頁 498。

[75]在下一本詩集的〈自序〉裡，路易士這樣替自己辯護：「那些罵我虛無，罵我頹廢的人們，是尚未虔誠地讀過我的全部作品而就斷章取義地胡說八道了起來的。那些罵我個人主義的人們，實際上是最最自私，最最唯利是圖的本質的小人，偽君子，不可救藥的個人主義者，彼等之所以屢加漫罵（絕非批評）於我者，那完全是由於一種自卑心理之作崇。彼等一點也不團體主義。彼等無恥之尤。彼等全然不知詩爲何物。文學是什麼。」見《出發》（上海：太平書局，1944 年），序之頁 2～3。

　　悲哀與不幸的花朵拋向天空

　　在我生命的暗夜裡

　　我看不見一顆星

　　或一個螢火蟲

　　吁嗟，你們——

　　我底夢的謀殺者[76]

　　「花朵」、「星」、「螢火蟲」這類美好意象或即指靈感或詩思，家人並非甜蜜的負擔，因為他們謀殺了詩人之夢，從而使他感覺到「家室之累」——這當中也反映了「個體」想要擺落「家庭」束縛的非傳統觀念。對「人」的厭惡，延伸到他各個時期的創作，包含戰時，例如：

　　生活在

　　蒸熱，狹小，且污濁的

　　弄堂裡的孩子們

　　是該詛咒的：

　　那麼眾多，

　　那麼醜惡，

　　不斷地囂騷著，

　　從早到晚，

　　像蒼蠅一般

　　快速地繁殖著。[77]

　　弄堂裡孩子們的「囂騷」招惹了詩人的清思，生活在那種「蒸熱，狹小，且污濁」的生活條件下，有人或覺「可憐」，我們的詩人則看到生命彷

---

[76]路易士，〈家室之累〉（1935 年），《行過之生命》，頁 296。
[77]路易士，〈弄堂裡〉（1942 年），《三十前集》，頁 230。

佛毫無道理地大肆繁衍的「可惡」。胡蘭成說過：「他連孩子都不喜歡」，在此得到印證。下面這首題為〈進化論〉之詩，更加激烈：

　　割斷！割斷！割斷！
　　把百分之九十九不優秀的生殖腺
　　割斷！

　　——這個可詛咒的蓁爾行星第 3 號
　　既有滿員之患了。[78]

　　對照於他多數詩篇所展露的自大傾向，讀者很難不認為，這近乎「主張」而非「反諷」。雖說也算是對生命的反思，唯具有強烈侵犯色彩的優生論，不免與戰時趨於鼎盛的一種法西斯主義有所契合。可能又是「醜惡的 20 世紀」、「時代的變態」或者「社會不理會他」，才衍生出這種想法吧。

（二）戰時：厭戰與悠遊的愛煙家

　　從回憶錄裡，我們其實不能真正看出紀弦在淪陷區的日常生活、心境與想法，歷史現場的創作文本反而蘊藏著較豐富的訊息。例如〈戰時下的愛煙家〉：

　　戰時下的愛煙家
　　坐在柚木的圈椅裡，
　　傾聽著飛機的轟音
　　和大砲的巨響，
　　一面抽著淡的煙草，
　　無煙草味的煙草，
　　非煙草味的煙草，

---

[78]路易士，〈進化論〉（1944 年），《夏天》，頁 14～15。

　　　　贋品的煙草，

　　　　樹葉製的煙草，

　　　　草葉製的煙草，

　　　　而注視著雨的窗外，

　　　　灰色的海上——

　　　　那些碇泊著的運輸艦

　　　　寂寞地冒著煙。[79]

　　淡淡地飄颺的煙草味與飛機大砲的轟音巨響形成抗衡的關係，喧囂之中遂能取得一種寧謐、靜觀的美感。雖然這愛煙家已經犧牲了自己的品味，但也暫時滿足於聊勝於無的劣品。對他而言，這可能是戰爭所帶來的較嚴重的後果。

　　再如這首使路易士搏得「魚詩人」名號的小詩：

　　　　拿手杖的魚。

　　　　喫板煙的魚。

　　　　不可思議的大郵輪

　　　　駛向何處去？

　　　　那些霧，霧的海。

　　　　沒有天空，也沒有地平線。

　　　　馥郁的遠方和明日；

　　　　散步的魚，歌唱。[80]

---

[79]路易士，〈戰時下的愛煙家〉（1942年），《三十前集》，頁229。
[80]路易士，〈散步的魚〉（1943年），《出發》，頁42。

　　張愛玲雖欣賞路易士的詩，卻稱這首詩「太做作了一點」。[81]其實，此詩頗有可觀之處：詩人自比為陸地上的魚，乃在呈示「散步」之悠哉遊哉，「拿手杖」而「喫板煙」正是他常見的自畫像。詩中還通過巨大的郵輪，表現出對於未知（遠方和明日）的祈嚮，流露了欣然自得的情懷，雖然這是戰事方酣的年代。

　　當然，一旦炸彈投在住家附近，他還是會感應到戰爭的存在，〈十一月廿一日 No.1〉（1944 年 10 月）罕見地直接寫到戰亂背景。我想順便藉由這首詩，說明引用原版詩集的重要性，因為在滬與在臺兩個版本，頗有些差異：

　　　空襲下秋日的陽光，
　　　呈一種異乎尋常的寧謐；
　　　而且多明麗啊，
　　　宛如三春之丰姿。

　　　兵營裡梧桐樹的葉子搖著
　　　似已讀厭了這個戰爭之
　　　永無結局的
　　　長篇小說之連載。〔臺版刪除〕

　　　我立在曬臺上，
　　　眺望十一月的青空：
　　　高射砲的殘煙，
　　　如我口中噴出的雲霧。

---

[81]張愛玲，〈詩與胡說〉，《流言》（臺北：皇冠出版社，1998 年），頁 144。張愛玲因為胡蘭成的關係，而認識青年路易士，並欣賞他某些潔淨、淒清的句子。文中提到：「讀到〈傍晚的家〉，我又有一樣想法了，覺得不但〈散步的魚〉可原諒，就連這人一切幼稚惡劣的做作也應當被容忍了。」見同書，頁 145。李瑞騰認為張愛玲此文「慧眼卓見，短短評語勝得過長篇大論」，詳李瑞騰，〈張愛玲論紀弦〉，收於《大地文學 1》（臺北：國家書店，1978 年），頁 338～347。

後記：民國三十二年十一月廿一日，盟機大炸上海，日寇漢奸為之喪膽。可是老百姓卻萬分興奮，愈益堅定了最後勝利的信心。是日，我也登高觀戰，一面抽著煙斗，遂成此章。〔臺版新增〕[82]

被刪除掉的「似已讀厭了這個戰爭之永無結局」，與新增加的「愈益堅定了最後勝利的信心」，根本上是衝突的。對照於前引〈炸吧，炸吧〉一詩所說的：「你們口口聲聲／長期抗戰，／最後勝利，／教老百姓等著。／可是要到什麼時候／蔣介石／纔騎著馬回來？」臺版「後記」明顯竄改了事實與情緒。所謂「盟機大炸上海，日寇漢奸為之喪膽」，原詩真正的心情應是「盟機亂炸上海，本地軍民義憤填膺」。滬版寫作時，盟機是敵方；臺版修改時，盟機變成我方。原先的厭戰，是厭惡盟軍不應來擾亂悠遊美好的歲月，曬臺上吞雲吐霧，是慶幸轟炸終於結束，而非炸死「日寇漢奸」。

紀弦回憶錄提到：「日本軍閥，罪大惡極！戰爭毀滅文化，實在可恨之至！」[83]前一句恐是事後之論，後一句應為當時之感。他確實痛恨戰爭，但主要基於「文化藝術」而非「國家民族」的理由，是從超越時空限制的「詩人」而非「中國人」的立場來設想。路易士在戰時曾經呼喊：「再會！戰爭。／你使全人類墮落。／可詛咒的！／二十世紀再會！／地球再會！」並提出這樣的請求：

給我以生存空間，

寫作場所，

書桌和書架，

創造之必要條件的閒暇和餘裕！

給我！

[82]滬版見路易士，《夏天》，頁77；臺版見紀弦，《飲者詩鈔》，頁83。
[83]紀弦，《紀弦回憶錄·第一部：二分明月下》，頁115。

給我！

給我！

給我以碳水化合物，

脂肪，

蛋白質，

維他命 ABCD！

給我以大衣！

給我！給我！給我！

否則，給我以火箭

或宇宙船！

給我以沙漠，無人島

或 GIN，瘋狂

或死！[84]

　　對詩人而言，寫作即是生存，否則他要求「離開」此世界。詩人具有創作的才能與欲望，並認為這是神聖而不可剝奪的。因此，要求世界給予「寫作條作／生存空間」也屬天經地義。依此理路，可以推知其心態：他選擇回到淪陷區，戰時最富饒而刺激的都市，親近文化界當權的人物，獲得發表空間、出版許可、稿酬、資助（那即是所謂「維他命 ABCD」），「也不過是」一位詩人爭取創作的資源，不肯因為蒙昧的戰爭而犧牲掉自己的創作才分，所做的努力而已。至於世俗的什麼判斷，套句胡蘭成的話，「他全不管」！但「權利」不免涉及政治，他或許沒有意識到，戰時上海的所謂文學活動，特別是他自己那些動輒宣稱要杖擊他人的言論，其實充滿政治性。

---

[84]路易士，〈向文學告別〉（1943 年），《出發》，頁 11～15。

就文學史發展過程來看，戰前的上海甚至整個中國詩壇，應以戴望舒為焦點人物，他具有充足的才情、學養與氣度，並先後藉由《現代》、《新詩》這兩種大型而高水準的刊物，提倡詩的現代觀念，影響了許多年輕詩人。戰爭爆發，戴、施、杜等「現代三劍客」紛紛離滬，使得鼎盛的文藝運動一時消散。至於路易士，在抗戰期間的行止，可以切成兩段：前一段自 1937 年秋離滬，流徙異地，創作無甚精采；後一段自 1942 年夏返還，填補戴望舒等人的空缺，重舉現代派的大纛，一躍而為上海最知名的詩人。無論就質或量而言，後四年的成果都遠超過前四年，單以《出發》（收 1943 年 6 月至 1944 年 4 月作品）及《夏天》（收 1944 年 5 月至 1944 年 12 月作品）兩集來說，一年半之間就得詩一百首，且不乏突破性的佳作。因此，僅就詩人生涯而言，返滬的抉擇居然就是「對的」。[85]學者指出：「張愛玲實在想不出有任何理由應該把成名的時間延後。」[86]路易士顯然也有類似的心理。

（三）戰後：「被迫害」的「藝術家」

戰爭後期的上海，充滿了暗殺、誹謗與謠言。穆時英、劉吶鷗先後於 1940 年遭到軍統特務暗殺身亡。胡蘭成因爭權失勢，不久便先離開上海，到武漢去辦報。終戰前夕，日本敗勢漸露，國共兩黨的特務活動愈趨頻繁。1943 年春，就連周佛海也與重慶政府暗相呼應，而丁默邨則與共產黨建立聯絡，各自預留戰後自保的空間。[87]在這種人心惶惶之際，我們不確定路易士遭遇了什麼樣的具體威脅，但他的詩明顯流露出「被謀害」的恐慌。1944 年 4 月，他有詩云：

---

[85]但也可能是「錯的」，質疑者會說：杜甫因安史之亂而入川，詩藝與詩境俱大有突破，對他而言，忠愛之情與生活困境是詩的資源，而非妨礙。即以抗戰時期而言，西南聯大詩群對現代漢語詩的突破性創造，亦為文學史家所樂道。但這裡有另一種可能的解釋：紀弦是安逸型、都市型、未來型的詩人，留在上海才能激發他的創作潛力。

[86]羅久蓉，〈張愛玲與她成名的年代（1943～1945）〉，在楊澤編，《閱讀張愛玲研討會論文集》（臺北：麥田出版社，1999 年），頁 125。

[87]參見羅君強的回憶，在黃美真編，《偽廷幽影錄》（北京：中國文史出版社，1991 年），頁 72。

嫉妒，嫉妒，嫉妒，

嫉妒，嫉妒，嫉妒，

嫉妒，嫉妒，嫉妒，

嫉妒——我。

謀害，謀害，謀害，

謀害，謀害，謀害，

謀害，謀害，謀害，

謀害——我。

但我活著，從從容容地活著。[88]

　　十個「嫉妒」，十個「謀害」，各自欺壓一個小小的受詞——「我」，看起來真是敵眾我寡。但「我」依然強自振作，擺出「從容」的姿態。以今觀之，紀弦顯然對於政治或戰爭局勢欠缺敏感，否則這首詩大概不會以「武士道」為題。

　　1945 年 8 月 15 日，日本投降，路易士急忙寫了些「歡呼勝利」的詩，並且立刻將筆名改為「紀弦」，總算警覺到汪政府垮臺之後，舊筆名不會帶來光采。無可避免的，戰時活躍作家如柳雨生、陶亢德、張愛玲、蘇青等開始遭受到嚴厲的批判，路易士也難以置身事外。抗戰勝利之後，「拘捕漢奸」成了多數中國人民宣洩情感的重要管道。報刊雜誌也因應讀者的需求，登載了大量拘捕祕辛、審判過程、監禁狀況的報導。輿論的壓力，對於政府的偵辦方向，不免產生若干影響。

　　因此，各種小報對於路易士「醜態」的揭露，必然產生了重大的心理威脅。整個 1945 年下半年，他所作的好幾首詩，都流露出憤恨與恐慌的心理。例如：

---

[88] 紀弦，〈詩人的武士道〉（1944 年），《出發》，頁 118～119。按此詩在臺版的紀弦系列編年詩集中已被刪去。

　　　為什麼老是有一條狗

　　　吠在我的深夜的窗外呢？

　　　假如我有一把手槍，

　　　一定把這畜生打死。

　　　因為牠的吠聲

　　　如此悽厲而且幻異，

　　　使我的小洋燈，

　　　有了不安的跳躍，在這樣的夜裡[89]

　　「吠聲」是外來的攻擊，而「小洋燈」是自己內心的寫實。單獨看這首詩，我們不能斷定「這條狗」是在罵誰，但對照回憶錄用語，我們便可以確定，是指那些攻擊他是「文化漢奸」的人。[90]回顧路易士在淪陷區的行徑，應該稱不上是「賣國」、「事敵」，但言行確實有失分寸，報刊上的抨擊也並非全為空穴來風。而他一貫的回應方式，總是詛咒而非反省。

　　作為一個肆意用「我的聲音」證明「我的存在」的詩人，面對圍剿與封殺，忽然有了「失聲」之感：

　　　今天是秋高氣爽，

　　　值得狂歡的好日子。

　　　但我不能歌唱──

　　　唱這民族的大心靈，

　　　唱這時代的大交響，

---

[89] 紀弦，〈絕望〉（1945 年），《飲者詩鈔》，頁 100。

[90] 按紀弦回憶錄裡，提到 1970 年被「鍾國仁」投書攻擊時，曾這樣說：「『如果我有一把手槍一定要把這畜生打死！』這是當年祝豐、羅行他們極力阻止我去告狀之後所講過的一句話。當然，他們都是為我好的，他們生怕那些壞蛋仗著某種惡勢力的撐腰；打破我的飯碗；又怕他們加我以『白色恐怖』，使我失去自由，甚至老命不保。」見《紀弦回憶錄·第一部：二分明月下》，頁143。

唱這生命的無限飛躍，

無限憧憬，無限愛。

因有一不可見的封條

貼在我口上。[91]

　　封條代表外來的權力，阻住內在發聲的欲望。民族的大歡喜與個人的大失落，恰恰形成強烈的對比。也就是說，抗戰勝利，對於路易士個人而言，顯然不能算是「好消息」，他覺得自己「失業」了，必須去謀職維生。然而細讀《紀弦回憶錄》，在淪陷期的上海，他恐怕未曾正式「就業」過。他的事業就是寫稿、聚會、出刊物、印詩集，在經濟上卻能不虞匱乏，以致所謂「愛國」文人對他提出強烈質疑──這可能就是他所謂「嫉妒」。

　　在表現被迫害情緒的作品中，這首〈畫室〉寫得相對好些：

　　我有一間畫室，那是關起來和一切人隔絕了的。在那裡面，我可以對鏡子塗我自己的裸體在畫布上。我的裸體是瘦弱的，蒼白的，而且傷痕纍纍，青的，紫的，舊的，新的，永不痊癒，正如我的仇恨，永不消除。

　　至於誰用鞭子打我的，我不知道；誰是用斧頭砍我的，我不知道；誰用繩子勒我的，我不知道，誰用烙鐵燙我的，我不知道；誰用消鏹水澆我的，我不知道。[92]

　　作為一位學畫出身的詩人，「畫室」是他最原初的藝術創造空間，也是安頓自我的最後堡壘。處於其中的「我」，被描寫成一個蒼白、天真、可憐的「藝術家／受害者」。鞭子、斧頭、繩子、烙鐵、消鏹水，說明了別人的中傷是多麼橫暴而慘烈。連用五個「我不知道」，更加強化了無辜而無奈的

---

[91]紀弦，〈歌者〉（1945年），《飲者詩鈔》，頁111。

[92]紀弦，〈畫室〉（1946年），《飲者詩鈔》，頁126。

感覺。

　　正因他自認無罪，好像「不知道」爲何遭受批評，這一類詩的「內部
解釋」與詩人的「外部認知」產生了落差，彼此相互激盪：批評者總以正
義之士自居，而將他視爲漢奸，他則自以爲是受難的天才藝術家，而把誓
言者視爲嫉妒才陰險的市儈。他的性格之中，似乎向來有一種「被迫害
狂」的症候，見於不同時期的作品。例如下列三段片段：

> 無數寒冷的箭
> 蝟集於我底胸膛
> 血……
> 摧殘，摧殘　摧殘
> 一個聖潔的靈魂
> 悄然寂靜了[93]

> 坐在沙發上，沙發下面有危險。
> 躺在臥榻中，臥榻下面有危險。
> 誰隱藏在衣櫥中？
> 誰隱藏在餐桌下？
> 誰在敲門，叫我的名字[94]

> 說我的壞話。
> 那些美麗的季節春夏秋
> 和殘酷的冬天。
> 她們嘲笑我，
> 說我許多的壞話。[95]

---

[93]路易士，〈摧殘〉（1935 年），《行過之生命》，頁 303～304。
[94]路易士，〈什麼奸細老跟在我後面〉（1941 年），《三十前集》，頁 217～218。
[95]路易士，〈說我的壞話〉（1943 年），《出發》，頁 63。

這些話語頗似〈狂人日記〉，把自我與他人拉到緊張對立的關係。問題是，戰後的「冷箭」、「謀害」或「壞話」，性質已有所不同。當時在詩裡，後來在回憶錄裡，紀弦卻仍意圖用「被迫害的藝術家」的態度來解釋一切，把自己說成「我是一朵蓮花，出淤泥而不染」[96]，似乎並不容易得到共鳴。

五、結語

「漢奸」乃是一個持續建構的概念，常隨歷史情境而演變。至於所謂「文化──漢奸」，表面看似漢奸這個集合裡的「子集合」。唯觀察相關文獻，卻顯示一種矛盾：他們並非先限定「漢奸」的範圍，再從裡面挑出文化界人士；而是打開「漢奸」的邊界，凡依附之、靠近之、牽涉之的文化界人士皆可被納入。也就是說，導入「文化」這個特殊面向，使得「漢奸」的指控更加率易而寬泛。這可能與文人受到更高的道德期待，或者文人之善於責全求備有關。

就指控者的立場而言，他們乃是站在民族意識、愛國主義的一邊，追究奸邪，維護正義。但以 1970 年代劉心皇們的說辭而言，卻也充滿了匿名的、推測的、情緒化的色彩，更重要的是，他們與威權體制關係密切，在那樣的年代提出證據並不充足的嚴厲指控，也未必就是道德的。再就被指控者紀弦的自我認知而言，他所追求的乃是藝術自主性（autonomy of art）。依照布爾格的講法：

> 藝術自主性是一個資產階級社會的範疇。得以將藝術超然於實際生活網絡的情形描述為一種歷史的發展──即在那些不必為生存掙扎（或偶爾無此壓力）的人當中，發展一種非屬任何工具──目的關係的感覺。[97]

---

[96] 紀弦，《紀弦回憶錄・第一部：二分明月下》，頁 152。
[97] 布爾格（Peter Burger）著；蘇佩君、徐明松譯，《前衛藝術理論》（臺北：時報文化出版公司，1998 年），頁 58。

　　1930 年代的現代派、新感覺派與第三種人，便是經由這種路數，擺落國族與社會革命的約束，加速了文學的精緻化發展，但也陷入一個格局窄隘的新圈套裡。抗戰爆發，相對於戴望舒、杜衡等人之轉向民族本位，紀弦選擇了與敵僞親近，繼續發展他的「純粹」藝術，自以爲不受政治、社會、時代變局的「干擾」。但無論自覺與否，他實際上已運用了政治資源，並因此獲得了一些詩藝發展上的利益。這對於現代派運動的持續推進，應當有所貢獻，但也招致非議。

　　現有的討論，一致判定紀弦「大節有虧」。這個傳統觀念，預設了「節」的大小，也就是排定倫理道德的階序。所謂「月滿則虧」，「忠」卻因獨大於眾節，必須永保「滿月般的」完整性，稍有虧損，便屬「失貞」、「玷污」。但爲什麼「忠孝」就優位於「仁愛」？有時我們看到，一個「強調大節」的史家可以很「不拘小節」地把近百個文人派進罪惡的名單。這時或可反思，哪一方更接近「殘酷」（"cruelty"）？「節」是被製造成來的名義，大節小節的分判，並不能直接呈現出損害他人權益的實際程度。我的立場，並非站在被指控者的一邊來「反控」指控者。這裡還想進一步指出，紀弦在回憶錄裡的說法，經常模仿了「大節論述」，其意原在堅決否認自己於此有虧，卻也間接承認了大節的權威性。這雙重迷思顯現他欠缺自我省察的能力，也沒有表現出真誠的態度。

　　理查・羅逖（Richard Rorty）認爲：道德與明智具有相同的機制，良知（conscience）與美感品味（aesthetic taste）的區分不足以解決問題。並無一個永恆絕對的信念可以被拿來檢驗一切是非，歷史是充滿無數偶然性的敘事，可以被分析或檢驗。他延續佛洛伊德的思路，將「自我創造的私人倫理」和「相互協調的公共倫理」劃開，[98]進而區分出兩種書籍：一種有助於我們變爲自律，一種協助我們變得比較不殘酷。[99]依此，劉心皇的書在表

---

[98]理查・羅逖（Richard Rorty）著、徐文瑞譯，《偶然、反諷與團結：一個實用主義者的政治想像》（臺北：麥田出版社，1998 年），頁 80。
[99]同上註，頁 245。

層目標上，應屬於避免殘酷的重來，以維護群體的自由；但在實際操作中，正義行動卻隱藏著暴力的暗影，使其本身成爲另一宗殘酷事件。路易士在淪陷區的行動與文辭，則可以被視爲建立自律，追求個人完善的一種敘述；唯考索其實質，他並沒有守住個體的尊嚴，善用心靈的自由，因而使這種敘述陷入一種困境。

老年紀弦無法爲青年路易士提出較精準而有力的辯護，因爲兩者之間是分裂的。「他們」都有將「道德／美感」劃爲兩塊的傾向，只是路易士專重美感品味，認爲那與「良知」無關，紀弦卻硬以社會現成的而非自行體驗的價值觀，把路易士描述爲藝術成功而且道德無缺。這種分裂起因於：老年紀弦對於青年路易士欠缺清楚的理解，或者爲了身後令譽，而修改了路易士的形象。

像戰時那首〈散步的魚〉，原本清新有味，但在回憶錄裡居然被闡釋成這樣：

> 作爲此詩之「詩眼」的「遠方」和「明日」，究竟意何所指？那不就是「重慶」和「最後勝利」嗎？而「馥郁」本爲「芬芳」之同義辭，在此處，卻含有「心神嚮往的美好的事物」之意。我雖然無法前往大後方，但我在淪陷區耐著性子等天亮，和每個老百姓一樣的愛國，這不是假的：有詩爲證。[100]

參照於〈炸吧，炸吧〉對重慶、盟軍與最後勝利的尖銳嘲弄，詩人老年的這種「回憶」不免近乎「天馬行空」。這裡我們再憑後見之明，進行居高臨下的道德審判，並無太大的意義。但確實應當深思：到底是怎樣的群體壓力與心靈變異，逼使一個向來我行我素的老人必得假裝愛國？當他著力頌揚愛國之際，其實已嘲弄了愛國；當他刻意曲解舊作，也已解構了自

---

[100] 紀弦，《紀弦回憶錄・第一部：二分明月下》，頁125。

己所宣揚的對「詩的大神」的信仰。

　　詩人必須更精準地認識過去的自我，然後才有辯護、解釋或批判的可能。綜合這裡所呈現的許多文獻，我們可以把他描述為：1.群體觀念淡薄、社會責任闕如，2.自我意識強烈，藝術追求執著。這兩者本屬不同領域，既不具因果關係也不相互妨礙，我們不宜以前者否定後者的合理性（如劉心皇所論），也不宜以後者為前者開說（如胡蘭成之說）。當年處於白色恐怖威力無窮的臺灣，紀弦之迴避屬於合乎情理的自我保護。但處於價值多元的時代，在美國撰寫回憶錄，宣稱要對歷史與朋友有所交代，則似乎可以更準確些。反過來講，今天再對回憶錄進行民族情緒式的閱讀，極可能延續了一種群體的暴力，間接支持劉心皇式的肅清行動。

　　無論路易士或紀弦，如果能在追求自我實踐的過程中，坦然承認：我虛無而狂妄，我認為個體優先於國族，我不顧公共倫理但我自信於私人倫理，那麼他的敘述就不會顯得那樣空洞而脆弱。因此，我的結論是：並無所謂文化漢奸的問題，最多只有漢奸問題；再進一步看，並無本質性的漢奸問題，只有特定群體利益的明智計算，或者個體生命意識的深刻省察。遺憾的是，我們的現代派盟主不能算是明智或深刻。

——選自劉正忠《現代漢詩的魔怪書寫》

臺北：學生書局，2010 年

獨步的狼
記詩人紀弦

◎尉天驄*

時常地，為了戲耍，船上的人員
捕捉信天翁，那種海上的巨禽——
那些無掛礙的旅伴，追隨海船，
跟著它在苦澀的漩渦上航行。

當他們把牠們一放在船板上，
這些青天的王者，羞恥而笨拙，
就可憐地垂倒在他們的身旁，
牠們潔白的巨翼，像一雙槳棹。

這插翅的旅客，多麼呆拙萎頹，
往時那麼美麗，而今醜陋滑稽，
這個人用菸斗戲弄牠的尖嘴，
那個人學這飛翔的殘廢者拐蹩！

詩人恰似天雲之間的王君，
牠出入風波間又笑傲弓弩手，
一旦墮落在塵世，笑罵盡由人
牠巨人般的翼翅妨礙牠行走

*發表文章時為政治大學中國文學系教授，現為政治大學榮譽教授。

　　這首〈信天翁〉，是法國詩人波特萊爾（C. Baudelair, 1821～1967）的作品（由戴望舒譯）。每次重讀它，我就會不期而然的想到我的老師紀弦先生。

　　紀弦原名路逾，1913 年生。在民國的最先一段歲月裡，他的父親曾擔任過高等的軍職，幹過軍長以上的官位。生活在這樣的家庭中，學的是藝術，活動在揚州、上海、東京之間，算是富家子弟。他很早就辦過詩刊，出過詩集，風格上接近現代主義的風格。那時候中國文壇已由五四後期進入 1930 年代，夾在兩次世界大戰之間，又遭逢世界經濟大蕭條，整個歐洲的文化界、特別文學藝術界有兩種趨向。一種是極端地與政治結合，成為一股激進的潮流，這潮流又因立場的差異，形成左、右兩派的對峙。另一種則朝向個人內裡的探討。所以，正如 S. Goblik 所說：那是左派寫實主義的活躍的年代，也是現代主義的黃金時代。（見所著《現代主義失敗了嗎？》）當時的中國，由於一切現實都處於落後的階段，急於改變的欲望，使得當時的文壇藝壇都普遍受到蘇俄的影響。1930 年左翼作家聯盟的成立，便可以說明當時的現狀。在這種情況下，戴望舒、杜衡（蘇汶）所主持的《現代》雜誌，便顯現著了另一股風貌。他們不滿意於左派的把文學、藝術當成政治、政黨的工具，也不滿意新月派徐志摩等人的膚淺的浪漫作風，於是在風格上便接受了歐洲新興藝術的風格。這就是魯迅當年所批評的「第三種人」。左聯成立不久所衍發出來的「自由文藝論戰」就是在這樣的背景中產生的。

　　在那段日子裡，紀弦開始了他的詩的生涯，連同他的畫，也多多少少具有歐洲象徵主義的影響。他那時用的是「路易士」的筆名，可以算是詩壇的新秀。也是張愛玲最欣賞的詩人，想以美的追尋來建築他的藝術世界。然而，這樣的夢想在當時的中國是無法建構起來的，甚至在時代的大動亂中，連個人和家人的生活都受到波及。抗戰初期，他帶着全家東奔西跑，起先在西南地區奔波，由於生活無著，只好先淪落到香港，最後又不得不又回到上海，陷入與現實政治的交往中，過着是非難分、甚至難以無

法解脫的生活。抗戰以後，他改用紀弦的筆名，在黃持（黃紹祖）所辦的
《中堅》雜誌發表過一些作品。《中堅》的目的是想在當時國共強烈的對抗
中，開拓一條中間的自由主義道路。那當然是辦不到的。走投無路之際，
他於 1948 年後來到臺灣。先在《平言日報》工作，後來幾經更換，進入臺
北成功中學任教。1951 年，結合鍾鼎文等人，借用《自立晚報》主編「新
詩」週刊，1952 年以後，又創辦《詩誌》和《現代詩》季刊，成立現代
派，可以算是臺灣現代派的啓蒙者。然而，擺在他面前的種種，都使之受
到種種不同的挫折。從路逾到路易士，再從路易士到紀弦；從十里煙波的
揚州到十里洋場的上海，再從落拓的上海飄零到孤島的臺灣，後來又移居
美國，度著寂寞的晚年，一生混雜在世俗與政治之間，一直想要追尋屬於
自己的詩人生活。近年以來，他多次中風，在這樣的風燭晚年，作爲一個
人，不知他會想些什麼？作爲一個詩人，不知他會想些什麼？

　　知道紀弦，是我在臺北師院附中讀初中的時代。那時師院附中，就是
今天的師大附中。那時候，臺灣的一切漸漸與大陸隔離開來，有幾份雜誌
還可以接近文學世界，一份是王平陵主編的《中國文藝》，一份是教育廳辦
的《學生雜誌》，每期都有世界名作選讀和譯介，另外就是潘壘主編的《寶
島文藝》和程大成主編的《半月文藝》。在這些刊物中，我最喜歡《寶島文
藝》的紀弦專欄，他的詩很自在，沒有造作氣，而專欄中的一幅碳筆素描
的紀弦畫像，特別有味，右手拄著拐杖，左手握著菸斗，小鬍子瀟灑地翹
著，還沒讀詩，已讓人著上了詩的情趣。沒有想到，附中畢業後考進成功
高中，他竟然成了我的導師。

　　我們的第一場師生接觸，一點也不具有詩意。毋寧說還有些煞風景。
他第一次走進教室，我們還沒選出班長，無人宣叫口令，他走上講臺，臉
拉得像個廟祝，嘴角朝上一翹，叫大家站起來，因爲太嚴肅了，大家都站
得筆直。他向整間教室左右瞄了一陣，回身在黑板上寫出「路逾」二字，
然後大聲說：「我是你們的導師，你們都是我的導生。」說完才叫大家坐
下。這「導生」二字，是我第一次聽到，也是最後一次聽到，這奇怪的叫

法，至今還覺得非常新鮮奇特。班上的同學竊竊私語，猜想這老頭子是怎樣的人物，路逾二字就在我們的言談中成了古板嚴肅的同義詞。而我，先是懷疑而後肯定：他就是紀弦。

紀弦教我們國文，我盼望著他上課的氣氛。國文課本是華國出版社的，第一課就講元代大儒虞集的古文，好像是講「述志」一類的題目。他上課先念一遍，非常路逾，毫不紀弦，而且比朱熹還要朱熹。一堂課還沒上完，我的詩的世界完全崩潰了下來。及至第二週上作文課，我想讓他知道我是個文學少年，便使盡功夫學著羅曼羅蘭和傅雷的氣勢大大炫耀自己的豪情，因為那時很多青年都沉醉在羅曼羅蘭原作、傅雷翻譯的《貝多芬傳》和《約翰·克利斯多夫》的言詞裡。但是，我們這位老師不喜歡這類調子，用紅筆能刪就盡量予以刪除，還說：「不要裝腔作勢，要說自己心中真想說的話。」我的文藝少年氣焰被他壓得好長一段日子抬不起頭來。

但是紀弦是有幾種面貌的。在學校裡他個子高，瘦削的臉留著紳士式的鬍子，一手扶著手杖，一手握著菸斗，兩眼平視，也不多話，那的確嚴肅得讓人難以親近。但學生逗他，問他詩的問題，雖然經常問得好笑，他也會立刻變成另一種人。我們讀〈我所知道的康橋〉，就問他徐志摩的詩，他說：「這是公子哥兒的詩，太露骨，太肉麻，就說愛吧，也不能愛啊愛啊的叫個不停，沒有深度，而且也太造作。」問他郭沫若，他立即回應說：「那是口號，不是詩。」我們與他的緊張也因此漸漸疏解了。有一位頑皮的同學批評他的〈脫襪吟〉，並且套他詩中的句子：「何其臭的襪子，何其臭的腳。這是流浪人的襪子，流浪人的腳……」而開玩笑的說：「何其臭的句子，何其臭的詩……」把他氣得大發脾氣，狠狠的宣稱：「世界上最大的不禮貌，就是公然侮辱詩人！」罵了好幾遍，讓我們那位頑童擔心了一大陣子。

那時的成功中學屬於蔣經國的地盤，他的長子蔣孝文就和我同級不同班。也就因為如此，學校裡的言談經常出現黨言黨語。日子久了，也會在學生中流傳。其中一些是關於紀弦的。他雖然嚴肅，卻很少與人爭吵，倒

是不時地皺著眉頭，喃喃自語地罵人，看來像是有難以擺脫的黑雲壓在心上；想辯駁無以辯駁，想沉默又不懂得如何沉默。在成功中學裡，也有一些老師是同情紀弦的，而且也經常護著他，如祝豐（筆名司徒衛）就是其中的一位。他多年後曾對我說：「老路這個人，誰拿他也沒有辦法，他總忘不了路易士時代的光彩，一興奮，就堵不住嘴巴，不懂政治偏偏陷入政治的漩渦中，有些事日子一久，不談也就罷了，他偏偏喜歡誇耀當年的詩，就跟著把別的事漏了風。」

這裡所說的「漏了風」，其實就是他在汪精衛時代的一些現實政治的活動，特別是他與汪政府宣傳部副部長胡蘭成的關係。這些事，臺灣有劉心皇寫的《抗戰時期淪陷區文學史》，大陸有古遠清寫的〈紀弦在抗戰時期的歷史問題〉，似乎非常明白，不必再去追究，但有些我所聞所見的小事，也許有助於對紀弦的了解。

我高一那年，他的《詩誌》停刊了。他又創辦了《現代詩》季刊。16開的大本，封面設計連同「現代詩」三字，都是他自己的手筆，是在我一位同班同學家的小印刷廠印的，後來才轉去詩人黃荷生（本名黃根福）家的福元印刷廠去印。由於濟南路成功中學的宿舍太小，所以他的編輯工作大部分在學校的導師辦公室處理，星期天也不例外。他經常找我去幫忙，也把我寫的一些詩修改後發表。日子久了，我就發現他老天真的一面。他每寫一詩，就非常自得，兩眼發亮，鬍子也往上翹了不少，然後沒大沒小的什麼話都說得出來，當然這是辦公室沒人的時候。他談上海，談東京，戴望舒一臉麻子也是他告訴我的。有一次，他寫了一首黑貓詩，用黑貓神祕的眼睛來形容一位女子，他問我：「你知道我在寫誰嗎？」我還沒有回答，他就詭異而得意地說出一位女詩人的名字，然後看看四下無人，就繼續說道：「覃子豪說ＸＸ愛過他，放屁，她怎麼會喜歡那個黑鬼，她愛的是我！」我怯怯地說：「老師不是家裡有師母嗎？」他說：「有些事不是這樣算的，你太小不懂，詩人的國土是與平常人的世界不一樣的。」既然說我不懂，我也不便再插嘴。不過不久就發生了他與覃子豪的新詩論戰，一直

到那位女詩人後來和另一位詩人結了婚，兩個人的作品換了地盤發表，論戰才真正停火。在那一階段，紀弦出版了來臺後的第一本詩集《在飛揚的時代》，收入的都是反共抗俄的戰鬥詩。有一次，他還要我們班上選出三十多人的詩朗誦隊，到臺北的三軍球場參與一項公共慶典，朗誦他的作品《向史大林宣戰》，由他主誦，我們跟著幫腔：

> 站起來，亞細亞，
> 站起來，阿美利加，
> 站起來，澳洲和非洲，
> 站起來，歐羅巴，
> ……

　　我被指定擔任非洲的角色，穿著白長衫，滿臉塗得黑不溜求地說有多滑稽就有多滑稽。沒想到表演過後不久，傳來了史大林去世的消息，我們這位老師就得意的說道：「要不是我們罵，史大林哪裡會死得這麼快？」

　　高中第一年讀完，我因為數學與英文不及格而當了留級生。高一重讀，紀弦竟成了我的美術老師。那時大學實施聯考，考試至上，每次上美術課，繪畫教室只有小貓兩三隻，甚至有時只有紀弦和我。我們一邊聊天，一邊任意塗鴉。他的那幅得意的「自畫像」就是那時候完成的。他常感歎畫家買不起顏料，是世界的一大不公平。在忿忿不平之際，就經常懷想上海孤島時期的那一段歲月，讓人想像著：那時他的樣子像畢卡索藍色時期的飄逸，而他的詩也有類似的調子，滿溢著幸福感；像〈傍晚的家〉就有這樣的語言風格：

> 傍晚的家有了烏雲的顏色，
> 風來小小的院子裡。
> 數完了天上的歸鴉，

孩子們的眼睛遂寂寞了。

晚飯時妻的瑣碎的話——
幾年前的舊事已如煙了。
而在青菜湯的淡味裡，
我覺出了一些生之淒涼。

　　這種融合了西方印象派畫味的作品，在新詩的進程中，真的讓人有了新的感受，比《現代》雜誌戴望舒等人更顯得自在。

　　因為這種懷念，他把當年以路易士筆名寫的抒情詩選了一些編成《摘星的少年》出版，也不時把他當年的一些舊詩集拿給我看。與此相比，被壓榨在現實政治之下的《在飛揚的時代》，其情調實在是窩囊的，應該改名為《在窩囊的時代》。

　　成功中學還有一位美術老師叫姚谷良，就是國畫家姚夢谷，他也教過我兩個月。後來因為國民黨要選總統，先要製造一個國民大會出來，就把以往在大陸參與過選舉而沒有選上的候選人一律遞補上去，他也因此而當上了國大代表。多少年後，我到政大教書在木柵和他做了鄰居，才知道他既是畫家，也是特工人員，當年在大陸專做上海與蘇北地區藝文界的調查工作。所以他最熟悉紀弦的事蹟。他說，抗戰勝利以後，他奉命找路逾，好不容易在一個陋巷的舊屋子找到，一家人擠在寒風裡，生活清苦，結果就把他的案子銷掉了。

　　姚夢谷雖是畫界的特工人物，倒說過一些真實的話，他說：「一個要做詩人和畫家的人，在現實社會中絕對要避免介入政治，也不能喜歡被人吹捧，一聽到別人的掌聲，就會得意忘形，招人嫉妒，變成裡外不是人。」他也和蘇北同鄉祝豐一樣惋惜的說：老路這人：「一方面不會治生，一方面太喜歡熱鬧，喜歡出風頭，不懂政治還要沾惹，弄得出盡洋相。」其實紀弦並不喜歡談論政治，而是由於詩人的孤傲，常常讓人看不順眼。他一寫

詩就如他喝了酒，一興奮就顯得狂放，而校中的一些黨工教員卻不時地要他表態，這就使他有時顯得卑微而可笑。他經常以阿拉伯數字的 6 與 7 描繪自己。6 是他的菸斗，7 是他的手杖，6 加 7 的漫步，於是成了一種灑脫。他常說自己是世界上最偉大的詩人，要去參加詩人的奧林匹克大會，於是余光中就在《中央日報》副刊發表一首〈致某詩人〉的詩，說是：「你要跟世界詩人賽跑，但願兔子在中途睡覺。」有些人故意唸這些句子給紀弦聽，把他氣得七竅出煙。那時候，紀弦不過四十歲左右，余光中還是臺大的學生，年輕氣盛，再加上文人相輕的習氣，就讓人以為他們有門派之爭。其實並不完全如此。不過，在那段日子裡，紀弦昂然而行的姿態，倒真的成了濟南路上（由學校到宿舍）每天必然的風景。這一點，他那特有的孤傲和好表現性格直到晚年還是一直未改。他最後一次從美國回來，應邀返臺參加文學會議，寫信要策劃人梅新多安排一些攝影記者，因為他抵達桃園機場時的第一件事便是要學沙烏地・阿拉伯費瑟國王那樣親吻臺灣的土地。梅新回信告訴他，機門一開便是空橋走廊，跪下來也親吻不到祖國的泥土……。

　　紀弦表面上一派嚴肅、孤傲，實際上非常隨和，所以大家都以「老朋友」呼之，連我這個正規正矩的學生也不例外。我們對付他的辦法就是激將法。有一年朱沉冬和羅英結婚，寫詩和畫畫的朋友來了不少。那時詩壇畫壇剛剛冒出一股銳氣，每個人都帶有不服輸的氣勢，偏偏紀弦因為前一陣子酒喝多了，出了洋相，被太太罵了，正式宣布戒酒。他一進會場，就一本正經地重宣斯言。鄭愁予說：「這真掃興，沒人起鬨，那多冷清」。我拉着他說：「不妨」。然後走到紀弦面前，說：「老朋友，你已經戒酒了，我們也無法跟您喝，但為了敬意，我和愁予連喝三杯，你只沾沾嘴唇就好了！」話還沒落地，他就叫了起來：「能這樣欺負人嗎？咱們還是一對一幹。」此例一開，大家也就跟着如法炮製。這樣以來還不到一小時，他已經在作李白的姿態了。正在此時，剛成立的東方畫會的一群人，由秦松帶頭，也殺了過來，大家頭一次見面，只好一瓶一瓶地相敬起來。不一會，

他已盡說胡話、手舞足蹈起來。瘂弦說：「老朋友不行了，叫大個子尉天驄僱三輪車送他回去！」我說：「不行，我是他的學生，他發酒瘋在車上揍我怎麼辦？」於是大家公推于而送他回去。于而者，愛寫現代詩的工專物理學教授也，年紀比紀弦還大。那一次真是運氣，于而陪紀弦回去，三輪車剛經過臺大醫院，就感到情況不對，趕緊送往急診處，否則那一次如果由我送他回家，一定會出問題。那一次，紀弦老老實實地在醫院住了將近一個星期。

紀弦是個性情中人，寫起詩來也不一定遵守自訂的藝術標準。他寫過一首〈罵賊篇〉，整篇「毛澤東，大混蛋」，簡直是三流的口號。他寫「飲當歸酒，當歸故鄉／故鄉啊你在何方」，充滿了語言的造作和附會。這不是他的風格，而是在現實政治下無可奈何的作為。一想到這一點，便覺得有時候他也非常可憐。

然而，正因這樣的矛盾性格，使他創辦的《現代詩》季刊產生了獨特的作風。1930 年代以來，由於受到現實社會、特別是政治的影響，人們的語言普遍的失去了個人的真實性，演變下來，便使得人們的感覺也隨之失去了個人的真實性，在沒有自覺的情況下，別人騙著自己，自己也為了適應生存的環境，不自覺地騙著自己。這就產生詩的造作風氣。紀弦的《現代詩》從一開始就處在生命低沉的情調之中，很少有光麗的浪漫色彩，這是當時的現實使然。但是《現代詩》這種隨意抒發苦悶的風格，卻使很多人因為有了這一缺口，而讓人藉此把心中的苦悶發洩出來。這是一份小小的詩刊，能夠集匯一些青年，特別是軍中青年的原因。我們回過頭去檢視《現代詩》的作者，便可以發現一個事實，那就是越來越多的軍中作家群的出現。在 1950 年代，很多人投稿的一大目標固然是為稿費，但沒有稿費的《現代詩》竟然也吸引了一些人為之寫稿，這不能不說是一個值得探討的現象。在這種現象中所發聲的語言雖然是那樣消極，那樣反叛，那樣無奈。由此而產生而擴展成熟的具有本地特色的現代主義，便也有了它本身所具有的意義。美國詩人、愛荷華大學「國際寫作計畫」創辦人保羅·安

格爾曾經追問：西方的現代主義作家大多產生於中產階級的知識界，臺灣的現代主義作家何以很多人來自軍中？正由於這樣的質問，我們也就可以見出紀弦主持的《現代詩》所產生的點火作用。後來隨之產生的現代藝術、現代文學等等運動便也有了相互作用的關聯。它們雖然都普遍有著虛無主義的特質，但也在某些程度上促使了個人的解放和自由。正由於此，如果不從抽象的、呆板的理論來分析，而換成簡單扼要的話來說：這一波的現代主義運動，真可以算是一系列的自由文藝運動，而在本質上是與戴望舒等人當年的自由文藝運動相同的。它們雖然對象不同，爭論方式不同，它們對抗主流政治對人們心靈的壓迫，卻是一致的。然而，由於缺乏歷史的、文化的深厚基礎，雖然產生了所謂的前衛作用，影響所及，卻也使得臺灣文化界的全面現代主義運動只能達到模擬抄襲外來的名詞和口號（如存在主義、後現代主義等）的地步，而沒能產生導啓深厚的反省與自覺的作用。

也因如此，1953 年 6 月紀弦在《現代詩》上所發動的成立「現代派」，雖激動高昂，卻是一次不成熟的烏合運動，且看它的六大信條吧。

第一條：我們是有所揚棄並發揚光大地包容了自波特萊爾以降，一切新
　　　　興詩派之精神與要素的現代派之一群。

第二條：我們認為新詩乃是橫的移植，而非縱的繼承。這是一個總的看
　　　　法，一個基本的出發點。無論是理論的建立或創作的實踐。

第三條：新詩的新大陸之探險，詩的處女地之開拓。新的內容之展現，
　　　　新的形式之創造，新的工具之發現，新的手法之發明。

第四條：知性之強調。

第五條：追求詩的純粹性。

第六條：愛國。反共。擁護自由與民主。

這是詩人帶有詩意的隨意口號，既沒有歷史觀，也缺乏文化基礎。胡

蘭成當年曾在〈周作人與路易士〉一文曾批評說：「路易士讀書少，那並非懶惰可以解釋，更因他是一個弱者，不能從同儕中看出自己的貧乏，甚至於不能忍受這世界上還有比他強的，這妨礙他寫戲劇，小說與論文，但幸而並不妨礙他寫詩……；路易士的個人主義是病態的，然而是時代的病態……。」歷經多少年的歲月與折磨後，不管世人怎樣看待胡蘭成，這些評論路易士的話仍然可以用在紀弦身上。作為一位文化領導人，他是不夠格的。如果他具有深度的透視力，就知道所謂「橫的移植」等等，如同「歐化」、「西化」、「全盤西化」、「蘇維埃化」一樣，都是經過殖民地、次殖民地、類殖民地文化薰陶的歷史的虛無主義者才會說的語言；只能攪動一時的風雲，成不了大的氣候。甚至走到極端，會顛覆中國語言原有的結構和本質。後來紀弦發現臺灣出現了惡性現代主義而宣布解散現代派，也是有著他的無可奈何的。

　　然而，這不會影響他在臺灣現代文學發展中推波助瀾的作用。

　　紀弦是一位不失其為赤子之心的人，雖然有時不免造作，也是時代和環境的使然。他有一首詩叫〈狼之獨步〉，可說是他的寫照：

> 我乃曠野裡獨來獨往的一匹狼，
> 不是先知，沒有半個字的歎息。
> 而恆以數聲悽厲已極之長嗥
> 搖撼彼空無一物之天地，
> 使天地戰慄如同發了瘧疾，
> 並颳起涼風颯颯的，颯颯颯颯的：
> 這就是一種過癮。

　　這樣的狼，其實是非常寂寞的。面對無垠的荒原，可能自己也不知道嗥向誰。他的嗥嘯只表明自己的存在。向上向下向東南西北四方都找不到有什麼是屬於自己的。他只好自我解嘲，自我瀟灑，在各式各樣的過癮中

踱著自己的腳步。這就是他始終一致的詩人性格。

──選自《印刻文學生活誌》，第 50 期，2007 年 10 月
──2010 年 9 月 20 日修改

自我的寫照

紀弦論

◎陳祖君[*]

一、現代詩的傳火人：曳著臍帶獨步的狼

　　紀弦是 1930 年代就以「路易士」的筆名在《現代》雜誌上發表作品的詩人，1936 年他與戴望舒、徐遲在上海合辦過《新詩》月刊，藝術主張與戴望舒等「現代」詩人多有投合之處。如果說藍星詩社繼承的是「新月」的餘緒，那麼紀弦 1953 年創辦的《現代詩》（1956 年組成「現代派」），延續的則是 1930 年代「現代」的餘緒。然而，1949 年從大陸赴臺的紀弦，他手裡曳著的這根臍帶是長而又長了，乃至連接著新文學母體的源頭。這一點只要看他在《現代詩》創刊的〈宣言〉及由此發展而來的「六大信條」便可明瞭。

　　1953 年 2 月，紀弦在《現代詩》創刊的〈宣言〉中說：

> 「用白話或口語寫了的本質上的唐詩宋詞元曲之類，我們不要」；「同樣的是，凡是販賣西洋骨董到中國市場上來冒充新的，……我們也一概拒絕接受」；「要的是現代的（詩）」，「唯有向世界詩壇看齊，學習新的表現手法，急起齊追，迎頭趕上，才能使我們的所謂新詩到達現代化。」

　　1956 年 2 月 1 日出版的《現代詩》第 13 期上，他發展該〈宣言〉中的

---

[*]廣西師範學院中文系副教授、華文文學研究所常務副所長。

觀點，把它概括爲備受詬病的「現代派的信條」刊登在該期雜誌的封面上。此「六大信條」是：

第一條：我們是有所揚棄並發揚光大地包含了自波特萊爾以降一切新興詩派之精神與要素的現代派之一群。

第二條：我們認爲新詩乃是橫的移植，而非縱的繼承。這是一個總的看法，一個基本的出發點，無論是理論的建立或創作的實踐。

第三條：詩的新大陸之探險，詩的處女地之開拓。新的內容之表現，新的形式之創造，新的工具之發見，新的手法之發明。

第四條：知性之強調。

第五條：追求詩的純粹性。

第六條：愛國。反共。擁護自由與民主。

比照胡適《文學改良芻議》所提的「八事」（即本書開篇所引述的「八不主義」），不難發現它們的相似之處。譬如強調新的思想（「知性」）、新的形式、新的節奏，強調「一時代有一時代之文學」，不要摹仿古人（「非縱的繼承」，「務去濫調套語」）等。紀弦說：「我認爲，農業社會有農業社會的詩，那是昨天的；工業社會有工業社會的詩，這是今天的。而科學，乃是文藝的朋友，而非其敵人。……所以說，新詩之所以新，除了工具、形式、題材、手法之必須新，更重要的是：意識形態的新，思想觀念的新。必如此，方足以言新詩，方足以言新詩的現代化。」[1]但紀弦的臍帶，最近處當是 1930 年代的「現代」詩人戴望舒。戴望舒主張「新的詩應該有新的情緒和表現這情緒的形式」（《詩論零箚·九》），在《詩論零箚》中，他還借用比喻的手法說道：

---

[1]《紀弦回憶錄·第二部：在頂點與高潮》（臺北：聯合文學出版社，2001 年），頁 56。

象徵派的人們說：「大自然是被淫過一千次的娼婦。」但是新的娼婦安知
不會被淫過一萬次。被淫的次數是沒有關係的，我們要有新的淫具，新
的淫法。

韻和整齊的字句會妨礙詩情，或使詩情成為畸形的。倘把詩的情緒去適
應呆滯的、表面的舊規律，就和把自己的足去穿別人的鞋子一樣。愚劣
的人們削足適履，比較聰明一點的人選擇較合腳的鞋子，但是智者卻會
為自己製最合自己的腳的鞋子。

——《詩論零箚》之四、之七[2]

　　紀弦對於詩與散文、詩與歌、新詩與舊詩、現代詩與傳統詩的區分，
也都得益於戴望舒的詩歌觀念。譬如強調「一是內在的『質』，一是外在的
『形』，應「置重點於質的決定」；強調現代詩是「情緒的」，是「知性
的」，是「構想的」等。戴望舒道：「詩不能借重音樂，它應該去了音樂的
成分。單是美的字眼的組合不是詩的特點。詩的韻律不在字的抑揚頓挫
上，而在詩的情緒的抑揚頓挫上，即在詩情的程度上。新詩最重要的是詩
情上的 nuance（意為「細微的差異」）而不是字句上的 nuance。詩是由真實
經過想像而出來的，不單是真實，亦不單是想像。詩應當將自己的情緒表
現出來，而使人感到一種東西，詩本身就像是一個生物，不是無生物。」
（見《詩論零箚》之一、之三、之五、之六、之十四、之十五）但紀弦並
不滿足於因襲前人的觀念，而是對之進行新的探險、新的發展、新的創
造。以下的三段話足可見出他所倡導的「新現代主義」之「新」：「新詩與
舊詩，自由詩與格律詩，其形式雖然不同，其本質還是一樣，所以兩者都
在傳統詩的範圍以內」，因為「一切傳統詩都是抒情的，邏輯的」，是「舊
美學的遵行者」，而「現代詩是情緒的放逐，邏輯的否定」，是舊美學的

---

[2] 〈詩論零箚〉共 17 條，編入《望舒詩稿》時刪去第 4 條，為 16 條。

「誓不兩立的叛逆者」,「它的抱負是從事於一前無古人的嶄新的藝術之創造」:傳統詩是「情緒的作用」,是「被動的傳達」,以「詩情」爲本質,而現代詩雖「仍然以情緒爲創作的原動力」,但卻「根本不以喚起情緒上的共鳴爲目的」,相反乃是「情緒的反作用」,是「我思我在」的「主動的表現」,以「詩想」爲本質:「傳統詩的世界是一個邏輯的世界」,「現代詩否定邏輯,而代之以秩序」,是「超邏輯的存在」、「一個全新的宇宙的秩序」。紀弦斷言:「從邏輯到秩序,這就是詩的進化。」[3]

紀弦的「移植」論及其對於中國現代詩的探索和建樹,石破天驚而又縝密雄辯,堪稱 1950 年代甚至整個 20 世紀中國現代主義詩歌理論中的「狼之獨步」。他自道:「相對於 1930 年代的『現代派』,1950 年代的『現代派』,可稱之爲『後期現代派』或『臺灣現代派』,而以紀弦爲橋樑,爲中心。於是登高一呼,萬方呼應,好比水到渠成,那實在是一件很自然的事情。」[4]此言雖有紀弦式「20 世紀第一狂徒」的性情、豪語的成分,但自謂爲「後期」以及「橋樑」、「水到渠成」等字眼,又可見出詩人的爽直、真實和一種歷史的清醒。

二、樂觀的「氣質決定風格,其人決定其詩」論

紀弦 1956 年除〈現代派信條釋義〉(與「六大信條」同刊《現代詩》第 13 期)之外,還寫了長文〈論移植之花〉,從文化類型學的原理原則和新詩發展的歷史事實對「移植」之論進一步加以闡明。〈論移植之花〉開篇即明確道:「我們認爲『新詩』之在中國,亦與日本相似,乃是『橫的移植』而非『縱的繼承』,乃是『移植之花』而非『國粹』之一種。此乃事實,不必否認。」文中認爲中國的舊詩早就達到它的頂點,再沒有發展的餘地·而現代人的仿古之作「早就喪失了其文學史的意義而不再有他的明

---

[3]本段紀弦文字引自〈新現代主義之全貌〉,《紀弦論現代詩》(臺中:藍燈出版社,1970 年),頁 38~50。

[4]紀弦,《紀弦回憶錄·第二部:在頂點與高潮》,頁 70。

天了」；而文化交流乃「大勢所趨」。紀弦以繪畫、音樂等藝術種類的移植、交流爲例，喝問：「……而國樂之尙有今日，豈非由於漢民族與異民族文化交流之結果嗎？難道只許古人文化交流，而我們就不可以文化交流嗎？」可謂是振聾發聵之論！在這篇論文裡，紀弦號召新詩的再革命和現代化，提出除「理論的建立」外，我們目前所當做的是「兩大工作：一是翻譯，二是創作」。他進而區分「英詩」、「法詩」中的新、舊之別，明確「我們要移植的是英詩中之新詩——比方說 T. S. 艾略特」和法國「波特萊爾以降的新詩」。他批評試行「西洋之模擬」的先輩詩人「仿效」的成分多而「創造」的成分少，批評新月派詩人「只移植英詩中之舊詩」和「只以模仿外國人爲能事」，強調要移植的是「各國的新詩」，所追求的乃是「取其長去其短」的「前無古人的獨創」[5]。這些具有建設性和前瞻性的論點，是〈論移植之花〉最主要的詩學貢獻。

　　在〈論移植之花〉中，紀弦用大量篇幅討論了「移植」的「民族化」、「中國化」問題。他樂觀地斷言：「事實上，新詩之在今日，已有輝煌之成就，而且是真正的『中國的』新詩了。」因爲「新詩是來自西洋的，但土壤是東方的：移植到中國的，它就中國化了；移植到日本的，它就日本化了」；「何以言之？蓋自文化類型學的角度加以考察，我們可以看到的是：凡文化，必爲民族文化。諸民族之文化，必相互不斷地交流或移植，而呈其多種多樣錯綜複雜萬紫千紅之樣相。一切文化，既已形成，則必有所發展；及至頂點，遂走下坡，而後日趨衰微。但是移植，有類輸血；文化交流，有其新陳代謝作用。於是一民族之文化，因以返老還童，並且繼續發展下去。無論其交流或移植如何的頻繁急驟，諸民族之文化，其特質必不變。換言之，於其文化之根柢，必流著有一脈不渝不滅之民族精神在，而此民族精神，恆由於文化交流或移植而有所刷新有所發揚光大。文化之樣相恆變，而其精神常存。例如基督教文化給予西洋文化以極其巨大的影

---

[5] 本段紀弦文字引自〈論移植之花〉，《紀弦論現代詩》（臺中：藍燈出版社，1970 年），頁 164～172。

響，但其根本的希臘精神迄今不動，可知民族精神也者，實爲民族文化之靈魂。靈魂主宰肉體，精神決定樣相，細察一切文化之樣相，可知溯源於其民族之精神。」[6]這「靈魂主宰肉體，精神決定樣相」在〈新現代主義之全貌〉中又歸結爲「中國新詩是中國人寫的，中國人身上自然帶有中國的氣質」的「氣質決定風格，其人決定其詩」論：

> 原來「花」雖然是西洋的，而「文化的土壤」卻是東方的。被移植到東方的文化的土壤的西洋的花，當然是要東方化的。於是模擬的階段終，獨創的時期始。但這所謂東方化，並不是意味著中國新詩的唐詩、宋詞、元曲化，也不是意味著日本新詩的俳句、和歌化。而是說：中國新詩已經帶有了中華民族的民族精神；日本新詩已經帶有了大和民族的民族精神。而這民族精神，乃是寄託之於整個的民族文化，而並非僅僅乎依存於舊詩之傳統的。所以說，中國新詩之中國化，本來與唐詩、宋詞、元曲等等不相干；日本新詩之日本化，本來與俳句、和歌之類不相干。並不是唐詩、宋詞、元曲等等使中國新詩中國化的，而是整個中華民族文化的土壤使中國新詩之花中國化的；並不是俳句、和歌之類使日本新詩日本化的，而是整個大和民族文化的土壤使日本新詩之花日本化的。中國新詩是中國人寫的，中國人身上自然帶有中國的氣質；日本新詩是日本人寫的，日本人身上自然帶有日本的氣質。氣質決定風格。其人決定其詩。因此，中國新詩一面現代化一面成為中國風的了；日本新詩一面現代化一面成為日本風的了。這是很應該也很自然的事情。凡文學，必為民族文學。唯其是民族的，有其民族的性格，所以才有世界的地位。[7]

這種樂觀的「氣質決定風格，其人決定其詩」論是值得商榷的。土壤

[6] 〈論移植之花〉，《紀弦論現代詩》（臺中：藍燈出版社，1970 年），頁 166、169。
[7] 〈新現代主義之全貌〉，《紀弦論現代詩》（臺中：藍燈出版社，1970 年），頁 52〜53。

是東方的、中國的，新詩就一定是「東方的」、「中國的」？如何才能真正使「西洋的花」東方化、中國化？紀弦除了拿出「東方的文化的土壤」而外別無他法，至於「文化之樣相恆變，而其精神常存」、「靈魂主宰肉體，精神決定樣相」，也沒有拿出有說服力的證據（至少是語焉不詳）——基督教文化之於西洋文化，猶如佛教文化之於中國文化，雖有一定的差異，但同屬於西方文明或東方文明的範疇，其基本的文化理念卻是接近的，絕沒有「東方」與「西方」間在「樣相」與「精神」上的根本不同。「有類輸血」的移植，可以增強新陳代謝；倘若是換血易腦，恐怕就再也難說精神的不渝不滅了。

　　楊牧先生曾道：「自從現代了以後，中國也有些外國詩人，用生疏惡劣的中國文字寫他們的『現代感覺』。」[8]縱觀 20 世紀的中國新詩，一種或可稱之為「翻譯體詩歌」的繁衍和演變，幾乎占了詩歌領地的絕大部分疆土。換言之，20 世紀的中國新詩史，更像是一部「翻譯體詩歌」的編年史。許多詩人的作品，不獨外在的文體特徵與西方詩歌沒有多少差別，甚至內在的精神思想、思維模式都已經完全西化（而不是中國化）了，假如把作者的名字換成一個西方人的，估計只有外國文學專家才看得出來。故「移植之花」在輸入東方之後，雖經過相當時期的繁殖、栽培、灌溉與品種改良，卻並不是一代又一代地更加東方化。恰恰相反，中國的現代詩經過近百年的跋涉，仍然處在尋找「中國性」，尋找中華民族文化精神的階段。而不是只要「移植到中國的」，在中國的「文化的土壤」裡，它就「自然」地「中國化了」。那樣的一種「不須杞人憂天」式的自信，是過於樂觀了。「文化的土壤」雖是東方的，但被移植到這東方的文化土壤裡的西洋的花，卻未必「當然是要東方化」而成為「真正的『中國的』新詩」。因為要達致「一面現代化一面成為中國風的」，須要「技藝」與「意境」的融合，「（現代）思想」與「（中國）風格」的融合。然而假如「中國新詩之中國

---

[8]楊牧，〈鄭愁予傳奇〉，轉引自古繼堂《臺灣新詩發展史》（北京：人民文學出版社，1989 年），頁127。

化，本來與唐詩、宋詞、元曲等等不相干」，那麼中國文學、中國詩的漢語特色與東方性格又將從何處去尋求？「民族精神」雖然不僅僅依存於舊詩的傳統裡，但中國是一個詩國，把詩歌（包括詩歌精神）抽離出來，「整個的民族文化」還剩下些什麼？儒道佛禪，中華民族的哲學、美學精神莫不存焉於詩（包括詩論），既強調「凡文學，必為民族文學」，又怎可把唐詩、宋詞、元曲的傳統全然拋棄？所以，「整個中華民族文化的土壤使中國新詩之花中國化」、「中國新詩已經帶有了中華民族的民族精神」及「諸民族之文化，其特質必不變」等論證不免顯得簡單和空泛，只不過是樂觀而又好意的誇張臆斷。波斯菊移植到了中國就成為中國菊了嗎？印度人移民到美國就成為美國人（文化意味上的）了嗎？反過來，整個花園都是波斯菊、非洲菊和英國玫瑰，哪怕經過一代又一代的繁殖、栽培、灌溉與改良，如果沒有注入「恆不變」的中華民族的精神性格，花園的「中國性」又何在？整個美國都是唐人街，中國的餐館，中國式的管理，其「美國性」又何在？

晚年移居海外的紀弦寫有許多思鄉懷人的詩，與文化母體的疏離，使詩人對故國愛之彌深，因而他對中國及中國文化的憂懷和感慨也愈益深遠。對於「移植」論的偏激和矯枉過正之處，他沿用〈新現代主義之全貌〉裡的金字塔比喻進一步解釋道：「而我之所以如此『急進』者，蓋因當年我正在從事於『新詩的再革命運動』也。我不是也曾說過下面的一句話嗎？──『傳統詩好比一座既成的金字塔，那是推也推不倒搖也搖不動的了。而吾輩今日從事於現代詩之創作，這就好比企圖在另一基地上去建立一座鋼骨水泥千層大廈，那當然不是一天可以完成的。必如此，方足以證明我們這一代人是多麼的有出息，有志氣。』」詩人還徵引《古詩十九首》「還顧望舊鄉，長路漫浩浩，同心而離居，憂傷以終老」及元曲中「夕陽西下，斷腸人在天涯」等句子來說明自己移居美國之後的境遇與創作，說：「相信這種『懷鄉』之情，古今皆然，而這不就是『移植之花』（我的

象徵派的表現手法）在『中國文化』的土壤裡成長之一明證乎？」[9]以下是
他的〈在異邦〉：

在異邦的大街上走着，

邊走邊罵人，用國語，

而誰也聽不懂，多好玩！

還有更好玩的哩——

那就是：

被遺棄了似的，

被放逐了似的，

被開除了似的，

被丟入了字紙簍似的，

被倒進了焚化爐似的，

和黑板上一個粉筆字被擦掉了似的

一種感覺。

客觀地說，詩中除了特意用「異邦」、「國語」交代「其人」的身分、
境遇外，在詩歌藝術上並沒有因「氣質決定風格，其人決定其詩」而呈現
出中國詩的特徵。而紀弦在這一時期的真正具有中國詩風格的作品，則是
他 1936 年在大陸受孕，醞釀了六十多年終於在 1999 年分娩的〈月光曲〉，
全詩只有三行：

升起於鍵盤上的

---

[9]摘自紀弦先生 2002 年 12 月 3 日、2002 年 12 月 5 日給筆者的書信。

月亮，做了暗室裡的

燈。

　　此詩乃應景而發，不論從純粹的意象、比興的手法，還是從暗示、意會的創作理念及濃縮、凝練的語言形式而言，都是典型的中國式的短詩，體現的是純然中國詩的精神樣相。由故友彈奏《月光曲》而提煉爲「升起於鍵盤上的月亮」，最大限度地擴寬和昇華了詩的境界。同時「鍵盤」與「月亮」的對比，「暗室」與「燈」的對比，意象間的相互疊加與意念中的相因相果，虛而實、實而玄，堪稱「妙品」。尤其值得一提的是該詩修訂稿的分行分節，很有龐德譯改中國古詩的意象派作風，原稿（豎排）是：「升起於鍵盤上的月亮，／作了暗室裡的燈。」紀弦自道是「『月亮』和『燈』都在下面，覺得非常黑暗」，改寫後「現在我教它們上升，不就大放光明了嗎？」[10]可見其變平板爲神奇的鍊句功夫。

三、 從「摘星的少年」到「晚景」：詩的自敘傳

　　紀弦把自己的一生分爲三大時期：「大陸時期」（1913 年～1948 年）、「臺灣時期」（1949 年～1976 年）和「美西時期」(1976 年～) ，這也是他創作的三大時期。——據《紀弦回憶錄》，他 1929 年開始寫詩，1933 年出第一本詩集《易士詩集》（自印）。除其他的選本外，三個時期裡作者編年自選的詩集共 11 卷（本）：《摘星的少年》（1929 年～1942 年的作品）、《飲者詩鈔》(1943 年～1948 年的作品）、《檳榔樹》系列（共五集，1949 年～1973 年的作品）、《晚景》（1974 年～1984 年的作品）、《半島之歌》（1985 年～1992 年的作品）、《第十詩集》（1993 年～1995 年的作品），《宇宙詩鈔》(1996 年～2000 年的作品）。

　　也許可以這樣說，紀弦是唯一的一位見證了 20 世紀中國現代詩發展歷

---

[10]紀弦，〈月光曲・後記〉，《宇宙詩鈔》（臺北：書林出版公司，2001 年），頁 149。

史的詩人。因為他的創作起步於黃金的 1930 年代，而 1950、1960 年代不僅沒有被外在因素所隔斷，而且帶動了一個中國現代詩的新時代，直到晚年，其創作的現代特質與力度也絲毫沒有減弱，由大陸到島嶼，由半島到宇宙，以一種具有強烈個人色彩的「自敘傳」式的詩作，從一個側面反映出中國現代詩自 1930 年代「摘取（西方現代詩的）星光」到世紀末後現代主義思潮瀰漫的「晚景」的發展進程。

　　說紀弦的作品是「詩的自敘傳」，是因為他的作品有著明顯的「自傳」性質。紀弦雖然在詩歌理論上一直是倡導「現代化」的前衛詩人，但在他身上，「知性」與「情性」，「叛逆」與「敦厚」，又融合成一個「矛盾的共同體」。他一面主張「純粹」和「超越」，卻又一面寫著並非「排拒抒情」的作品。他的理論和宣言，總在離經叛道中見出率真的性情，他的詩歌，則更像是摻合了「現代」質素的一篇篇浪漫主義詩章。他書寫著各種各樣的「我」的存在，使詩人獨特鮮明的「自我」成為貫串幾十年所有詩作的中心形象。

　　20 世紀中國人寫的第一篇自傳，是梁啓超 1902 年作的〈三十自述〉，但只是一篇以第一人稱「余」粗略記述自己生平簡歷的短文。到了 1931 年胡適的《四十自述》，中國才有了作為「精神的自我形成史」的內省的懺悔、告白型自傳。中國現代的自傳雖然在西歐自傳的影響下而產生，但中國傳統自傳的獨特性格（因異於眾人、外於眾人而作，個人與社會、時代密不可分等）卻一直得以保留，所以在自傳裡既記錄個人，又記錄時代，既是對自己卓越超拔的才能的記述，又具有自我懺悔、自我批判的精神，帶著濃郁的中國情味與現代色彩。紀弦的作品，就是這樣的「自我的寫照」。

其一，異於眾人的「我」

　　中國傳統自傳的寫作動機，常常是因為傳主強烈地感覺到自己的與眾不同（或自認才能卓異，或因身世特殊自譬為另類等），但並沒有與「大眾」形成一種對立的關係。紀弦詩中「狂人」的色彩卻極其顯明，並且在

自傳裡加進了「抗議」的成分，可謂是一種宣言（告白）式的西歐近代自
傳。詩中獨來獨往的狼以「悽厲已極之長嗥」搖撼的「空無一物之天地」，
顯然是平庸蒼白的俗眾及其所生存的凡俗世界的代表，類似於魯迅在《野
草》中所寫的「獨異的個人」與「庸眾」、棗樹與「藍得發白的天空」的矛
盾，但「一種過癮」卻透露出紀弦酒神的狂歡與魯迅「過客精神」的分
別：酣暢淋漓的憤怒宣洩以及宣洩後的「竊喜」、自得，使「生命的歡愉」
遮蓋了「命運的重負」。

〈狼之獨步〉

我乃曠野裡獨來獨往的一匹狼。

不是先知，沒有半個字的嘆息。

而恆以數聲悽厲已極之長嗥

搖撼彼空無一物之天地，

使天地戰慄如同發了瘧疾；

並颳起涼風颯颯的，颯颯颯颯的：

這就是一種過癮。

其二，外於眾人的「我」

紀弦素有「飲者」之稱，他詩中的飲酒，與陶淵明的有著異曲同工之
妙。作為自傳文學，他的詩歌呈現了一種前所沒有的現代主義風格。既明
告「自己有何嗜好」，又傳達出一種「局外人」與「隱者」相膠合的內心：
一方面憤怒於「他人」和「世事」侵犯自己的孤獨，一方面又無奈地躲避
著那「清醒的寂寞」。紀弦寫有許多飲酒的詩，這類詩最大的魅力來自於
「入世」和「隱逸」的對立與互換——「所以我總是想飛，總是想走」
（〈酒德頌〉），「酒」在其中擔當著反抗與撫慰的角色，是「自我」外於
「眾人」的憑藉。

〈飲者〉

在以一列列酒罈築就的城堡中，
我的默坐
是王者的風度。
……我向酒保要了最好的酒，
自斟自飲，從容地
統治一個完整的純粹的帝國。

我的離去和我的王朝的傾覆，
是當有第二個顧客踏進來，
並侵犯了我的偉大的孤獨時。

〈一小杯的快樂〉

一小杯的快樂，兩三滴的過癮，
作為一個飲者，這便是一切了。
那些雞尾酒會，我是不參加的；
那些假面跳舞，也沒有我的份。
如今六十歲了，我已與世無爭，
無所求，亦無所動：
此之謂寧靜。但是我還

不夠單純，而且有欠沉默──
上他媽的什麼電視鏡頭呢？
又讓人家給錄了音去廣播！
倒不如躺在自己的太空牀上，
看看雲，做做夢好些。
如果成詩一首，頗有二三佳句，

　　我就首先向我的貓發表。

其三，優於眾人的「我」

　　從早年的〈愛雲的奇人〉、〈黑色之我〉到〈六十自壽〉、〈七十自壽〉、
〈八十自壽〉，紀弦寫有很多「自畫像」式的自詠詩、自勉詩。這些作品除
了嘲人嘲世之外，就是這種「我在此」、「我的生命之樹是如此的高大」的
「狂徒」式的標榜。「李白死了，月亮也死了，所以我們來了」（〈詩的復
活〉），「要是李白生在今日，／他也一定很同意於我所主張的／『讓煤煙把
月亮燻黑／這才是美』的美學」（〈我來自橋那邊〉），「當我的與眾不同／成
為一種時髦／而眾人都和我差不多了時／我便不再唱這支歌了」（〈不再唱
的歌〉），「我不過才做了個／起飛的姿勢，這世界／便為之譁然了！／／無
數的獵人，／無數的獵槍，／瞄準／射擊：／／每一個青空的彈著點，／
都亮出來一個星星」（〈鳥之變奏〉）……在自我肯定、自我誇讚中將自己的
出類拔萃告知世人。

　　〈四十歲的狂徒〉
　　狂徒——四十歲了的，
　　還怕飢餓與寒冷，妒忌與誹謗嗎？
　　教全國世界聽著：
　　我在此。

　　我用銅像般的沉默，
　　注視看那些狐狸的笑，
　　穿道袍戴假面的魔鬼的跳舞，
　　下毒的杯，
　　冷箭與黑刀。
　　我沉默。

……哦哦，我知道了：

原來我的靈魂善良，

而你們的醜惡；

我的聲音響亮，

而你們的喑啞；

我的生命之樹是如此的高大，

而你們的低矮；

我是創造了詩千首的抹不掉的存在，

而你們是過一輩子就完了的。

其四，劣於眾人的「我」

紀弦用「檳榔樹」命名自己「臺灣時期」的五本詩集，足見其對樹的偏愛。這一時期的詠樹詩篇有〈榕樹・我・大寂寞〉、〈檳榔樹，我的同類〉、〈一片槐樹葉〉、〈死樹〉、〈哀檳榔樹〉、〈番石榴樹之死〉、〈梧桐樹〉等等，但大多格調低沉。他道：「我愛樹，所以我是很悲哀的。／而尤其悲哀的：我終於不能夠變成功一棵樹。／我非樹？／樹非我？／我即是樹？／樹即是我？／多麼的悲哀喲！」（〈我愛樹〉）「一種大詩人的風度，／你沒有。／因為你耐不住寂寞；／而且，妒忌。」（〈詩人之分類〉）他不僅把樹引為同類，還自比為乾魷魚、羽蛾等，「故我是一悲劇。我被籠罩在陰影下，而肥皂泡必破滅……我想喊；但我嚥了一口唾沫。我沉默在一個無邊的噩夢裡，只是靜待那必將輪到我來扮演的一槍打不死的自殺和一聲哭不出的痛哭而已。」（〈陰影・悲劇・噩夢〉）詩人展示了他困頓無奈、自輕自賤的另一面。

〈檳榔樹：我的同類〉

檳榔樹啊，你姿態美好地立著，

在生長你的土地上，從不把位置移動。

而我卻奔波復奔波，流浪復流浪，

拖著一個修長的影子，沉重的影子，

從一個城市到一個城市，永無休止。

……啊啊，我的不旅行的同類，

你也是一個，一個寂寞的，寂寞的生物。

〈四行詩〉

　　　被生活壓扁了的，

今天，我是乾魷魚的同類。

把我放在火上烤吧，烤吧……

詩，文學，藝術，再會！

其五，存在中的「我」

　　紀弦有一首散文詩〈我的聲音和我的存在〉，說自己「必須發出聲音。因為只有我自己的聲音才能證實我的存在。一切不可靠。一切不可信。一切危險」，必須「在我的有殼的宇宙裡」不斷地發出「我的生命的本質的燃燒，不可遏抑的，不可撲滅的。致命的，致命的燃燒」。在另兩首散文詩中，紀弦對「有殼的宇宙」裡的生存境遇作了深入的描畫：「我有一間畫室，那是關起來和一切人隔絕了的。在那裡面，我可以對著鏡子塗我自己的裸體在畫布上。我的裸體是瘦弱的，蒼白的，而且傷痕纍纍，青的，紫的，舊的，新的，永不痊癒，正如我的仇恨，永不消除。……我所知道的是在我心中猛烈地燃燒著有一個復仇的意念。但是我所唯一可能並業經採取的報復，只是把我的傷痕，照著它原來的樣子，描了又描，繪了又繪；然後拿出去，陳列在展覽會裡，給一切人看，使他們也戰慄，使他們也痛苦，並尤其使他們也和我同樣地仇恨不已。而已而已。」（〈畫室〉）「只有在孤獨的時候，我的存在是真實的；只有在孤獨的時候，我的行為是純粹的；只有在我自己的天地裡，我有自由的意志。在這裡，我是演員，同時

又是唯一的觀眾；在這裡，我是上帝，同時又會是唯一的選民。……我可以用解剖刀，解剖我自己。我的莊嚴是滑稽的，我的滑稽是莊嚴的。……這樣，我就可以看我自己的戲，而且用世界上最辛辣的字眼諷刺我自己，嘲笑我自己，直搔到我自己的癢處，同時發現我自己的偉大。」（〈面具〉）——這可以說是不服輸的紀弦對「我」的自述。下邊的〈現實〉一詩即這種在「有殼的宇宙裡」作「致命的燃燒」的真實寫照：

> 甚至於伸個懶腰，打個哈欠，
> 都要危及四壁與天花板的！
>
> 匍伏在這低矮如雞塒的小屋裡，
> 我的委屈著實大了：
> 因為我老是夢見直立起來，
> 如一參天的古木。

其六，理想化的「我」

在〈摘星的少年〉中，紀弦就給自己一個「千年後，／新建的博物館中，／陳列著有／摘星的少年像一座」的自我期許，之後這種寄託了詩人生活樂趣與藝術理想的作品成了紀弦大咧咧的自傳詩中最重要的一部分——紀弦許多飲酒詩中的「我」和「酒鬼」，都可以歸為這一類。而充滿了諧趣的〈七與六〉一詩，可以說是這種理想化的「我」的登峰造極之作：

> 拿著手杖 7
> 咬著煙斗 6
> 數字 7 是具備了手杖的形態的。
> 數字 6 是具備了煙斗的形態的。
> 於是我來了。

> 　　手杖 7＋煙斗 6＝13 之我
> 一個詩人。一個天才。
> 一個天才中的天才。
> 一個最最不幸的數字！
> 唔，一個悲劇。
> 悲劇悲劇我來了。
> 於是你們鼓掌，你們喝采！

其七，「我」的履歷表

　　進入晚年後，紀弦寫有許多記述自己生活事件與生平經歷的詩，如〈銅像篇〉、〈七十自壽〉、〈鄉愁五節〉等。

> 〈鄉愁五節〉
> 小時候，抱著個撲滿，
> 辭北京，赴武漢，
> 過黃河大鐵橋……
>
> 少年時，渡長江，
> 流浪於十里洋場……
>
> 第二次世界大戰後，
> 行吟於美麗之島，婆娑之洋，
> 把中年的歲月消磨殆盡……
>
> 如今，被放逐到遙遠的異邦，
> 這晚景，還算是不太淒涼的，
> 但總遺憾於「不見九州同」……

　　2000 年作的〈關於樹的三重奏〉，以樹自況，可謂是這種「履歷表」詩的代表：

　　　　小時候，在揚州，南河下，
　　　　「宮太傅第」後花園中，
　　　　那些有幾隻鳳凰飛來飛去
　　　　停停歇歇又飛飛的梧桐樹，
　　　　每一棵樹幹上，
　　　　我都曾用小刀刻過我的名字：
　　　　YuLu 或是 LY……

　　　　四十年代，我流浪到了臺灣，
　　　　第一次看見瘦瘦長長的檳榔樹——
　　　　我的亞熱帶的同類，
　　　　不禁大聲歡呼，為之雀躍不已。
　　　　而凡是我遇上了的
　　　　每一棵都曾被我用力擁抱過……

　　　　於是退休後飛來舊金山。
　　　　有一天在北岸，
　　　　散步於陰涼的紅木林中，
　　　　我仰視那些巨人，
　　　　傾聽他們的吟哦，
　　　　不覺肅然起敬……

　　從〈愛雲的奇人〉、〈狼之獨步〉、〈酒鬼〉、〈狂徒〉到〈四大自由之追求者〉、〈宇宙公民〉……紀弦長達 70 年的寫作，留下了他在 20 世紀的

「詩的自敘傳」。這種「自敘傳」，既是一個現代「狂徒」的夫子自述，又是他所生存的一個時代的記錄。當中詩人自己的「個性的標榜」，在某種程度上也可以說是 20 世紀時代精神的真實寫照。因為在信奉典型化和類型化的中國，標舉個體的差異性和「個性的活脫脫的表露」，本身就是一杯最過癮的酒和一首愈益「發光的」、「大起來了」的詩！

──選自《香港文學》，第 270 期，2007 年 6 月

輯五◎
研究評論資料目錄

作家生平、作品評論專書與學位論文

專書

1. 紀　弦　　千金之旅：紀弦半島文存　臺北　文史哲出版社　1996 年 12 月 373 頁

本書為紀弦以其異鄉生活為軸心，追憶近二十餘年的點點滴滴，所寫成的散文集。全書共 4 輯：第 1 輯「關於詩與詩人」，共 10 篇：〈詩人與松鼠——談劉荒田的詩〉、〈初試毛筆——為瘂弦和陳雪寫字〉、〈波特萊爾的狗和我的貓〉、〈戴望舒二三事〉、〈與楊喚論生死〉、〈哭顧城〉、〈懷楚卿〉、〈我弟魚貝〉、〈致詩人羊令野〉、〈二三事懷鷗外〉；第 2 輯「千金之旅及其他」，共 21 篇：〈千金之旅〉、〈夜記三章〉、〈幽默小品三則〉、〈我所最關心的一個人——兼談「康康曲」產生之背景〉、〈小坪頂之春〉、〈一隻鴿子〉、〈我與玫瑰〉、〈關於感冒的相對論〉、〈我愛聖・馬太奧〉、〈龍女蘇珊〉、〈新居散記〉、〈半島生涯〉、〈錯把李花當櫻花〉、〈酒德頌〉、〈我的書齋〉、〈我的寫作習慣〉、〈隨筆五題〉、〈賀辭及其他〉、〈我與「香港文學」〉、〈有詩為證〉、〈鑽石婚〉；第 3 輯「專題演講・序跋文・詩論與詩評」，共 21 篇：〈現代詩在臺灣〉、〈何謂現代詩？〉、〈新詩之所以新〉、〈關於臺灣的現代詩〉、〈序《密碼燈語》〉、〈序《春天的遊戲》〉、〈序《舊金山抒情詩》〉、〈《紀弦精品》自序〉、〈《第十詩集》自序〉、〈我之詩律〉、〈關於我的「少作」〉、〈詩與常識〉、〈談好詩與壞詩〉、〈談明朗與朦朧〉、〈覃思閣主人論詩〉、〈袖珍詩論十二題〉、〈讀《時間的落英》〉、〈讀非馬的〈鳥籠〉〉、〈一籃子的蓮霧〉、〈談梅新的「風景」〉、〈關於梅新的《家鄉的女人》〉；第 4 輯「我的童年・少年與青年時代」，共 3 篇：〈童年瑣憶〉、〈少年趣事〉、〈三十年代的路易士〉。

2. 紀　弦　　紀弦回憶錄・二分明月下　臺北　聯合文學出版社　2001 年 12 月 154 頁

本書為紀弦回憶錄第一部，記述其 1913—1948 年「大陸時期」生活。全書共 16 章：1.我乃漢代大儒路溫舒之後；2.定居揚州決定了我一生；3.寫詩是和初戀同時開始了的；4.蘇州美專時代；5.失怙・留級・搬家；6.開第一次畫展，出第一本詩集；7.文壇生涯正式開始；8.獨資創辦詩刊《火山》；9.詩集《行過之生命》的出版；10.《現代》停刊以後；11.東渡與南遷；12.中國新詩的收穫季；13.流亡到了香港；14.重返淪陷區的上海；15.創辦《詩領土》及其他；16.抗戰勝利後離滬赴臺前。

3. 紀　弦　　紀弦回憶錄・在頂點與高潮　臺北　聯合文學出版社　**2001** 年 **12** 月
　　　304 頁

本書爲紀弦回憶錄第二部，記述其 1949—1976 年「臺灣時期」生活。全書共 23
章：1.初到臺灣；2.開始文藝活動；3.創辦《現代詩》；4.三年有成；5.組織「現代
派」；6.現代主義論戰；7.第二個回合和論戰的結果；8.第一次去金門；9.團結詩
壇・保衛新詩；10.八里之遊・福隆初旅；11.馬祖行；12.開始學習「蛙式」；13.第
一次赴菲：講學；14.《現代詩》停刊；15.我做了爺爺；16.龍江街時代；17.第二次
去金門；18.第二次赴菲：開會；19.韓國初履；20.第二屆「世界詩人大會」；21.第
一屆「中國現代詩獎」；22.掌珠于歸及其他；23.向臺北說再見。

4. 紀　弦　　紀弦回憶錄・半島春秋　臺北　聯合文學出版社　**2001** 年 **12** 月
　　　314 頁

本書爲紀弦回憶錄第三部，記述其 1977—2000 年「美西時期」生活。全書共 21
章：1.我做了外公；2.第一次回臺北；3.初到洛杉磯；4.第五屆「世界詩人大會」；5.
戒菸成功・考上市大；6.詩集《晚景》的出版；7.一次很成功的專題演講；8.「北美
中華新文藝學會」成立；9.喬遷之喜；10.夏威夷之旅；11.我闖了個大禍；12.鑽石婚
及其他；13.最大的孫女學成・最小的孫女誕生；14.噩耗頻傳的一年；15.我滿八十
歲；16.1994、95 這兩年；17.第二次回臺北；18.移民來美二十年了；19.痔瘡痊癒・
無病即仙；20.我成爲曾祖父・溫哥華同學會；21.慶祝月岩婚・告別廿世紀。正文後
附錄〈紀弦創作年表〉。

學位論文

5. 陳雪蕙　　永遠的摘星少年──紀弦及其詩作研究　高雄師範大學回流中文碩
　　　士班　江聰平　**2010** 年　**277** 頁

本論文研究紀弦及其作品，自創作歷程、詩學理論與生平參與文學活動切入，並藉
由分析詩作題材及其詩的修辭技巧來綜論其作品特色與影響，肯定紀弦的文學貢獻
及其爲詩壇所付出的心力和精神。全文共 8 章：1.緒論；2.紀弦的創作過程；3.紀弦
詩學理論與現代詩論戰；4.紀弦詩作的主題內涵；5.紀弦詩作的修辭技巧；6.紀弦詩
作的篇章結構；7.紀弦詩作的風格；8.結論。

作家生平資料篇目

自述

6. 紀　弦　自序　出發　上海　太平書局　1944 年 5 月　頁 1—5

7. 紀　弦　自序　三十前集　上海　詩領土社　1945 年 5 月　頁 1—2

8. 紀　弦　三十自述　三十前集　上海　詩領土社　1945 年 5 月　頁 1—16

9. 紀　弦　前記　在飛揚的時代　臺北　寶島文藝社　1951 年 4 月　頁 1—2

10. 紀　弦　《在飛揚的時代》序　寶島文藝　第 3 年第 4 期　1951 年 5 月　頁
6

11. 紀　弦　向屈原學習　中華日報　1951 年 6 月 6 日　7 版

12. 紀　弦　小序　紀弦詩論　臺北　現代詩社　1956 年 3 月　頁 1

13. 紀　弦　《無人島》自序　無人島　臺北　現代詩社　1956 年 5 月　頁 1—
5

14. 紀　弦　關於〈零件〉　葡萄園　第 3 期　1963 年 1 月　頁 4—6

15. 紀　弦　自序　摘星的少年　臺北　現代詩社　1963 年 4 月　頁 1—2

16. 紀　弦　我的現代詩觀——澄清詩壇上一部分人的誤解　葡萄園　第 5 期
1963 年 7 月　頁 6—7

17. 紀　弦　自序　飲者詩鈔　臺北　現代詩社　1963 年 10 月　頁 1—2

18. 紀　弦　為「葡萄園」兩週歲而寫　葡萄園　第 9 期　1964 年 7 月　頁 6—
7

19. 紀　弦　給趙天儀先生的一封公開信　笠　第 14 期　1966 年 8 月　頁 2—9

20. 紀　弦　自序　檳榔樹乙集　臺北　現代詩社　1967 年 8 月　頁 1—2

21. 紀　弦　自序　檳榔樹丙集　臺北　現代詩社　1967 年 10 月　頁 1—4

22. 紀　弦　詩生活與私生活　作品　第 1 卷第 4 期　1969 年 1 月　頁 90—95

23. 紀　弦　自序　檳榔樹丁集　臺北　現代詩社　1969 年 4 月　頁 1—2

24. 紀　弦　紀弦書簡　現代詩人書簡集　臺中　普天出版社　1969 年 12 月
頁 159—177

25. 紀　弦　自序　小園小品　臺北　臺灣商務印書館　1972 年 1 月　頁 1—2

26. 紀　弦　自序　終南山下　臺北　臺灣商務印書館　1973 年 9 月　頁 1—2

27. 紀　弦　自祭文　終南山下　臺北　臺灣商務印書館　1973 年 9 月　頁 193—196

28. 紀　弦　《檳榔樹》（戊集）自序　文壇　第 165 期　1974 年 3 月　頁 86—88

29. 紀　弦　自序　檳榔樹戊集　臺北　現代詩社　1974 年 6 月　頁 1—3

30. 紀　弦　四十五年如一日——第一屆中國現代詩獎，特別獎得獎感言　飛躍與超越　臺北　中國現代詩獎基金會　1974 年 6 月　頁 6—8

31. 紀　弦　〈未濟之一〉後記　飛躍與超越　臺北　中國現代詩獎基金會　1974 年 6 月　頁 33—34

32. 紀　弦　獨白篇（代序）　園丁之歌　臺北　華欣文化事業中心　1974 年 9 月　頁 1—6

33. 紀　弦　封筆篇　園丁之歌　臺北　華欣文化事業中心　1974 年 9 月　頁 57—61

34. 紀　弦　開筆篇　園丁之歌　臺北　華欣文化事業中心　1974 年 9 月　頁 62—65

35. 紀　弦　自選詩朗誦錄音序　自立晚報　1975 年 12 月 14 日　8 版

36. 紀　弦　現代派二十週年之感言　創世紀　第 43 期　1976 年 3 月　頁 9—11

37. 紀　弦　紀弦回憶錄　文壇　第 192—205 期　1976 年 6—12 月，1977 年 1—7 月　頁 45—47，42—45，42—44，26—29，40—51，38—41，28—31，32，44—49，34—37，33—37，58—63，30—35

38. 紀　弦　紀弦詩觀　八十年代詩選　臺北　濂美出版社　1976 年 6 月　頁 200

39. 紀　弦　從一九三七年說起　抗戰時期文學回憶錄　臺北　文訊雜誌社　1978 年 7 月　頁 191—202

40. 紀　弦　從一九三七年說起：紀弦回憶錄之一片段　文訊雜誌　第 7、8 期
合刊　1984 年 2 月　頁 76—85

41. 紀　弦　小傳　紀弦自選集　臺北　黎明文化公司　1978 年 12 月　頁 1

42. 紀　弦　自序　紀弦自選集　臺北　黎明文化公司　1978 年 12 月　頁 3

43. 紀　弦　〈約翰走路〉後記　新綠　臺北　中國文化大學出版部　1981 年 1
月　頁 26—27

44. 紀　弦　最後的詩論　現代詩　復刊號　1982 年 6 月　頁 3—6

45. 紀　弦　詩論號外　現代詩　復刊第 3 期　1983 年 3 月　頁 55—57

46. 紀　弦　自序　晚景　臺北　爾雅出版社　1985 年 5 月　頁 1—2

47. 紀　弦　初到臺灣：紀弦回憶錄之一片段　聯合文學　第 16 期　1986 年 2
月　頁 188—193

48. 紀　弦　被學生氣壞的老師　中央日報　1990 年 6 月 23 日　16 版

49. 紀　絃　學畫不成記——紀弦回憶錄之一部分　明道文藝　第 173 期　1990
年 8 月　頁 86—89

50. 紀　弦　有詩為證　聯合報　1991 年 6 月 18 日　25 版

51. 紀　弦　在人生的夏天　繁華猶記來時路　臺北　中央日報出版社　1992 年
5 月　頁 113—123

52. 紀　弦　四十年前　現代詩　復刊第 20 期　1993 年 7 月　頁 3—11

53. 紀　弦　一九九三新作一輯並序　現代詩　復刊第 20 期　1993 年 7 月　頁
89

54. 紀　弦　自序　半島之歌　臺北　現代詩季刊社　1993 年 8 月　頁 1—5

55. 紀　弦　《紀弦精品》自序　香港文學　第 117 期　1994 年 9 月　頁 26—
28

56. 紀　弦　《紀弦精品》自序　詩刊　1995 年第 2 期　1995 年 2 月　頁 51—
53

57. 紀　弦　《紀弦精品》自序　千金之旅：紀弦半島文存　臺北　文史哲出版
社　1996 年 12 月　頁 253—259

58. 紀　弦　　我的第二故鄉　聯合報　1996 年 5 月 31 日　37 版

59. 紀　弦　　初戀的紀念品　聯合文學　第 141 期　1996 年 7 月　頁 24—25

60. 紀　弦　　題材決定手法——寫在《第十詩集》之前　九歌雜誌　第 185 期
1996 年 8 月　2 版

61. 紀　弦　　題材決定手法[1]　第十詩集　臺北　九歌出版社　1996 年 8 月　頁
1—5

62. 紀　弦　　《第十詩集》自序　千金之旅：紀弦半島文存　臺北　文史哲出版
社　1996 年 12 月　頁 260—263

63. 紀　弦　　〈寂寞的相對論——呈邦楨、方思、秀陶三兄〉後記　第十詩集
臺北　九歌出版社　1996 年 8 月　頁 23—24

64. 紀　弦　　〈我是船你是港〉後記　第十詩集　臺北　九歌出版社　1996 年 8
月　頁 69

65. 紀　弦　　〈舞者與選手〉後記　第十詩集　臺北　九歌出版社　1996 年 8 月
頁 83

66. 紀　弦　　〈玩芭比的小女孩〉後記　第十詩集　臺北　九歌出版社　1996 年
8 月　頁 111

67. 紀　弦　　〈四度空間狂想曲〉後記　第十詩集　臺北　九歌出版社　1996 年
8 月　頁 124—125

68. 紀　弦　　〈我愛嘉南〉後記　第十詩集　臺北　九歌出版社　1996 年 8 月
頁 135

69. 紀　弦　　〈米老鼠〉後記　第十詩集　臺北　九歌出版社　1996 年 8 月　頁
153—154

70. 紀　弦　　〈恆星無常〉後記　第十詩集　臺北　九歌出版社　1996 年 8 月
頁 160—161

71. 紀　弦　　〈上海上海〉後記　第十詩集　臺北　九歌出版社　1996 年 8 月
頁 165—166

---

[1]本文後改篇名爲〈《第十詩集》自序〉。

72. 紀　弦　〈和徐遲三十航〉後記　第十詩集　臺北　九歌出版社　1996 年 8 月　頁 182

73. 紀　弦　〈遠方謠〉後記　第十詩集　臺北　九歌出版社　1996 年 8 月　頁 191—192

74. 紀　弦　紀弦小傳　第十詩集　臺北　九歌出版社　1996 年 8 月　頁 213—215

75. 紀　弦　我的寫作習慣　千金之旅：紀弦半島文存　臺北　文史哲出版社 1996 年 12 月　頁 174—175

76. 紀　弦　我之詩律　千金之旅：紀弦半島文存　臺北　文史哲出版社　1996 年 12 月　頁 264—267

77. 紀　弦　關於我的「少作」　千金之旅：紀弦半島文存　臺北　文史哲出版社　1996 年 12 月　頁 268—271

78. 紀　弦　詩與常識　千金之旅：紀弦半島文存　臺北　文史哲出版社　1996 年 12 月　頁 272—275

79. 紀　弦　談好詩與壞詩　千金之旅：紀弦半島文存　臺北　文史哲出版社 1996 年 12 月　頁 276—280

80. 紀　弦　「熱風」瑣憶　聯合報　1997 年 5 月 25 日　41 版

81. 紀　弦　三個關於　聯合報　1999 年 6 月 18 日　37 版

82. 紀　弦　紀弦詩話　爾雅詩選　臺北　爾雅出版社　2000 年 4 月　頁 37

83. 紀　弦　詩人近況　八十九年詩選　臺北　臺灣詩學季刊社　2001 年 4 月　頁 267

84. 紀　弦　自序　紀弦回憶錄・二分明月下　臺北　聯合文學出版社　2001 年 12 月　頁 15—18

85. 紀　弦　自序　宇宙詩鈔　臺北　書林出版公司　2001 年 12 月　頁 5—8

86. 紀　弦　紀弦小傳　宇宙詩鈔　臺北　書林出版公司　2001 年 12 月　頁 217—219

87. 紀　弦　總結我的詩路歷程　紀弦詩拔萃　臺北　九歌出版社　2002 年 8 月

頁 11—14

88. 紀　弦　　紀弦小傳　紀弦詩拔萃　臺北　九歌出版社　2002 年 8 月　頁 233—235

89. 紀　弦　　詩人近況　2004 臺灣詩選　臺北　二魚文化公司　2005 年 3 月　頁 262

90. 紀　弦　　《年方九十》後記　年方九十　臺北　文史哲出版社　2008 年 6 月　頁 274—276

他述

91. 彭邦楨，墨人　　紀弦簡介　中國詩選　高雄　大業書店　1957 年 1 月　頁 45

92. 羅　門　　論詩的理性與抒情——讀了紀弦先生《現代詩》十九期社論後感　藍星詩選　第 2 期　1957 年 10 月　頁 8—13

93. 張　默　　紀弦小評　六十年代詩選　高雄　大業書店　1961 年 1 月　頁 75—77

94. 林亨泰　　笠下影——紀弦　笠　第 6 期　1965 年 4 月　頁 4—6

95. 林亨泰　　笠下影：紀弦　林亨泰全集・文學論述卷 3　彰化　彰化縣立文化中心　1998 年 9 月　頁 113—122

96. 林錫嘉　　檳榔樹的造訪　笠　第 13 期　1966 年 6 月　頁 50—52

97. 黃恆秋　　向詩友們敬禮——從現代詩的推廣談起〔紀弦部分〕　民聲日報　1967 年 8 月 5 日　11 版

98. 張　默　　現代詩人透視——關於紀弦　青溪　第 70 期　1973 年 4 月　頁 94—99

99. 〔書評書目〕　紀弦　書評書目　第 8 期　1973 年 11 月　頁 34—35

100. 劉　菲　　威武的「虎吼」——第一屆中國現代詩頒獎典禮紀盛〔紀弦部分〕　中華文藝　第 42 期　1974 年 8 月　頁 43—48

101. 秦　晉　　作家側影——酒仙？詩仙？——紀弦側影　中華文藝　第 63 期　1976 年 5 月　頁 42—43

102. 張　默　　紀弦小傳　中國當代十大詩人選集　臺北　源成文化圖書供應社
　　　　　　　　1977 年 7 月　頁 10

103. 朱沉冬　　論新詩的發展（上）〔紀弦部分〕　臺灣新聞報　1979 年 1 月 5
　　　　　　　　日　12 版

104. 蕭　蕭　　現代詩火種的點燃者──紀弦　中國白話詩選　臺北　故鄉出版
　　　　　　　　社　1980 年 4 月　頁 70─72

105. 蕭　蕭　　紀弦與現代詩運動　燈下燈　臺北　東大圖書公司　1980 年 4 月
　　　　　　　　頁 65─82

106. 蕭　蕭　　紀弦與現代詩運動[2]　中華文藝　第 112 期　1980 年 6 月　頁
　　　　　　　　191─203

107. 劉心皇　　南方僞組織的文藝作家（四）：路易士　抗戰時期淪陷區文學史
　　　　　　　　臺北　成文出版社　1980 年 5 月　頁 185─190

108. 呂正惠　　紀弦　中國新詩賞析 1　臺北　長安出版社　1981 年 4 月　頁 169

109. 洛　夫　　詩壇春秋三十年──詩壇雜憶與省思──現代派的幾件公案　中
　　　　　　　　外文學　第 10 卷第 12 期　1982 年 5 月　頁 7─12

110. 蕭　蕭　　紀弦　現代詩入門　臺北　故鄉出版社　1982 年 12 月　頁 71─
　　　　　　　　72

111. 〔創世紀〕　紀弦的〈葉子姑娘〉　創世紀　第 60 期　1983 年 1 月　頁
　　　　　　　　26

112. 劉　菲　　關於覃紀論戰[3]　文訊雜誌　第 97 期　1983 年 7 月　頁 92

113. 林海音　　二弦〔紀弦部分〕　聯合報　1983 年 8 月 26 日　8 版

114. 林海音　　二弦〔紀弦部分〕　剪影話文壇　臺北　純文學出版社　1984 年
　　　　　　　　8 月　頁 124─126

115. 林海音　　紀弦、瘂弦／二弦　剪影話文壇　臺北　遊目族文化公司　2000
　　　　　　　　年 5 月　頁 124─127

---

[2] 本文耙梳紀弦來臺後之文學活動，將其所提倡的「現代詩運動」分爲四階段，敘明紀弦在不同階段的現代詩理念，進而探討紀弦對臺灣現代詩運動的影響與其在現代詩史上的評價。

[3] 本文引用 1975 年紀弦訪問稿中關於「現代詩論戰」起因部分，爲覃、紀論戰提供史料補充。

116. 王晉民，鄺白曼　紀弦　臺灣與海外華人作家小傳　福州　福建人民出版社　1983 年 9 月　頁 153—156

117. 張騰蛟　火線上的嗜詩者——反芻二十七年以前的一段詩生活〔紀弦部分〕　臺灣新聞報　1984 年 10 月 25 日　8 版

118. 朱沉冬　寶島四十年說從頭——詩壇趣事一籮筐（上、中、下）〔紀弦部分〕　臺灣新聞報　1985 年 11 月 8—10 日　8 版

119. 應鳳凰　詩壇檳榔樹——紀弦　文藝月刊　第 199 期　1986 年 1 月　頁 8—19

120. 應鳳凰　詩壇檳榔樹——紀弦　筆耕的人　臺北　九歌出版社　1987 年 1 月　頁 115—130

121. 黃美惠　寫詩沒有退休制度——紀弦再出發大寫英文詩　民生報　1986 年 9 月 1 日　9 版

122. 王俊彥　臺灣詩壇檳榔樹紀弦　臺港文化名人列傳　北京　解放軍出版社　1989 年 8 月　頁 42—51

123. 吳奔星　五十年間雁一聲　花城　第 3 期　1990 年 5 月　頁 105—106

124. 凌君鈺　揚州——紀弦詩歌的發軔之地　臺港與海外華文文學評論和研究　1990 年第 1 期　1990 年 10 月　頁 27—28

125. 徐望雲　與時間決戰——臺灣新詩刊四十年奮鬥述略〔紀弦部分〕　中外文學　第 19 卷第 5 期　1990 年 10 月　頁 106—107

126. 胡蘭成　路易士　中國文學史話　臺北　遠流出版公司　1991 年 3 月　頁 191—197

127. 胡蘭成　路易士　文壇史料　上海　中華日報社　1994 年 1 月　頁 268—269

128. 胡蘭成　路易士　亂世文談　臺北　印刻文學出版社　2009 年 6 月　頁 57—63

129. 趙天儀　「移植之花」遍地開——臺灣現代派與大陸現代派的關係〔紀弦部分〕　國文天地　第 73 期　1991 年 6 月　頁 56—58

130. 蕭　蕭　永遠的檳榔樹——紀弦　現代詩縱橫觀　臺北　文史哲出版社　1991 年 6 月　頁 113—120

131. 葉石濤　五〇年代的臺灣文學——理想主義的挫折和頹廢——作家與作品〔紀弦部分〕　臺灣文學史綱　高雄　文學界雜誌社　1991 年 9 月　頁 103—105

132. 葉石濤　五〇年代的臺灣文學——理想主義的挫折和頹廢——作家與作品〔紀弦部分〕　葉石濤全集・評論卷五　臺南，高雄　國立臺灣文學館，高雄市文化局　2008 年 3 月　頁 115—117

133. 瘂　弦　現代詩人與酒——飲者點將錄〔紀弦部分〕　國文天地　第 81 期　1992 年 2 月　頁 41

134. 成明進　海外華文詩人評介——斷不了的一條絲在中間〔紀弦部分〕　淮風季刊　1992 年第 2 期　1992 年 4 月　頁 42—43

135. 包恆新　對「橫的移植」文學主張的再思考　中州學刊　1993 年第 1 期　1993 年 3 月　頁 82—87

136. 許世旭　一匹狼颯颯了一輩子——諧談紀某人七則　中央日報　1993 年 4 月 27 日　16 版

137. 許世旭　一匹狼颯颯了一輩子——諧談紀弦　新詩論　臺北　三民書局　1998 年 8 月　頁 257—262

138. 辛　鬱　「金門之虎」及其他　現代詩　復刊第 20 期　1993 年 7 月　頁 27—29

139. 辛　鬱　「金門之虎」及其他　找鑰匙　臺北　文史哲出版社　2003 年 7 月　頁 44—48

140. 羅　門　一些往事與感想　現代詩　復刊第 20 期　1993 年 7 月　頁 30—31

141. 邱　婷　這首現代詩，寫了四十年　民生報　1993 年 8 月 28 日　28 版

142. 徐　魯　雙子座——記徐遲與紀弦　當代作家評論　1994 年第 2 期　1994 年 3 月　頁 55—59

143. 姜　穆　　紀弦現代詩的播種者　三〇年代作家臉譜　臺北　九歌出版社
　　　1994 年 4 月　頁 118—125

144. 周良沛　　現代派詩人路易士　文藝理論與批評　1994 年第 6 期　1994 年 11
　　　月　頁 45—51

145. 〔聯合文學〕　　紀弦　聯合文學　第 128 期　1995 年 6 月　頁 85

146. 柳易冰　　尋找路易士──我和大詩人紀弦的緣份　臺港與海外華文文學評
　　　論和研究　1995 年第 2 期　1995 年 6 月　頁 71—72

147. 張　朗　　盡心盡力──序《當代名詩人選 2》〔紀弦部分〕　當代名詩人選
　　　2　臺北　絲路出版社　1995 年 12 月　頁 4

148. 張騰蛟　　臺灣詩壇的點火人　中央日報　1996 年 8 月 5 日　18 版

149. 張　默　　寫詩的繆斯長相左右，紀弦號稱「世紀之弦」其來有自　九歌雜
　　　誌　第 185 期　1996 年 8 月　2 版

150. 〔九歌雜誌〕　　書緣・書香〔紀弦部分〕　九歌雜誌　第 185 期　1996 年
　　　8 月　4 版

151. 張　默　　「現代詩社」和「現代派」是兩碼子事──請看老詩人紀弦如是
　　　說及其他　創世紀　第 108 期　1996 年 10 月　頁 112—116

152. 〔九歌雜誌〕　　書緣・書香〔紀弦部分〕　九歌雜誌　第 187 期　1996 年
　　　10 月　4 版

153. 李元洛　　詩壇長青樹──紀弦　臺灣新聞報　1998 年 3 月 11 日　13 版

154. 辛　鬱　　隱者之歌　中國時報　1998 年 6 月 11 日　37 版

155. 舒　蘭　　現代派時期──「現代」詩人──紀弦　中國新詩史話（一）
　　　臺北　渤海堂文化公司　1998 年 10 月　頁 703—707

156. 吳奔星　　懷旅美詩人紀弦　隨筆　第 6 期　1998 年 11 月　頁 105—109

157. 林淇瀁　　長廊與地圖：臺灣新詩風潮的溯源與鳥瞰──縱經與橫緯的抉
　　　擇：戰後臺灣新詩風潮的開展〔紀弦部分〕　中外文學　第 28 卷
　　　第 1 期　1999 年 6 月　頁 81—84

158. 林淇瀁　　長廊與地圖──臺灣新詩風潮的溯源與鳥瞰──縱經與橫緯的抉

擇：戰後臺灣新詩風潮的開展〔紀弦部分〕 臺灣現代詩經緯
臺北 聯合文學出版社 2001 年 6 月 頁 23—28

159. 林淇瀁 縱經與橫緯的抉擇：戰後臺灣新詩風潮的開展〔紀弦部分〕 長
廊與地圖：臺灣新詩風潮簡史 臺北 向陽工坊 2002 年 10 月
17 日 頁 44—56

160. 〔姜耕玉選編〕 紀弦 20 世紀漢語詩選（三） 上海 上海教育出版社
1999 年 12 月 頁 16

161. 王 璞 檳榔樹，長青樹——我爲紀弦先生拍攝「作家錄影傳記」 聯合
報 2000 年 9 月 2 日 37 版

162. 王 璞 檳榔樹，長青樹——爲紀弦拍攝「作家錄影傳記」 作家錄影傳
記十年剪影 臺北 國家圖書館 2009 年 6 月 頁 41—47

163. 耕 雨 紀弦以本色示人 臺灣新聞報 2000 年 10 月 15 日 B8 版

164. 陳千武 臺灣的新詩精神〔紀弦部分〕 臺灣文學評論 第 1 卷第 1 期
2001 年 7 月 頁 100—101

165. 林峻楓 詩的火種——側介詩人紀弦 青年日報 2001 年 10 月 17 日 10
版

166. 張 曦 詩人檔案——從路易士到紀弦 書屋 2002 年第 1 期 2002 年 1
月 頁 65—68

167. 李瑞騰 曠野裡獨來獨往的一匹狼——詩人紀弦的文字自畫像 聯合報
2002 年 2 月 18 日 30 版

168. 麥 穗 紀弦難圓函校夢 創世紀 第 130 期 2002 年 3 月 頁 131—132

169. 古遠清 大陸去臺作家浮沉錄——被人檢舉爲「文化漢奸」的紀弦[4] 古遠
清自選集 吉隆坡 馬來西亞燼火出版社 2002 年 5 月 頁
137—143

170. 古遠清 紀弦：大節有虧的作家 幾度飄零：大陸赴臺文人沉浮錄 桂林
廣西師範大學出版社 2010 年 2 月 頁 217—228

---

[4]本文後改篇名爲〈紀弦：大節有虧的作家〉。

171.〔蕭蕭，白靈〕　　紀弦簡介　臺灣現代文學教程：新詩讀本　臺北　二魚
　　　文化公司　2002 年 8 月　頁 72—73

172. 金　劍　　戰地文思──金門訪問追記〔紀弦部分〕　聯合報　2003 年 4 月
　　　27 日　E7 版

173. 應鳳凰　　臺灣現代主義文學的興起──紀弦創辦《現代詩》季刊，成立
　　　「現代派」　臺灣文學百年顯影　臺北　玉山社出版公司　2003
　　　年 10 月　頁 174—175

174. 向　明　　被冷落的檳榔樹　和你輕鬆談詩：向明新詩話　臺北　詩藝文出
　　　版社　2004 年 12 月　頁 174—175

175. 非　馬　　紀老師的紅筆　聯合報　2005 年 2 月 10 日　E7 版

176. 王慧美　　國破家亡，紀弦棄醫從詩　聯合晚報　2005 年 3 月 30 日　3 版

177.〔吳東晟，陳昱成，王浩翔〕　　紀弦　織錦入春闈：現代詩精選讀本　臺
　　　中　京城文化公司　2005 年 8 月　頁 17

178. 蕭　蕭　　詩人簡介：紀弦　優游意象世界　臺北　聯合文學出版社　2006
　　　年 6 月　頁 20

179. 郭　楓　　論詩活動家紀弦和《現代詩》興滅[5]　鹽分地帶文學　第 5 期
　　　2006 年 8 月　頁 167—182

180. 宋雅姿　　見證時代的文學交響曲──深秋，向資深作家致最敬意──紀
　　　弦，《年方九十》大氣魄　中華日報　2006 年 10 月 28 日　23 版

181. 尉天驄　　獨步的狼──記詩人紀弦　印刻文學生活誌　第 50 期　2007 年
　　　10 月　頁 207—213

182. 古遠清　　結黨營詩，論戰不斷──紀弦是「文化漢奸」？　臺灣當代新詩
　　　史　臺北　文津出版社　2008 年 1 月　頁 83—89

183. 吳慶學　　27 年前，三毛給紀弦的一封信　年方九十　臺北　文史哲出版社
　　　2008 年 6 月　頁 285—287

---

[5]本文將紀弦定位爲「詩活動家」，將《現代詩》視爲其活動舞臺，並對紀弦其人其詩作出評價。
　全文共 3 小節：1.白色恐怖政治與紀弦火紅的詩活動；2.詩活動舞臺坍塌與詩風惡性後遺症；3.
　從〈狼的獨步〉到〈在異邦〉的大虛無。

184. 吳慶學　　我的文學情人　年方九十　臺北　文史哲出版社　2008 年 6 月
　　　　　　頁 288—293

185. 〔封德屏主編〕　　紀弦　2007 臺灣作家作品目錄　臺南　國立臺灣文學館
　　　　　　2008 年 7 月　頁 578—579

186. 隱　地　　一九五二年——《文壇》、《文星》相繼誕生〔紀弦部分〕　遺忘
　　　　　　與備忘　臺北　爾雅出版社　2009 年 11 月　頁 25

187. 陳運璞　　北美文壇筆友・探望詩人紀弦　世界日報　2010 年 2 月 9 日

188. 吳玲瑤　　不老詩心・探訪九七詩人紀弦　世界新聞網[6]　2010 年 3 月 2 日

189. 吳心海　　關於路易士的差錯兩則　博覽群書　2010 年 05 期　2010 年 5 月
　　　　　　頁 82—85

190. 陳運璞　　火星石婚・紀弦牽愛一生　世界新聞網[7]　2010 年 9 月 30 日

191. 吳慶學　　詩壇曠野裡獨來獨往的狼——紀弦訪談錄[8]　文訊雜誌　第 300 期
　　　　　　2010 年 10 月　頁 19—29

訪談、對談

192. 丁　望　　人形的檳榔樹——訪詩人紀弦談詩及其他　人與社會　第 4 期
　　　　　　1973 年 10 月　頁 99—101

193. 劉　菲　　中國現代詩的前導者——紀弦先生訪問記[9]　幼獅文藝　第 259 期
　　　　　　1975 年 7 月　頁 41—63

194. 白　萩　　在舊金山與紀弦話詩潮（上、下）　中央日報　1992 年 8 月 19—
　　　　　　20 日　16 版

195. 白　萩　　在舊金山與紀弦話詩潮　笠　第 171 期　1992 年 10 月　頁 104—
　　　　　　124

196. 張　堃　　從「橫的移植」到「大植物園主義」——專訪美西半島居老詩人
　　　　　　紀弦（1—5）　臺灣新聞報　2000 年 2 月 20—24 日　b7 版

---

[6]最後瀏覽時間：2010 年 11 月 2 日。
[7]最後瀏覽時間：2010 年 11 月 2 日。
[8]本文簡述紀弦歷年寫作經歷，為根據紀弦歷年著作與作者拜訪紀弦後的個人筆記整理而成。
[9]本文為紀弦講述其「大陸時期」與「臺灣時期」創辦之詩刊與文學活動相關，並兼憶「現代詩論
　戰」後與覃子豪的交往及其過世後對紀弦的影響。正文後有紀弦作品年表。

197. 張　堃　　從「橫的移植」到「大植物園主義」——專訪美西半島居老詩人
　　　　　　　紀弦　創世紀　第 122 期　2000 年 3 月　頁 11—22

198. 廖玉蕙　　坐在馬桶上想詩——紀弦先生訪談錄（上、中、下）[10]　青年日報
　　　　　　　2002 年 12 月 2—4 日　10 版

199. 廖玉蕙　　坐在馬桶上想詩　打開作家的瓶中稿：再訪捕蝶人　臺北　九歌
　　　　　　　出版社　2004 年 5 月　頁 7—24

200. 宋雅姿　　紀弦——九十高齡詩興未減　文訊雜誌　第 220 期　2004 年 2 月
　　　　　　　頁 34—35

201. 陳祖君　　在此世，我活著，好辛苦　香港文學　第 243 期　2005 年 3 月
　　　　　　　頁 68—71

202. 方　明　　驚訪耆宿詩人紀弦　聯合報　2007 年 3 月 25 日　E7 版

203. 紀　弦　　答瘂弦問　年方九十　臺北　文史哲出版社　2008 年 6 月　頁
　　　　　　　277—284

年表

204. 紀　弦　　紀弦寫作年表　晚景　臺北　爾雅出版社　1985 年 5 月　頁
　　　　　　　213—220

205. 紀　弦　　紀弦創作年表　紀弦回憶錄　臺北　聯合文學出版社　2001 年 12
　　　　　　　月　頁 309—314

206.〔丁旭輝編〕　　紀弦寫作生平簡表　紀弦集　臺南　國立臺灣文學館
　　　　　　　2008 年 12 月　頁 133—136

其他

207. 朱沉冬　　「檳榔樹之夜」——簡介紀弦及其詩作朗誦會　臺灣新聞報
　　　　　　　1974 年 8 月 22 日　9 版

208. 邱　婷　　詩人大聚會，回顧詩歲月《現代詩》40 年，籌辦系列活動[11]　民

---

[10] 本文爲紀弦於美國聖·馬太奧接受訪問之記錄整理，講述其移居美國後的恬適生活。

[11] 本文爲記錄《現代詩》復刊後的社長梅新、發行人羅行與主編零雨、鴻鴻爲《現代詩》自紀弦創辦滿 40 年所發起的慶祝活動。除策劃三場「面對詩人」座談：黃荷生·紀弦、零雨·鴻鴻、鄭愁予·張士甫與「現代詩 40 年發展研討會」，更藉此慶祝活動爲紀弦 80 大壽暖壽。

生報　1993 年 8 月 23 日　14 版

209. 楊雨河　　五行二節一首——詩獻紀弦老哥　更生日報　2002 年 11 月 14 日
　　　　　　　14 版

作品評論篇目

綜論

210. 穆　漢　　詩人紀弦的道路　半月文藝　第 8 卷第 4 期　1953 年 3 月 20 日
　　　　　　　頁 7—10

211. 覃子豪　　關於新現代主義[12]　筆匯　第 21 期　1958 年 4 月 16 日　3 版

212. 林亨泰　　鹹味的詩——關於紀弦先生的詩　現代詩　第 22 期　1958 年 12
　　　　　　　月　頁 4—5

213. 林亨泰　　鹹味的詩——關於紀弦先生的詩　心靈札記　臺中　藍燈文化公
　　　　　　　司　1980 年 4 月　頁 25—26

214. 林亨泰　　鹹味的詩——關於紀弦先生的詩　找尋現代詩的原點　彰化　彰
　　　　　　　化縣立文化中心　1994 年 6 月　頁 25—27

215. 林亨泰　　鹹味的詩——關於紀弦先生的詩　林亨泰全集・文學論述卷 4　彰
　　　　　　　化　彰化縣立文化中心　1998 年 9 月　頁 29—32

216. 程大城　　詩人紀弦的道路　文學批評集　臺北　半月文藝社　1961 年 2 月
　　　　　　　頁 25—29

217. 葛賢寧，上官予　　反共詩歌的興起（下）〔紀弦部分〕　五十年來的中國
　　　　　　　　　　　詩歌　臺北　中正書局　1965 年 3 月　頁 115—117

218. 葛賢寧，上官予　　現代詩的興起（中）〔紀弦部分〕　五十年來的中國詩
　　　　　　　　　　　歌　臺北　中正書局　1965 年 3 月　頁 187—189

219. 白　萩　　淵源・流變・展望（上）——光復後臺灣詩壇的發展與檢討〔紀
　　　　　　　弦部分〕　笠　第 16 期　1966 年 12 月　頁 14—15

220. 白　萩　　淵源・流變・展望——光復後臺灣詩壇的發展與檢討〔紀弦部

---

[12]本文爲覃子豪對紀弦所提倡之新現代主義的批評。

分〕　現代詩散論　臺北　三民書局　1972 年 5 月　頁 46—49

221. 古之紅　　詩人紀弦　自由青年　第 38 卷第 1 期　1967 年 7 月 1 日　頁 28

222. 高橋喜久晴著；葉笛譯　　一個日本詩人看中國的現代詩壇——《現代詩》
　　　　　　　和紀弦　從深淵出發　臺中　普天出版社　1972 年 1 月　頁
　　　　　　　226—227

223. 楊　牧　　關於紀弦的現代詩社與現代派　現代文學　第 46 期　1972 年 3 月
　　　　　　　頁 86—103

224. 楊　牧　　關於紀弦的現代詩社與現代派　現代詩導讀（理論、史料篇）
　　　　　　　臺北　故鄉出版社　1979 年 11 月　頁 383—392

225. 楊藍君　　紀弦談現代詩　中國語文　第 35 卷第 3 期　1974 年 9 月　頁
　　　　　　　68—70

226. 蕭　蕭　　從紀弦到蘇紹連（1—2）　詩人季刊　第 1—2 期　1974 年 11
　　　　　　　月，1975 年 2 月　頁 26—30

227. 羅　青　　俳諧論紀弦（上、下）[13]　書評書目　第 28—29 期　1975 年 8—9
　　　　　　　月　頁 20—30，97—106

228. 羅　青　　俳諧論紀弦——紀弦論　中國現代作家論　臺北　聯經出版公司
　　　　　　　1979 年 7 月　頁 1—35

229. 羅　青　　俳諧論紀弦　現代詩導讀（批評篇）　臺北　故鄉出版社　1979
　　　　　　　年 11 月　頁 21—57

230. 羅　青　　俳諧幽默論紀弦　詩的風向球　臺北　爾雅出版社　1994 年 8 月
　　　　　　　頁 79—116

231. 王志健　　中國新詩的發展〔紀弦部分〕　傳統與現代之間　臺北　眾成出
　　　　　　　版社　1975 年 12 月　頁 17—21

232. 王志健　　五十年代詩潮〔紀弦部分〕　傳統與現代之間　臺北　眾成出版
　　　　　　　社　1975 年 12 月　頁 46—50

---

[13] 本文以紀弦詩中的「俳諧」為論述中心，將其分為「自嘲」、「嘲人」、「自嘲與嘲人」，並析
　論紀弦作品。

233. 旅　人　中國新詩論史——紀弦[14]　笠　第 72 期　1976 年 4 月　頁 33—40

234. 旅　人　紀弦詩論　中國新詩論史　臺中　臺中縣立文化中心　1991 年 12
月　頁 98—116

235. 莫　渝　從立體派到現代派——紀弦與阿保里奈爾研討二[15]　詩人季刊　第
5 期　1976 年 5 月　頁 2—4

236. 莫　渝　從立體派到現代派——紀弦與阿保里奈爾研討二　走在文學邊緣
（上）　臺北　臺灣商務印書館　1981 年 8 月　頁 139—145

237. 莫　渝　從米拉堡橋到天后宮橋——「紀弦與阿保里奈爾」研討[16]　幼獅文
藝　第 272 期　1976 年 8 月　頁 184—194

238. 莫　渝　從米拉堡橋到天后宮橋——紀弦與阿保里奈爾研討一　走在文學
邊緣（上）　臺北　臺灣商務印書館　1981 年 8 月　頁 126—138

239. 舒　蘭　《中國新詩史話》——路易士　新文藝　第 251 期　1977 年 2 月
頁 70—74

240. 李瑞騰　張愛玲論紀弦　長廊詩刊　第 4 號　1978 年 1 月　頁 74—79

241. 李瑞騰　張愛玲論紀弦　大地文學　第 1 期　1978 年 10 月　頁 338—347

242. 李瑞騰　張愛玲論紀弦　詩的詮釋　臺北　時報文化出版公司　1982 年 6
月　頁 217—228

243. 王聿均　詩人紀弦的道路　當代中國新文學大系・文學評論集　臺北　天
視出版公司　1980 年 2 月　頁 275—282

244. 趙天儀　法國詩對中國現代詩之影響——試論紀弦的現代詩觀　幼獅文藝
第 315 期　1980 年 3 月　頁 113—119

245. 趙天儀　法國詩對中國現代詩之影響——試論紀弦的現代詩觀　臺灣文學
的週邊　臺北　富春文化公司　2000 年 12 月　頁 85—94

246. 羅　青　詩壇風雲三十年——三十年來新詩的回顧〔紀弦部分〕　臺灣日

[14] 本文後改篇名爲〈紀弦詩論〉。
[15] 本文自阿保里奈爾的圖像詩對現代詩的影響談起，探討紀弦現代派的理念根源。全文共 2 小節：
1.阿保里奈爾與立體派；2.紀弦與現代派。
[16] 本文以臺灣詩壇第一位譯介阿保里奈爾的紀弦爲論述中心，自紀弦〈七與六〉、〈天后宮橋〉析
論阿保里奈爾對其詩創作的影響。

報　1980 年 6 月 29 日　12 版

247. 桓　夫　臺灣現代詩的演變——現代派的成立　笠　第 99 期　1980 年 10 月　頁 38

248. 李魁賢　笠的歷程〔紀弦部分〕　笠　第 100 期　1980 年 12 月　頁 36

249. 張　默　紀弦（1913—）　聯合文學　第 128 期　1981 年 5 月　頁 85

250. 羅　青　詩與政治〔紀弦部分〕　陽光小集　第 10 期　1982 年 10 月　頁 60—63

251. 向　陽　期春華於秋實——小論七十年代詩人的整體風貌（1—2）〔紀弦部分〕　臺灣日報　1984 年 1 月 23—24 日　8 版

252. 張　健　自由中國時期〔紀弦部分〕　中國現代詩　臺北　五南圖書公司　1984 年 1 月　頁 79—81

253. 張　健　六十年代的散文——民國五十年到五十九年〔紀弦部分〕　文訊雜誌　第 13 期　1984 年 8 月　頁 75

254. 陳千武　光復前後臺灣新詩的演變——橫的新藝精神——現代詩社　笠　第 130 期　1985 年 12 月　頁 17—18

255. 馬德俊　紀弦的詩　現代臺灣文學史　瀋陽　遼寧大學出版社　1987 年 12 月　頁 530—534

256. 馮　異　戴望舒與紀弦　中國現代文學研究叢刊　1988 年第 1 期　1988 年 2 月　頁 236—244

257. 余　禺　臺灣現代詩的兩極對位〔紀弦部分〕　臺灣研究集刊　1988 年第 2 期　1988 年 5 月　頁 47

258. 王志健　紀弦　文學四論（上）　臺北　文史哲出版社　1988 年 7 月　頁 249—253

259. 徐　連　臺灣詩人紀弦和他的詩　文史雜誌　1989 年第 3 期　1989 年 3 月　頁 15—17

260. 涂靜怡　紀弦詩觀　秋水詩選　臺北　秋水詩刊社　1989 年 7 月　頁 153

261. 古繼堂　現代詩社和它的詩人群〔紀弦部分〕　臺灣新詩發展史　臺北

　　　　　　　文史哲出版社　1989 年 7 月　頁 124—131

262. 鄭愁予　臺灣詩人在詩中的自我位置（上、下）〔紀弦部分〕　中央日報
　　　　　　　1990 年 7 月 11—12 日　16 版

263. 朱雙一　現代主義詩歌運動的第一次高潮〔紀弦部分〕　臺灣新文學概觀
　　　　　　　（下）　廈門　鷺江出版社　1991 年 6 月　頁 105—107

264. 金漢，馮雲青，李新宇　紀弦　新編中國當代文學發展史　杭州　杭州大
　　　　　　　學出版社　1993 年 1 月　頁 697

265. 劉登翰　紀弦、鄭愁予與「現代派」詩人群〔紀弦部分〕　臺灣文學史
　　　　　　　（下）　福州　海峽文藝出版社　1993 年 1 月　頁 128—133

266. 藍棣之　《紀弦詩選》序　紀弦詩選　北京　中國友誼出版公司　1993 年
　　　　　　　3 月　頁 1—14

267. 古繼堂　追求「現代」和「超現實」詩人的詩歌理論批評〔紀弦部分〕
　　　　　　　臺灣新文學理論批評史　瀋陽　春風文藝出版社　1993 年 6 月
　　　　　　　頁 382—385

268. 古繼堂　追求「現代」和「超現實」詩人的詩歌理論批評——主張新詩乃
　　　　　　　橫的移植非縱的繼承的——紀弦　臺灣新文學理論批評史　臺北
　　　　　　　秀威資訊科技公司　2009 年 3 月　頁 382—385

269. 林亨泰　臺灣現代派運動的實質及影響　見者之言　彰化　彰化縣立文化
　　　　　　　中心　1993 年 6 月　頁 280—295

270. 林亨泰　現代派運動的實質及影響　林亨泰全集・文學論述卷 2　彰化　彰
　　　　　　　化縣立文化中心　1998 年 9 月　頁 117—134

271. 商　禽　閱讀紀弦的詩，並致他八十大壽　現代詩　復刊第 20 期　1993 年
　　　　　　　7 月　頁 32—34

272. 王志健　瀛臺詩人與播種者——紀弦　中國新詩淵藪（中）　臺北　正中
　　　　　　　書局　1993 年 7 月　頁 1442—1456

273. 邱　婷　路門詩傑話紀弦，篳路藍縷吟佳句　民生報　1993 年 8 月 28 日
　　　　　　　28 版

274. 向　明　　五〇年代臺灣詩壇〔紀弦部分〕　文訊雜誌　第 97 期　1993 年 11 月　頁 84—88

275. 奚　密　　我有我的歌——紀弦早期作品淺析　現代詩　復刊第 21 期　1994 年 2 月　頁 4—13

276. 奚　密　　我有我的歌——紀弦早期作品淺析　現當代詩文錄　臺北　聯合文學出版社　1998 年 11 月　頁 134—152

277. 古遠清　　紀弦所倡導的「新詩再革命」　臺灣當代文學理論批評史　武漢　武漢出版社　1994 年 8 月　頁 91—98

278. 古遠清　　老一代新詩理論家——紀弦倡導的「新詩再革命」　臺灣當代新詩史　臺北　文津出版社　2008 年 1 月　頁 300—306

279. 劉登翰　　臺灣詩人十八家論札——紀弦論　臺灣文學隔海觀：文學香火的傳承與變異　臺北　風雲時代出版公司　1995 年 3 月　頁 223—230

280. 柯慶明　　六十年代現代主義文學？[17]　四十年來中國文學　臺北　聯合文學出版社　1995 年 6 月　頁 87—103

281. 張索時　　紀弦論——但開風氣不爲師　評論十家 2　臺北　爾雅出版社　1995 年 11 月　頁 75—103

282. 張索時　　紀弦論——但開風氣不爲師　新詩八家論　臺北　爾雅出版社　2006 年 3 月　頁 137—160

283. 劉紀蕙　　超現實的視覺翻譯：重探臺灣現代詩「橫的移植」〔紀弦部分〕　中外文學　第 24 卷第 8 期　1996 年 1 月　頁 109—116

284. 蕭　蕭　　五〇年代新詩論戰述評[18]　臺灣現代詩史論：臺灣現代詩史研討會實錄　臺北　文訊雜誌社　1996 年 3 月　頁 108—121

285. 陳啓佑　　五十年代現代派中的古典〔紀弦部分〕　臺灣現代詩史論：臺灣

---

[17]本文旨在耙梳 1960 年代現代主義文學在臺之發展，除論述 1956 年紀弦成立現代派以降的詩觀與覃紀論戰始末，並比對紀弦提倡之現代派信條及其詩作，針對作品中與信條悖逆之處對其創作理念提出質疑。

[18]本文對 1950 年代紀弦與覃子豪的「現代詩論戰」做完整的始末耙梳。除述明「現代派六大信條」所引起的論戰經過，並整理有論戰文章列表。

現代詩史研討會實錄　臺北　文訊雜誌社　1996 年 3 月　頁
123—147

286. 〔中華民國新詩學會〕　　紀弦詩創作觀　中華新詩選　臺北　文史哲出版
社　1996 年 3 月　頁 263

287. 張　健　　五〇年代的臺灣新文學運動〔紀弦部分〕　古典到現代　臺北
三民書局　1996 年 4 月　頁 227—228

288. 辛　鬱　　遙遠的懷想——念詩人紀弦及沙牧　中華日報　1996 年 7 月 11 日
14 版

289. 蕭　蕭　　我即宇宙——紀弦其人其詩　第十詩集　臺北　九歌出版社
1996 年 8 月　頁 193—211

290. 蕭　蕭　　我即宇宙——紀弦其人其詩　雲端之美・人間之真　臺北　駱駝
出版社　1997 年 3 月　頁 125—139

291. 劉登翰，朱雙一　　嘯幾聲淒厲已極之，長嗥就是一種過癮——紀弦論　彼
岸的繆斯——臺灣詩歌論　南昌　百花洲文藝出版社　1996 年 12
月　頁 135—141

292. 謝　冕　　《中國新文學大系詩集》（一九四九・十一一九七六・十）導言
〔紀弦部分〕　詩雙月刊　第 36 期　1997 年 10 月　頁 116—118

293. 邱燮友　　戰鬥詩與現代詩——個人抒寫情懷的小詩〔紀弦部分〕　二十世
紀中國新文學史　臺北　駱駝出版社　1997 年 10 月　頁 289

294. 舒　蘭　　五〇年代詩人詩作——紀弦　中國新詩史話（三）　臺北　渤海
堂文化公司　1998 年 10 月　頁 145—155

295. 陳巍仁　　臺灣現代散文詩文類析論〔紀弦部分〕　一九九九竹塹文學獎得
獎作品集　新竹　新竹市立文化中心　1999 年 6 月　頁 303—306

296. 林淇瀁　　五〇年代臺灣現代詩風潮試論〔紀弦部分〕　靜宜人文學報　第
11 期　1999 年 7 月　頁 45—55

297. 陳全得　　臺灣《現代詩》的主要作家及作品分析（上）——紀弦其人及其
詩作之分析　臺灣《現代詩》研究　政治大學中國文學系　博士

論文　尉天驄，張雙英教授指導　1999 年 7 月　頁 54—66

298. 喻國偉　論紀弦與現代主義詩歌的關係　柳州師專學報　1999 年第 4 期
　　　1999 年 12 月　頁 18—20

299. 章亞昕　紀弦的「三級跳」　美國華文文學論　濟南　山東文藝出版社
　　　2000 年 5 月　頁 169—175

300. 羅振亞，陳世澄　傷感又明朗的繆斯魂——評路易士 30 年代的詩　天津大
　　　學學報　第 2 卷第 3 期　2000 年 9 月　頁 205—209

301. 朱文華　紀弦——現代詩的傳承者　臺港澳文學教程　上海　漢語大辭典
　　　出版社　2000 年 10 月　頁 73—75

302. 楊宗翰　中化「現代」——紀弦、現代詩與現代性[19]　中外文學　第 30 卷
　　　第 1 期　2001 年 6 月　頁 65—83

303. 楊宗翰　中化「現代」——紀弦、現代詩與現代性　臺灣現代詩史：批判
　　　的閱讀　靜宜大學中國文學系　碩士論文　陳俊啓教授指導
　　　2002 年 6 月　頁 127—140

304. 楊宗翰　中化「現代」——紀弦、現代詩與現代性　臺灣現代詩史：批判
　　　的閱讀　臺北　巨流圖書公司　2002 年 6 月　頁 285—315

305. 陳芳明　橫的移植與現代主義之濫觴——紀弦與現代派的崛起[20]　聯合文學
　　　第 202 期　2001 年 8 月　頁 140—146

306. 張小弟　美國華文文學——紀弦的詩作　五洲華人文學概況　太原　山西
　　　教育出版社　2001 年 10 月　頁 246—247

307. 潘頌德　論紀弦大陸時期的詩歌創作　海南師院學報　2001 年第 6 期
　　　2001 年 11 月　頁 16—24

308. 應鳳凰　臺灣五○年代詩壇與現代詩運動（上）——詩壇的形成：各詩社
　　　之成立及其「位置」關係——紀弦與現代派　臺灣詩學季刊　第
　　　38 期　2002 年 3 月　頁 97—98

---

[19] 本文論述紀弦之文學觀與現代詩理論，及其對臺灣現代詩的影響。
[20] 本文以耙梳紀弦發起現代派至覃紀論戰的時間軸為經，析論《現代詩》主要創作詩人作品為緯，
　　構築現代主義在臺灣發展之軌跡。

309. 阮美慧　從《現代詩》、《藍星》到《創世紀》的軌跡　臺灣精神的回
　　　歸：六、七〇年代臺灣現代詩風的轉折　成功大學中國文學系
　　　博士論文　呂興昌教授指導　2002 年 6 月　頁 42—48

310. 古繼堂　臺灣現代派詩社——紀弦　簡明臺灣文學史　北京　時事出版社
　　　2002 年 6 月　頁 287—289

311. 侯作珍　論紀弦的現代詩運動[21]　臺灣文學評論　第 2 卷第 3 期　2002 年 7
　　　月　頁 34—46

312. 古繼堂　紀弦「六大信條」批判　臺灣文學的母體依戀　北京　九州出版
　　　社　2002 年 9 月　165—170

313. 蕭　蕭　酒所盪開的現代詩潮浪（上、下）〔紀弦部分〕　臺灣日報
　　　2002 年 11 月 4—5 日　23，25 版

314. 李標晶　紀弦　20 世紀中國文學通史　上海　東方出版中心　2003 年 9 月
　　　頁 562—564

315. 喻國偉　紀弦詩語略論　柳州師專學報　2003 年第 3 期　2003 年 9 月　頁
　　　14—17

316. 金　劍　紀弦與現代詩　美學與文學新論　臺北　臺灣商務印書館　2003
　　　年 10 月　頁 322—327

317. 劉正忠　紀弦與現代派運動：從上海到臺北[22]　回顧兩岸五十年文學學術研
　　　討會　臺北　中國文化大學中文系，財團法人善同文教基金會主
　　　辦　2003 年 11 月 28—29 日

318. 劉正忠　紀弦與現代派運動：從上海到臺北　回顧兩岸五十年文學學術研
　　　討會論文集　臺北　中國文化大學出版部　2004 年 3 月　頁

---

[21] 本文探討紀弦推動現代詩運動之原因、過程，及其對現代詩之定義和看法，最後論述其影響。全
　文共 4 小節：1.前言：臺灣現代詩的源流；2.紀弦提倡現代詩的原因與推行階段；3.現代詩的定
　義與特質；4.結論：紀弦發起當代現代詩運動的意義與影響。
[22] 本文比較上海現代派的《現代》、《新詩》與臺北現代派的《現代詩季刊》，並探討兩者間的發
　展脈絡與紀弦的關係。全文共 4 小節：1.建構下的中國「現代派」；2.紀弦與上海現代派；3.詩
　學的譯介與發揮；4.結語。正文後附錄〈上海現代派譯介西方詩學概況〉、〈臺北現代派譯介西
　方詩學概況〉。

349—388

319. 陳芳明　《現代詩》與早期現代詩學的引進——紀弦詩論的再閱讀　文學
　　　傳媒與文化視界國際學術研討會　嘉義　中正大學中文所　2003
　　　年 11 月 8—9 日

320. 郭　楓　臺灣七○年代新詩潮初探——新詩論戰的烽火及其影響——紀弦
　　　與覃子豪　美麗島文學評論續集　臺北　臺北縣文化局　2003 年
　　　12 月　頁 195—197

321. 劉正偉　戰後臺灣第一場現代詩論戰——關於紀弦與覃子豪的現代詩論戰[23]
　　　雛鳳清鳴：玄奘大學中國語文學研究所第三屆研究生學術研討會
　　　論文集　新竹　玄奘大學中國語文學研究所　2004 年 4 月　頁
　　　237—245

322. 應鳳凰　紀弦與現代派　五○年代臺灣文學論集　高雄　春暉出版社
　　　2004 年 6 月　頁 10—13

323. 陳美美　現代主義文學作品——現代詩：紀弦、林亨泰與「現代派」　臺
　　　灣現代主義文學的萌芽與再起　佛光人文社會學院文學研究所
　　　碩士論文　馬森教授指導　2004 年 6 月　頁 70—75

324. 簡政珍　概念化與超現實經驗——五、六○年代詩的物象觀照〔紀弦部
　　　分〕　臺灣現代詩美學　臺北　揚智出版社　2004 年 7 月　頁
　　　53—56

325. 陳芳明　紀弦與波特萊爾　正典的生成：臺灣文學國際研討會論文集　臺
　　　北，法國　中研院中國文哲研究所，法國波爾多第三大學主辦
　　　2004 年 7 月 15—17

326. 陳芳明　紀弦與波特萊爾：臺灣現代詩對西方現代主義的接受　臺灣文學
　　　國際研討會：研究現況及海外的接受狀況　法國　法國波爾多第
　　　三大學　2004 年 11 月 2—4 日

---

[23]本文梳理覃子豪與紀弦「現代詩論戰」的形成、經過與結果，探討論戰發生的前因後果與論戰的
　實質內容。

327. 郭　楓　　從比較視角論笠詩社的特立風格——詩論比較：站在兩極論述的
　　　　　　　刀鋒上〔紀弦部分〕　笠詩社四十週年國際學術研討會論文集
　　　　　　　臺南　國家臺灣文學館籌備處　2004 年 11 月　頁 101—108

328. 呂正惠　　一九五〇年代的現代詩運動〔紀弦部分〕　臺灣新文學發展重大
　　　　　　　事件論文集　臺南　國家臺灣文學館　2004 年 12 月　頁 90—111

329. 古添洪　　臺灣現代詩的「外來影響」面向——歐美現代詩潮的接受／挪用
　　　　　　　／與本土化〔紀弦部分〕　不廢中西萬古流：中西抒情詩類及影
　　　　　　　響研究　臺北　臺灣學生書局　2005 年 4 月　頁 293—296

330. 楊宗翰　　鍛接期臺灣新詩史——紀弦　臺灣詩學學刊　第 5 期　2005 年 6
　　　　　　　月　頁 42—48

331. 古遠清　　極為前衛的現代派作家——紀弦　分裂的臺灣文學　臺北　海峽
　　　　　　　學術出版社　2005 年 7 月　頁 77

332. 王德威　　現代主義來了〔紀弦部分〕　臺灣：從文學看歷史　臺北　麥田
　　　　　　　出版公司　2005 年 9 月　頁 304

333. 陳義芝　　紀弦與新現代主義　臺灣現代主義詩學流變析論　高雄師範大學
　　　　　　　國文學系　博士論文　張子良教授指導　2005 年　頁 27—46

334. 陳義芝　　紀弦與新現代主義　聲納：臺灣現代主義詩學流變　臺北　九歌
　　　　　　　出版社　2006 年 3 月　頁 41—64

335. 滑　豔　　回歸故鄉的渴盼——淺析臺灣當代作家的鄉愁情結〔紀弦部分〕
　　　　　　　安康師專學報　2006 年第 1 期　2006 年 2 月　頁 92—93

336. 黃萬華　　臺灣文學——詩歌（中）〔紀弦部分〕　中國現當代文學・第 1
　　　　　　　卷（五四—1960 年代）　濟南　山東文藝出版社　2006 年 3 月
　　　　　　　頁 435—437

337. 羅振亞　　臺灣現代詩人抽樣透析——紀弦、鄭愁予、余光中、洛夫、瘂弦
　　　　　　　臺灣研究集刊　2006 年第 1 期　2006 年 3 月　頁 88—90

338. 丁旭輝　　不老的詩人：紀弦　淺出深入話新詩　臺北　爾雅出版社　2006
　　　　　　　年 9 月　頁 23—33

339. 劉正忠　主知・超現實・現代派運動〔紀弦部分〕　20世紀臺灣文學專題 1：文學思潮與論戰　臺北　萬卷樓圖書公司　2006年9月　頁 193—220

340. 陳祖君　自我的寫照——紀弦論　香港文學　第270期　2007年6月　頁 67—73

341. 蕭　蕭　浪漫主義與現代主義的交疊美學——以張秀亞、紀弦、席慕蓉為 佐證客體——紀弦：英雄式的浪漫主義詩翁　現代新詩美學　臺 北　爾雅出版社　2007年7月　頁49—70

342. 楊佳嫻　都市、戰爭與新一代上海「現代派」詩人——以《現代》、《新 詩》、《詩領土》為觀察對象〔紀弦部分〕　中極學刊　第6期 2007年12月　頁67—94

343. 古遠清　衝勁十足的「現代派」——荒原長嘯的紀弦　臺灣當代新詩史 臺北　文津出版社　2008年1月　頁93—98

344. 辛　鬱　綠意昂然的詩生命——略述詩人紀弦與他的回憶錄　創世紀　第 154期　2008年3月　頁98—101

345. 趙小琪　臺灣現代詩社對西方知性話語的誤讀〔紀弦部分〕　華文文學 第89期　2008年6月　頁9—13

346. 曾萍萍　知識分子的失望與徘徊：《筆匯》內容分析——烏鴉像箭一般刺 穿天空：文學創作〔紀弦部分〕　「文季」文學集團研究——以 系列刊物為觀察對象　中央大學中國文學系　博士論文　李瑞騰 教授指導　2008年7月　頁50

347. 丁威仁　五、六○年代社群詩論的啓航點——「現代派論戰」重探　戰後 臺灣現代詩史論　臺中　印書小舖　2008年9月　頁19—78

348. 賴芳伶　與遼闊繽紛的世界詩壇比肩——當代臺灣新詩——五、六○年 代，新詩的現代化與內外在探索〔紀弦部分〕　文學@臺灣：11 位新銳臺灣文學研究者帶你認識臺灣文學　臺南　國立臺灣文學 館　2008年9月　頁236—237

349. 張　放　　現代詩的異議　更生日報　2008 年 11 月 23 日　9 版

350. 〔丁旭輝編〕　　解說　紀弦集　臺南　國立臺灣文學館　2008 年 12 月　頁
　　　116—132

351. 古遠清　　臺灣「現代派」兩位重要詩人——紀弦：在荒原上獨行而長嘯[24]
　　　長江學術　2008 年第 4 期　2008 年 12 月　頁 17—20

352. 古遠清　　臺灣「現代派」兩位重要詩人——紀弦：在荒原上獨行而長嘯
　　　南通大學學報　2009 年第 2 期　2009 年 4 月　頁 63—65

353. 趙小琪　　接受美學視野下臺灣現代詩社對西方純詩話語的自我詮釋[25]　湖南
　　　文理學院學報　2009 年第 1 期　2009 年 2 月　頁 92—96

354. 代潔玲　　紀弦詩歌特點小議[26]　大眾文藝（理論）　2009 年第 12 期　2009
　　　年 6 月　頁 52

355. 劉正忠　　藝術自主與民族大義：「紀弦爲文化漢奸說」新探[27]　政大中文學
　　　報　第 11 期　2009 年 6 月　頁 163—198

356. 劉正忠　　藝術自主與民族大義　現代漢詩的魔怪書寫　臺北　學生書局
　　　2010 年 2 月　頁 133—189

357. 吳孟昌　　重估紀弦「現代詩」運動中的位置——以「接受反應」理論爲視
　　　角[28]　東海大學文學院學報　第 50 卷　2009 年 7 月　頁 75—98

358. 丁旭輝　　紀弦大陸時期詩作中的現代主義特質[29]　高應科大人文社會科學學
　　　報　第 6 卷第 2 期　2009 年 12 月　頁 179—205

---

[24] 本文分析現代派詩人紀弦詩作，自其對意象與象徵等寫作手法進行研究。

[25] 本文論述戰後臺灣現代詩運動開展初期，西方現代主義理論對臺灣詩人創作的影響，並以「反對詩的語言音樂化」的紀弦等現代詩社詩人爲例進行析論。

[26] 本文藉剖析紀弦詩作以研究其作品特點。全文共 4 小節：1.個性主義者的生命旋律；2.對意象的重視和應用；3.超現實主義抒寫；4.主知和橫向移植的特點。

[27] 本文重新考察紀弦在淪陷區的行爲與言談，探討其文化漢奸的指控是否成立，並研析與其創作有何關聯。全文共 5 小節：1.前言；2.「正義」如何追究「歷史」；3.「藝術」怎樣聲明「自主」；4.戰爭、文本與心態；5.結論。

[28] 本文以堯斯（Jauss）的「接受反應」理論中的「期待視野」觀點，探討紀弦在 1950 年代如何型塑自己「現代詩火種傳遞者的地位」。全文共 4 節：1.前言；2.臺灣新詩「現代」視野的揭示；3.新詩「視野」的改變與紀弦「現代派」盟主地位的形塑；4.結語。

[29] 本文旨在透過紀弦大陸時期詩作的表現手法和詩作意涵的探討，進而論述其中所展現的現代主義特質。全文共 5 小節：1.前言；2.紀弦的現代主義背景；3.現代主義的表現手法；4.紀弦詩作的現代主義內涵；5.結語。

359. 佘愛春　臺灣現代主義詩歌的西化和民族化——以紀弦、余光中、洛夫為中心　華文文學　第 95 期　2009 年 12 月　頁 56—58

360. 須文蔚　50 年代臺灣現代主義詩學的點火者　文訊雜誌　第 300 期　2010 年 10 月　頁 26—29

361. 楊佳嫻　在地球上散步——紀弦三、四〇年代的文壇活動　文訊雜誌　第 300 期　2010 年 10 月　頁 30—33

分論
◆單部作品
論述
《新詩論集》

362. 吳慕適　關於《新詩論集》　新新文藝　第 49 集　1959 年 1 月　頁 33

《紀弦論現代詩》

363. 張展源　對新詩美學的一些反省〔《紀弦論現代詩》部分〕　國文天地　第 113 期　1994 年 10 月　頁 33—36

364. 羅　青　紀弦的「後現代主義」——重讀《紀弦論現代詩》　文訊雜誌　第 216 期　2003 年 10 月　頁 17—21

365. 羅　青　紀弦的「後現代主義」——評《紀弦論現代詩》　臺灣前行代詩家論　臺北　萬卷樓圖書公司　2003 年 11 月　頁 333—353

詩
《易士詩集》

366. 劉福春　紀弦的第一本詩集　詩刊　1991 年第 11 期　1991 年 11 月　頁 78

367. 張澤賢　易士詩集　中國現代文學詩歌版本聞見錄（1920—1949）　上海　上海遠東出版社　2008 年　頁 268—271

《行過之生命》

368. 宮草〔吳奔星〕　讀《行過之生命》　新詩　第 4 期　1937 年 1 月　頁 498—500

369. 向　明　紀弦先生的第一本詩集——《行過之生命》　現代詩　第 3 期

1983 年 3 月　頁 66—75

370. 向　明　紀弦先生的第一本詩集《行過之生命》（上、下）　自立晚報
1983 年 7 月 20—21 日　10 版

371. 向　明　《行過之生命》——紀弦的第一本詩集　文訊雜誌　第 55 期
1993 年 11 月　頁 2

372. 向　明　從路易士到紀弦　中央日報　2002 年 3 月 15 日　18 版

373. 向　明　從路易士到紀弦——讀紀老六十七年前的詩集　窺詩手記　臺北
禹臨圖書公司　2002 年 12 月　頁 99—104

374. 向　明　從路易士到紀弦——讀紀老六十七年前的詩集　文學世紀　第 34
期　2004 年 1 月　頁 8—10

《愛雲的奇人》

375. 于潤琦編著　　《愛雲的奇人》　唐弢藏書　北京　北京出版社　2005 年
頁 184

376. 于潤琦編著　　《愛雲的奇人》　唐弢藏書：簽名本風景　北京　中華書局
2006 年　頁 96—99

《出發》

377. 張澤賢　　出發　中國現代文學詩歌版本聞見錄（1920—1949）　上海　上
海遠東出版社　2008 年　頁 441—446

《三十前集》

378. 張澤賢　　《三十前集》　民國書影過眼錄續集　上海　上海遠東出版社
2006 年　頁 250—253

379. 張澤賢　　《三十前集》　現代文學書影新編　上海　上海遠東出版社
2007 年　頁 102

《在飛揚的時代》

380. 馬翊航　　激昂與寧靜之間——紀弦的《在飛揚的時代》　文訊雜誌　第 262
期　2007 年 8 月　頁 66

《摘星的少年》

381. 司徒衛　紀弦的《摘星的少年》　反攻　第 114 期　1954 年 8 月　頁 16—17

《晚景》

382. 劉登翰　《晚景》論紀弦　詩探索　1995 年第 1 期　1995 年 1 月　頁 56—66

383. 劉登翰　《晚景》論紀弦　臺灣文學隔海觀：文學香火的傳承與變異　臺北　風雲時代出版公司　1995 年 3 月　頁 313—327

《第十詩集》

384. 周炎錚　世紀之弦的吟唱——讀《第十詩集》有感　臺灣新聞報　1996 年 8 月 2 日　13 版

385. 李瑞騰　詼諧狂放的詩人　民生報　1996 年 8 月 11 日　15 版

386. 李瑞騰　詼諧狂放的詩壇巨人紀弦——新作《第十詩集》展現悲憫情懷　九歌雜誌　第 187 期　1996 年 10 月　2 版

387. 張　默　老頑童後勁十足　聯合報　1996 年 8 月 19 日　43 版

388. 張　默　老頑童後勁十足　臺灣現代詩概觀　臺北　爾雅出版社　1997 年 5 月　頁 299—302

389. 秦　玫　《第十詩集》　中央日報　1996 年 9 月 5 日　18 版

《半島之歌》

390. 王耀東　魅力與力量——紀弦的《半島之歌》　一步之間——王耀東空間詩學筆記　香港　國際炎黃文化出版社　2002 年 2 月　頁 466—468

《紀弦詩拔萃》

391. 陳靜瑋　《紀弦詩拔萃》　中央日報　2002 年 10 月 8 日　14 版

散文

《千金之旅：紀弦半島文存》

392. 王基倫　現代詩的足跡——《千金之旅：紀弦半島文存》讀後　文訊雜誌

第 139 期　1997 年 5 月　頁 18—19

《紀弦回憶錄》

393. 張夢瑞　回憶錄紀弦詩生涯，風雲傳奇躍然浮現　民生報　2002 年 1 月 8 日　A10 版

394. 張　望　《紀弦回憶錄》　臺灣日報　2002 年 2 月 18 日　25 版

395. 須文蔚　詩壇祭酒的浪漫與理想　中國時報　2002 年 2 月 24 日　15 版

396. 向　明　字字珍貴的傳記書〔《紀弦回憶錄》部分〕　中華日報　2002 年 4 月 5 日　19 版

397. 古遠清　紀弦抗戰前後的「歷史問題」　文藝理論與批評　2002 年第 4 期 2002 年 7 月　頁 98—103

398. 古遠清　紀弦在抗戰時期的歷史問題——兼評《紀弦回憶錄》　書屋 2002 年第 7 期　2002 年 7 月　頁 55—60

399. 魯　蛟　從頑童到大師——在《紀弦回憶錄》中尋到的軌跡　創世紀　第 140、141 期合刊　2004 年 10 月　頁 379—383

◆多部作品

《檳榔樹（甲—丁）集》

400. 涂靜怡　紀弦先生的詩集讀後感　秋水詩刊　第 3 期　1974 年 7 月　頁 5—7

401. 涂靜怡　紀弦詩集　怡園詩話　臺北　文泉出版社　1982 年 1 月　頁 4—34

《檳榔樹（甲—戊）集》

402. 向　明　永遠挺立的「檳榔樹」　文訊雜誌　第 19 期　1985 年 8 月　頁 123—128

◆單篇作品

403. 孫　旗　傑作的詩——兼評紀弦〈祖國萬歲詩萬歲〉　文藝列車　第 1 卷 第 4 期　1953 年 4 月　頁 23—26

404. 洛　夫　關於紀弦的飲酒詩〔〈狼之獨步〉〕　創世紀　第 2 期　1955 年

2 月　頁 60—62

405. 周伯乃　　詩的象徵〔〈狼之獨步〉〕　現代詩的欣賞（一）　臺北　三民
書局　1970 年 4 月　頁 91—93

406. 吳瀛濤等　　名詩選評——〈狼之獨步〉[30]　笠　第 41 期　1971 年 2 月　頁
50—57

407. 林鍾隆　　談紀弦〈狼之獨步〉　中華日報　1971 年 6 月 5 日　9 版

408. 林鍾隆　　紀弦的〈狼之獨步〉　現代詩的解說與評論　臺中　現代潮出版
社　1972 年 1 月　頁 40—47

409. 辛　鬱　　紀弦的〈狼之獨步〉　青年戰士報　1975 年 9 月 22 日　8 版

410. 張　默　　淺談現代詩的欣賞〔〈狼之獨步〉部分〕　文藝月刊　第 99 期
1977 年 9 月　頁 72—73

411. 張　默　　淺談現代詩的欣賞〔〈狼之獨步〉部分〕　無塵的鏡子　臺北
東大圖書公司　1981 年 9 月　頁 12—13

412. 蕭　蕭　　現代名詩賞析舉隅〔〈狼之獨步〉部分〕　臺灣新聞報　1979 年
5 月 21 日　12 版

413. 張漢良　　〈狼之獨步〉賞析　現代詩導讀（導讀篇一）　臺北　故鄉出版
社　1979 年 11 月　頁 1—3

414. 蕭　蕭　　詩的各種面貌〔〈狼之獨步〉部分〕　燈下燈　臺北　東大圖書
公司　1980 年 4 月　頁 193—196

415. 蕭　蕭　　獨來獨往的一匹狼〔〈狼之獨步〉〕　感人的詩　臺北　希代書
版公司　1984 年 12 月　頁 222—225

416. 向　明　　好詩永不寂寞——紀弦〈狼之獨步〉　中央日報　1988 年 2 月 5
日　18 版

417. 向　明　　〈狼之獨步〉賞析　中國新詩鑑賞大辭典　南京　江蘇文藝出版
社　1988 年 12 月　頁 610—612

---

[30]本文集結北、中、南 3 場，由多位作家合評紀弦〈狼的獨步〉一詩的會談記錄。北部合評者：吳
瀛濤、陳秀喜、趙天儀、李魁賢；紀錄：拾虹。中部合評者：桓夫、羅浪、杜潘芳格、李喬；紀
錄：岩上。南部合評者：白萩、林宗源、鄭烱明、凱若；紀錄：傅敏。

418. 蔡榮勇等[31]　　以小見大〔〈狼之獨步〉部分〕　笠　第 151 期　1989 年 6
　　　　　　　　　月　頁 119—121

419. 蕭　蕭　　略論現代詩人自我生命的鑑照與顯影〔〈狼之獨步〉〕　評論十
　　　　　　　家　臺北　爾雅出版社　1993 年 12 月　頁 175—178

420.〔游喚，徐華中，張鴻聲編著〕　　〈狼之獨步〉賞析　現代詩精讀　臺北
　　　　　　　五南圖書出版公司　1998 年 9 月　頁 118—120

421. 蕭　蕭　　〈狼之獨步〉鑑賞與寫作指導　中學生現代詩手冊　臺南　翰林
　　　　　　　出版公司　1999 年 9 月　頁 89—92

422. 仇小屏　　新詩習作（一）：自畫像——學生新詩寫作練習〔〈狼之獨步〉
　　　　　　　部分〕　國文天地　第 207 期　2002 年 8 月　頁 108—109

423. 向　明　　談紀弦的〈狼之獨步〉　詩來詩往　臺北　三民書局　2003 年 6
　　　　　　　月　頁 121—124

424. 陳千武　　臺灣現代詩暗喻的內涵——二〇〇四臺日現代詩研討會演講稿—
　　　　　　　—戰後臺灣現代詩的動向〔〈狼之獨步〉部分〕　文學臺灣　第
　　　　　　　53 期　2005 年 1 月　頁 278—279

425.〔吳東晟，陳昱成，王浩翔編〕　　〈狼之獨步〉導讀賞析　織錦入春闈：
　　　　　　　現代詩精選讀本　臺中　京城文化公司　2005 年 8 月　頁 18—20

426. 李英豪　　簡釋紀弦的〈阿富羅底之死〉　批評的視覺　臺北　文星書店
　　　　　　　1966 年 1 月　頁 207—209

427. 林淑貞　　記「幼獅文藝之夜」〔〈十月，在升旗典禮中流了眼淚〉部分〕
　　　　　　　臺灣新聞報　1966 年 10 月 18 日　7 版

428. 周伯乃　　詩的欣賞・中國新詩的轉位〔〈先知的手杖〉〕　自由青年　第
　　　　　　　40 卷第 4 期　1968 年 6 月 1 日　頁 20—21

429. 吳瀛濤　　欣賞兩首——可愛的詩——〈記一個小女孩〉　笠　第 25 期
　　　　　　　1968 年 6 月　頁 16—17

430. 周伯乃　　詩的語言〔〈冷〉〕　現代詩的欣賞（一）　臺北　三民書局

---

[31]評論者：蔡榮勇、蔡浩志、陳冠樺、賴旻瑄、李佩洵、陳欣愉、劉毓璿。

1970 年 4 月　頁 22—25

431. 高　準　　論中國新詩的風格發展與前途方向（中）〔〈跟你們一樣〉部
　　　　　　　分〕　大學雜誌　第 60 期　1972 年 12 月　頁 68—69

432. 高　準　　論中國現代詩的流變與前途方向——現代主義運動與現代派
　　　　　　　〔〈跟你們一樣〉〕　文學與社會——一九七二—一九八一　臺
　　　　　　　北　文史哲出版社　1986 年 10 月　頁 62—67

433. 向　明　　小論朗誦詩兩首〔〈跟你們一樣〉部分〕　臺灣詩學季刊　第 38
　　　　　　　期　2002 年 03 月　頁 46

434. 向　明　　〈跟你們一樣〉詩情・聲情　讓詩飛揚起來　臺北　幼獅文化公
　　　　　　　司　2003 年 8 月　頁 108—109

435. 王鎮庚　　從〈論移植之花〉說起　大華晚報　1974 年 9 月 16 日　5 版

436. 張雪茵　　讀紀弦詩及其他〔〈飲當歸酒〉〕　文壇　第 182 期　1975 年 8
　　　　　　　月　頁 34—35

437. 王志健　　華副的新詩〔〈當番石榴花開時〉部分〕　傳統與現代之間　臺
　　　　　　　北　眾成出版社　1975 年 12 月　頁 149

438. 張　默　　批評散步——簡說八位現代詩人的作品——紀弦的〈過程〉　飛
　　　　　　　騰的象徵　臺北　水芙蓉出版社　1976 年 9 月　頁 63—65

439.〔蕭蕭主編〕　　〈過程〉詩作賞析　優游意象世界　臺北　聯合文學出版
　　　　　　　社　2006 年 6 月　頁 21

440. 林亨泰　　中國現代詩風格與理論之演變〔〈在邊緣〉〕　詩學（第一輯）
　　　　　　　臺北　巨人出版社　1976 年 10 月　頁 22—25

441. 林亨泰　　中國現代詩風格與理論之演變〔〈在邊緣〉〕　林亨泰全集・文
　　　　　　　學論述卷 1　彰化　彰化縣立文化中心　1998 年 9 月　頁 163—
　　　　　　　167

442. 楊　亭　　站在歷史的鏡子前面——讀紀弦〈現代派二十週年之感言〉　詩
　　　　　　　人季刊　第 6 期　1976 年 10 月　頁 1—4

443. 朱沉冬　　論詩的尺度——讀紀弦、楊牧的詩論感言〔〈現代派二十週年之

感言〉〕　論詩小品　高雄　中外圖書公司　1987 年 1 月　頁 38—40

444. 羅　青　詩與小說〔〈雕刻家〉〕　愛書人　第 54 期　1977 年 10 月 21 日 1 版

445. 張　默　紀弦〈雕刻家〉　小詩選讀　臺北　爾雅出版社　1987 年 5 月 頁 5—8

446. 古遠清　〈雕刻家〉賞析　臺港現代詩賞析　鄭州　河南人民出版社 1991 年 3 月　頁 3—4

447. 鄭從容　〈雕刻家〉賞析　世界華人詩歌鑑賞大辭典　太原　書海出版社 1993 年 3 月　頁 953—954

448. 蕭　蕭　紀弦〈雕刻家〉賞析　揮動想像翅膀　臺北　聯合文學出版社 2006 年 6 月　頁 18—20

449. 羅　青　論紀弦的〈足部運動〉　明道文藝　第 32 期　1978 年 11 月　頁 38—43

450. 羅　青　紀弦的〈足部運動〉　詩的照明彈　臺北　爾雅出版社　1994 年 8 月　頁 35—48

451. 蕭　蕭　〈一小杯的快樂〉賞析　現代詩導讀（導讀篇一）　臺北　故鄉 出版社　1979 年 11 月　頁 4—8

452. 文曉村　〈摘星的少年〉評析　寫給青少年的新詩評析一百首（上）　臺 北　布穀出版社　1980 年 4 月　頁 164—165

453. 文曉村　〈摘星的少年〉評析　新詩評析一百首（上）　臺北　黎明文化 公司　1981 年 3 月　頁 181—182

454. 呂正惠　〈為蜥蜴喝采〉賞析　中國新詩賞析 1　臺北　長安出版社　1981 年 4 月　頁 199—200

455. 落　蒂　紀弦〈黃昏〉賞析　青青草原　雲林　青草地雜誌出版社　1981 年 4 月　頁 28

456. 落　蒂　紀弦〈教師之夢〉賞析　青青草原　雲林　青草地雜誌出版社

1981 年 4 月　頁 31

457. 呂正惠　〈存在主義〉賞析　中國新詩賞析 1　臺北　長安出版社　1981
　　　年 4 月　頁 194—196

458. 許俊雅　新詩教學——談新詩的標點符號與分行〔〈存在主義〉部分〕
　　　我心中的歌：現代文學星空　臺北　文史哲出版社　2006 年 6 月
　　　頁 383

459. 郭成義　臺灣現代詩的本土意識〔〈春之舞〉部分〕　臺灣文藝　第 76 期
　　　1982 年 5 月　頁 29—30

460. 趙天儀　〈銅像篇〉解析　1982 臺灣詩選　臺北　前衛出版社　1983 年 2
　　　月　頁 118—120

461. 上官予　五十年代的新詩〔〈飲酒詩〉部分〕　文訊雜誌　第 9 期　1984
　　　年 3 月　頁 30—31

462. 楊　波　淡墨寫真情，天然無雕飾——讀紀弦〈一片槐樹葉〉　汕頭日報
　　　1985 年 8 月 30 日　4 版

463. 李旦初　〈一片槐樹葉〉賞析　中國新詩鑑賞大辭典　南京　江蘇文藝出
　　　版社　1988 年 12 月　頁 606—609

464. 李東芳　〈一片槐樹葉〉作品賞析　星光燦爛的文學花園：現代文學知識
　　　精華：散文・詩歌　臺北　雅書堂文化公司　2005 年 5 月　頁
　　　482—484

465. 王代福　尋根念祖，返本思歸——紀弦〈一片槐樹葉〉賞析[32]　中學語文
　　　2009 年第 2 期　2009 年 1 月　頁 13

466. 李瑞騰　〈宇宙論〉編者按語　七十四年詩選　臺北　爾雅出版社　1986
　　　年 4 月　頁 121—122

467. 李元洛　美如繽紛的火花——讀臺灣詩人紀弦〈你的名字〉　美育　1987
　　　年第 2 期　1987 年 4 月　頁 18

468. 吳心海　〈你的名字〉賞析　中國新詩鑑賞大辭典　南京　江蘇文藝出版

---

[32] 本文簡介紀弦並析論〈一片槐樹葉〉的藝術手法。

社　1988 年 12 月　頁 603—606

469.〔吳開晉，耿建華主編〕　　綿綿的情思〔〈你的名字〉〕　三千年詩話
　　　南昌　江西高校出版社　1998 年 6 月　頁 303—304

470.〔仇小屏主編〕　　欣賞新詩的幾個角度〔〈你的名字〉部分〕　放歌星輝
　　　下——中學生新詩閱讀指引　臺北　三民書局　2002 年 8 月　頁
　　　20

471.〔尉天驄等編著〕[33]　　〈你的名字〉賞析　是夢也是追尋　臺北　圓神出版
　　　社　2005 年 3 月　頁 163

472. 吳奔星　〈彗星〉賞析　中國新詩鑑賞大辭典　南京　江蘇文藝出版社
　　　1988 年 12 月　頁 602—603

473. 施心亞　〈在地球上散步〉賞析　中國新詩鑑賞大辭典　南京　江蘇文藝
　　　出版社　1988 年 12 月　頁 609—610

474. 曾琮琇　詩的戲法／法則的遊戲〔〈在地球上散步〉部分〕　嬉遊記：八
　　　○年代以降臺灣「遊戲」詩論　成功大學中國文學系　碩士論文
　　　陳昌明教授指導　2006 年 7 月　頁 77

475. 曾琮琇　詩的戲法／法則的遊戲〔〈在地球上散步〉部分〕　臺灣當代遊
　　　戲詩論　臺北　爾雅出版社　2009 年 1 月　頁 66

476. 馬　策　冥想存在〔〈在地球上散步〉〕　詩潮　2007 年第 4 期　2007 年
　　　7 月　頁 58

477. 于慈江　〈美酒〉賞析　中外現代抒情名詩鑑賞辭典　北京　學苑出版社
　　　1989 年 8 月　頁 672

478. 莫　渝　〈最後的一根火柴〉解說　情願讓雨淋著　臺北　業強出版社
　　　1991 年 9 月　頁 156

479. 林煥彰　現代詩的解說〈船〉　詩・評介和解說　宜蘭　宜蘭縣立文化中
　　　心　1992 年 6 月　頁 101—102

480. 張　默　紀弦的詩——〈十點半〉　八十一年詩選　臺北　現代詩季刊社

---

[33]合編者：尉天驄、章成崧、尤石川、劉柏宏。

1993 年 1 月　頁 11—12

481. 袁　遐　　〈火與嬰孩〉賞析　世界華人詩歌鑑賞大辭典　太原　書海出版
　　　　　　社　1993 年 3 月　頁 948—949

482. 柯巍，冼睿　　〈沙漠故事〉賞析　世界華人詩歌鑑賞大辭典　太原　書海
　　　　　　出版社　1993 年 3 月　頁 949—950

483. 楊松杰　　〈吃板煙的精神分析學〉賞析　世界華人詩歌鑑賞大辭典　太原
　　　　　　書海出版社　1993 年 3 月　頁 955—956

484. 張崇富　　鄉愁，來自海峽那邊──讀紀弦的〈雲和月〉　中外詩歌研究
　　　　　　1994 年第 3 期　1994 年 3 月　頁 52—54

485. 張崇富　　鄉愁，來自海峽那邊──讀紀弦的〈雲和月〉　葡萄園　第 127
　　　　　　期　1995 年 8 月　頁 5—7

486. 周達斌　　鄉愁心來自海峽那邊──讀紀弦的〈雲和月〉錦上添花話金句
　　　　　　葡萄園　第 127 期　1995 年 8 月　頁 13—15

487. 瘂　弦　　〈我之投影〉編者按語　八十二年詩選　臺北　現代詩季刊社
　　　　　　1994 年 6 月　頁 96

488. 奚　密　　邊緣，前衛，超現實：對臺灣五、六十年代現代主義的反思
　　　　　　〔〈幼小的魚〉部分〕　臺灣現代詩史論：臺灣現代詩史研討會
　　　　　　實錄　臺北　文訊雜誌社　1996 年 3 月　頁 254

489. 馮　異　　讀〈窗〉及其他　葡萄園　第 130 期　1996 年 5 月　頁 28—29

490. 黃　粱　　〈吠月的犬〉　國文天地　第 132 期　1996 年 5 月　頁 92—93

491. 奚　密　　從現代到當代──從米羅的〈吠月的犬〉談起　中外文學　第 23
　　　　　　卷第 3 期　1994 年 8 月　頁 7—12

492. 奚　密　　從現代到當代──從米羅的〈吠月的犬〉談起　現當代詩文錄
　　　　　　臺北　聯合文學出版社　1998 年 11 月　頁 14—22

493. 王萬睿　　臺北「現代」：本土詩學歸位的初步嘗試──以紀弦和陳黎〈吠
　　　　　　月之犬〉的比較爲例[34]　第九屆府城文學獎得獎作品專輯　臺南

---

[34] 本文以哈伯瑪斯（Jurgen Habermas）社會學現代性理論與班納迪克・安德森（Benedict

臺南市立圖書館　2003 年 11 月　頁 319—345

494. 李元貞　從「性別敘事」的觀點論臺灣現代女詩人作品中「我」之敘事方式〔〈7 與 6〉部分〕　中外文學　第 25 卷第 7 期　1996 年 12 月　頁 26—27

495. 蕭　蕭　曹開：挺直臺灣的新詩脊梁──曹開數學詩的哲學思考與史學批判〔〈7 與 6〉部分〕　給小數點臺灣──曹開數學詩　臺中　晨星出版公司　2007 年 12 月　頁 22—24

496. 梅　新　紀弦的〈我是船你是港〉　魚川讀詩　臺北　三民書局　1998 年 1 月　頁 7—10

497. 麥　穗　40 年前兩首妙詩〔〈蠅屍〉部分〕　詩空的雲煙：臺灣新詩備忘錄　臺北　詩藝文出版社　1998 年 5 月　頁 101—105

498. 〔吳開晉，耿建華主編〕　S・O・S〔〈我之遭難信號〉〕　三千年詩話　南昌　江西高校出版社　1998 年 6 月　頁 301

499. 張　默　為檳榔樹高歌──談紀弦〈濟南路的落日〉及其他　中華日報　1999 年 8 月 13 日　16 版

500. 張　默　為檳榔樹高歌──談紀弦〈濟南路的落日〉及其他　臺灣現代詩筆記　臺北　三民書局　2004 年 1 月　頁 225—229

501. 龍彼德　喜劇的諧趣〔〈濟南路的落日〉〕　散文詩　2007 年第 3 期　2007 年 3 月　頁 78—79

502. 孫　暹　紀弦的〈葉子姑娘〉　臺灣新聞報　1999 年 9 月 11 日　13 版

503. 瘂　弦　〈火葬〉品賞　天下詩選 1：1923—1999 臺灣　臺北　天下遠見出版公司　1999 年 9 月 30 日　頁 8—10

504. 李敏勇　〈火葬〉作品導讀　青少年臺灣文庫 2──新詩讀本 3：天門開的時候　臺北　國立編譯館　2008 年 12 月　頁 65

Anderson）想像共同體的詮釋為研究方法，分析紀弦〈吠月之犬〉與陳黎同名作品，自「現代性」和「國族」兩個面向重構臺灣本土詩學。本文分 3 節：1.緒論：不想回家，還是有個回不去的家？；2.超現實主義：做一個現代觀光者的逃家理由；3.結論：本土意識下的臺化現代詩面貌。

505. 仇小屏　談幾種章法在新詩裡的運用〔〈戀人之目〉部分〕　國文天地
　　　第 181 期　2000 年 6 月　頁 88

506. 仇小屏　情詩二三——紀弦〈戀人之目〉[35]　國文天地　第 198 期　2001
　　　年 11 月　頁 17

507. 仇小屏　欣賞篇——紀弦〈戀人之目〉　放歌星輝下——中學生新詩閱讀
　　　指引　臺北　三民書局　2002 年 8 月　頁 64—65

508. 魏　源　論想像〔〈戀人之目〉部分〕　葡萄園　第 154 期　2002 年 5 月
　　　頁 47

509. 向　陽　對鏡的心情——解讀七月份「臺灣日日詩」（下）〔〈戀人之
　　　目〉部分〕　臺灣日報　2002 年 8 月 20 日　25 版

510. 章亞昕　紀弦的〈三級跳〉　山西大學學報　第 23 卷第 3 期　2000 年 8 月
　　　頁 52—54

511. 陳慧文　疼愛憐惜——紀弦的〈祭黑貓詩〉　民眾日報　2000 年 9 月 25 日
　　　17 版

512. 陳慧文　疼愛憐惜——紀弦的〈祭黑貓詩〉　貓咪文學館　臺北　秀威資
　　　訊科技公司　2004 年 12 月　頁 22—23

513. 陳幸蕙　詩‧悅讀‧私感覺——〈時光激流中的英雄〉　明道文藝　第 295
　　　期　2000 年 10 月　頁 52—53

514. 蕭　蕭　〈田園交響樂〉編者按語　八十九年詩選　臺北　臺灣詩學季刊
　　　雜誌社　2001 年 4 月　頁 79

515. 文曉村　〈人樹基因交換論〉點評　中國詩歌選 2001 年版　臺北　詩藝文
　　　出版社　2001 年 6 月　頁 148

516. 陳巍仁　臺灣現代散文詩主題論——哲學思考〔〈物質不滅〉〕　臺灣現
　　　代散文詩新論　臺北　萬卷樓圖書公司　2001 年 11 月　頁 225—
　　　227

517. 阮美慧　狂飆的超現實主義與本土力量的匯流——晦澀與明朗的對立

---

[35]本文後改篇名為〈欣賞篇——紀弦〈戀人之目〉〉。

〔〈十月的臺北〉部分〕　臺灣精神的回歸：六、七○年代臺灣現代詩風的轉折　成功大學中國文學系　博士論文　呂興昌教授指導　2002 年 6 月　頁 98—100

518. 李魁賢　〈狼〉　李魁賢文集 1　臺北　行政院文建會　2002 年 10 月　頁 289—292

519. 李魁賢　現代詩的欣賞〔〈都市的魔術〉部分〕　李魁賢文集 3　臺北　行政院文建會　2002 年 10 月　頁 134—135

520. 洪淑苓　新娘與老妻——男詩人筆下的妻子〔〈黃金的四行詩〉部分〕　現代詩新版圖　臺北　秀威資訊科技公司　2004 年 9 月　頁 168—169

521. 陳慧文　將心比心——紀弦〈貓〉　貓咪文學館　臺北　秀威資訊科技公司　2004 年 12 月　頁 24—25

522. 陳拍華　潦倒的人生，沉痛的哀鳴——紀弦〈脫襪吟〉品讀　閱讀與寫作　2005 年第 1 期　2005 年 1 月　頁 13—14

523. 陳義芝　〈從小提琴到大提琴〉賞析　2004 臺灣詩選　臺北　二魚文化公司　2005 年 3 月　頁 72

524. 〔吳東晟，陳昱成，王浩翔編〕　〈飲者〉導讀賞析　織錦入春闈：現代詩精選讀本　臺中　京城文化公司　2005 年 8 月　頁 20—22

525. 蕭　蕭　〈狼之長嗥〉賞析　2005 臺灣詩選　臺北　二魚文化公司　2006 年 2 月　頁 52—53

526. 張　默　從〈宇宙的衣裳〉到〈燃點〉——「九行詩」讀後筆記〔〈鳥之變奏〉部分〕　小詩・牀頭書　臺北　爾雅出版社　2007 年 3 月　頁 234

527. 余欣娟　〈太魯閣〉隨詩去旅遊　風櫃上的演奏會——讀新詩遊臺灣（自然篇）　臺北　幼獅文化公司　2007 年 6 月　頁 120—123

528. 陳仲義　啓夕秀於未振——重讀臺灣名詩人名作——撒一把諧謔的芥末——讀紀弦的「檢閱式」〔〈廢讀之檢閱式〉〕　香港文學　第 279

期　2008 年 3 月　頁 78—79

529. 向　陽　〈鳥之變奏〉作品導讀　青少年臺灣文庫 2——新詩讀本 1：春天在我的血管裡歌唱　臺北　國立編譯館　2008 年 12 月　頁 137

◆多篇作品

530. 余光中　兩點矛盾（上、下）〔〈兩個事實〉、〈多餘的困惑及其他〉〕藍星週刊　第 207—208 期　1958 年 7 月 27 日，8 月 10 日　6 版

531. 林亨泰　天賦中的另一極限〔〈脫襪吟〉、〈都市的魔術〉、〈向文學告別〉〕　現代詩的基本精神　彰化　笠詩社　1968 年 1 月　頁 11—27

532. 李瑞騰　釋紀弦的〈狼之獨步〉與〈過程〉[36]　臺灣新聞報　1974 年 9 月 16 日　5 版

533. 李瑞騰　釋紀弦的〈狼之獨步〉與〈過程〉　中華文藝　第 74 期　1977 年 4 月　頁 125—140

534. 李瑞騰　釋紀弦的〈狼之獨步〉與〈過程〉　詩的詮釋　臺北　時報文化出版公司　1982 年 6 月 2 日　頁 3—21

535. 李瑞騰　釋紀弦的〈狼之獨步〉與〈過程〉　新詩學　臺北　駱駝出版社　1997 年 3 月　頁 115—132

536. 林煥彰　談紀弦的「手杖」〔〈在地球上散步〉、〈失去的手杖〉、〈7 與 6〉〕　龍族詩刊　第 16 期　1976 年 5 月 5 日　頁 46—49

537. 林煥彰　7 加 6 等於 13 之我——讀紀弦的「手杖」〔〈在地球上散步〉、〈失去的手杖〉、〈7 與 6〉〕　善良的語言　宜蘭　宜蘭縣立文化中心　1992 年 6 月　頁 9—17

538. 張　默　單一與豐繁——談現代詩的意象（上、下）〔〈脫襪吟〉、〈深淵〉部分〕　臺灣時報　1978 年 11 月 29—30 日　12 版

539. 蕭　蕭　〈教師之夢〉、〈秋蛾〉解說　中學白話詩選　臺北　故鄉出版

---

[36] 本文析論紀弦詩作〈狼之獨步〉與〈過程〉，剖析詩作中對彼時詩壇對其攻擊的反射，並藉「狼」之形象透露出紀弦當時的孤獨心境。

社 1980 年 4 月 頁 73—81

540. 落 蒂 〈黃昏〉、〈教師之夢〉賞析 中學新詩選讀 雲林 青草地雜
誌社 1981 年 4 月 頁 27—31

541. 呂正惠 紀弦 中國新詩賞析 1 臺北 長安出版社 1981 年 4 月 頁
169—209

542. 流沙河 獨步的狼〔〈脫襪吟〉、〈黃昏〉、〈四月之月〉、〈你的名
字〉、〈狼之獨步〉〕 臺灣詩人十二家 重慶 重慶出版社
1983 年 8 月 頁 1—6

543. 游 喚 物換星移——論現代詩中的詠物〔〈狼之獨步〉、〈稀金屬〉部
分〕 文訊雜誌 第 12 期 1984 年 6 月 頁 82—83

544. 〔吳奔星主編〕 〈在地球上散步〉、〈雕刻家〉簡評 當代抒情詩拔萃
桂林 漓江出版社 1987 年 2 月 頁 7

545. 華 姿 〈一片槐樹葉〉、〈總有一天我變成一棵樹〉賞析 世界華人詩
歌鑑賞大辭典 太原 書海出版社 1993 年 3 月 頁 951—952,
954—955

546. 段 華 〈阿富羅底之死〉、〈二月之窗〉賞析 世界華人詩歌鑑賞大辭
典 太原 書海出版社 1993 年 3 月 頁 956—959

547. 陳義芝 四十年代名家詩選注——紀弦詩選〔〈7 與 6〉、〈狼之獨步〉、
〈阿富麗底之死〉〕 不盡長江滾滾來：中國新詩選注 臺北
幼獅文化公司 1993 年 6 月 頁 122—132

548. 〔張默，蕭蕭編〕 〈阿富羅底之死〉、〈一片槐樹葉〉、〈狼之獨步〉
鑑評 新詩三百首（一九一七—一九九五）（下） 臺北 九歌
出版社 1995 年 9 月 頁 931—935

549. 魏邦良 人類深層精神世界的三首詩賞析〔鳥之變奏、火葬、三歲〕 閱
讀與寫作 1997 年第 1 期 1997 年 1 月 頁 20—21

550. 奚 密 星月爭輝——現代漢詩「詩原質」舉例〔〈幼小的魚〉、〈摘星
的少年〉、〈恆星〉、〈光明的追求者〉〕 現當代詩文錄 臺

北　聯合文學出版社　1998 年 11 月　頁 67—72

551.〔文鵬，姜凌主編〕　　紀弦——〈妳的名字〉、〈一片槐樹葉〉、〈在地球上散步〉　中國現代名詩三百首　北京　北京出版社　2000 年 1 月　頁 465—469

552. 馮　海　　惟性所宅，真取不羈——紀弦海洋詩四首賞析〔〈在航線上〉、〈海行〉、〈海的意志〉、〈航海去吧〉〕　中國海洋文學大系：二十世紀海洋詩精品賞析選集　臺北　詩藝文出版社　2002 年 4 月　頁 105—106

553. 蕭　蕭　　酒在現代詩中的文化意義〔〈狼之獨步〉、〈微醺〉、〈美酒頌〉、〈生命如果是酒〉、〈在禁酒的日子〉部分〕　臺灣詩學季刊　第 40 期　2002 年 12 月　頁 97—100

554. 楊鴻銘　　新詩語解分析〔〈雕刻家〉、〈狼之獨步〉部分〕　中國語文　第 92 卷第 2 期　2003 年 2 月　頁 40—43

555. 向　陽　　〈狼之獨步〉、〈雕刻家〉賞析　臺灣現代文選‧新詩卷　臺北　三民書局　2005 年 6 月　頁 19—21

556. 陳幸蕙　　〈窗之構圖〉、〈B 型之血〉、〈鳥之變奏〉、〈關於貓的相對論〉芬多精小棧　小詩森林：現代小詩選 1　臺北　幼獅文化公司　2003 年 11 月　頁 40—41

557. 陳仲義　　俳諧：滑稽‧諧謔‧微諷‧幽默〔〈零件〉、〈一小杯的快樂〉〕　現代詩技藝透析　臺北　文史哲出版社　2003 年 12 月　頁 161—165

558. 林瑞明　　紀弦〈火葬〉、〈狼之獨步〉、〈去國十餘年〉賞析　國民文選‧現代詩卷 1　臺北　玉山社出版公司　2005 年 2 月　頁 160

559. 陳幸蕙　　小詩悅讀（八家）——紀弦〔〈晨步〉、〈火葬〉〕[37]　明道文藝　第 368 期　2006 年 11 月　頁 28—29

560. 耿林莽　　讀紀弦散文詩二章〔我的聲音和我的存在、五月為諸亡友而作〕

---

[37] 本文後改篇名為〈水彩畫與信箋〉。

　　　　　　　散文詩　2006 年第 23 期　2006 年 12 月　頁 76—77

561. 陳幸蕙　　水彩畫與信箋〔〈晨步〉、〈火葬〉〕　人間福報　2007 年 8 月
　　　　　　　28 日　15 版

562. 陳幸蕙　　〈雕刻家〉、〈晨步〉、〈火葬〉向星輝斑斕處漫溯　小詩星
　　　　　　　河：現代小詩選 2　臺北　幼獅文化公司　2007 年 1 月　頁 43—
　　　　　　　44

作品評論目錄、索引

563. 鄒桂苑　　紀弦研究資料彙編　文訊雜誌　第 114 期　1995 年 4 月　頁 96—
　　　　　　　102

564. 〔張　默編〕　作品評論引得　現代百家詩選　臺北　爾雅出版社　2003
　　　　　　　年 6 月　頁 41—42

565. 〔丁旭輝編〕　閱讀進階指引　紀弦集　臺南　國立臺灣文學館　2008 年
　　　　　　　12 月　頁 137—138

566. 觀哲〔高準〕　《八十年代詩選》的「奧祕」　詩潮　第 1 期　1977 年 5
　　　　　　　月　頁 40—45

567. 高　準　　《八十年代詩選》的奧祕（一九七七）　異議的聲音：文學與政
　　　　　　　治社會評論　臺北　問津堂書局　2007 年 8 月　頁 243—250

568. 陳玉玲　　紀弦與《現代詩》詩刊之研究[38]　臺灣文學觀察雜誌　第 4 期
　　　　　　　1991 年 11 月　頁 3—33

569. 陳玉玲　　紀弦與《現代詩》詩刊之研究　臺灣文學的國度：女性・本土・
　　　　　　　反殖民論述　臺北　博揚文化公司　2000 年 7 月　頁 295—354

570. 林亨泰　　《現代詩》季刊與現代主義　現代詩　復刊第 22 期　1994 年 8 月
　　　　　　　頁 18—27

571. 麥　穗　　紀弦和他的火種《現代詩》　乾坤詩刊　第 6 期　1998 年 4 月
　　　　　　　頁 56—62

---

[38]本文藉傳記研究法與心理分析法，介紹紀弦生平與其特質，並探文學雜誌學研究法，配合統計數
　字，分析《現代詩》內容及相關問題。

572. 麥　穗　　紀弦和他的火種——《現代詩》　詩空的雲煙：臺灣新詩備忘錄
　　　　　　　臺北　詩藝文出版社　1998 年 5 月　頁 57—66

573. 蕭　蕭　　紀弦與《現代詩》詩刊之研究　中學生現代詩手冊　臺南　翰林
　　　　　　　出版公司　1999 年 9 月　頁 70—72

574. 吳佳馨　　臺港文藝刊物的匯流：馬朗《文藝新潮》與紀弦《現代詩》的合
　　　　　　　作　1950 年代臺港現代文學系統關係之研究：以林以亮、夏濟
　　　　　　　安、葉維廉為例　清華大學臺灣文學所　碩士論文　柳書琴教授
　　　　　　　指導　2008 年 8 月　頁 105—121

國家圖書館出版品預行編目資料

臺灣現當代作家研究資料彙編. 9, 紀弦 / 須文蔚編
選. -- 初版. -- 臺南市：臺灣文學館, 2011.03
　面；　公分.

ISBN 978-986-02-7259-8（平裝）

1.紀弦　2.傳記　3.文學評論

863.4　　　　　　　　　　　　　　100003462

【臺灣現當代作家研究資料彙編】09

紀弦

發 行 人／　李瑞騰
指導單位／　行政院文化建設委員會
出版單位／　國立台灣文學館
　　　　　　地址／70041 台南市中西區中正路 1 號
　　　　　　電話／06-2217201　　　　　傳真／06-2218952
　　　　　　網址／www.nmtl.gov.tw　　　電子信箱／pba@nmtl.gov.tw

總 策 畫／　封德屏
顧　　問／　林淇瀁　張恆豪　許俊雅　陳信元　陳建忠　陳義芝　須文蔚　應鳳凰
工作小組／　王雅嫻　杜秀卿　林端貝　周宣吟　張桓瑋
　　　　　　黃子倫　黃寁婷　詹宇霈　羅巧琳
編　　選／　須文蔚
責任編輯／　黃寁婷
校　　對／　王雅嫻　林肇豐　張桓瑋　詹宇霈　趙慶華　羅巧琳　蘇峰楠
計畫團隊／　財團法人台灣文學發展基金會
美術設計／　翁國鈞・不倒翁視覺創意
印　　刷／　松霖彩色印刷事業有限公司

著作財產權人／國立台灣文學館
本書保留所有權利。欲利用本書全部或部分內容者，須徵求著作財產權人同意或書面授
權。請洽國立台灣文學館研典組（電話：06-2217201）

經銷展售／　國家書店松江門市（02-25180207）
　　　　　　國立台灣文學館—雪芙瑞文學咖啡坊（06-2214632）
　　　　　　五南文化廣場（04-22260330）
　　　　　　文建會員工消費合作社（02-23434168）
　　　　　　南天書局（02-23620190）　　　唐山出版社（02-23633072）
　　　　　　府城舊冊店（06-2763093）　　　台灣的店（02-23625799）
　　　　　　啓發文化（02-29586713）　　　三民書局（02-23617511）

初版一刷／2011 年 3 月
定　　價／新臺幣 390 元整　　全套新臺幣 5500 元整
GPN／ 1010000400（單本）
　　　　1010000407（套）
ISBN／978-986-02-7259-8（單本）
　　　　978-986-02-7266-6（套）

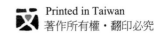
Printed in Taiwan
著作所有權・翻印必究